DONGSUH MYSTERY BOOKS 37

A KISS BEFORE DYING

죽음의 키스

아이라 레빈/남정현 옮김

동서문화사

옮긴이 남정현(南廷賢)
〈자유문학〉에 단편 《경고구역》《굴뚝 밑의 유산》 등으로 추천을 받고 문단에 나온 뒤 중편 《너는 뭐냐》 단편 《현장》《부주전상서》《분지》 등을 발표. 1961년 중편 《너는 뭐냐》로 제6회 동인문학상을 받다.

DONGSUH MYSTERY BOOKS 37

죽음의 키스

아이라 레빈 지음/남정현 옮김
초판 발행/1977년 12월 1일
중판 발행/2003년 1월 1일
발행인 고정일/발행처 동서문화사
창업 1956. 12. 12. 등록 16-345(윤)
서울강남구신사동540-22 ☎ 546-0331~6 (FAX) 545-0331
www.epascal.co.kr

*

이 책의 출판권은 동서문화사(동판)가 소유합니다.
의장권 제호권 편집권은 저작권 법에 의해 보호를 받는 출판물이므로
무단전제와 무단복제를 금합니다.

편찬·필름·제작 일체 「동판」 자본으로 이루어짐에 따라
출판권 소유권자 「동판」에서 제조출판판매 세무일체를 전담합니다.
사업자등록번호 211-90-02201
ISBN 89-497-0118-9 04840
ISBN 89-497-0081-6 (세트)

죽음의 키스
차례

제1부 도로시······11
제2부 엘렌······114
제3부 마리온······247

23살에 혜성처럼 나타난 레빈······367

등장인물

버드 콜리스 주인공
레오 킹십 킹십 제동(製銅) 주식회사 사장
도로시 킹십의 세째딸
엘렌 킹십의 둘째딸
마리온 킹십의 큰딸
아나벨 코크 도로시의 친구
드와이트 파우엘 ⎱
고든 갠트 ⎰ 스토다드 대학생
콜리스 부인 버드의 어머니

제1부 도로시

1

 계획은 멋지게 이루어지고 있었다. 아니, 놀라울 만큼 훌륭하게 진행되고 있었다. 그런데 이제 와서 그녀가 모든 것을 망치려는 것이었다. 증오가 끓어올라 그의 얼굴을 심하게 조이고 분함으로 이를 악물게 했다. 하지만 그런대로 마음이 놓였다. 불이 꺼져 있었다.
 그녀는 열려진 그의 가슴에 얼굴을 파묻고 어둠 속에서 끊기는 듯한 흐느낌 소리를 내고 있다. 눈물과 숨결이 불길처럼 뜨거웠다. 그는 이 아가씨를 밀어젖히고 싶었다.
 이윽고 그의 표정이 누그러졌다. 팔을 돌려 그녀의 등을 쓰다듬었다. 따뜻했다. 아니 그의 손이 차가웠던 탓이었을까. 온 몸이 싸늘해져 있다. 그는 그것을 깨달았다. 겨드랑이 밑에 식은땀이 내배고 두 발이 조금씩 떨리고 있다. 여러 가지 일이 뜻밖의 형태를 나타내어 스스로 제 몸을 어떻게 할 수도 없고 아무런 각오도 되어 있지 않은 상태에 사로잡히면 언제나 그렇듯 떨림이 가라앉기를 기다리며 잠시 가만히 누워 있었다. 비어 있는 한 손으로 그녀의 어깨에 담요를 덮어 주었다. 울어 보아야 아무 소용 없어, 하고 부드럽게 들려 주었다.

순순히 울음을 그치려고 그녀는 줄곧 딸꾹질이 나오는 숨결을 죽였다. 닳아 빠진 담요의 가장자리로 눈을 비볐다.

"하지만 꽤 오랫동안 이런 상태가 계속되어 왔지 않아요. 며칠이나 몇 주일이나 저는 골똘히 생각해 봤어요. 뚜렷하게 그렇다는 확신이 설 때까지는 아무 말도 하고 싶지 않았어요."

그녀의 등으로 돌린 손이 점점 따뜻해지고 있었다.

"이젠 틀림없을 테지?"

집 안에 아무도 없건만 낮은 목소리로 물었다.

"네."

"얼마쯤 되지?"

"벌써 두 달째예요."

그녀는 그의 가슴에서 볼을 떼었다. 어둠 속에서 그녀가 눈길을 보내고 있는 것이 똑똑히 느껴졌다.

"우리들은 어떻게 하면 좋지요?"

"의사에게 설마 본명을 밝히지는 않았을 테지?"

"밝히지 않았어요. 하지만 내가 거짓말을 하고 있다는 것을 환히 꿰뚫어보고 있었어요. 어찌나 싫었는지……."

"당신 아버지에게 이런 일이 알려진다면……."

그녀는 다시 머리를 낮추어 그의 가슴에 얼굴을 갖다대면서 되물었다.

"우리들은 어떻게 하면 좋지요?"

그녀는 그의 대답을 기다리고 있었다.

그는 몸의 위치를 조금 바꾸었다. 자기가 하려는 말을 강조하기 위해서, 그렇게 하면 그녀도 원기를 되찾아 조금은 떨어져 줄지도 모른다고 생각했던 것이다. 가슴에 매달려 온 그녀의 무게가 불쾌한 느낌을 주었다.

"도로시, 곧 결혼하자, 내일이라도——이렇게 말해 주기를 당신이 바라는 것은 잘 알고 있어. 나도 결혼하고 싶어. 무엇보다도 결혼하고 싶어. 신에게 맹세해도 좋아. 나는 당신하고 결혼할 테야."

조심스럽게 말을 골라 가며 그렇게 말하고 나서 잠깐 쉬었다. 그의 몸에 나긋하게 밀어 붙여져 오는 그녀의 몸은 꼼짝도 하지 않고 그 말에 귀를 기울이고 있었다.

"그러나 당신 아버지를 먼저 만나 뵙지도 않고 이대로 결혼하면, 더구나 일곱 달 뒤에, 아기가 태어난다면…… 아버지가 어떠한 태도로 나오실지 당신은 잘 알고 있지?"

"어떻게 하지 못하실 거예요." 그녀는 말을 되받았다. "나는 18살이 넘었어요. 18살이 되면 어떠한 일이라도 허용되지 않아요? 아버지에게 무슨 권리가 있어요?"

"나는 뭐 결혼 취소 처분이라든가 그런 이야기를 하고 있는 건 아니야."

"그럼, 뭐지요? 대체 무엇 때문이에요?"

그녀는 애원하듯이 말했다.

"돈이야." 그는 말했다. "도리, 당신 아버지는 성질이 어떤 사람이지? 당신은 당신 아버지와 그의 신성한 도덕에 관해 나에게 뭐라고 말했지? 당신 어머니가 하찮은 잘못을 저질러 그것이 8년 뒤에 알려지지 이혼했다고, 당신과 언니들에 관한 일도, 어머니의 건강이 나빠진 것도 무시하고 이혼해 버렸다고 말했잖아. 그러니 당신 아버지가 당신에게 어떠한 태도로 나올 거라고 생각하지? 당신이 있었다는 일조차 잊어 버릴 거야. 당신은 1센트도 받을 수 없게 돼."

"난 상관없어요." 그녀는 진지한 말투로 말했다. "그런 일을 내가 걱정할 거라고 생각해요?"

"하지만 나는 걱정스러워, 도리." 그의 손이 그녀의 등을 다시금 다정하게 어루만지기 시작했다. "나를 위해서가 아니야. 맹세해도 좋지만, 나를 위해서가 아니라 당신을 위해서야. 우리들이 어떻게 될 거라고 생각해? 둘 다 학교를 그만두지 않으면 안되겠지. 당신은 아기를 위해서, 나는 일자리를 찾기 위해. 그러나 내가 무엇을 할 수 있겠어. 대학 2년 중퇴로 학위도 없으니, 기껏해야 그렇고 그런 녀석들 패거리가 될 뿐이야. 생각해 봐, 내가 무엇이 될 수 있겠어? 서기 노릇? 아니면 직물 공장 같은 데서 직공 노릇이나?"

"그런 건 문제가 아니에요."

"문제가 된다니까! 이것이 얼마나 중대한 일인지 당신은 모를 거야. 당신은 뭐니뭐니 해도 아직 19살이고, 지금까지 돈 때문에 고생한 일이 없는 아가씨니까 말이야. 돈이 없다는 것이 어떠한 건지 모르는 거야. 그러나 나는 알고 있어. 1년이 채 지나기도 전에 우리들은 끝장이야."

"싫어, 싫어요. 그렇게 되지는 않아요."

"좋아, 서로가 이렇게 사랑하고 있으니까 말다툼은 그만두자. 그런데 우리들은 어디서 살지? 보잘 것 없는 가구가 딸린, 벽지를 발라 놓은 셋방에서? 일주일이 7일이면 7일 동안 밤참이라고는 스파게티만 먹겠어? 당신에게 그런 생활을 시키고, 나는 그것이 모두 내 탓이라고 마음 아파할 거야……"

아주 짧은 순간 말을 끊었으나 그런 뒤 매우 조용하게 말을 끝맺었다.

"……나는 생명보험에 들고 어느 날 차 앞으로 뛰어들 테지."

그녀는 다시 흐느껴 울기 시작했다.

그는 눈을 감고 조용한 성가(聖歌)를 노래하는 것처럼 억양을 붙여 가며 꿈꾸듯이 말을 이었다.

"나는 좀 더 멋있는 계획을 세우고 있었어. 이번 여름에 뉴욕으로 가서, 당신이 나를 당신 아버지에게 소개하고 나는 당신 아버지의 마음에 들도록 노력하며, 당신 아버지가 어떠한 일에 흥미를 갖고 있으며 무엇을 좋아하고 무엇을 싫어하는지, 당신이 나에게 가르쳐 준다고……"

그는 짧게 말을 끊고 나서 다시 계속했다.

"그리하여 졸업하면 우리들은 결혼하지. 괜찮다면 이번 여름에 결혼해도 좋아. 9월이 되면 이곳에 돌아와서 나머지 2년 동안을 함께 보내는 거야. 우리들의 작은 아파트에서, 바로 가까이에……"

그녀는 그의 가슴에서 고개를 들었다.

"당신은 무엇을 하겠다는 거지요?" 애원하는 듯한 말이었다.

"어째서 그런 말만 하시는 거예요?"

"그렇게 되면 얼마나 아름답고 얼마나 멋있는지 당신이 좀 알아 달라는 거야."

"알아요. 내가 모른다고 생각하고 있어요?" 흐느껴 울고 있기 때문에 목소리가 갈라져 나왔다. "하지만 나는 임신중이에요. 2개월이란 말이에요."

눈에 보이지 않는 모터가 갑자기 멈추어진 것처럼 침묵이 주위를 감쌌다.

"당신…… 당신은 도망치려고 하시는 거지요? 나를 버릴 생각이에요. 당신은 그런 일을 생각하고 있는 거지요?"

"아냐! 절대로 아니야, 도리!"

그녀의 어깨를 움켜잡고 얼굴과 얼굴이 맞닿도록 그녀의 몸을 끌어당겼다.

"결코 그렇지 않아!"

"그러면 나를 어떻게 해주겠어요? 우리들은 곧 결혼하지 않으면 안돼요! 달리 선택할 여지가 없어요!"

그는 말했다.

"한 가지 선택할 길은 있어, 도리."

그녀의 몸이 별안간 굳어지는 것을 느꼈다.

그녀는 공포에 사로잡힌 조그맣고 나직한 목소리로 말했다. "싫어!" 그리고는 떼를 쓰듯이 고개를 세차게 저었다.

"이봐, 도리!"

두 손으로 그녀의 어깨를 꽉 움켜잡으면서 애원하듯이 말했다.

"수술이 아니야. 그런 것과는 관계없어."

한 손으로 그녀의 턱을 붙잡고, 손가락이 그녀의 볼에 파고들어 머리를 단단히 받쳤다.

"들어 봐!"

그는 그녀의 흐트러진 숨결이 가라앉기를 기다렸다.

"학교에 친구가 하나 있어. 하미 거트센이라고 하지. 이 친구의 큰아버지가 대학과 34번 거리의 모퉁이에 약국을 차리고 있는데, 하미는 거기서 여러 가지 약품을 팔고 있어. 그 친구라면 정제를 손에 넣을 수 있을 거야."

그는 턱을 받치고 있던 손을 놓았다. 그녀는 말이 없었다.

"정제……" 그녀는 그 말을 처음으로 들은 것처럼 살며시 속삭여 보았다.

"한번 해보는 거야. 틀림없이 잘 될 거야."

그녀는 절망적인 혼란을 나타내며 머리를 저었다.

"아아, 나는 아무것도 모르겠어요!"

"도리" 하며 그는 그녀의 몸에 팔을 돌렸다. "나는 당신을 사랑하고 있어. 당신을 괴롭게 할 것을 당신에게 먹일 까닭이 없지 않아?"

그에게 무너져 와서, 그녀의 머리가 옆으로 되어 그의 어깨에 부딪쳤다.

"난 모르겠어요……아무것도 모르겠어요."

"아마 멋질 거야……" 하고 그는 말했다. 그의 손이 애무를 계속하였다. "우리들의 작은 아파트……이 하숙집에서처럼 주인 아주머니가 영화관에 가기를 기다리든가 하지 않아도 되고……."

이윽고 그녀가 말했다.

"그것이 틀림없이 효과 있다고 어떻게 믿지요? 만일 듣지 않는다면 어떻게 되는 거예요?"

그는 깊이 숨을 들이마셨다. 그리고 그녀의 이마에, 볼에, 입에, 입술을 밀어붙였다.

"만일 듣지 않는다면 그때는 우리 당장이라도 결혼해. 당신 아버지나 킹십 제동(製銅) 주식회사 같은 것은 아무래도 좋아. 결혼하겠다고 맹세하겠어, 베이비."

그녀가 베이비라고 불리는 것을 좋아하고 있는 줄은 그도 눈치채고 있었다. 그녀를 베이비라고 부르면서 팔 안에 끌어안아 주면 언제든지 마음먹은 대로 할 수 있었다. 그는 그것을 생각하고 있었다. 그리하여 그녀가 아버지에 대하여 품고 있는 냉담성을 어떻게든지 이용하지 않으면 안된다고 마음먹었다.

부드럽게 키스를 퍼부으며 따뜻하고 나직한 목소리로 이야기를 계속하는 동안 그녀는 침착성을 되찾고 얌전해졌다.

둘이 한 개비의 담배를 가지고 도로시가 먼저 그의 입술에 물려주고 그리고 나서 자기의 입술로 옮긴다. 담배를 빨아들일 때마다 핑크 빛 광채에 연한 블론드 머리며 커다란 갈색 눈이 순간적으로 비쳐진다.

그녀는 불이 붙어 있는 담배를 자기들 쪽으로 향하여 빙글빙글 앞뒤로 돌리며 어둠 속에 선명한 오렌지빛 원과 선을 그렸다.

"이렇게 하면 최면을 걸 수가 있어요." 하고 그녀는 말했다. 그리고 천천히 담배를 그의 눈 앞에서 돌렸다. 어렴풋한 불빛 속에서 가느다란 손가락이 꾸불꾸불 춤추었다.

"당신은 나의 노예예요." 그녀는 입술을 그의 귀에 비벼대며 속삭였다. "당신은 나의 노예, 내가 명령하는 대로 움직여요. 나의 명령에는 무엇이든 복종해야만 돼요."

어찌나 귀여운지 그는 환한 미소를 떠올렸다.

담배를 피우고 나자 그는 형광 손목시계에 눈길을 보냈다. 그녀의 눈 앞에서 손을 물결치며 억양을 넣어 말했다.

"옷을 입도록 하세요, 아가씨. 10시가 지난 지도 20분, 아가씨께서는 곧 옷을 입으시고, 11시이니 그만 기숙사로 돌아가 주세요."

2

그는 매사추세츠 주 펄 리버에 가까운 교외인 미나세트에서 태어났다. 외아들이었고 아버지는 펄 리버의 어느 직물 공장에서 기계에 기름을 치는 직공 노릇을 하고 있었다. 어머니는 때때로 생활이 어려워지면 삯바느질을 해야만 했다. 둘 다 프랑스 계의 핏줄이 섞인 영국계 시민으로서 포르투갈 계의 이민이 많은 지역에 살고 있었다. 아버지는 그다지 신경을 쓰지 않았지만 어머니는 이것을 고통스럽게 여기고 있었다. 젊은 나이에 결혼한 성미가 괄괄하고 불행한 여자로서 언제나 남편이 보잘 것 없는 직공 따위로 있느니보다는 좀 더 나은 직업을 가져 주기를 바라고 있었다.

그는 어린 시절부터 자기의 잘생긴 얼굴을 의식하고 있었다. 일요일마다 찾아오는 손님들은 입을 모아 그를 추켜세웠다. 아름다운 금빛 머리며 해맑고 푸른 눈을. 그러나 아버지가 언제나 그 자리에 있으면서 손님에게 나무라듯이 고개를 젓는 것이었다. 부모는 곧잘 말다툼을 벌였다. 그 까닭은 대부분 어머니가 아들에게 옷을 깨끗이 차려입히기 위해 시간을 보내거나 돈을 낭비하기 때문이었다.

어머니가 이웃 아이들과 놀지 못하게 했기 때문에, 초등학교에 들어갔을 때 그는 며칠동안 몹시 불안하고 쓰라린 느낌을 맛보았다. 갑자기 많은 소년들 속에 던져진 보잘 것 없는 존재에 지나지 않게 되고 만 것이다. 개중에는 그의 단정한 옷차림이며 학교 운동장의 물웅덩이를 조심스럽게 피해 지나는 것을 놀려대는 아이도 있었다. 어느 날, 끝내 참을 수가 없게 되어 개구쟁이 대장에게 다가간 그는 상대의 구두에 침을 뱉어 주었다. 당연히 싸움이 벌어졌으나, 곧 승부가 났다. 그 개구쟁이를 벌렁 땅바닥에 쓰러뜨려 무릎으로 찍어누르고, 상대의 머리를 땅에 쾅쾅 부딪쳐대며 격렬하게 싸웠다. 선생님이 달려와 싸움을 말렸다. 그리고 나서부터는 아무 일도 일어나지 않았다. 이윽고 그는 이 개구쟁이를 친한 동무로 삼게 되었다.

학교 성적은 퍽 뛰어났으므로 어머니는 더할 나위 없이 만족스럽게 여겼으며 아버지까지도 마지못하나마 칭찬했는데, 그다지 예쁘지는 않지만 밝은 느낌을 주는 소녀와 옆자리에 나란히 앉게 되면서부터 성적이 더욱 더 좋아졌다. 이 소녀는 탈의실에서 그가 키스해 준 일을 아주 기뻐하고, 시험 때 답안지를 일부러 엎어 놓지 않았다.

학교 생활은 그의 생애에서 가장 행복한 시기였다. 소녀들은 누구나 그의 잘생긴 얼굴이며 매력에 이끌렸다. 선생님도 그가 예의바르고 나무랄 데 없으며, 중요한 부분을 설명할 때면 고개를 끄덕여 보인다든가 우스갯소리를 생각해 내어 이야기하면 미소지어 보이는 그에게 좋은 마음을 품고 있었다. 그는 소년들에게는, 여자아이나 선생은 좋아하지 않는다는 태도를 보였다. 그 까닭인즉 그 같은 태도를 취함으로써 좀 더 인기를 얻을 수 있기 때문이었다. 집에 돌아가면 칙사 대접을 받았다. 어버지까지도 마침내는 어머니와 함께 기꺼이 여러 가지 일을 칭찬하게 되었다.

데이트를 하게끔 되었을 무렵, 그의 상대는 이 고장에서 상류 가정에 속하는 소녀로만 국한되었다. 부모들은 또다시 말다툼을 벌이기 시작했다. 옷차림에 허용된 액수를 넘어 많은 돈을 쓰기 때문이었다. 그러나 이 말다툼은 아버지가 그다지 마음내키지 않는 태도로 이의를 제기할 뿐이었으므로 간단히 결말이 났다. 어머니는 그가 부유한 가정의 딸과 결혼해야 한다는 이야기를 입에 올리기 시작했다. 언제나 농담 비슷하게 말하기는 했으나 그녀는 이것을 한두 번 입에 올리고 마는 것이 아니었다.

고등학교 3학년 때는 학급 반장으로 뽑혔다. 졸업할 때는 전교 3등의 성적으로 수학과 이과(理科)에서 우등을 했다. 학교 연보의 기재 사항에는 그가 〈댄스를 가장 잘 하는 학생(The Best Dancer)〉〈가장 인기있는 학생(The Most Popular)〉〈앞으로 가장 성공하리라고 여겨지는 학생(The Most Likely to Succeed)〉 등으로 선정되어 있었다. 그의 부모는 그를 위해 파티를 열어 주었는데, 이 파티에는 이 고장의 상류 가정 자녀가 특히 많이 모여들었다.

2주일 뒤 그는 징집되었다.

기초 훈련 기간인 처음 얼마 동안은 과거에 남기고 온 영광 속에 안주하고 있었다고 해도 좋았다. 그러나 그런 뒤의 현실이 남들과 다른 면을 말끔히 씻어 버렸다. 군대의 비인간적인 권력에 초등학교 시절보다 몇백 몇천 배나 되는 비참한 느낌을 절실히 맛보았던 것이다. 게다가 여기에서도 중사님에게 맞서 그 구두에 침을 뱉거나 한다면, 그것만으로 인생의 나머지를 중영창(重營倉)에서 보내지 않으면 안 되게 되리라. 그는 자기를 보병이라는 병과에 떨군 앞일이 캄캄한 시스템을 저주했다. 여기에서는 외잡한 만화책을 읽으며 즐거워하는 쓰레기들이 우글거리고 있었다. 얼마쯤 지나자 그도 남들처럼 만화책을 읽게 되었으나, 그것은 그가 가져온 《안나 카레니나》 한 권에 마음을 쏟아 넣을 수가 없었기 때문이었다. 동료 몇 사람과도 친해져 매점에서 맥주를 한턱내기도 하고, 장교 모두들에게 대하여 외잡하고 공상적이며 우스꽝스러운 언행록을 고안해 내기도 했다. 교육받았다는 사실에 경멸을 느끼고 반드시 해야 할 일의 하나하나에 증오를 품었다.

샌프란시스코에서 출항하여 태평양을 가로지르는 동안 내내 먹은 것을 토했다. 그는 배가 올라갔다 내려갔다 하기 때문에 토하는 것만은 아니라고 생각하고 있었다. 나는 이제부터 죽으러 가는 것이라고 골똘히 생각했다.

아직 부분적으로 일본군에 점령되어 있는 어떤 섬에 상륙하여 그는 부대의 다른 병사들과 떨어지고 말았다. 깊은 정적에 싸인 밀림 속에서 겁을 집어먹은 채 우두커니 서 있었는가 하면, 어느 방향으로 향해야만 안전하게 탈출할 수 있는지 몰라 절망적으로 여기저기를 헤매기도 했다. 소총 소리가 나고 총알이 날카롭게 귀를 스쳤다. 놀란 새떼가 요란스럽게 푸드덕거리며 하늘로 날아올랐다. 그는 몸을 숙이고, 풀숲을 딩굴며, 이것이 죽음의 순간이며 자기는 틀림없이 죽고 말리라는 생각에 사로잡혔다.

새들이 낸 소리가 침묵으로 되돌아갔다. 그는 머리 위 나뭇가지 사이로 번쩍이는 것을 보았다. 저격병이 잠복하고 있는 것이다. 그는 한 손에 총을 거머쥐고 풀숲 밑을 헤치며 조심스럽게 포복해 갔다. 온 몸에 식은땀이 끈적끈적 들러붙어 추웠고, 일본 병사가 풀의 흔들림을 발견하여 그가 있는 곳을 알아차리지 않을까 하는 두려움으로 다리가 후들후들 떨렸다. 총의 무게가 1톤만큼이나 느껴졌다.

마침내 목표한 나무에서 20미터쯤 떨어진 곳까지 가까이 갔다. 눈을 드니 거기에 웅크리고 있는 사람의 그림자를 똑똑히 알아볼 수 있었다. 총을 들어올렸다. 겨냥했다. 그리고 발사했다. 새들이 일제히 비명을 올렸다. 나무는 꼼짝도 하지 않고 우뚝 선 채였다. 그러더니 별안간 소총이 떨어져 내리고, 이어서 저격병이 덩굴풀에 잔뜩 매달리듯이 하며 양손을 높이 든 채 땅으로 미끄러져 내려왔다. 몸집이 작은 황색 살갗의 사나이로서 나뭇잎과 가지로 기괴하게 위장되어 있고, 입술에서는 몸이 오싹하는 주문과도 같은 말이 새어나오고 있었다.

그 일본 병사에게 총을 겨눈 채 그는 일어섰다. 일본 병사는 그와 마찬가지로 공포에 사로잡혀 있었던 것이다. 노오란 얼굴이 꿈틀꿈틀 경련되고 무릎은 떨리고 있었다. 좀 더 무서운 일은 이 일본 병사의 바지 앞에 거무죽죽한 오물이 튀어 있었던 점이었다.

그는 이 비참한 몰골을 경멸하듯이 쏘아보았다. 그의 다리에서 일고 있던 떨림은 그쳤다. 땀도 내뿜지 않았다. 소총의 무게도 느껴지지 않게 되어, 팔이 늘어난 느낌과도 같았다. 움직이지 않고, 그의 앞에서 와들와들 떨고 있는 인간의 캐리커처에 정통으로 총구를 들이대고 있었다. 일본병의 입술에서 새어나오는 말이 애원의 가락으로 천천히 바뀌었다. 황갈색의 손가락이 허공에서 목숨을 살려달라고 탄원하듯이 움직였다.

그는 느릿느릿 방아쇠를 당겼다. 반동이 있었으나 꿈쩍도 하지 않았다. 총 개머리판의 충격을 심하게 받아 어깨가 저렸으나, 그 일본 병사의 가슴에서 뿜어져나와서 순식간에 번져 가는 검붉은 구멍을 지그시 바라다보고 있었다. 자그마한 사나이는 밀림의 땅바닥을 쥐어뜯으며 벌벌 기었다. 새 떼의 찢어지는 듯한 울음 소리는 마치 색종이를 하늘에 가득 뿌린 것만 같았다.

잠시 자기가 죽인 적병을 바라보고 있다가 그는 발걸음을 돌려 그 자리를 떠났다. 그의 발걸음은 마치 졸업장을 받고 강당의 연단을 지나갔을 때처럼 가뿐하고 침착했다.

1947년 1월, 그는 영훈 제대(榮勳除隊)가 되어 청동 성장(靑銅星章) 및 상이군인 기장과 유탄의 파편으로 갈비뼈의 골막 깊이까지 이르는 상처 자국을 선물받고서 군대를 떠났다. 그동안 아버지가 자동차 사고로 세상을 떠났다는 것을 제대하고서야 알았다.

미나세트에서는 몇 군데 일자리를 얻을 수 있었지만 어느 것이나 앞날의 희망이 너무 없었으므로 모두 거절했다. 아버지의 보험금으로 어머니의 생계는 충분히 유지되었고, 게다가 그녀는 삯바느질을 다시 시작하고 있었다. 그리하여 두 달쯤 동네 사람들의 칭찬의 말을 들으며 보내고 난 다음, 군대를 떠난 뒤 합중국 정부에서 주 20달러의 수당을 받고 있었으므로, 뉴욕으로 갈 결심을 했다. 어머니는 그를 설득하려고 했으나 벌써 21살이 되어 있었고, 성년이 된 지 아직 몇 달밖에 안되었다 할지라도 자기의 인생에 발을 내디딜 수 있을 것이다.

이웃 사람들은 그가 대학에 진학할 뜻이 없음을 알고 모두 놀라움의 빛을 보였다. 특히 이때는 정부에서 장학금이 지급되게 되어 있었기 때문이었다. 그런데 그로서는 대학 따위는 자기를 기다리고 있다고 확신할 수 있는 성공 길에 있어 불필요한 단계라는 생각을 하고 있었다.

뉴욕에서 그가 처음으로 취직한 곳은 어느 출판사였다. 그곳의 인사과장이 진지한 인간에게는 훌륭한 앞날이 약속되어 있다고 그에게 보증했던 것이다. 그러나 그 출판사의 발송부에서 일한 것은 모두 합쳐 2주일뿐이었다.

다음 일거리는 어떤 백화점에서 신사복을 파는 것이었다. 한 달 동안 이 직장에 붙어 있었는데, 이곳에 있으면 20% 할인으로 옷을 살 수 있기 때문이었다.

뉴욕에 온 지 5개월이 지나고, 그동안 여섯 번이나 일자리를 옮기고서 8월도 끝나 갈 무렵, 그는 자기가 고독하다는 것보다도 숱한 사람들 속에서 무서우리만큼 불안정한 존재에 지나지 않는다는 사실에 초조감을 느끼기 시작했다. 남으로부터 존경받는 일도 없으며, 희미한 성공의 그림자마저 붙잡지 못하고 있는 것이다. 그는 값싼 가구가 딸린 방에 틀어박혀, 때로는 진지한 자기 분석에 잠기게 되었다. 지금까지 6가지 직업 속에서 자기가 찾는 것을 발견하지 못했다면, 앞으로 6가지 일거리를 더 찾아본다 해도 그 속에 자기가 찾는 것이 있으리라고는 생각되지 않았다. 그는 마음 속으로 그렇게 생각했다. 그는 만년필을 잡고 자기의 성질, 능력, 재능의 완벽한 객관적 리스트로 여겨지는 것을 작성해 보았다.

9월에 그는 제대 장병 규정을 이용하여 어느 연극학교에 적(籍)을 두었다. 처음 얼마동안 교사들은 그에게 큰 기대를 걸었다. 미남이고 두뇌가 명석하며, 발성에 있어 뉴잉글랜드 사투리를 없앨 필요는 있었지만 훌륭한 목소리를 가지고 있었기 때문이다. 그도 처음엔 커다란 희망을 가지고 있었다. 그러나 이윽고 한 사람의 뛰어난 배우가 되기 위해서는 얼마나 많은 훈련과 연구를 하지 않으면 안되는지 알게 되었다. 연습 과정에서 교사는 어떤 사진을 내주며 그것을 보고 마음에 떠오르는 정감을 연기해 보라고 했다. 다른 학생들은 진지하게 그것을 연습했으나 그는 우스꽝스러워 견딜 수가 없었다. 그에게 단 한 가지 유익하게 여겨졌던 것은 회화술이었다. 그는 자기가 본보기로 내세워져 '악센트'라는 말을 듣는 일에 진저리를 내고 있었다. 누군가 다른 사람이 무언가 똑같은 말투를 쓸 때 언제나 그것이 생각나는 것이었다.

22살이 된 12월의 생일날, 어느 인상좋고 매력적인 미망인을 만났다. 40살쯤 된 여자로 꽤 많은 재산을 가지고 있었다. 5번 거리와 55번 거리 모퉁이에서 만났는데, 아주 로맨틱한 만남이었다고 그들은 나중에 서로 이야기하곤 했다. 어느 날 그녀는, 맞은편에서 오고 있는 버스 때문에 길 가장자리로 몸을 피하다가 마침 뒤에 서 있던 그의 팔에 쓰러졌던 것이다. 그녀는 어리둥절해 하며 몸을 떨었다. 그는 5번 거리를 다니는 운전수를 향하여 조금 재치있는 욕설을 퍼부었다. 그런 뒤 두 사람은 어떤 고급 술집에 들러 마티니를 두 잔씩 마셨고 그는 그 값을 수표로 치렀던 것이다. 그로부터 몇 주일 동안 그들은 작은 이스트사이드에 있는 예술영화 전문의 작은 극장에 간다든가, 서너 명의 급사에게 팁을 주는 호화로운 레스토랑에서 식사를 하곤 했다. 그는 꽤 자주 수표로 값을 치렀는데 이때에는 이미 자기 돈으로는 계산을 하지 않았다.

이 교제는 몇 달 만에 끝났다. 이 무렵 그는 연극학교를 그만둔 지 오래였다——그다지 슬퍼할 만한 일도 없었다——날마다 오후에는 미망인의 장보기 여행에 함께 가곤 했다. 그 장보기 여행 때 미망인은 언제나 그를 위해 무엇을 사주었다. 처음에는 너무나 많은 나이 차이 때문에 그녀와 함께 있는 모습을 남에게 보이는 것이 왠지 부끄러웠으나 이윽고 그러한 일은 무시하게 되었다. 그러나 그것에 관련되는 두 가지 사실에는 그로서도 역시 만족스럽지 않았다. 첫째 그녀의 생김새는 남다른 매력이 있었으나 육체는 불행히도 그렇지가 못하다는 점, 둘째, 이것은 그것보다 훨씬 중대한 일인데, 그녀가 살고 있는 아파트의 엘리베이터 보이에게 알아낸 바에 의하면 그는 그녀의 상대인 '젊은 제비'의 하나에 지나지 않는다는 점이었다. 그러고 보면 이것도 또한 앞날에 아무런 희망도 없는 일거리의 하나에 지나지 않는다고 그는 냉정히 통찰했다. 5개월쯤 되어, 함께 있지 않은 밤을 그가 어떻게 보내고 있는지 그녀가 그다지 흥미를 보이지 않게 되자 그는 다음에 올 그녀의 태도를 예기하고 오히려 이쪽에서 어머니가 중병에 걸렸기 때문에 고향으로 돌아가지 않으면 안되겠다고 말해 주었다.

그는 본의는 아니었지만 자기의 양복에서 양복점의 상표를 뜯어내어 표시가 나지 않도록 하고, 파텍 필립 손목시계를 전당포에 맡긴 다음 고향에 돌아갔다. 6월 첫무렵 동안은 집 둘레를 서성거리며 보냈다. 그 미망인이 젊지 않았다는 것, 남달리 뛰어나게 아름답지도 않았다는 일 등을 은근히 뉘우치면서 좀 더 지속시킬 수 있는 종류의 관계를 구하고 있었다.

그가 계획을 세우기 시작한 것은 이 무렵이었다. 그리고 대학에 가기로 결심했다. 그리하여 어떤 지방의 명산물인 건어물 전문점에서 여름철의 아르바이트를 했다. 이때에는 제대 장병 규정에 의한 지급으로 수업료는 충분했지만, 생활비가 꽤 많이 들었던 것이다. 그는 좋은 학교에 입학하려고 했다.

그는 마지막으로 아이오와 주 블루리버의 스토다드 대학을 택했다. 이 대학은 중서부의 부호들 자녀에게 있어 컨트리클럽처럼 여겨지고 있었다. 입학 허가를 얻기는 그다지 어렵지 않았다. 그는 고등학교에서 그토록 훌륭한 성적을 남기고 있었으니까.

1학년 때 그는 상급생인 어떤 국제적인 조직망을 갖고 있는 농기구

회사의 부사장 딸과 알게 되었다. 아름다운 소녀였다. 두 사람은 함께 산책을 하기 위해 수업에 빠지기도 하고 함께 자기도 했다. 5월이 되자 그녀로부터 고향의 어떤 젊은이와 약혼했으며 그 일을 너무 중대하게 여기지 말아 달라는 부탁을 받았다.

2학년 때, 그는 도로시 킹십을 만났던 것이다.

3

그는 하미 거트센으로부터 정제를 손에 넣었다. 잿빛에 가까운 흰 캡슐 두 개였다.

8시, 미술부와 약학부의 건물 사이로 폭넓게 이어지는 잔디밭 가운데 나무 벤치에서 도로시와 만났다. 그들만의 밀회 장소였다. 흰 콘크리트 길을 지나 어두운 잔디밭을 가로질러 가자 도로시가 벌써 거기에 와 있음을 알았다. 무릎에 손가락을 세우고 4월의 으스스한 공기에 수수한 코트를 어깨 위에 걸치고 굳은 몸으로 앉아 있었다. 희미한 가로등 불빛이 옆에서 비쳐 그녀의 얼굴에 얼룩진 그림자를 드리우고 있었다.

그녀의 곁에 걸터앉아 볼에 키스했다. 그녀는 부드럽게 그에게 응해 왔다. 미술부 건물인 불이 켜진 정방형 창문에서 여러 가지 선율의 피아노 곡이 흘러나왔다. 잠시 있다가 그는 말했다.

"구해 왔어."

어떤 두 사람이 잔디밭을 빠져나와 그들에게로 다가왔으나, 벤치에 그들이 있는 것을 보고 큰길 쪽으로 되돌아갔다.

소녀의 목소리가 말했다.

"어디나 사람들로 가득차 있군요."

그는 주머니에서 봉투를 꺼내어 도로시의 손에 쥐어 주었다. 그녀의 손가락이 종이를 통해서 캡슐에 스쳤다.

"두 개를 한꺼번에 먹어야 해" 하고 그는 말했다. "당신은 조금 열이 나기 쉬운 체질이지. 아마 구역질이 날지도 몰라."

그녀는 그 봉투를 코트 주머니에 집어넣었다.

"성분은 뭐예요?" 하고 그녀는 물었다.

"키니네, 그리고 다른 것이 섞였을 테지. 잘 모르겠어." 그는 말을 끊었다. "나쁜 영향은 없을 거야."

그는 그녀의 얼굴에 눈길을 보내고 그녀가 미술부 건물의 저편 어딘가를 바라보고 있음을 알았다. 그도 얼굴을 돌려 그 눈길을 좇아서 몇 마일이나 저편에서 반짝이고 있는 빨간 불빛을 지켜보았다. 지방 방송국의 송신탑 위치를 나타내고 있는 것이다. 그 조명은 블루리버의 가장 높은 건축물, 시정 회관(市政會館)의 꼭대기에 서 있는 탑 끄트머리를 나타내고 있다. 거기에 결혼 허가국이 있는 것이다. 그녀는 그것을 생각하며 그 조명을 응시하고 있는 것일까, 아니면 어두운 밤하늘에 깜박이는 붉은 불빛에 마음을 빼앗기고 있는 것일까 하고 그는 생각했다. 그녀의 손을 살짝 스쳐 보았다. 싸늘해져 있었다.

"걱정하지 않아도 돼, 도리. 모든 일이 잘될 거야."

그리고 잠시 두 사람은 정적 속에 가라앉아 있었다. 이윽고 그녀가 말했다.

"난 오늘 영화를 보러 가고 싶어요. 업타운에서 존 폰테인의 영화를 하고 있대요."

"미안하지만" 하고 그는 말했다. "스페인 어 과제물이 산더미처럼 밀려 있어."

"학생 클럽으로 가요. 내가 도와 줄게요."

"무슨 소리야, 나를 타락시키겠다는 거야?"

그녀의 뒤를 따라 교정을 빠져나갔다. 낮은 근대식 구조의 여자 기숙사 반대편에서 그들은 굿나잇 키스를 나누었다.

"내일 교실에서 만나" 하고 그는 말했다. 그녀는 고개를 끄덕이고 그에게 또 키스를 했다. 그녀는 떨고 있었다.

"이봐, 베이비, 걱정할 것 하나도 없다니까. 만일 그것이 듣지 않는다면 우리들은 결혼하는 거야. 듣고 있어? ……사랑은 모든 것을 이기는 법이지."

그녀는 그의 말이 더욱 계속되기를 기다리고 있었다.

"그리고 나는 당신을 몹시 사랑하고 있어."

그는 이렇게 말하더니 키스했다. 그들의 입술이 떨어지자, 그녀의 입술은 뚜렷한 형태를 짓지 않는 미소로 일그러졌다.

"잘 자, 베이비" 하고 그는 말했다.

그는 자기 방에 돌아왔으나 스페인 어 과제물이 전혀 잡히지 않았다. 브리지 테이블에 팔꿈치를 대고 두 손으로 머리를 감싸쥐고는 그 정제에 대해서 골똘히 생각에 잠겼다. 아아, 하느님, 그 약이 효과만 있다면! 반드시 들을 거야!

그러나 하미 거트센은 말했던 것이다.

"나는 이것이 듣는다고 보증하지는 못하겠어. 만일 자네의 걸프렌드가 벌써 2개월 이상 되었다면……."

그는 그 일을 생각하지 않으려고 애썼다. 일어서서 옷장으로 다가가 맨 아랫서랍을 열었다. 차곡차곡 접힌 잠옷 아래에서 흐릿하게 광택이 나는 동판의 부드러운 표지가 달린 팸플릿을 두 권 꺼냈다.

노도시와 처음으로 데이트했을 때 학생과의 학적부를 조사하여, 그녀가 '킹십 제동'을 경영하는 집안의 한 사람일 뿐 아니라 그 주식회사 사장의 딸임을 알아냈던 것이다. 그는 이 회사의 뉴욕 지점에 사무적인 편지를 보내 보았다. 그 편지에 자신은 킹십 제동회사에 투자하기를 희망하는 사람(그것은 전혀 거짓말이라고 할 수만도 없었지만)이라고 소개한 뒤, 귀사의 내용이 자세히 적힌 팸플릿을 보내 주면 고맙겠다고 썼던 것이다.

2주일 뒤 그가 《레베카》를 읽고 있을 때, 그 팸플릿이 도착했다. 《레베카》는 도로시가 즐겨 읽는 책이었으므로 그도 좋아하는 척하고 있었던 것이다. 그때 그녀는 그를 위해 커다란 아아가일 털실로 양말을 짜고 있었다. 전에 사귄 남자친구가 뜨개질을 좋아했으므로 양말을 짜 주는 일을 헌신의 표적으로 믿고 있었던 것이다. 그는 배달된 봉투를 자못 엄숙한 얼굴로 뜯어 보았다. 그 팸플릿은 호화로운 내용의 것이었다. 킹십의 동과 동합금에 관한 기술적인 안내와, 킹십 제동은 평화산업과 군수산업의 기수로서 최첨단을 걷고 있다는 것 등이 설명되어 있었다. 또한 거기에는 자세한 사진이 풍부하게 실려 있었다. 그와 함께 채굴장, 용광로, 농축 작업, 변류기, 역전(逆轉) 도르래, 횡전(橫轉) 도르래, 교반기, 압착기 등의 설명이 있었다. 그는 그것을 몇번이나 되풀이하여 읽고 그 내용을 하나하나 마음 속에 새겨 두었다. 그는 틈이 날 때마다 그 팸플릿에 몰두했다. 마치 여자가 러브레터에 넋을 잃고 있을 때처럼 눈에 보이지 않을 만큼 엷은 미소를 입술에 떠올리면서.

오늘 밤은 그 팸플릿도 흥미롭지 못했다. '미시간 주 런다즈에 있는 노천 발굴의 동광산. 이 광산 하나로 1년에 약……'

그를 가장 분노하게 하는 일은 이 같은 입장에 놓인 것이 어떤 의미에서는 도로시에게 책임이 있다는 것이었다. 그녀를 이 방에 끌어들이려 했던 것은 단 한 번뿐이었다. 계약 이행의 보증금을 선불하는 듯한 의미로서. 이 일에 책임이 있는 것은 저 다정하게 감겨진 눈초리, 저 수동적이고 의지할 데 없이 사랑에 굶주려서 언제나 이 방에 오고 싶어 한 그 도로시에게 있는 것이다. 그는 테이블을 쾅 내리쳤다. 그녀의 잘못인 것이다! 바보스러운 계집아이 같으니!

팸플릿으로 마음을 달래려고 했으나 아무 도움도 되지 못했다. 겨우 1분도 지나기 전에 그는 손으로 팸플릿을 쓸어 버리고 다시 머리를 감싸안았다. 만일 그 정제가 듣지 않는다면…… 학교를 중퇴할까! 그녀를 버릴까! 아니, 안된다. 그녀는 미나세트의 주소를 알고 있는 것이다. 비록 그녀가 그의 소재를 알아내려고 하지 않더라도 그녀의 아버지가 손을 쓰리라. 물론 법률상의 문제는 없지만(아니, 법적인 책임이 있는 것일까?) 킹십은 그렇게 어떠한 제재라도 가할 수 있으리라. 그는 빈틈없는 그물눈처럼 연락을 취하고, 하나하나가 모여 서로를 지키고 있는 재벌을 떠올려 보았다. 그는 레오 킹십의 선고(宣告)를 듣는 것만 같은 느낌이었다.

"이 젊은이를 감시하라. 불량배이다. 나는 가장으로서 이렇게 경고하는 것을 의무로 생각한다."

이렇게 되면 그에게 무엇이 남겨지게 될까? 또 어딘가의 작업실일까?

아니, 그녀와 결혼하면 어떨까? 그녀는 아기를 낳는다. 그러나 킹십 집안으로부터는 1센트도 받지 못하게 되리라. 다시 어느 작업장에 갇혀 이번에는 아내와 자식의 멍에에 허덕이게 된다. 아아!

그 정제는 효험이 있어야만 한다. 그밖에 무슨 방법이 있겠는가. 만일 그것이 듣지 않는다면, 그는 어떻게 해야 할 것인가.

성냥의 표장(表裝)은 희고, 동판으로 도로시 킹십이라는 글자가 부각되어 있었다. 해마다 크리스마스가 되면 킹십 집안은 저마다의 거래처와 고객과 친구들에게 증여자의 이름이 새겨진 성냥을 선물하는 관습이 있었다. 그녀는 이 성냥을 켜는 데 네 번이나 긋지 않으면 안되었다. 그리하여 담배 끝에 성냥을 가져가자 미풍이라도 불고 있는 것처럼 불길이 흔들렸다. 그녀는 가만히 앉아 마음을 가라앉히려고 했으나, 그 눈길은 욕실의 열어젖혀진 도어에서 떨어지지 않았다. 세면대 가장자리에 흰 봉투와 물이 담긴 유리잔이 그녀를 기다리고 있다.

그녀는 눈을 감았다. 이 일을 엘렌에게 털어놓을 수가 있다면. 그녀로부터 온 편지가 오늘 아침 배달되었던 것이다——맑은 날씨가 계속되고 있으며……어린이 파티의 과자담당계장이 되었단다……넌 마아칸드의 신작 소설을 읽었는지 모르겠구나——그리고 나서 작년 크리스마스 다음부터 집에서 일어난 아무런 뜻도 없는 사건들을 보고하고, 그리고 충고가 씌어져 있었다. 만일 엘렌에게 조언을 얻을 수만 있다면 그녀는 이제까지 서로가 이야기해 온 것과 같은 말투로 그녀에게 고백하겠는데——.

레오 킹십이 아내와 이혼했을 때 도로시는 5살, 엘렌은 6살이었으며, 맏딸 마리온은 10살이었다. 이리하여 세 소녀들은 처음엔 부모의 이혼에 의해, 이어서 1년 뒤 죽음에 의해 어머니를 잃었다. 마리온은 동생들보다도 어머니의 죽음을 더욱 슬퍼했다. 그녀는 그 이혼 사건에 앞선 힐난과 가혹한 질책에 대해 뒷날 똑똑히 생각해 내어 동생들이 성장했을 때 다만 듣는 것만으로도 견딜 수 없는 듯한 자초지종을 모두 들려 주었다. 그녀는 얼마쯤 아버지의 잔혹함을 과장해서 들려 주었던 것이었다. 긴 세월이 지나고 그녀가 성장하자 가족과 헤어져서 남과 교제하는 일도 없이 혼자 지내게 되었다.

그러나 도로시와 엘렌은 아버지로부터 전혀 받지 못한 육친의 애정을 서로 나누어 가지고 있다. 아버지는 딸들의 냉랭한 태도에 마찬가지로 냉랭하게 응했다. 그는 법정이 그에게 인정한 아이들을 돌보는 아버지로서 역할을 스스로 그만두었다. 두 소녀는 같은 학교에 다녔고 같은 캠프에서 생활했으며 같은 클럽에 참가했고 같은 무도회에 나갔다. 아버지로부터 허락받은 시간에 집으로 돌아가기 위해서는 주의력을 꽤나 민감하게 활동시키지 않으면 안되었다. 엘렌이 가는 곳에는 언제나 도로시가 함께 있었다.

그러나 엘렌이 위스콘신 주 콜드웰에 있는 콜드웰 칼리지에 입학하고, 도로시도 그 이듬해 그녀의 뒤를 쫓아 그 학교에 들어갈 계획을 가졌을 때 엘렌은 안된다고 말했다. 도로시도 성장하지 않으면 안되고 자기의 일은 자기 스스로 해결해야만 하게 되어야 한다는 것이었다. 아버지도 스스로 선택한 길을 걷는 인간을 믿음직스럽게 여기는 성격이었다. 타협적인 조건이 제출되고, 도로시는 콜드웰에서 백 마일 떨어진 스토다드에 보내게 되었다. 주말에 자매가 서로 방문하는 일도 허락되었다. 몇 번인가 방문이 거듭되었지만 이윽고 서로 시간적인 거리가 점점 벌어져 갔고, 학교 생활에도 이제 익숙해져 완전히 독립할 수 있다고 도로시가 말하고 난 다음부터는 서로 방문이 중지되었다. 게다가 작년 크리스마스에는 서로 하찮은 말다툼을 벌이고 말았다. 일의 시작은 대수롭지도 않은 것에서 비롯되었다——내 블라우스를 빌리려거든 한 마디 말이라도 하고서 입으려므나——도로시는 그 겨울 방학 동안 내내 우울한 기분이었기 때문에 이것이 마음에 엉키고 말았던 것이다. 두 사람이 학교에 돌아가고 나서부터 그들 사이에 교환되는 편지는 짧아졌고 그다지 자주 오고가지도 않게 되어 버렸다.

하지만 전화가 있다. 도로시는 자기가 전화에 눈길을 보내고 있음을 깨달았다. 엘렌과 이야기를 하고 싶다면 금방이라도 전화로 말할 수 있다. 하지만 그럴 수 없었다. 이 일을 그녀에게 처음으로 이야기하여 무뚝뚝한 대답이라도 듣게 된다면 어떻게 할까? 그녀는 담배를 재떨이 속에 짓이겼다. 그리고 이제는 이미 기분도 가라앉았으니 무엇을 망설일 필요가 있겠는가? 저 정제를 먹는 일이 효과만 있다면 모든 일이 잘 될 것이다. 만일 효과가 없다면 결혼하면 된다. 비록 아버지가 맹렬히 반대한다 한들 그렇게만 되면 얼마나 멋있을까, 하고 그녀는 생각했다. 게다가 그녀는 아버지의 재산 같은 것은 조금도 탐나지 않았다.

그녀는 거실 도어로 가서 열쇠를 잠갔다. 무언가 기묘한 스릴과 멜로드라마 같은 마음의 움직임이 느껴졌다.

욕실에 들어가 세면대 가장자리에서 봉투를 집어들고 캡슐을 손바닥 위에 떨구어 보았다. 회백색의 젤라틴 표피 겉가죽이 길쭉한 진주와도 같은 광택을 띠고 있었다. 그리고 봉투를 휴지통에 집어넣을 때 어떤 생각이 머릿속에 번뜩였다.

"만일 이 약을 먹지 않는다면 어떻게 될까?"

내일은 결혼하게 된다. 여름까지 기다리든가 또는 졸업할 때까지 ──2년 이상이나── 기다리는 대신 두 사람이 내일 밤이면 결혼하는 것이다.

그러나 그것은 정당하지 못하다. 그녀는 약을 먹어 보겠다고 틀림없이 약속했던 것이다. 그렇게 하면 내일은……

그녀는 캡슐을 입에 넣은 다음 물과 함께 단숨에 삼켰다.

4

스토다드 대학의 새 교사(校舍) 하나에 있는 강의실은 한쪽 벽이 알루미늄의 프레임으로 된 창유리가 있는 청결한 장방형 강의실이었다. 강단을 향해서 8줄의 자리가 놓여져 있었다. 한 줄에 빛깔이 바랜 금속제의 자가 10개 있고, 저마다 오른쪽 팔꿈치가 책상을 향해 부채 모양으로 튀어나와 있다.

그는 이 강의실의 뒤쪽, 창문 쪽에서 두 번째 줄 자리에 앉았다. 왼편 창가에 있는 빈 자리가 그녀의 자리였다. 첫째 시간 수업으로 날마다 듣는 사회과학 강의였는데 1학기에는 이 강의만이 합동강의로 되어 있었다. 강사의 목소리가 밝은 햇볕이 넘치는 대기 속에 흐르고 있었다.

오늘만은 그녀도 시간대로 수업에 나오려고 했어야만 좋을 게 아닌가? 그가 뭐라고 말할 수 없을 만큼 고뇌에 시달리고 있다는 것을 모르는 것일까? 천국인가 지옥인가. 그지없는 행복인가 아니면 그가 가슴에 떠올리기만 해도 견딜 수 없는 무서운 재앙인가. 그는 손목시계에 눈을 보냈다. 9시 8분. 빌어먹을 계집아이.

그는 몸의 위치를 바꾸었다. 열쇠가 달린 사슬을 손 끝으로 짜증스럽게 만지작거린다. 앞자리에 앉아 있는 여학생의 등을 응시했다. 그 여학생이 입은 블라우스의 얼룩무늬를 세기 시작했다.

교실문이 조용히 열렸다. 도로시의 창백한 얼굴에 루즈가 페인트처럼 유난히 돋보였다. 눈 밑에 거무튀튀한 기미가 끼어 있다. 도어를 열었을 때, 순간 그에게 눈길을 보내며 가까스로 알아차릴 수 있을 정도로 머리를 저어 보였다.

아아! 그의 눈길은 손가락에 감긴 사슬로 다시 되돌아와 지그시 응시했다. 온 몸이 저려 오는 것만 같았다. 그녀가 뒤쪽으로 다가오는 발소리가 들렸다.

그녀는 그의 왼편으로 몸을 미끄러뜨린다. 두 사람 사이에 책을 놓고 종이에 펜이 움직이더니 루스리프식 노트에서 종이를 한 장 뜯어내는 소리가 들려 왔다.

그는 고개를 돌렸다. 그녀의 손이 그의 쪽으로 내밀어져 있다. 파아란 줄이 쳐진 종이를 한 장 접어서 움켜쥐고 있다. 그를 물끄러미 바라보고 있는 것이었다. 크게 떠진 눈동자에 불안의 빛이 짙었다.

종이를 받아 무릎 위에서 펴 보았다.

몹시 열이 나고, 토해 버렸어요.
하지만 아무런 일도 생기지 않았어.

한순간 눈을 감았다가 얼마 뒤 다시 떴는데, 돌아보는 그의 얼굴에 표정이 없었다. 그녀의 입술에는 굳은 신경질적인 미소가 새겨져 있다. 그도 미소를 떠올리려고 했으나 안되었다. 손에 든 종이쪽지로 눈길을 되돌렸다. 그 쪽지를 반으로 접었다. 또 반으로 접고 다시 조그맣게 접어서 마지막에는 단단한 돌멩이처럼 된 뭉치를 포켓 속에 쑤셔넣었다. 그리고 두 손가락을 단단히 깍지끼고서 앉은 채 강사를 응시했다.

몇 분인가 지나 도로시에게 얼굴을 돌릴 마음의 여유가 생겼을 때, 그는 안심시키는 듯한 미소를 보이며 소리는 내지 않았으나 얼굴을 돌리고 입술만의 움직임으로 '걱정 마' 하고 말해 주었다.

9시 55분, 벨이 울린다. 학생들은 친구와 웃고 밀치락달치락거리면서 얼마 뒤 실시될 시험이며 아직 내지 않은 수업료며 데이트 약속이 어긋난 일 따위의 이야기를 주고받으며 교실을 나갔다. 밖에 나와서 사람이 붐비는 길에서 벗어나 콘크리트 벽으로 된 건물 그늘 속에서 두 사람은 발길을 멈추었다.

도로시의 볼에 생기가 되돌아와 있었다. 그녀는 빠른 말투로 얘기했다.

"이렇게 되면 이것으로 좋아요. 염려할 것 없다고 생각돼요. 당신은 학교를 중퇴할 필요 없어요. 정부에서 좀 더 수당을 많이 받을 수 있잖아요. 결혼하게 되면······."

"한 달에 105달러야."

그는 목소리에 나타나는 짜증을 누를 수가 없었다.

"우리 말고도 그 돈만으로 지내고 있는 사람이 있어요. 트레일러 캠프에 살고 있는 사람 말이에요. 우리들도 그것으로 살아갈 수 있을 거예요."

그는 잔디 위에 책을 놓았다. 시간을 버는 일이 중요하다. 생각하는 시간을. 무릎이 떨리기 시작한 것은 아닐까 하고 그는 생각했다. 그는 미소를 떠올리며 그녀의 어깨를 잡았다.

"이것은 기분 문제야. 당신은 아무것도 걱정할 것 없어." 그는 숨을 깊이 들이마셨다. "금요일 오후 우리들은 시정 회관에 가서……."

"금요일?"

"도리, 오늘은 화요일이야. 이제 사흘쯤은 아무것도 아니잖아."

"오늘 당장 가는 줄 알고 있었어요."

그는 그녀의 코트깃에 손가락을 갖다댔다.

"오늘은 무리야, 도리. 실제적으로 생각을 해줘. 그때까지 여러 가지 해야만 할 일도 있잖아? 우선 첫째로 혈액 검사를 받아야 되고 진찰 결과를 확인해야지. 그리고 금요일에 결혼, 주말엔 신혼 여행을. 곧 뉴욕 워싱턴 하우스에 예약을 해 둬야지……."

그녀는 결심이 서지 않는 듯이 얼굴을 일그러뜨렸다.

"겨우 사흘이 늦어지는데 어떻다는 거야?"

"당신 말이 옳아요." 그녀는 한숨을 내쉬었다.

"그래야만 당신은 내 애인이지."

그녀는 그의 손을 만졌다.

"나…… 나도 이런 결혼이 내가 바라던 것이라고는 생각지 않아요. 하지만 당신도 행복할 테지요?"

"그만둬. 그까짓 돈 따위는 이런 경우 아무것도 아니야. 나는 다만 당신을 위해서……."
그녀의 눈길이 부드러워지며 다가온다. 그는 손목시계를 보았다.
"10시부터 다음 수업이 있잖아?"
"스페인어뿐이에요. 안 들어도 괜찮아요."
"안돼. 오전 수업을 빼먹으려면 좀 더 그럴 듯한 이유가 있어야 해."
그녀는 그의 손을 꼬옥 힘주어 쥐었다.
"나중에 8시에 만나, 그 벤치에서" 하고 그는 말했다.
그녀는 마지못해 일어서 가려고 했다.
"참, 도리……."
"왜요?"
"언니에게 아무것도 알려 두지 않았을 테지?"
"엘렌에게? 아니."
"그래, 알리지 않는 게 좋을 거야. 결혼해 버릴 때까지는 알리지 않고 있는 편이 좋아."
"언니에게는 미리 말해 두어야 해요. 우리들은 아주 사이가 좋았는 걸요, 뭐. 언니에게 말하지 않고 이런 일을 하는 건 싫어요."
"2년 동안 언니는 꽤 쌀쌀했지 않아."
"쌀쌀했다고 하지 말아요."
"당신은 분명히 그렇게 말했어. 그건 그렇고, 언니는 아버지에게 말해 버릴 염려가 있어. 우리들을 방해하려고 아버지가 무슨 수를 쓸지도 몰라."
"아버지에게 무슨 일이 있어요?"
"알게 뭐야, 어쨌든 무엇이든 수단을 쓰실 게 틀림없어."
"알았어요, 당신 말대로 하겠어요."

"결혼하고서 곧 언니한테로 가지. 둘이서 모두들에게 이야기하는 거야."

"좋아요."

마지막으로 미소를 보이고 그녀는 햇빛이 넘치는 작은 길을 걸어갔다. 머리가 금빛으로 빛나고 있었다. 그녀의 모습이 건물 그늘로 사라질 때까지 그는 지그시 바라보고 있었다. 그리고 책을 주워들고 반대쪽으로 걸어갔다. 어딘가에서 날카롭게 브레이크를 거는 자동차 소리가 들려 왔다. 그는 섬뜩했다. 저 밀림 속에서 들은 새소리와도 같은 소리였다.

별로 의식하고서 그렇게 한 것은 아니었지만, 그 날의 나머지 수업은 모두 빠졌다. 그는 그 거리 끝에서 끝가지 걸어갔고 이윽고 강으로 향했다. 강은 푸르지 않고 구정물 같이 갈색이었다. 검게 칠해진 모턴 스트리트 다리의 난간에 몸을 기대고 담배를 피웠다.

바로 이 경치와도 같았다. 마침내 어찌할 수 없는 딜레마에 빠져 고민하고 있는 자신의 모습은 이 넘실거리는 물이 교각에 부딪치며 소용돌이를 이루고 있는 것과 닮아 있었다. 그녀와 결혼하느냐, 그녀를 버리느냐, 아내와 자식을 거느리고 무일푼인 채로 지내느냐, 그녀의 아버지에게 협박과 공갈을 받으며 시달리느냐.

"당신은 나를 모르시는 모양이군요. 나는 레오 킹십이라는 사람입니다. 실은 당신네 회사에서 고용한 어떤 젊은이에 대한 일로 잠깐 말씀드리고 싶은데, 이 일을 당신에게 미리 알려 드리고 싶어서……."

그러면 어떻게 되지? 이제 어머니 집 말고는 아무 데도 갈 수 없게 된다. 그는 어머니를 떠올렸다. 오랜 세월 동안 자만심으로 꼭꼭 뭉쳐져서 이웃집 아이들을 코끝으로 비웃어 온 그녀가 이제는 건어물 상점의 점원이 된 아들을 보게 되리라. 그것도 여름 한철의 일이 아니라, 평생 점원으로서 끝나는 것이다. 그렇지 않다면 시시한 공장 직공으로 썩는다. 그의 아버지는 어머니의 기대를 충족시키는 데 실패한 사람이었다. 그리하여 어머니는 아버지에게 보내고 있었던 애정이 마침내는 증오와 오욕(汚辱)으로 탈바꿈되어 버린 것을 그는 보아 왔다. 그도 또한 어머니의 애정이 슬픔과 굴욕으로 바뀌는 것을 보게 되는 것이 아닐까? 거리 사람들이 그에게 뒷손가락질을 하겠지. 아아! 그 약이 어째서 그 계집아이를 죽여 버리지 않았을까.

만일 그녀에게 중절 수술을 받게 할 수만 있다면, 그러나 그것은 안될 일이었다. 그녀는 결혼하려고 마음먹고 있으므로 그가 아무리 애원해도, 설득하려 해도, 지금부터 마지막 날까지 베이비라고 불러준다 해도 이런 비상 조치를 취하기 전에 엘렌에게 우선 의논하리라.

게다가 당장 수술 비용을 어디서 구해야 하나? 그리고 무슨 일이 생기면 어떻게 하나. 그녀가 죽기라도 한다면? 수술을 하게 한 것은 자신이므로 그런 일이 일어나면 그도 사건에 휩쓸려들게 되리라. 그녀의 아버지에게 추궁받지 않도록 일을 진행시키는 게 옳을 것이다. 그녀의 죽음은 그에게 있어 적어도 좋은 일은 되지 않을 테니까.

수술이 문제가 아니라, 그녀가 죽어 버린다면.

다리의 검은 페인트 자국을 바라보고 있으려니 왠지 가슴이 두근거렸다. 거기에는 길을 지시하는 화살표가 저마다 방향을 가리키며 그려져 있었다. 그는 그 마크를 손톱으로 더듬어 나가며 마음 속에 떠오르는 것을 털어내 버리려고 그 화살표에 주의를 기울였다. 그 화살표의 빛깔이 페인트를 칠한 사람의 마음을 나타내고 있는 것 같았다. 그것은 검정, 오렌지색, 검정, 오렌지색, 검정, 오렌지색으로 얼룩덜룩 칠해져 있었다. 그에게는 그것이 지리학 교과서에 있는 지층의 설명도처럼 생각되었다. 죽어 없어진 시대의 기록이다.

죽음.

이윽고 그는 책을 옆구리에 끼고 느릿한 걸음걸이로 다리를 걸어갔다. 차의 행렬이 그의 앞뒤에서 날카로운 소리를 내며 오가고 있었다.

  강기슭에 면한 작은 레스토랑에 들어가 햄샌드위치와 커피를 주문했다. 그는 구석 테이블에서 샌드위치를 먹었다. 커피를 마시면서 메모지와 만년필을 손에 들고 있었다.
  처음으로 마음에 떠오른 것은 제대할 때 가지고 나온 45구경 콜트였다. 얼마쯤 어려운 점은 있지만 총알을 손에 넣을 수는 있다. 그러나 권총을 사용하는 것은 좋은 방법이 아니다. 사고 내지는 자살로 꾸미지 않으면 안된다. 권총을 사용하게 되면 여러 가지 점에서 지나치게 복잡해진다.
  독약을 다음 대상으로 떠올려 보았다. 그러나 어디서 손에 넣을까? 하미 거트센에게서? 안된다. 그렇지, 약학부에서 입수할 수 있을지도 모른다. 약품실에 들어가는 것은 그다지 어렵지 않으리라. 도서관에 가서 어떤 독약이 좋은지 검토해 볼 필요가 있을 것이다.
  아무튼 사고 또는 자살로 꾸며 보이지 않으면 안된다. 만일 타살로 밝혀지게 되면 경찰이 첫 번째 용의자로 간주하는 것은 바로 그 자신일 것이다.
  만일 일을 강행하게 된다면 세세한 점에 이르기까지 고려하지 않으면 안된다. 오늘은 화요일이다. 결혼은 무슨 일이 있어도 금요일보다 뒤로 늦출수는 없다. 그녀는 걱정스러워하며 엘렌에게 털어놓으리라. 금요일이 글자 그대로 데드라인인 것이다. 신속하고 신중한 계획을 짜는 일이 필요했다.
  그는 자기가 쓴 노트에 눈길을 떨구었다.

1, 권총 (불가)
   2, 약물 (a) 선정
          (b) 입수
          (c) 처리
          (d) 위장──①사고사 ②자살

 물론 일을 감행할 작정으로 어디까지나 가정한 것이었다. 현재 이것은 순전히 가능성을 생각해 보는 영역을 벗어나지 못하는 것이었다. 좀 더 세부에 걸친 점을 검토해야겠다고 생각했다. 심리 시험인 것이다. 그러나 레스토랑을 나와 거리로 돌아갈 때의 그의 발걸음은 단단했고 확신에 넘쳐 불안감이 없어졌다.

5

 오후 3시, 그는 캠퍼스로 돌아와 곧장 도서관으로 발길을 향했다. 도서 카드 속에 찾고 있는 정보를 제공해 줄 만한 책이 여섯 권 등록되어 있음을 발견했다. 네 권은 독물학 개론이고 나머지 두 권은 범죄 수사 편람으로서, 색인 카드는 독물의 항목에 들어 있었다. 도서관원에게 가져다 달라고 하기보다는 데스크 신청을 하고 자기 스스로 서가에 가기로 했다.
 그는 서고에 들어간 일이 없었다. 책꽂이가 쭉 늘어선 3층 건물로서, 금속제의 나선 계단으로 통하고 있었다. 적은 책 가운데 한 권은 이미 대출되어 있었다. 나머지 세 권은 3층에서 쉽게 찾아낼 수 있었다. 도서실의 벽과 마주보게 되어 있는 책상 앞에 앉아 전등을 켜고 펜과 메모지를 정돈해 두고서 책을 읽기 시작했다.
 1시간쯤 지났을 무렵, 그는 약학부의 약품실에 있다고 생각되는 극약을 다섯 종류 뽑아 냈다. 그 어느 것이나 작용 시간과 죽기 전 반응 등의 점에서 그가 강에서 걸어 돌아오는 동안 이미 생각해 본 아직 확실히 형태를 이루고 있지 않은 아우트라인을 가진 그 계획에 안성맞춤인 것처럼 생각되었다.

도서관을 나와, 대학 구내에서 떠났다. 세들어 있는 집으로 곧장 발길을 돌렸다. 도중 두 블록쯤 갔을 때 쇼윈도우에 커다란 글씨로 판매 광고를 내건 양복점에 이르렀다. 광고 하나에 마지막 대매출이라고 씌어진 모래시계의 스케치가 보였다.

잠시 그는 이 모래시계에 눈길을 보내고 있었다. 그리고 방향을 바꾸어 대학으로 다시 돌아갔다.

그는 대학의 서적부로 갔다. 게시판에 붙여진 등사판으로 찍어 낸 책의 목록을 훑어 보고 나서 매장의 계원에게 〈약물 용법〉이 있느냐고 물어 보았다. 상급생인 약학부 학생이 참고로 사용하는 실험용 편람이었다.

"학기가 시작되고 있는데 한가하시군요."

계원은 서적부 안에서 그 참고서를 가지고 돌아와 한 마디 농담을 했다. 견고한 녹색표지의 크고 얇은 책이었다.

"잃어 버렸습니까?"

"아니오, 도둑맞았어요."

"허허, 다른 건 뭐 필요한 것 없습니까?"

"참, 봉투가 필요한데요."

"크기는?"

"어떤 봉투라도 좋습니다. 편지를 넣을 수 있는 거라면……."

계원은 그 책 위에 흰 봉투를 한 묶음 놓았다.

"1달러 50센트, 이쪽은 25센트, 세금을 합하여 모두 1달러 79센트입니다."

약학부는 스토다드 대학의 오랜 건물 가운데 하나로서, 담쟁이덩굴이 얽힌 벽돌로 된 3층 건물이었다. 정면은 커다란 돌계단으로 되어 있으며 큰 현관이기도 했다. 건물 양쪽에 긴 복도로 이어지는 계단이 있고, 그것이 지하실로 계속되어 약품실이 있는 것이다. 약품실 도어에는 자물쇠가 채워져 있었다. 이 열쇠는 대학 직원이면 누구나 갖고 있도록 약학부의 부원, 그리고 상급생도 일일이 허락받지 않고 열쇠를 사용할 수 있도록 되어 있었다. 이것은 각 학부가 공통으로 사용하고 있었고 각 전문 분야별 창고는 누구의 감독도 받지 않고 들어갈 수 있었다. 대학에서는 모두들 친근하게 지낼 수 있도록 배려해 두고 있었던 것이다.

그는 중앙 현관으로 들어가 홀을 지나서 휴게실로 들어갔다. 브리지를 하는 무리가 둘 있었고 그밖에도 몇몇 학생들이 잡담을 하고 있든가 책을 읽고들 있었다. 그가 들어갔을 때 두서너 명이 그에게로 눈길을 보냈다. 그는 방 귀퉁이의 긴 옷걸이가 있는 곳까지 곧장 다가가서 책을 그 위 선반에 올려 놓았다. 윗옷을 벗어 고리에 걸었다. 책 사이에 낀 봉투 묶음을 꺼내어 띠 봉함을 확인하고, 그 가운데서 세 장을 빼내어 바지 뒷주머니에 넣었다. 나머지 봉투는 책과 함께 두고 약물학 참고서를 가지고 방을 나섰다.

계단을 내려가 지하실 복도를 걸었다. 계단의 오른쪽에 남자 화장실이 있었다. 그 안에 들어가서 아무도 없음을 확인하고 그는 그 책을 바닥에 놓았다. 그 위에 발을 얹고 두세 번 짓밟은 다음 다시 타일을 깐 바닥에서 몇 번이나 발로 찼다. 주워올렸을 때는 방금 산 것이라고는 여겨지지 않을 정도였다. 그것을 세면대 선반 위에 놓았다. 거울에 비친 자기의 모습을 보았다. 셔츠 소매의 단추를 끄르고 소매를 팔꿈치까지 걷어올렸다. 책을 안고 복도로 나갔다.

약품실 도어는 계단과 복도 막다른 곳의 꼭 중간쯤에 있었다. 도어에서 두서너 걸음 간 곳에 게시판이 있었다. 그것에 다가가서 게시되어 있는 사항을 보았다. 등을 약간 복도의 한쪽 끝으로 조금 돌리고 있으므로 시야 한귀퉁이로 계단의 아래 언저리를 포착할 수가 있다. 그는 참고서를 왼손에 들고 있었다. 열쇠 사슬을 손끝으로 더듬고 있었다.

여학생 하나가 약품실에서 나오더니, 손을 뒤로 돌려서 도어를 닫았다. 그녀는 녹색의 참고서를 가지고 있었고 우유빛 액체가 반쯤 담긴 비커를 들고 있었다. 그는 여학생이 복도를 멀어져 가 계단을 오를 때까지 눈으로 좇고 있었다.

몇 명의 학생들이 그의 뒤쪽 도어에서 나왔다. 그들은 이야기를 주고받으면서 가 버렸다. 세 학생이 또 나왔다. 세 사람은 복도를 걸어가더니 복도의 막다른 도어로 나갔다. 그는 줄곧 게시판을 바라보고 있었다.

5시를 알리는 벨이 울렸다. 잠시 동안 홀 언저리에 활기 띤 소리가 이어졌다. 그러나 그것도 갑자기 조용해지고 마침내 그는 다시 혼자가 되어 있었다. 게시 사항의 하나는 취리히 대학에서 하기 강좌가 개최된다는 것이었다. 그는 그것을 읽기 시작했다.

머리가 벗어진 한 사나이가 계단을 내려왔다. 그는 교과서를 갖고 있지 않았으나 이쪽으로 다가와 자기가 갖고 있는 열쇠에 손을 움직인 것으로 보아 약품실에 들어가려는 것이 틀림없었다. 더구나 그 풍채로 미루어 보아 교수인 것 같았다. 다가오는 그 사람에게로 등을 돌린 채 그는 취리히 대학의 팸플릿 페이지를 넘기고 있었다. 도어의 자물쇠가 열리는 소리가 들리고 도어가 열렸다가 이어서 닫혀졌다. 1분쯤 지나자 도어가 다시 열려지고 발소리가 멀어져 갔으며, 이어서 계단을 오르는 발소리가 들려 왔다.

그는 본디 자세로 돌아가 담배에 불을 붙였다. 깊이 들이마시고 연기를 내뿜은 담배를 바닥에 던져 발로 비벼 껐다. 여학생이 하나 나타났다. 이쪽으로 걸어온다. 손에는 실험학 교과서를 들고 있다. 부드러운 밤색 머리털에 거북등 모양의 안경을 쓰고 있었다. 덧옷 주머니에서 열쇠꾸러미를 꺼내려 하고 있었다.

그는 일부러 교과서의 녹색 표지를 보이듯이 하여 겨드랑이에 끼고 있던 책을 슬쩍 왼손에 미끄러뜨려 떨어뜨렸다. 취리히 대학의 팸플릿 고시(告示)의 마지막 페이지를 들추고 나서 가까워지는 여학생에게 눈도 보내지 않고 약품실 도어로 다가갔다. 열쇠를 갖고 있는 척 주머니에 손을 넣어 열쇠꾸러미를 더듬었다. 겨우 열쇠를 꺼냈을 때 그 여학생은 벌써 도어 앞에 와 서 있었다. 그의 주의력은 그 열쇠로 향해져 있었다. 열쇠 꾸러미를 더듬거리면서 이 도어에 사용할 열쇠를 골라내는 척하고 있었던 것이다. 그녀가 도어에 열쇠를 꽂을 때까지 그 여학생의 존재를 깨닫지 못한 듯한 태도였다. 그녀는 열쇠를 돌리고 도어가 조금 열리자 미소를 지어 보였다.

"아, 이거……" 그는 그녀 곁으로 다가가서 도어를 밀고는 한 손을 주머니에 되돌려 열쇠를 집어넣었다. 그 여학생의 뒤를 따르며 손을 뒤로 돌려 도어를 닫았다.

작은 방에는 도서대가 여러 개 있고 라벨이 붙여져 있는 병, 상자, 기묘한 모양의 화학 기구 등이 잔뜩 쌓인 선반이 있었다. 그 여학생이 벽의 스위치를 누르자 이 방의 고색창연한 광경과는 도무지 어울리지 않는 형광등의 불빛이 두세 번 깜박이더니 성성한 빛을 비쳤다. 그녀는 방 한쪽으로 가서 그곳 도서대 위에 교과서를 펼쳤다.

"당신은 애버슨과 같은 클라스인가요?" 여학생이 물었다.

그는 반대쪽으로 걸어갔다. 그 여학생에게 등을 돌리고 병이 늘어선 벽으로 얼굴을 향하고 있었다. "그렇습니다" 하고 그는 말했다.

유리 기구와 금속이 서로 부딪치는 희미한 소리가 방에 울렸다.

"그 사람, 팔은 어때요?"

"아마 늘 그 모양이지요." 그는 말했다. 병을 집어 여기저기로 움직였다. 그러면 이 여학생에게 의심을 사지 않아도 된다.

"하지만 꽤 바보스러운 짓이에요." 그녀는 말했다. "그 사람은 안경이 없으면 도무지 아무것도 보이지 않는다면서요?" 그 목소리가 공허하게 울렸다.

병은 저마다 한결같이 흰 종이가 붙여져, 검은 글자로 분류되어 있었다. 그 몇 개에는 빨간 글씨로 '극약'이라고 씌어진 종이가 따로 붙어 있었다. 이 병이 있는 줄에 재빨리 눈길을 굴려서 빨간 글씨가 씌어진 종이가 붙어 있는 병을 세어 보았다. 그가 뽑아 낸 독약의 리스트는 주머니의 메모에 있었으나 거기에 써 둔 글자는 눈에 보이지 않는 스크린에 비쳐 있듯이 눈 앞에서 아른거렸다.

그는 찾고 있던 독약을 발견했다. 그 병은 눈의 위치보다 조금 높은, 자기가 서 있는 곳에서부터 2피트도 채 못되는 선반 위에 놓여 있었다. '백비소(白砒素) AS_4O_6 극약.' 흰 분말이 반쯤 들어 있었다. 그의 손이 그곳에 뻗쳐지다가, 딱 멎었다.

그 여학생의 모습이 보이는 위치까지 천천히 몸의 방향을 바꾸었다. 그녀는 노란 분말을 계량기에서 유리 용기로 옮기고 있는 참이었다. 또다시 선반으로 몸을 돌리자 교과서를 도서대 위에서 펼쳤다. 의미도 모르는 도식(圖式)이며 선이 이리저리 엇갈린 페이지가 눈에 들어왔다.

이윽고 그 여학생은 일이 끝난 듯했다. 계량기를 치우고 서랍을 닫았다. 그는 자못 열심히 읽고 있는 듯이 손가락으로 문장을 한 줄 한 줄 짚어가면서 교과서에 얼굴을 가까이 가져갔다.

"그럼, 먼저 가 보겠어요." 그녀는 말했다. "실례해요."

도어가 열리고 다시 닫혔다. 주위를 둘러보았다. 혼자였다.

그는 포켓에서 손수건과 봉투를 꺼냈다. 손수건을 오른손에 씌운 뒤 비소가 담긴 병을 선반에서 집어 대 위에 올려 놓고 마개를 뽑았다. 그 분말은 정제된 밀가루 같았다. 테이블스푼으로 수북이 하나의 분말을 봉투에 넣었다. 희미하게 쏘는 듯한 소리를 내며 가루가 흘러 떨어졌다. 이 봉투를 단단히 집어 또 하나의 봉투 속에 넣어 주머니에 간직했다. 병의 마개를 막고 제자리에 되돌려 놓고는 서랍이며 상자며 병의 라벨을 읽어 가면서 방 안을 천천히 움직여 갔다. 세 장째의 봉투를 벌려 손에 들고 있었다.

몇 분 뒤, 그는 찾고 있던 것을 발견했다. 거품을 휘저은 달걀 흰자위처럼 희미하게 번득이는 투명한 젤라틴 원료가 가득 들어 있는 상자였다. 그 젤라틴의 포장을 표나지 않도록 6개 꺼냈다. 봉투에 넣어 캡슐이 찌부러지지 않도록 살며시 포켓 속에 간직했다. 후유 하고 한숨 돌리자 주위가 똑똑히 눈에 보였다. 대 위에서 교과서를 집어들고 스위치를 꺼 버린 다음 방을 나왔다.

책과 윗옷을 들고서 그는 다시 대학 구내를 떠났다. 춤을 추고 싶은 듯한 안도감을 느꼈다. 예정된 행동 코스를 예정대로 속도와 정확성을 갖고 제1단계를 돌파한 듯한 느낌이었다. 물론 이것은 실험적인 계획에 지나지 않는 것이었지만 그러나 일이 여기까지 이르러서는 마지막 목표점까지 해낼 수밖에 없다. 이 다음 단계에서는 어떠한 행동을 취할 것인지 검토하자. 경찰 당국은 도로시가 우연히 치사량의 비소를 먹었다고는 믿지 않으리라. 자못 자살답게, 누가 보아도 의심할 나위가 없는 자살로 꾸며 보이지 않으면 안된다. 유서이든 무엇이든 확실한 증거물을 남겨 두지 않으면 안되는 것이다. 만일 자살이 아니라는 의문을 경찰이 가질 경우에는 수사가 시작된다. 그때 그를 약품실에 넣어 준 그 여학생은 언제라도 그가 범인이라고 입증할 수가 있는 것이다.

바지 왼쪽 주머니에 간직한 약하디약한 젤라틴의 포장에 신경이 쓰여 천천히 조심스럽게 걸어갔다.

도로시와는 8시에 만났다. 업타운에 가서 아직 상영되고 있는 존 폰테인 주연의 영화를 보았다.

전날 밤, 도로시는 그 영화를 몹시 보고 싶어했던 것이다. 그때 그녀의 세계는 그가 건네 준 정제처럼 흐릿한 잿빛의 세계였다. 그러나 오늘 밤은, 오늘 밤은 온갖 것이 찬란해 보이기만 했다. 곧 결혼하자는 약속이 그녀의 걱정을 신선한 바람이 병든 나뭇잎을 흩뜨려 버리듯이 불어 없애 주었기 때문이었다. 임신 문제뿐 아니라 지금까지 무겁게 억눌리고 있었던 일, 말하자면 고독이며 불안 같은 것이 한꺼번에 사라져 버린 것이다. 단 한 가지 아직도 잿빛으로 남아 있는 것은, 잘 확인하지 않고 성급하게 해 버린 결혼에 못마땅한 마음을 가지고 있을 아버지가 이 결혼의 참된 원인이 무엇인가를 알았을 때, 피하려야 피할 수 없는 날의 일이었다. 그러나 그것도 오늘밤은 대수롭지 않은 일로밖에 여겨지지 않았다. 그녀는 아버지의 완고한 도덕관이 싫었으며, 지금까지 그것을 은근히 무시해 오고 있었다.

그러나 이제는 남편의 품 안에 떳떳이 안길 수 있는 것이다. 아버지는 몹시 나무라겠지만, 그녀의 마음 속에는 그와 같은 염려마저도 거의 예상되지 않았다.

그녀는 트레일러 캠프의 포근하고 행복한 상황을 마음에 그린다. 아기가 태어나면 좀 더 마음이 풍부해지고 행복해지겠지. 그녀는 영화를 보면서 마음 죄고 있었다. 어떠한 영화에 표현되어 있는 것보다도 더욱 아름다운 현실에서, 그녀의 미래의 희망에서 스크린은 그녀의 심정을 어지럽게 하기 때문이었다.

한편 그는 어젯밤에는 영화를 보고 싶다는 생각이 들지 않았다. 영화를 좋아하지도 않았거니와, 감정을 억지로 과장하는 듯한 영화는 특히 싫어했다. 그러나 오늘 밤, 어두운 객실에서 느긋한 기분으로 도로시의 어깨에 팔을 두르고 그녀의 가슴께에 가벼이 손을 얹고 있으려니까, 비로소 평안한 기분이 되는 것을 느꼈다. 저 일요일 밤, 그녀가 임신하고 있음을 고백할 때까지 이어지고 있었던 평온함이 잠시 동안 그에게 다시 되돌아왔던 것이다.

그는 화면에 주의를 기울이려고 했다. 마치 그 영화의 줄거리 속에 영원한 수수께끼에 대한 해답이 담겨져 있기라도 한 것처럼, 차츰 영화가 재미있어지기 시작했다.

그는 집으로 돌아와 캡슐을 만들었다.

정성껏 접은 종이를 펼쳐 그 흰 분말을 작은 젤라틴 용기에 담은 다음, 전에 사용했던 조금 큰 정제의 형틀에 맞추었다. 만드는 데는 거의 1시간이나 걸렸다. 캡슐은 두 개가 찌부러지고 하나는 빠개졌으며 또 다른 하나는 손 끝의 물기로 끈적끈적해지고 말아서, 결국 완전한 모양의 캡슐은 두 개밖에 안되었다.

일을 끝내자 실패한 캡슐이며 남은 분말을 모두 욕실로 가져가서 변기 속에 넣어 흘려 보내 버렸다. 비소를 쏟아 놓았던 종이, 담았던 봉투 등도 잘게 찢어 마찬가지로 흘려버렸다. 그러고 나서 비소의 정제를 새로운 봉투에 넣어 옷장 맨 아랫서랍을 열고서 파자마 아래에 있는 킹십 제동의 팸플릿 밑에 간직했다. 그 팸플릿을 보자 그의 얼굴에는 잔인한 미소가 피어 올랐다.

오늘 오후 그가 읽은 책에 씌어진 극약의 치사량 리스트에는, 비소의 경우 '10분의 2그램' 또는 '5분의 1그램'이라고 씌어 있었다. 대충 어림잡아 보아 이 캡슐 두 개의 분량은 5그램은 넉넉하다고 그는 생각했다.

6

 수요일의 강의에는 두 사람 모두 출석했지만, 잠수복을 입은 잠수부가 바다 속으로 들어가 미지의 세계의 한부분을 이루고 있는 만큼도 그는 자기 주위에 관심이 없었다. 온 에너지가 내부로 향하여 도로시를 속여서 자살 유서를 쓰게 하든가, 그것이 어려운 일이라면 다른 수단을 강구하여 그 죽음이 스스로 의도한 것처럼 위장하지 않으면 안된다는 문제에 초점이 모아져 있었던 것이다. 이리하여 곰곰이 생각하고 있는 동안, 자기의 계획을 실행에 옮겨야 할 것인지 어떤지 망설임을 저도 모르게 이미 떨쳐 버리고 있었다. 그는 죽이려 하고 있는 것이다. 독약은 손에 넣었다. 그것을 어떻게 하여 먹일 수 있는가 하는 것은 이미 경험하고 있다. 문제의 하나는 해결한 것이다. 그리하여 또 하나를 해결하려고 결정했다. 이 날의 수업 도중, 그는 커다란 목소리나 백묵이 흑판에 긁히는 소리들에 놀라 현실로 주의를 되돌렸다. 그는 둘레의 학생들을 무어라 말할 수 없는 놀라움으로 지켜보았다. 브라우닝의 시 한 귀절이나 칸트의 문장 하나에 관해 그들이 이맛살을 찌푸리고 있음을 보자, 자기가 갑자기 어른이 된 듯한 심정이 드는 것이었다.
 그 날의 마지막 강의는 스페인어로서, 이 시간의 끝무렵에는 기습적인 간단한 시험이 있었다. 가장 싫어하는 과목이었으므로 그는 이 클라스가 공부하고 있는 어떤 화려한 스페인 소설의 한 페이지를 번역하는 일에 주의력의 초점을 기울이려고 애썼다.
 자기의 계속되는 생각이 자기로서는 어쩔 수 없는 것인지 아니면 더욱 생각을 냉엄하게 진행시키고 나서 감행하는 일이 마음에 안도감을 가져다 줄는지 깨닫지 못하게 되었다. 그러나 답안을 써 나가고 있는 도중 어떤 생각이 떠올랐다. 완전한 형태를 가진 완벽한 계획으로 거의 실패할 것 같지 않은, 도로시에게 의혹을 품게 하지 않고서도 행할 수 있을 듯한 것이 머릿속에 떠올랐던 것이다. 그 착상이 마음을 빼앗았기 때문에 시험이 끝났을 때 답안은 반쯤밖에 채워져 있지 않았다. 이래서는 클라스에서 성적이 떨어지겠지만 지금은 그런 것은 문제가 아니었다. 내일 아침 10시쯤에는 도로시가 스스로 손으로 유서를 써야만 되는 것이다.

그날 밤 하숙집 아주머니가 이스턴스타의 집회에 간 것을 틈타서 그는 도로시를 집으로 데리고 갔다. 2시간 가량 함께 지냈는데, 그는 그녀가 바라고 있는 것처럼 다정했고 참으로 부드러웠다. 그는 여러 가지 점에서 그녀를 매우 사랑하고 있었다. 그러나 이러한 경험도 그녀에게는 마지막이라는 것을 그는 의식하고 있었다.

그의 전혀 달라진 듯한 다정함과 헌신을, 도로시는 결혼이 가까이 다가왔기 때문이라고 생각했을 뿐이었다. 그녀는 신앙심이 두터운 아가씨는 아니었으나, 결혼은 무엇인가 신성한 것이 뒤따르는 상태라고 깊이 믿고 있었던 것이다.

그런 뒤 두 사람은 대학 가까이에 있는 어떤 조그마한 레스토랑으로 갔다. 조용한 곳으로 학생들에게는 조금 서먹서먹하기도 했다. 이 식당의 나이 지긋한 주인은 푸른빛이나 흰빛의 크레이프 테이퍼로 창문을 꾸미거나 스토다드 대학의 페넌트를 걸어 놓는 일에는 반대였는데, 대학가의 소란스럽고 언제나 들뜬 듯한 분위기에 화를 내고 있었기 때문이다.

그들은 파랗게 페인트를 칠한 벽으로 칸막이된 작은 방 하나에 자리잡고 앉아 치즈버거와 위스키가 섞인 초콜릿을 먹었다. 식사를 하고 있는 동안 도로시는 펼치면 큰 테이블에 가득찬다는 새로운 북케이스에 대해서만 이야기하고 있었다. 그는 재미없다는 듯이 고개를 끄덕여 보이면서 그 모놀로그(독백)가 끝나기를 기다리고 있었다.
"참, 당신에게 준 사진 아직도 갖고 있어? 내 얼굴이 잘 나온 그 사진 말이야" 하고 그는 말했다.
"물론이에요."
"그럼, 그걸 이틀만 돌려 주지 않겠어. 어머니에게 보내 드리기 위해 몇 장 더 뽑으려고 그래, 사진관에 가서 찍는 것보다 돈이 덜 들 테니까."
그녀는 의자 옆에 개켜 놓았던 코트 주머니에서 녹색 지갑을 꺼냈다.
"어머니께 우리들 이야기를 했어요?"
"아니, 아직 하지 않았어."
"어머나, 왜요?"
그는 잠시 생각해 보았다.
"당신도 일이 끝날 때까지는 가족에게 알리지 않을 테지? 나도 어머니에게 아직 알리지 않으려고 생각하고 있어. 우리들만의 비밀로 해 두는 거지." 그는 미소지었다. "당신도 누구에게 말하지 않았을 테지?"
"네."
그녀는 몇 장의 사진을 지갑에서 꺼내고 있었다. 그는 맨 위에 있는 사진을 테이블 너머로 바라보았다. 도로시와 두 여자——언니들이로구나 하고 그는 생각했다. 그가 바라보고 있는 것을 알자 그녀는 그 사진을 그에게 건네 주었다.
"가운데가 엘렌이고 이쪽 끝이 마리온이에요."
세 딸이 자동차 앞에 서 있다. 캐닐락이로구나 하고 그는 생각했다. 태양을 등지고 있어 얼굴이 그늘져 있었으나 그런대로 세 사람의 용모를 알아볼 수 있었다. 셋 다 똑같이 눈이 길게 째져 있고 광대뼈가 나왔다. 엘렌의 머리털은, 도로시의 밝은 머리털과 마리온의 짙은 머리털의 꼭 중간 빛깔인 듯한 느낌이 들었다.

"누가 가장 예쁘지?" 하고 그는 물었다. "물론 당신 다음이긴 하지만……."

"엘렌이에요." 도로시가 말했다. "나보다도 훨씬 예뻐요. 마리온도 좀 더 예뻐질 수가 있을 거예요. 하지만 아무튼 그런 머리 모양을 하고 있으니……."

그녀는 자기의 머리털을 거칠게 뒤로 모아 올리며 눈살을 찌푸려 보였다.

"언니는 지적이에요. 기억하고 있어요?"

"참, 프로스트를 아주 좋아하고 있다고 했지."

도로시는 그 다음번에 있는 스냅 사진을 건네 주었다. 그녀의 아버지였다.

"우와!"

그가 기묘한 소리를 질렀으므로 두 사람은 웃음을 터뜨렸다.

웃음을 그치자 그녀는 "그리고 이것이 나의 피앙세"라고 말하며 그의 사진을 건네 주었다.

그는 의심스럽다는 얼굴로 그 사진을 보았다. 희고 잘생긴 얼굴이었다.

"이것이 그렇단 말이지." 그는 멋을 부리며 말하더니 턱을 만졌다. "나로서는 망나니 아들처럼 보이는데."

"하지만 아주 핸섬해요. 정말 멋쟁이인걸" 하고 그녀는 말했다.

그는 흐뭇해 하는 얼굴로 그 사진을 포켓에 집어넣었다.

"잃어 버리면 안돼요."

그녀가 걱정스러운 듯이 말했다.

"걱정마, 도로시."

그는 둘레를 휘둘러보았다. 불빛이 밝았다. 두 사람이 앉은 자리 옆 벽에는 이 레스토랑의 자동 뮤직 박스가 있었다.

"음악이로군."

그는 말하자마자 니켈 화폐를 기계의 구멍에 밀어넣었다. 빨간 누름단추가 두 줄로 늘어서 각 곡의 이름이 적혀 있는 기계 앞에서 둘은 손가락을 아래위로 움직이며 곡들의 이름을 읽어 보았다. 도로시가 좋아하는 '매혹의 밤'이 있는 누름단추에서 손가락을 멈추었으나, 그때 그의 눈은 훨씬 아랫줄인 '언 톱 오브 올드 스모키'에 멎더니 잠시 생각하고 나서 이것으로 골랐다. 누름단추를 눌렀다. 뮤직 박스에 생명이 불어넣어졌다. 도로시의 볼은 연분홍빛으로 물들어 있었다.

그녀는 손목시계를 보며 황홀하게 눈을 감고서 의자 등받이에 몸을 기댔다.

"난 생각해 봤어요……" 그녀는 미소지으며 중얼거렸다. "다음 주일부터는 허둥지둥 기숙사로 뛰어가는 일도 없게 되었다고요……."

전주곡인 기타 소리가 뮤직 박스에서 흘러나오고 있었다.

"우리들, 트레일러 캠프에 신청하지 않아도 괜찮아요?"

"오늘 오후에 가 보았어" 하고 그는 말했다. "아마 2주일 걸릴 거야. 그때까지 내 방에 있으면 되겠지. 아주머니에게는 미리 말해 둘 테니까."

그는 종이 냅킨을 접혀 있는 가장자리에서부터 잘게 찢기 시작했다.

여자의 목소리가 노래하고 있었다.

낡은 굴뚝에
눈이 내려 쌓인다.
사랑을 구하지 않았기 때문에

나는 애인을 잃었네.

"민요로군요."
도로시는 담배에 불을 붙이면서 말했다. 불길이 구리가 입혀진 성냥갑에 반짝반짝 되비쳤다.
"당신에게 있어 곤란한 점은 호화로운 생활이 몸에 배어 그 생활의 희생자가 되었다는 점이야."

기쁨을 사랑했기 때문에
슬픔이 남겨졌네.
거짓 애인은
도둑보다도 더욱 나빠

"혈액 검사 받아 보았어요?"
"응. 그것도 오늘 오후에 끝내고 왔어."
"나도 받아야 되나요?"
"받지 않아도 괜찮을 거야."
"하지만 연감을 보았는데 아이오와 주에서는 '혈액 검사는 절대 필요'라고 하더군요. 둘 다 필요하다는 뜻이 아니에요?"
"나도 물어 보았어. 하지만 당신은 그렇게 할 필요 없어."
그의 손가락은 다시 냅킨을 집어들었다.

도둑이 너를 훔친다
네가 갖고 있는 것을.
하지만 거짓 애인은
너를 무덤으로 이끌리

"너무 늦지 않겠어요?"

"이 음악이 끝날 때까지만…… 괜찮겠지? 나는 이 곡을 아주 좋아해."

그는 냅킨을 펼쳤다. 찢긴 부분이 양옆으로 똑바로 펼쳐져 거미집처럼 복잡한 레이스 무늬가 되어 있었다. 그는 그 수예품을 자랑스러운 듯이 테이블 위에 펼쳐 보였다.

무덤은 너를 썩게 만든다
그리고 나서 티끌로 바꾸어 버리네.
가엾은 아가씨가 믿을 수 있는
사나이는
백 명에 한 사람도 없어

"우리 여자들이 잠자코 견뎌내야만 할 일이 무엇인지 알고 계세요?"

"연민. 참된 연민. 나의 마음은 쥐어뜯기는 것만 같아."

방에 돌아오자 그는 재떨이 위에 사진을 놓고 성냥불을 귀퉁이에 붙였다. 이 사진은 학교의 연보에도 실려 있고, 자기 자신도 마음에 들어하는 사진이었다. 불살라 버리고 싶지 않았지만 그러나 이 사진 아래쪽에 '도로시에게. 나의 모든 사랑을 다바쳐서'라고 씌어져 있었던 것이다.

7

9시 수업에 그는 여느 때와 마찬가지로 조금 늦게 왔다. 교실 뒤쪽에 자리를 잡은 그는 학생들로 꽉 채워져 있는 자리를 줄곧 바라보고 있었다. 밖에는 비가 내리고 있어 빗방울이 유리창 바깥쪽을 떠처럼 되어 방울져 떨어진다. 그의 왼쪽 자리는 강사가 교단에 올라서서 '도시 재정의 정치적 형태'라는 강의를 시작했건만 아직도 비어 있었다.

그는 모든 준비를 끝마치고 있었다. 펜은 그의 앞에 펼쳐져 있는 노트 위에 얹혀져 있고, 스페인어로 씌어진 《후 로레스네 글라스의 집》이라는 소설이 무릎 위에 놓여 있었다. 갑자기 숨이 멎을 만큼 큰 충격이 그를 감쌌다. 만일 그녀가 오늘 수업에 출석하지 않는다면 내일은 금요일, 다시 말해서 데드라인인 것이다. 오늘만이 그녀에게 유서를 쓰게 할 단 하나밖에 없는 기회였다. 오늘 밤까지는 무슨 수를 써서라도 그것을 손에 넣지 않으면 안되는 것이다. 만일 그녀가 수업에 빠진다면 어떻게 해야 좋을까?

그러나 9시 10분이 지나자 그녀가 모습을 나타냈다. 숨을 헐떡이면서 손에 책을 들고 팔에는 레인코트를 걸쳤는데, 도어에서 들어올 때 그의 얼굴을 바라보며 방긋 웃어 보였다. 살금살금 교실을 가로질러 그의 뒷자리에 다가와서 팔에 걸친 레인코트를 자기 의자에 걸치고 앉았다. 책을 펴고 노트를 꺼내어 책 옆에 놓은 뒤 나머지 책을 두 사람 자리의 사이에 놓았을 때도 그녀의 얼굴에서는 미소가 사라지지 않았다.

그리고 그의 무릎 위에 책이 펼쳐진 채로 놓여 있는 것을 깨닫자 궁금하다는 듯이 눈을 들었다. 그는 손가락을 그 페이지에 끼고 책을 덮어 그 책 표지가 그녀에게 보이도록 했다. 그녀는 그것을 보고 그 책 이름을 알았다. 그는 다시 책을 펴더니 두 페이지쯤을 짜증스러운 얼굴로 펜을 들어 가리키며 그것과 함께 노트를 보여 주었다. 이렇게 많이 번역하지 않으면 안돼 하는 뜻이었다. "어머나, 힘들게도!"라는 듯이 도로시는 머리를 흔들어 보였다. 그는 강사를 손으로 가리키고 다음에 그녀의 노트를 손가락질 하며——그녀에게 칠판에 씌어진 것을 받아쓰도록 하고 자기는 나중에 그것을 베끼겠다는 시늉을 해보였다. 그녀는 고개를 끄덕였다.

15분쯤 꼼꼼히 그 소설의 단어를 좇아 노트에 천천히 베껴 나가면서 도로시를 지그시 지켜보고 있으려니까, 그녀는 강의의 필기에 열심이었다. 그는 2인치쯤 되게 노트를 한 장 찢어내더니 종이 가득히 아무 뜻도 없는 것을 휘갈겨 썼다. 단어를 썼다가는 지우기도 하고 동그라미를 그리기도 하다가 지그재그의 선을 긋더니 그 종이를 뒤집었다. 손가락으로 그 소설의 문장을 짚어 나가면서 머리를 흔들다가는 발로 빠른 가락의 나직한 스텝을 밟기 시작했다.

도로시가 그걸 눈치채고 이상하다는 듯이 그에게로 얼굴을 돌렸다. 그는 그녀에게 눈길을 보내며 야단났어, 하는 의미의 한숨을 지어 보였다. 그리고 손가락을 들어 그녀가 강사에게 주의를 되돌리려고 하기 전에, 그녀에게 잠깐 기다려 달라고 부탁하는 듯한 제스처를 해보였다. 그는 쓰기 시작했다. 그 소설에서 베낀 말을 아까의 작은 종이에 늘어놓았다. 다 쓰고 나더니 그 종이쪽지를 그녀에게 주었다.

Traducción, por favor라고 그는 첫머리에 쓰고 있었다. '번역해 줘'라는 뜻이었다.

    Querido,
    Espero que me perdonares Por la infelicidad que causaré. No hay ninguna otra cosa que puedo hacer.

그녀는 부드럽기는 하나 이상스러운 듯한 눈길을 그에게 보냈다. 이 문장은 그야말로 간단한 것이었기 때문이다. 그러나 그의 얼굴은 표정이 없고 다만 기다리고 있을 뿐이었다. 그녀는 펜을 잡고 그 종이를 뒤집어 보았으나, 뒷면에는 낙서가 가득했다. 그래서 그녀는 노트에서 종이를 하나 찢어 내어 거기에다 썼다.

그 번역문을 건네 주자 그는 그것을 읽고 고개를 끄덕여 보이며 "고마워" 하고 속삭였다. 도로시는 그가 써서 건네 준 스페인어가 씌어진 쪽지를 구겨 바닥에 떨어뜨렸다. 눈 한귀퉁이로 그는 그 종이가 떨어진 곳을 보고 있었다. 그 근처에도 종이 부스러기는 있었고 피우다 버린 담배꽁초도 있었다. 오늘 안으로 청소되고 불살라질 것이다.

그는 다시 그 종이에 씌어진 도로시의 조그맣고 귀여운 글자로 눈길을 보냈다.

다알링!
제가 그 원인이 된 불행에 대해서는 부디 용서해 주세요. 이렇게 할 수밖에 저로서는 어쩔 수가 없는 거예요.

그는 이 쪽지를 정성껏 접어 노트의 커버 안쪽에 있는 포켓에 넣고 덮었다. 소설도 덮어 노트 위에 놓았다. 도로시가 얼굴을 돌려 책을 보고 나서 다시 그를 바라보았다. 벌써 끝났느냐고 묻는 듯한 눈빛이었다.

그는 고개를 끄덕이며 미소를 지었다.

그날 밤 두 사람은 서로 만나지 않았다. 도로시는 머리를 감고 세트를 한 다음 조그마한 슈트케이스에 짐을 꾸리고 싶다고 생각했던 것이다. 뉴 워싱턴 하우스에서 있게 될 주말 허니문을 위해서였다. 그러나 8시 반쯤에 그녀의 탁상 전화가 울렸다.

"아아, 도리, 이야기가 있어. 중요한 일이야."

"무슨 일인데요?"

"곧 만나고 싶어."

"하지만 난 나갈 수 없어요. 금방 머리를 감았는걸요."

"도리, 아주 중대한 일이야."

"지금 이야기할 수는 없어요?"

"할 수 없어. 당신과 만나지 않으면 안돼. 그럼, 그 벤치에서 30분 뒤에 만나."

"밖에는 비가 내리고 있어요. 이 아래층 휴게실로 와 주시지 않겠어요?"

"안돼, 도리. 참, 어젯밤 우리들이 치즈버거를 먹은 그 식당 알고 있을 테지? 기데온의 레스토랑 말이야? 그럼, 거기서 만나, 9시야."

"어째서 휴게실로 와 주지 않는지 모르겠군요……."

"베이비, 제발 부탁이야……."

"그것, 내일의 일과 무슨 관계 있는 일이에요?"

"기데온 식당에서 모두 이야기 해 주겠어."

"관계있는 일이에요?"

"응, 그렇다고 할 수도 있어. 하지만 모든 것이 잘 해결될 거야. 모두 설명해 줄 테니 당신은 다만 9시에 거기로 나와 주면 돼."

"알았어요."

9시 10분, 그는 옷장의 맨 아랫서랍을 열고 잠옷 밑에서 봉투를 두 장 꺼냈다. 한 통은 우표를 붙여 봉합하여 수신자 이름을 쓸 것이었다.

'위스콘신 주 콜드웰 대학 북기숙사 내 엘렌 킹십 양.'

그 수신인 주소는 학생 클럽의 휴게실에 놓여져 있는 학생이라면 누구라도 사용할 수 있는 타이프라이터로 오늘 오후 찍은 것이었다. 봉투 속에는 오늘 아침 교실에서 도로시가 쓴 종이쪽지가 들어 있었다. 또 하나의 봉투에는 저 두 알의 캡슐이 들어 있었다.

그 하나씩을 윗옷 안주머니에 간직하고 어느 쪽에다 무엇을 넣었는지 똑똑히 기억했다. 트렌치 코트를 입고 벨트를 꼭 죄더니 거울에 비친 자기 모습에 눈을 보내고 나서 방을 나섰다.

이 집의 정면 도어를 열었을 때, 그는 주의깊게 오른쪽부터 발을 내딛도록 했다. 운을 염두에 두었던 오른발부터 내밀었을 때 그는 스스로 아무 근심 걱정 없는 미소를 떠올려 보았다.

8

그가 갔을 때, 기데온 레스토랑은 웬일인지 사람이 그다지 없었다. 두 개의 테이블에 손님이 있을 뿐으로, 그 하나에는 나이가 지긋해 보이는 두 사람이 체스 판에 지그시 눈길을 모으고 마주앉아 있었다. 그 반대쪽에 도로시가 커피 잔을 두 손으로 감싸안듯이 하고 그 속에 미래의 운명을 점치는 수정알이라도 들어 있는 것처럼 물끄러미 쳐다보고 있었다. 흰 머릿수건으로 머리를 싸매고 있었다. 앞으로 삐져나온 머리털은 젖어 있는 것 같았고 색깔이 짙은 핀이 꽂혀 있었다.

그 테이블로 다가가서 코트를 벗고 나서야 비로소 그녀는 그를 알아차린 듯이 문득 눈을 들었다. 그 갈색 눈동자에 수심의 빛이 어려 있었다. 화장을 하고 있지 않아서인지 여느 때보다 얼굴이 파리하여, 진한 머리빛이 주는 인상이 기묘하게도 어린애 같은 느낌이 들었다. 그는 코트를 그녀의 레인코트가 걸려 있는 고리에 걸고 마주앉았다.

"뭐지요?"

그녀는 걱정스러운 듯이 물었다.

볼이 푹 들어간 기데온이 두 사람의 테이블로 왔다.
"무엇을 드시겠습니까?"
"커피."
"커피뿐입니까?"
"네."
기데온은 가 버렸다. 슬리퍼를 신은 발을 힘겨운 듯이 질질 끌었다. 도로시는 몸을 앞으로 내밀다시피하며 물었다.
"무슨 이야기예요?"
그는 목소리를 억누르고 대뜸 말했다.
"오늘 하숙에 돌아가 보았더니 연락이 와 있었어. 하미 거트셴으로부터야."
그녀의 손이 커피 잔을 와락 움켜쥐었다.
"하미 거트셴……."
"내가 전화를 걸어 보았어."
그는 잠깐 말을 쉬고 식탁를 당겼다.
"요전번의 정제는 잘못 보냈다는 거였어. 그의 백부가……."
기데온이 부들부들 손을 떨면서 커피를 가져왔으므로, 그는 이야기를 멈추었다. 두 사람은 꼼짝도 하지 않고서 노인이 가버릴 때까지 굳은 표정으로 서로 얼굴을 마주 보고 있었다.
"그 친구의 백부가 약제실인가 어딘가에서 알맹이를 바꿔 넣었던 거야. 그 정제는 예정하고 있었던 약이 아니었던 셈이지."
"무엇이었어요?"
"토사제나 무언가였겠지. 당신 토했다고 하지 않았어?"
그는 커피 잔을 들고 기데온이 떨리는 손으로 엎지르고 간 커피에 종이 냅킨을 대어 빨아들이도록 했다. 그리고 커피 잔을 그 냅킨 위에 올려놓아 밑바닥에 묻은 것을 닦아 냈다.

제1부 도로시

그녀는 후유 한숨을 내쉬었다.
"하지만 그것은 끝난 일이에요. 난 그다지 이상은 없었으니까요. 당신이 전화를 통해 이야기한 말투를 듣고 난 몹시 걱정했었어요."
"그것이 이 이야기의 요점은 아니야, 베이비."
그는 물을 빨아들인 냅킨을 옆으로 밀어 놓았다.
"당신에게 전화를 걸기 전에 하미와 만났어. 그 친구가 이번에는 틀림없는 정제를 주었지. 이것이 전번에 써야만 했던 것이었어."
그녀의 얼굴빛이 싹 달라졌다.
"싫어요."
"괜찮아, 슬퍼할 것 없어. 월요일에 한 일은 그것으로 좋았어. 이번에는 두 번째의 기회야. 이것이 듣게 되면 인생은 장미빛으로 빛나겠지. 이것이 듣지 않더라도 어쨌든 내일은 결혼할 수 있잖아."
커피를 천천히 저으면서 그는 그 소용돌이를 지켜보고 있었다.
"일부러 손에 넣은 것이니, 한 번 더 먹어 보도록 해."
"하지만……."
"이야기해 봐, 도리."
"두 번째의 기회라니 싫어요. 약 같은 것은 조금도 필요하지 않잖아요."
그녀는 앞으로 몸을 내밀고 테이블 위로 손을 꽉 움켜잡았다.
"내가 줄곧 생각해 온 것은 내일에 대한 일뿐이에요. 얼마나 멋지고 얼마나 행복할까 하고……."
그녀는 눈을 감았다. 눈꺼풀에서 눈물이 스며나오고 있었다.
그녀의 목소리가 차츰 떨려 나왔다. 그는 건너편 테이블에서 체스를 하고 있는 사람들에게로 재빨리 눈길을 보냈다. 기데온은 체스를 구경하고 있었다. 그는 포켓에서 5센트짜리 동전을 꺼내어 뮤직 박스에 밀어넣고 누름단추를 눌렀다. 굳게 움켜쥔 그녀의 손을 두 손으로 손가락을 벌리며 싸안고 달래듯이 말했다.
"베이비, 우리들은 또 말다툼을 하고 있군. 하지만 내가 생각하고 있는 것은 모두 당신에 대한 일뿐이야."
"그렇지 않아요."
그녀는 눈을 뜨고 그를 매섭게 쏘아보았다.
"나를 생각해 주신다면 내 소원을 들어 줄 거예요."
음악이 높게 흘러나왔다. 시끄럽게 울리는 재즈였다.
"소원이 뭐지, 베이비? 우리들에겐 지금 생활 능력이 없어. 이건 영화가 아니라 현실이야."
"능력이 없다니, 우리들이 왜요? 당신은 늘 나쁜 쪽으로만 지나치게 생각하는군요. 학교를 중퇴해도 당신이라면 훌륭한 직업을 얻을 수 있을 거예요. 머리도 좋고 게다가……."
"당신은 아무것도 몰라." 그는 퉁명스럽게 말했다. "도무지 철부지라니까. 이제까지 편안한 생활만 한 당신은 아무것도 모르고 있단 말이야."
그의 손 안에서 그녀는 주먹을 쥐려 하고 있었다.
"왜 나는 언제나 그런 소리를 듣지요? 어째서 당신까지 그런 말을 하는 거예요? 내가 부자집 딸이라는 게 그렇게도 중대한 일인가요?"
"중대한 일이지, 도리, 당신이 좋아하든 좋아하지 않든 말이야. 당신 자신을 한 번 살펴봐. 구두는 어느 것이나 옷빛깔과 맞추어 신고 있으며, 또한 핸드백과 구두 빛깔까지 서로 맞추고 있지 않아? 당신은 이제껏 그렇게 살아 왔어. 그러니까 당신은……."
"그런 것이 문제가 될까요? 내가 그런 일에 구애받는다고 생각하세요?"
그녀는 말을 멈추었다. 두 손이 축 늘어지고 또다시 입을 열었을 때에는 목소리에 깃들어 있었던 노여움이 한결 누그러지고 있었다.

"당신이 가끔 나를 비웃고 있다는 걸 알고 있어요. 내가 좋아하는 영화를 보러 가든가 할 때면 내가 너무 낭만적인 생각만 하고 있다고 말하곤 했지요. 당신이 나보다 5살이나 위라서 그런가 봐요. 아니면 군대에 갔다 왔기 때문인가요? 그리고 당신은 남자이기 때문에? 나로서는 모르겠지만…… 하지만 두 사람이 진심으로 사랑하고 있다면, 제가 당신을 사랑하고 당신도 저를 사랑하고 있다고 말씀하듯이 서로 사랑하고 있다면 달리 문제될 게 있을 수 없어요. 돈이라든가 그런 건 아무것도 아니잖아요. 난 그렇게 생각해요. 그렇게 믿고 있어요. 저는 진심으로 그렇게 믿고 있단 말이에요."

그녀의 손이 그에게서 떨어져 자기 얼굴로 옮아갔다.

그는 가슴 포켓에서 손수건을 꺼내어 그녀의 손등에 가볍게 스쳤다. 그녀는 그것을 받아 눈에 대었다.

"베이비, 나도 그렇게 믿고 있어. 그건 당신도 알고 있잖아." 그는 부드럽게 말을 이었다. "오늘 내가 무얼 했는지 알고 있어?"

그는 잠시 말을 멈추었다가 다시 계속했다.

"두 가지 일을 했어. 먼저 당신을 위해 결혼 반지를 샀지. 그리고 클라리온 레저 지의 일요판에 구직 광고를 부탁해 두었어. 일거리를 찾으려고 말이야. 밤에 일할 수 있는 데라야만 하겠지."

그녀는 손수건으로 눈물을 닦았다.

"하긴 나는 모든 걸 너무 어둡게만 생각하는지도 몰라. 틀림없이 우리들은 행복하게 잘해 나갈 수 있을 거야. 그러나 조금만 더 현실적으로 생각해 봐, 도리. 당신 아버지로부터 승낙을 얻은 다음 이번 여름에 결혼하면 훨씬 행복해질 수 있을 거야. 당신도 그것을 부정할 수는 없을 테지. 그러한 행복이 온다고 알고 있고, 그 기회를 잡을 수 있도록 당신은 우리 두 사람을 위해 약을 먹어도 좋지 않을까?"
 그는 윗옷 안주머니에 손을 넣고 그 봉투를 꺼내어 틀림없는지 손가락으로 확인해 보았다.
 "당신이 거절할 논리적인 이유는 하나도 없을 테지?"
 그녀는 손수건을 접어 손바닥에 쥐고는 그것에 눈길을 떨구었다.
 "화요일 아침부터 나는 내일의 일을 꿈꾸어 왔어요. 내일의 일이 잘 되면 모든 것이 달라져요. 세계 전체가……."
 그녀는 손수건을 그에게 건네 주며 덧붙여 말했다.
 "이제까지 나는 아버지에게 거스르지 않도록 오직 그것만 애써 왔었어요."
 "당신이 실망하는 것은 잘 알아, 도리. 하지만 앞날 일을 생각해 보아야지."
 그는 봉투를 내밀었다. 테이블 위에서 주먹 쥐어진 그녀의 손은 받으려고 하지 않았다. 그는 봉투를 두 사람 사이에 놓았다. 흰 사각형 봉투가 속에 들어 있는 캡슐 때문에 조금 불룩한 배를 보이고 있었다.
 "나는 밤에 할 일거리까지 찾고 있어. 학교는 이번 학기 끝무렵에 그만둘 생각으로 말이야. 그런 내가 당신에게 부탁하고 있는 것은 이 정제 두 알을 먹어 달라는 것뿐이지 않아."
 그녀의 손은 깍지끼어진 채로 눈길은 새하얀 그 봉투를 향하고 있었다.
 그는 쌀쌀하게 떠안기는 듯한 말투로 말했다.
 "먹는 게 싫다고 한다면, 도시 당신은 고집쟁이고 비현실적일 뿐 아니라 불공평해. 불공평하다는 것은 니에게 보다는 당신 자신에게 더 불공평하다고 말할 수 있겠지."
 재즈의 레코드가 끝나고 그동안 켜져 있었던 뮤직 박스의 불빛어린

구멍이 꺼지면서 침묵이 되돌아왔다.
 두 사람은 봉투를 사이에 두고 마주 바라보고 있었다.
 저쪽 편에서는 체스 상대의 나직한 목소리와 한 노인의 '체카(王手)'라는 목소리가 들려 왔다.
 그녀의 손이 소리도 없이 풀렸고 그는 손바닥에 땀이 배어 있는 것을 보았다. 자신의 손도 땀에 배여 있음을 느꼈다. 그녀의 눈동자가 봉투에서 그에게로 향했다.
 "부탁해, 베이비."
 그녀는 또다시 눈을 내리깔았다. 표정이 굳어져 있었다.
 그녀는 봉투를 집어들었다. 그러더니 곁에 놓은 핸드백에 밀어넣고, 테이블 위에 손을 나란히 올려놓은 채 물끄러미 바라보았다.
 그는 그 손에 자기의 손을 뻗쳐 그러안듯이 움켜잡았다. 한 손으로 아직 입을 대지 않은 자기의 커피 잔을 그녀 쪽으로 밀어 주었다. 그녀가 그 잔을 집어들자 그는 커피 마시는 그녀를 지켜보았다. 그는 포켓에 손을 가져가 다시 5센트를 꺼내더니, 한 손으로 그녀의 손을 움켜잡은 채 몸을 비틀며 동전을 뮤직 박스에 밀어넣고서 〈매혹의 밤〉을 눌렀다.

 두 사람은 언제나처럼 손을 잡은 채 서로 저마다의 생각을 좇으면서 젖은 콘크리트 길을 걷고 있었다. 비는 그쳐 있었으나 얼굴에 엉겨붙는 듯한 밤안개가 자욱하게 끼어 있었다. 그것이 가로등 하나하나에 또렷이 모자처럼 안개의 테를 씌우고 있었다.
 가람(伽藍)풍의 입구 앞에서 두 사람은 키스했다. 그의 입술 아래에서 그녀의 입술은 싸늘하게 굳어져 있었다. 입술을 열게 하려고 했더니 그녀는 머리를 저었다. 그녀를 포옹한 채 마음을 달래듯이 안았다. 이윽고 그들은 잘 자라는 밤인사를 나누었다. 그녀가 거리를 빠져나가 노란 불이 켜진 홀 속으로 빨려들어가는 모습을 그는 꼼짝 않고 지켜보고 있었다.

　근처에 있는 바에 들러 그는 맥주를 두 잔 마셨다. 종이 냅킨을 집어 예쁜 모양으로 잘게 찢어 냈다. 30분쯤 지났다고 생각될 즈음에 그는 전화실로 들어가 여자 기숙사의 번호를 돌렸다. 교환대의 여자에게 도로시의 전화를 이어 달라고 부탁했다.
두 번 벨이 울렸을 때 그녀가 전화를 받았다.
"여보세요."
"나야, 도리."
그녀에게서는 대답이 없었다.
"도리, 그것 먹었어?"
침묵. 네, 그리고 이어서 또 네, 라는 목소리가 들렸다.
"언제?"
"이삼 분 전이에요."
그는 깊이 숨을 들이마셨다.
"베이비, 전화 교환원이 혹시 엿듣고 있지 않아?"
"아니오. 전에 있던 사람은 지난 주일에 그만두었어요."
"그럼, 들어 줘. 아까 미처 말하지 못했는데, 그것이 조금 고통스러울지도 몰라."
그녀는 아무 말도 하지 않았다. 그는 말을 이었다.
"하미가 저번 때처럼 틀림없이 토할 거라고 하더군. 목구멍에 타는 듯한 느낌이 생기고 위장이 뒤틀리는 듯한 아픔이 반드시 있을 거라고 했어. 어떠한 일이 있더라도 당황하지 말도록 해. 약이 듣기 시작한다는 증거일 테니까. 아무도 부르든가 해서는 안돼."
말을 끊고 그녀가 무슨 말이든 하기를 기다렸으나, 그녀는 침묵할 뿐이었다.
"미처 말해 주지 못해서 미안해. 하지만 그렇게 고통스럽지는 않을 거야. 깨닫기 전에 완전히 끝나고 말지."
"아니오."
"이것도 가장 좋은 방법이야. 당신도 이해해 주겠지?"
"알고 있어요. 미안해요, 고집을 부려서……."
"그런 일은 아무래도 좋아, 베이비. 사과할 것까지는 없어."
"내일 만나요."
"응."
순간 또 침묵이 있었다. 그리고 그녀는 그럼, 안녕히 주무세요 라고 말했다.
"잘자, 도로시" 하고 그는 말했다.

9

금요일 아침, 교실로 발을 옮기는 그의 가슴 속은 무거운 짐을 벗어 놓은 후련함으로 가득했다. 아주 좋은 날씨로 넘치는 듯이 드리워지는 아침 햇살이 금속제의 의자에 반사되어, 벽이며 천장에 선명한 무늬를 교실 뒤쪽에 그리고 있었다. 자리에 앉아 마음껏 발을 뻗고 가슴 위로 팔짱을 끼고는 겨우 붐비기 시작한 교실의 술렁거림에 눈길을 보냈다. 아침의 찬란한 햇빛 무늬가 학생들을 화사하게 감싸 주고 있었다. 내일은 대학 야구의 개막식이 있을 것이며 밤에는 봄의 댄스파티가 개최되는 날이었다. 온 클라스가 이야기 소리와 외침 소리와 웃음 소리로 터져나갈 것 같았다.

바로 옆에서 세 여학생이 일어선 채 나직하지만 흥분을 누를 수 없는 듯한 태도로 이야기하고 있었다. 그는 문득 이 세 여학생이 기숙생으로 도로시에 관한 일을 화제로 삼고 있는 게 아닐까 하고 생각했다. 그녀는 아직 모습을 보이지 않고 있다. 그녀의 방에 들어가 보려고 하는 사람이 있을까? 모두들 그녀가 늦잠을 자고 있는 것쯤으로 생각했으리라, 몇 시간이나 지날 때까지 그녀의 죽음이 발견되지 않을 거라 생각하고서 그 시간을 고려에 넣었던 것이다. 그 세 여학생이 갑자기 웃음을 터뜨렸으므로 그는 섬뜩 마른 침을 삼켰다.

아니, 그녀는 오후 1시쯤까지는 발견되는 일이 없으리라. 도로시 킹십은 아침 식사 때 모습을 나타내지 않았고, 점심 식사 때도 나타나지 않았다. 그렇게 되어야 비로소 모그녀의 방문을 노크해 본다. 대답이 없다. 그때에 누군가가 맞는 열쇠를 갖고 있는 사람을 데리고 오리라. 그렇지, 가지 않으면 이때가 되더라도 아직 그녀가 눈에 띄지 않는 것을 아무도 눈치채지 못한다. 기숙생의 대부분은 아침 식사 시간을 늦잠으로 걸러 버리고 개중에는 점심 식사를 이따금 밖에서 먹는 사람도 있다. 게다가 도리에게는 그녀가 없으면 곧 쓸쓸히 여길 만한 친구도 없을 것이었다. 그렇다. 만일 그가 운이 좋다면 엘렌으로부터 전화가 있을 때까지 그녀는 발견되지 않을지도 모르는 일이었다.

어젯밤 전화로 도로시에게 잘 자라는 인사를 하고 나서 그는 기숙사로 갔었다. 그 모퉁이에 있는 우체통에 도로시가 쓴 자살의 유서를 넣은 그 봉투, 엘렌 킹십 앞으로 보내는 봉투를 집어넣었다. 아침의 가장 빠른 집배 시각은 오전 6시였다. 콜드웰은 여기서 백 마일도 채 떨어져 있지 않으므로, 편지가 닿는 것은 오늘 오후라고 보아도 좋다. 도로시가 아침 나절에 발견되었다고 한다면, 아버지에게는 연락을 받은 엘렌이 편지가 도착되기도 전에 이 블루리버를 향해 콜드웰을 떠나게 되리라. 그러므로 이것은 무슨 형식으로든 수사가 개시되는 것을 뜻한다. 엘렌이 콜드웰에 돌아가기 전에는 그 유서가 발견되지 않기 때문이다. 이것은 오직 하나뿐인 위험이었으나 아주 사소한 일이고, 게다가 그렇게 되면 불가피한 일인 것이다. 기숙사에 숨어들어가서 유서를 도로시의 방에 두고 오는 일 따위는 도저히 불가능한 일이었다. 게다가 그녀에게 정제를 건네 줄 때 그녀의 코트 포켓이나 책갈피에 끼는 일도 불가능했었다. 도로시에게 그 유서를 발각당할 위험도 클 뿐 아니라 찢겨서 버려지고 말거나 좀 더 나쁘다면 유서와 정제의 두 가지로 퍼뜩 느껴지는 게 있으리라.

그래서 안전한 한계를 정오로 정했다. 12시 이후에 도로시가 발견되면, 이 시각에는 엘렌이 편지를 받을 거고, 이것과 때를 같이하여 학교 당국이 레오 킹십에게 급히 연락을 취해 킹십이 되짚어 엘렌에게 연락을 취하는 것이 된다. 만일 정말 그에게 운이 따르고 있다면, 도로시는 오후도 꽤 시간이 지나고서가 아니면 발견되지 않으리라. 엘렌이 놀라서 전화를 걸어 오고, 그것이 실마리로 발견되는 것이다. 그렇게 되어 모든 것이 잘 진행되어야만 그야말로 마음먹은 대로 될 텐데…….

물론 검시는 실시되리라. 많은 분량의 비소와 2개월째의 태아가 검출된다. 그녀가 자살한 방법과 까닭이 이것이다. 이 사실과 그 유서가 갖추어지면 경찰에게 납득시키고도 남음이 있는 셈이다. 아아, 경찰은 이 근처의 약방에 형식적인 탐문 수사를 할 테지만 추궁해 본들 어디까지나 제로로 끝날 뿐인 일이다. 대학 약학부의 약품실에 대해서도 고려의 대상이 되리라. 학생들을 심문한다. ——이 여학생을 약품실이나 약학부의 건물 어딘가에서 본 일이 없나——사망자의 사진을 보인다. 이 점이 수수께끼가 되겠지만, 그다지 중요한 단서는 되지 않을 것이고 어디서 비소를 입수했는지 확실치 않더라도 그녀의 죽음은 여전히 의심할 나위가 없는 자살일 것이다.

이 경우, 경찰은 상대의 사나이를 추궁할까, 애인을? 그는 이것

역시 그다지 생각될 수 없는 것이라고 예측하고 있었다. 경찰이 입수하는 정보는 그녀가 깡충거리는 토끼처럼 형편없는 아가씨였다고 하는 일뿐이다. 그만한 일이 판명되면 경찰은 만족하리라. 그러나 킹십은 어떨까? 조사할 때 격한 태도로 말하지 않을까?

"내 딸을 더럽힌 사나이를 찾아 주십시오!" 그러나 도로시에게서 들은 아버지의 느낌으로 미루어 볼 때, 킹십은 이런 식으로 생각하지 않을까.

'아아, 내 딸은 제멋대로 굴어서 집안의 이름을 더럽혔다. 그 어머니의 그 딸 역시 몹쓸 짓을 한 것이다!'

그렇지만 심문은 있을 것이다.

이렇게 되면 그도 역시 그 소용돌이에 휩쓸린다. 두 사람은 그렇게 자주라곤 할 수 없지만 함께 있는 것이 남에게 보여졌다. 처음 도로시를 정복하는 일이 문제가 되던 무렵은 그녀를 번화한 장소에는 데리고 가지 않았다. 지난해에 만났던 부르주아 아가씨도 있었고, 계획대로 도로시가 걸려들지 않을 경우에는 앞으로 또 다른 아가씨를 손에 넣으면 그만이었다. 그는 재산의 꽁무니를 좇는 녀석이라는 엉뚱한 평판은 듣고싶지가 않았던 것이다. 그 뒤, 도로시가 기대에 어긋나지 않는 아가씨라는 것을 알고부터는 함께 영화 보러도 갔고 자기의 방에 데려오기도 했고 기데온의 레스토랑과 같은 조용한 곳도 찾았다. 여자 기숙사의 휴게실보다도 벤치에서 만나는 일이 이 무렵부터 시작되었다.

그는 어떠한 심문을 받아도 염려 없었으나, 도로시가 두 사람의 사이가 꽤 깊어진 것을 아무에게도 누설하지 않았던 만큼 다른 사람들이 상당히 휩쓸려들게 되리라. 그녀를 처음으로 보던 날, 그녀이 성냥에 킹십이라는 이름이 동박(銅箔)으로 그려져 있는 것을 본 날 그녀는 붉은 머리의 젊은이와 잡담을 하고 있었다. 그리고 그녀가 아가일의 양말을 뜨기 시작하고 선물하려고 했었던 상대나 또 그녀와 한 번 아니면 두 번 정도 데이트한 젊은이들──그러한 자들이 모두 휩쓸려들 것이다. 그들 모두가 부인하는 이상, 한 사람 한 사람이 그녀를 '망친' 상대로서 생각될 수 있게 된다. 더구나 그 수사가 실시된다 해도 킹십은 누가 유죄인지 분명히 밝혀 낼 수 없을 것이다. 용의(容疑)는 모두에게 가지만 증거는 아무것도 없다.

그렇다. 하나에서 열까지 완벽하게 마무리되는 것이다. 학교를 그만둘 것도 없다. 하찮은 회사의 서기가 될 필요도 없다. 처자의 명에에 괴로워할 것도 없고 킹십의 추궁을 받는 일도 없으리라. 단 한 가지, 조그만 그림자가 남기는 한다. 도로시와 함께 캠퍼스를 걸었던 사람 가운데 하나로서 지적될지도 모르는 것이다. 저 약품실에 들어가도록 해 준 여학생이 그의 모습을 보고 그가 누구인가를 확인하고서 약학부의 학생이 아니란 것을 알았다면 어떻게 될 것인가…… 그러나 1만 2천명이나 되는 학생 속에서 그의 모습을 찾아내리라는 것은 쉽게 생각할 수 없는 일이다. 그러나 최악의 사태가 생겼다고 상상하자. 그 여학생이 그를 보고 얼굴을 생각해 내어 경찰에 신고했다면 어떻게 될 것인가? 그렇게 되었다 해도 증거는 없다. 확실히 약품실에는 가 보았다. 그러므로 이때도 어떻게든지 구실을 만들 수 있고 경찰은 그 주장을 믿지 않으면 안되리라. 그 유서가 여전히 있지 않은가. 도로시의 자필 유서가. 어떻게든지 그들에게 설명할 수 있을 것이다.

그때 교실의 한쪽 도어가 열리어 그의 노트 페이지를 희미한 바람이 펄럭이게 했다. 몸을 옆으로 돌리고 누구인지 보려 했다. 도로시였다. 순간 충격이, 용암이 흐르듯 열기가 온 몸을 꿰뚫었다. 그는 자신도 모르게 벌떡 일어서려고 했다. 온 몸의 피가 얼굴에 뻗쳐 오르고 가슴이 찡하며 얼어붙었다. 식은땀이 줄줄 흘러 몇백만인지도 모를 송충이처럼 굼실거렸다. 놀라 크게 떠진 눈동자가 화끈 달아 오른 볼에 역력히 떠오르는 데는 자기 자신도 움찔했다. 그 표정이 눈에 띄면 곧 눈치채일 것은 알고 있었으나 자기로서는 어쩔 수가 없었다. 그에게 이상하다는 눈길을 던지면서 그녀는 손을 뒤로 돌려 도어를 닫았다. 여느 때와 다름이 없었다. 팔에 책을 안고 녹색의 스웨터, 스코치의 격자 줄무늬 치마를 입고 있다. 틀림없이 도로시였다. 그의 곁에 다가와서 그의 얼굴을 쳐다보며 이상스럽다는 시선을 보냈다.

그의 노트가 바닥에 떨어졌다. 그 위로 몸을 구부리는 순간 마음의 여유를 찾았다. 눈길을 의자가 놓인 곳에 멈추고 호흡을 가다듬으려고 했다. 무슨 일이 있었을까? 아, 빌어먹을! 계집애, 그 알약을 먹지 않았구나! 먹을 수 없었던 것이다. 거짓말을 한 것이다! 빌어먹을! 거짓말쟁이 암캐 같으니! 그 유서는 엘렌한테 가고 있는데…… 아, 이걸 어떻게 하면 좋지?

그녀가 자기 자리로 미끄러져 들어가는 소리가 들렸다. 놀란 듯한 낮은 목소리.

"어디 아파요? 왜 그래요?"

그는 노트를 집고 윗몸을 일으키자 피가 얼굴에서 싹 가셔지는 것을 느꼈다. 온 몸에서 핏기가 걷히고 식은땀이 살갗을 타고 흘러 떨어졌다. 차갑게 죽은 듯한 그에게서 핏기가 사라져 간다.

"어디 아파요?"

그녀에게 시선을 옮겼다. 조금도 달라진 데가 없다. 머리에 녹색의 리본을 매달고 있다. 입을 열려고 했으나 온 몸이 공허해져서 목소리가 나오지 않는다.

"왜 그래요?"

주위의 학생들이 이쪽으로 얼굴을 돌리기 시작했다. 가까스로 깎아내는 듯한 목소리가 나왔다.
"아무것도 아니야…… 괜찮아."
"당신, 병났군요? 얼굴이 흙빛으로……."
"괜찮아, 이것…… 이것 때문이야." 그녀도 알고 있는 전쟁에서 얻은 부상 자국을 눌러 보였다.
"이것이 이따금 콱콱 쑤셔 와서……."
"난 심장마비라도 일으킨 줄 알고 놀랐어요."
그녀가 나직이 말했다.
"아냐, 아무것도 아니야." 그녀에게로 시선을 보낸 채, 깊이 호흡을 해보려고 두 손으로 무릎을 꼭 안고 있었다. 아아, 어떻게 하면 좋을까? 암캐 같으니! 이 계집애는 지금 연극을 하고 있는 것이다. 결혼하려고 연극을 하고 있는 것이다.

그녀의 표정에서 엷어져 가는 염려의 빛을 읽어 냈다. 그것에 대신하여 이번에는 긴장의 빛이 떠오른다. 그녀는 노트에서 종이를 한 장 찢고 무엇인가 휘갈겨 쓰더니 그에게 보냈다.

그 약, 듣지를 않았어.

거짓말이다! 정말 어처구니없는 거짓말장이다! 종이를 꾸깃꾸깃 뭉쳐 손바닥에 넣고 짓이겼다. 손톱이 손바닥에 파고들 정도로 생각하라! 생각하는 것이다! 위험은 한 번에 막아낼 수 없을 만큼 크게 된 것이다. 엘렌이 유서를 받는다. 몇 시일까? 3시일까, 4시일까? 그리하여 도로시에게 전화를 건다. "이게 무슨 뜻이니? 왜 이런 것을 썼니?" "뭐라고 썼는데?" 그러면 엘렌이 그 유서를 읽어 주겠지. 도로시는 그것을 생각해 낸다……그를 만나러 올까? 무슨 변명이든 만들어 두어야 좋겠지? 또는 모든 것을 깨닫고 엘렌에게 이 이야기 모두를 털어놓고 만다면——아버지에게 연락하겠지. 만일 그 계집애가 그 정제를 보관해 두었다고 한다면——만일 그것을 버리지 않았다면, 그것은 증거가 된다! 살인 미수다. 그녀는 그 정제를 약국에 가져가 분석해 달라고 할까? 지금에 이르러서는 맘대로 그녀를 세상 모르는 철부지라고 얕볼 수도 없다. 그녀는 미지수인 것이다. 그녀의 빈약한 머리의 활동을 하나에서 열까지 꿰뚫어보고 있다고 생각했었는데, 이렇게 되고 보면…….

 자기가 쓴 말에 무엇인가 반응을 나타내리라 생각하면서 그녀가 지그시 그의 얼굴을 바라보고 있는 것을 느끼고 있었다. 그는 노트를 찢고 펜을 잡았다. 한 손을 세워서 펜을 쥔 손이 얼마나 떨리고 있는지를 눈치채지 않도록 했다. 쓸 수가 없었다. 종이에 구멍이 뚫릴 만큼 한 글자 한 글자를 새기다시피 펜 끝을 밀어붙이고 써 나가지 않으면 안되었다. 자연스럽게 받아들이도록 하는 것이다.

   오케이, 할 수 있는 모든 일은 해보았으니까. 이제부터 계획대로 결혼하자.

 그녀에게 종이를 건네 주었다. 그녀는 그것을 읽고 도로 돌려 주었다. 그녀의 얼굴은 발갛게 되어 햇빛처럼 빛나고 있었다. 그는 미소를 띠었다. 그 표정의 어색함을 그녀가 눈치채지 않도록 빌면서…….
 아직 늦은 것은 아니다. 자살하려고 유서를 쓰고 난 사람이 자살을 하기까지 여러 가지로 시간을 허비하는 일도 있다. 시계를 보았다. 9시 20분. 엘렌이 편지를 아무리 빨리 받는다 하더라도……3시는 되어야 할 것이다. 앞으로 5시간 40분이나 있다. 이미 착실한 계획을 세우고 있을 수만은 없다. 재빨리 실제적으로 행동하지 않으면 안된다. 어떤 시간에 어떤 행동을 하게 한다. 계산도 이미 필요하지 않다. 독약도 필요없다. 달리 어떤 방법으로 인간은 스스로 목숨을 끊는 것일까? 이제부터 5시간 40분 동안에 그녀는 시체가 되어 있지 않으면 안되는 것이다.

10

오전 10시, 수업이 끝나고 학생들의 술렁거림이 울려퍼지는 투명한 바깥 공기 속으로 그들은 팔짱을 끼고 학교를 나왔다.

응원단의 옷을 입은 여학생 세 명이 밀어 대면서 곁을 지나갔다. 한 사람은 주석으로 만든 프라이팬을 나무 스푼으로 두들기고 있었다. 나머지 두 사람은 야구 시합의 응원 플래카드를 메고 있다.

"아직도 옆구리 있는 데가 아파요?"

밝지 못한 그의 표정을 걱정하며 도로시가 물었다.

"조금." 그는 말했다.

"가끔 그렇게 아픈가 보지요?"

"아니, 걱정할 정도는 아니야." 그는 손목시계를 보았다. "당신은 폐병(廢兵)과 결혼하는 게 아니니까 염려하지 마."

두 사람은 작은 길에서 잔디로 발을 옮겨놓았다.

"우리 몇 시에 갈래요?"

"오늘 저녁, 4시쯤 해서 가지."

"좀더 빨리 갈 수는 없어요?"

"왜?"

"그 일, 시간이 걸리지 않을까요? 게다가 5시쯤에는 닫아 버릴 텐데……."

"그렇게 시간이 오래 걸리지는 않아. 허가 신청서만 쓰면 되니까 말이야. 그렇게 하면 그 자리에서 결혼시켜 주는 계원이 입회해 주지."

"난 성년(成年)이 되었다는 것을 증명해 줄 만한 걸 가지고 가는 편이 좋지 않아요?"

"그렇겠군."

그녀가 갑자기 진지한 표정으로 볼에 뉘우침의 빛을 띠고 그에게로 돌아섰다.

"그 약이 듣지 않아서 지금 몹시 신경쓰고 있지요?" 하고 걱정스러운 듯이 물었다.

"아니, 그렇게 몹시 신경쓰고 있는 건 아니야."

"그 효력을 너무 믿고 있었지요? 여러 가지 일이 약으로 어떻게 되어질 것인가 하고?"

"으음, 그랬어. 그러나 우리들은 잘해 나갈 수 있어. 나는 다만 그 알약을 시험해 주기 바랐어. 당신을 위해서 말야."

그녀는 아까보다도 더욱 볼을 붉혔다. 그녀가 너무나도 단순한 마음의 움직임밖에 보이지 않는 것에 당혹한 기분을 느끼며 그는 얼굴을 돌렸다. 그가 다시 그녀 쪽으로 눈길을 보냈을 때 그녀의 얼굴에는 기쁨의 빛이 떠올라 조금 전 회한의 그늘을 지우고 있었다. 그녀는 두 팔을 끌어안은 듯이 하고서 미소를 짓고 있는 것이었다.

"난 이제 수업에는 나가지 않겠어요! 다 잊어 버리는걸요."

"좋아, 나도 그렇게 하지. 나하고 함께 있어 줘."

"어머나, 무슨 말씀이세요?"

"시정 회관에 갈 때까지 나하고 함께 있어 줘. 오늘 하루 함께 지낼 셈치고서."

"안돼요, 여보. 하루 종일 함께 있을 수는 없잖아요. 기숙사에 가서 슈트케이스를 준비하고 옷을…… 당신은 짐을 꾸리지 않아도 돼요?"

"호텔에 방을 예약하러 갔을 때 슈트케이스를 두고 왔어."
"그래요? 하지만 옷은 갈아입고 와야 해요. 왜 있잖아요, 그 블루 양복을 꼭 입어야 해요."
그는 미소지었다.
"네, 네, 알았습니다. 그렇지만 나하고 잠깐 시간을 보내 주어도 좋지 않아? 점심식사까지 만이라도."
"무얼 하시려고요?"
두 사람은 잔디밭을 거닐었다.
"나도 잘 모르겠지만, 산책이라도 좀 할까. 강에 가 보는 것도 좋겠지."
"이 구두를 신고요?"
그녀가 다리를 들어 보였다. 부드러운 가죽으로 만든 산뜻한 구두였다.
"구덩이에 빠져요. 이걸 신고 갈 수는 없어요."
"좋아, 그럼, 강은 그만두지."
"좋은 생각이 있어요." 그녀는 앞쪽에 있는 예술학부의 건물을 손가락질했다. "저 예술학부의 레코드실에 가서 레코드를 들어요."
"글쎄, 오늘 같은 좋은 날 그런 곳에 가서……."
그녀의 얼굴에 미소가 사라진 것을 보고서 그는 말을 끊었다.
그녀는 저쪽 예술학부의 하늘을 찌를 듯이 솟아 있는 KBRI방송국의 송신탑 꼭대기로 눈길을 보내고 있었다.
"저번에 내가 시정 회관에 갔을 때에는 의사 선생님의 진단을 받기 위해서였어요." 그녀는 쓸쓸히 말했다.
"이번에는 달라."
그는 말하다가 문득 발을 멈추었다.
"왜 그래요?"

"도리, 당신은 확실히 현명해. 어째서 우리들이 4시까지 기다려야만 하지? 지금 곧 가자."

"결혼하러요?"

"그렇지. 당신이 짐을 꾸리고 옷을 갈아입고 나면 곧 가는 거야. 자아, 이제 기숙사에 가서 준비를 해. 어때?"

"어머나, 그렇군요! 그래요! 나도 사실은 지금 곧 가고 싶었어요."

"조금 있다가 전화를 걸겠어. 그때 몇 시에 만날 것인지 연락하지."

"그래요! 기뻐요." 그녀는 발돋움을 하여 열렬히 그의 볼에 입맞추었다. "당신이 좋아요. 너무너무 좋아요"라고 그녀는 속삭였다.

그는 히죽이 웃어 보였다.

그녀는 뒤돌아보면서 미소를 짓더니 급히 걸어갔다.

그는 그녀의 뒷모습을 지켜보고 있었다. 그리고 나서 저 KBRI방송국의 송신탑으로 다시 눈길을 보냈다. 그것이 블루리버 시정 회관의 소재를 나타내고 있는 것이었다. 온 시내에서 가장 높은 건물로서 돌로 된 단단한 14층의 위용을 자랑하고 있는 빌딩인 것이다.

11

예술학부의 빌딩에 들러 정면 계단 아래에 있는 공중전화실로 들어갔다. 그는 교환대를 불러 결혼 허가국의 번호를 대어 달라고 했다.

"결혼 허가국입니다."

"여보세요. 오늘 그곳 사무국이 일하고 있는 시간을 알고 싶은데요."

"정오까지, 오후는 1시부터 5시 반까지입니다."

"12시부터 1시 사이에는 일을 보지 않습니까?"
"그렇습니다."
"고맙습니다."

그는 수화기를 걸고 다시 한 번 동전을 넣어 기숙사의 번호를 돌렸다. 도로시의 방으로 연결이 되었으나 대답이 없었다. 수화기를 도로 내려놓으면서, 무엇을 꾸물대고 있는 걸까 하고 생각했다. 그렇게 빠른 걸음으로 걸어갔으니 지금쯤은 당연히 방에 있어야만 할 텐데.

이제 동전이 없었으므로 밖으로 나와 학생 식당으로 갔다. 1달러 지폐를 헐어 그곳 전화실을 독차지하고 있는 여학생이 나오기를 기다렸다. 겨우 그녀가 나오자 고급 향수 냄새가 남아 있는 전화실로 곧장 들어갔다. 이번에는 도로시였다.

"여보세요."
"나야, 왜 그렇게 시간이 걸렸지? 2분쯤 전에 전화를 걸었어."
"좀 볼일이 있어서요. 장갑을 사러 갔었어요."
그 목소리는 들떠 있었고 아주 행복한 것 같았다.
"그랬군. 도로시, 지금 10시 25분이니까 12시에는 준비가 모두 끝나겠지?"
"글쎄, 어떨지 모르겠어요. 샤워도 해야겠고……."
"12시 15분이면?"
"좋아요."
"그리고 도로시, 주말 외출 카드에 서명을 하면 안돼, 알았지?"
"해야 돼요. 그게 규칙이라는 걸 알고 있잖아요?"
"만일 서명을 한다면 어디에 가는지도 써야만 돼. 그래도 하겠어?"
"그럼요."
"그래?"

"난 뉴 워싱턴 하우스라고 써 놓겠어요. 사감 선생님이 물으시면 설명해 드릴 작정이에요."
"도로시, 저녁때 돌아와서 서명할 수도 있잖아. 어쨌든 우리는 다시 한 번 돌아와야 하니까 말이야. 트레일러 캠프의 일 때문에 우리는 다시 한 번 돌아올 필요가 있어."
"그래요?"
"응. 우리들이 정식으로 결혼하기 전에는 형식상 캠프에 신청할 수 없다나 봐."
"어머나! 그럼, 나중에 한 번 더 와야 한다면 지금 슈트케이스를 갖고 갈 필요가 없겠네요?"
"아니야, 가지고 오는 편이 좋아. 식이 끝나는 대로 호텔에 짐을 맡기고 식사를 해. 시청 회관에서 겨우 한 구역쯤 되는 곳이니까."
"그렇다면 지금 곧 서명하는 게 좋겠어요. 빨리 서명한다고 뭐 나쁠 것은 없을 것 같은데……."
"도리, 기숙사 학생이 도망치듯이 결혼하는 것을 학교 당국이 간섭하리라고는 나도 생각하지 않아. 하지만 사감 선생이 틀림없이 우리들을 방해할 거야. 설교를 한바탕 늘어놓겠지. '이번 학기가 끝날 때까지 기다리세요' 어쩌구 저쩌구 하며 말이야. 사감이란 그런 일 때문에 존재하는 것이거든. 알았어?"
"그럼, 나중에 서명하겠어요."
"그래야 나의 사랑스러운 도리지, 12시 15분에 기숙사 밖에서 기다리고 있겠어. 유니버시티 아베뉴의."
"유니버시티에서?"
"다리의 문으로 나와야 해. 알겠지? 슈트케이스를 갖고서 서명은 하지 말고 말이야."
"그렇게 하겠어요. 거기까지는 미처 생각지 못했군요. 저어, 우리들은 정말로 도망꾼처럼 행동하는 것 같네요."
"영화에서처럼 말이지."
"12시 15분이라고 했지요?" 그녀는 기쁜 듯이 말했다.
"응. 12시 반에는 다운 타운에 가 있는 거야."
"안녕, 나의 신랑님!"
"잘 있어, 나의 신부님!"

그는 움츠러진 기분으로 네이비 블루 양복을 입고 구두는 검은 색으로 했다. 셔츠는 흰색의 새것으로 하고 검정과 은빛의 연미복에 꽃무늬가 있어 듬직한 느낌을 주는 이탈리아 비단으로 된 엷은 블루 넥타이를 맸다. 거울에 자신의 모습을 비추어 보았더니 넥타이가 지나치게 사치스러워 남의 눈에 띄기 쉬운 느낌이 들었으므로 진주 조개빛에 회색이 섞인 단순한 털실 뜨개의 넥타이로 바꾸었다. 윗옷을 입고 나서 다시 한번 거울을 기웃거리며 그 시간만이라도 좋으니 누구든 그다지 눈에 드러나지 않는 얼굴과 바꿀 수가 있다면 하고 생각했다. 뛰어나게 잘생겼다는 것이 가끔 결정적인 결점이 될 때도 있다. 지금이야말로 이것이 깊이 실감되었다. 적어도 경사스러운 자리에 나가는 것이니만큼, 그다지 마음이 내키지 않았지만 회색 중절모를 머리 모양이 망가지지 않도록 주의깊게 썼다.

12시 5분이 조금 지나서 기숙사 쪽에서 길을 하나 사이에 둔 유니버시티 아베뉴로 나갔다. 한낮의 태양이 거의 머리 위로 떠올라 무겁게 내리쬐고 있었다. 찌는 듯한 더운 공기를 흔들며, 마치 유리벽 뒤에서 들리는 듯이 새들의 지저귐이며 오고가는 사람들의 발소리며 전철의 울림이 들려 왔다. 기숙사에는 등을 돌린 채 어떤 철물상의 진열창을 들여다보고 있었다.

12시 15분, 그 창유리 맞은편 건물의 문이 열리고 온통 초록빛깔의 옷으로 갖추어 입은 도로시의 모습이 나타나 창유리에 비쳤다. 그녀가 처음으로 시간을 정확히 지켰던 것이다. 그는 뒤돌아보았다. 도로시가 그의 쪽으로 시선을 던졌다. 흰 장갑을 낀 한 손에 핸드백을 들고 또 다른 손에는 폭넓은 빨간 줄무늬가 있고 하늘색 덮개가 씌워진 여행용 작은 슈트케이스를 들고 있었다. 그가 손을 들자 그녀도 알아차렸다. 생기있는 눈길을 보내오고 모퉁이에서 발걸음을 내디디며 사람 왕래가 끊이기를 기다렸다가 이쪽으로 건너왔다.

그녀는 아름다웠다. 검은 초록색 옷을 입고 새하얀 비단 스카프를 목에 두르고 있었다. 구두와 백은 갈색 악어 가죽 제품이었으며 옷빛깔과 같은 검은 초록색 베일이 숱 많은 블론드 머리에 씌워져 있었다. 그녀가 다가왔을 때 그는 미소를 지어 보이며 그녀의 손에서 슈트케이스를 받아들었다.

"신부는 누구나 다 아름답지만" 하고 그는 말했다. "당신은 특별히 더 아름다워."

"정말 고마워요."

그녀는 키스를 하고 싶어하는 태도로 주위를 둘러보았다.

택시가 다가와서 두 사람의 옆을 천천히 지나갔다. 도로시는 타고 싶은 얼굴로 그를 올려다보았으나, 그는 머리를 저었다.

"경제적으로 해 나갈 생각이라면 실용적으로 생각해야지."

그는 거리를 걸어갔다. 눈부신 햇살을 받으며 전차가 나타났다.

도로시는 몇 달이나 집 안에 갇혀 있던 사람처럼 주위의 광경에 정신이 팔려 있었다. 하늘은 끝없이 맑고 푸르기만 했다. 기숙사 앞부터 대학 건물이 일곱 구역에 걸쳐 유니버시티 아베뉴에 펼쳐져 신록이 풍기는 나무 그늘을 따라 조용히 이어져 있다. 학생들이 몇 사람 작은 길을 걷고 있었다. 잔디밭에 누워 있는 이도 있었다.

"생각 좀 해봐요." 그녀는 자못 믿어지지 않는 듯이 말했다. "이따가 오후에 여기 다시 돌아왔을 때 우리는 벌써 결혼하고 있는 거예요."

전차가 긁히는 듯한 소리를 내며 정류장에 와 닿았다. 두 사람은 올라탔다. 뒤쪽 자리에 앉아 그다지 말도 하지 않고 각자의 생각을 뒤쫓고 있었다.

그때 마침 이 두 사람을 본 사람들은 이들이 함께 여행하고 있는지 어쩐지조차 확실히 몰랐을 것이다.

블루리버 시정회관의 아래쪽 8층까지는 시의 행정부와 록크웰 군청이 쓰고 있었다.

블루리버는 록크웰 군청 소재지였다. 그 위쪽의 6층은 대여사무실로 되어 있어, 거의 다 변호사나 의사, 치과의사 등이 빌어 쓰고 있다. 이 빌딩은 근대식과 아카데믹한 양식의 두 건축 양식이 혼합된 건축물로서, 30년대 경제적 조건의 추세와 아이오와 주의 무너뜨릴 수 없는 보수주의가 섞인 것이었다. 스토다드 대학 건축 대학과의 여러 교수들은 건축학 입문 강의를 시작할 때면 늘 이것이 건축학상의 기형물(畸形物)임을 설명하여 신입생을 웃겨 수업을 재미있게 이끌어 가려고 했다.

위에서 주위를 둘러보면 빌딩은 정방형으로서 중심에 환기구가 있었다. 옆에서 보면 8층과 12층을 이음매로 하여, 밑에서부터 위로 세 개의 거대한 집덩어리를 차례로 작게 만들어 쌓아 놓은 듯한 모양이었다. 윤곽에 우아함이란 찾아볼 수 없고 다만 딱딱한 느낌만 드는데, 창문의 린틀(문이나 창 위에 대는 가로대) 부분은 부자연스러운 그리스 양식을 하고 있으며, 세 개의 동상과 유리의 회전 도어는 거대한 기둥과 기둥 사이에 찍어눌려져 있는 것만 같았다. 그 기둥은 귀가 뿔로 되어 있는 반수신(半獸神)의 모습을 본뜨고 있다. 참으로 괴물 같은 모습이었다. 그러나 전차에서 그 모습을 본 도로시는 몸을 그쪽으로 돌리고 숨결을 죽이며 마치 프랑스의 샤르트르 대성당을 바라보기라도 하는 듯이 지그시 눈길을 모으고 있었다.

 길을 건너고 계단을 올라가, 중앙의 회전 도어를 밀고 들어선 것은 12시 반이었다. 대리석 바닥으로 되어 있는 로비에는 점심 식사를 하러 나가는 사람, 벌써 끝내고 돌아오는 사람, 또는 약속 장소로 서둘러 가는 사람, 누군가를 기다리는 사람들로 북적거리고 있었다. 사람들의 소리며 대리석 바닥에 끌리는 구두 소리가 높다란 둥근 천장에 울려 퍼지고 있었다.

 그는 걸음의 속도를 늦추고 도로시의 뒤로 갔다. 로비 한쪽에 있는 이 건물의 안내 게시판으로 그녀를 먼저 보냈다.

 "〈R〉이라고 씌어져 있는 것은 록크웰 군청이고 〈M〉이라고 씌어져 있는 것은 결혼 허가국이란 뜻이겠지요?"

 그녀가 물었다. 가까이 가 보았더니 그녀가 그 게시판으로 열심히 눈길을 보내고 있었다. 그녀가 옆에 있다는 사실도 잊어 버린 것처럼 그는 그 게시판에 눈길을 보냈다.

 "이거예요." 그녀는 기쁨에 찬 목소리로 말했다. "결혼 허가국――604호실이에요."

 그는 바깥 회전 도어의 바로 반대편에 있는 엘리베이터 쪽으로 몸을 돌렸다. 도로시가 급히 다가왔다. 그녀가 팔을 걸어 왔으나 슈트케이스가 방해되었다. 그는 그 손을 바꿔 쥐려고도 하지 않았다.

 그녀의 행동을 전혀 느끼지 못했다. 네 대의 엘리베이터 가운데 한 대가 멎고 문이 열렸다. 기다리고 있던 사람이 반쯤 탔다. 엘리베이터에 다가갔을 때 그는 조금 뒤로 물러나서 두루시를 먼저 태우려고 했다. 그때 나이 지긋한 한 부인이 왔으므로 그 부인이 탈 때까지 기다렸다. 그 부인은 그에게 미소지어 보였다. 이렇게 북적거리는 빌딩에서 예의바른 태도를 취해 준 젊은이답지 않은 마음가짐이 기뺐던 모양이다. 그가 엘리베이터 속에서 모자를 벗지 않자, 이 부인은 조금 실망하는 것 같았다. 어떻게 그렇게 되었는지 두 사람 사이에 서게 되고 만 이 부인의 머리 너머로 도로시도 미소를 지어 보였다. 그는 거의 눈에 띄지 않을 만큼 입술을 일그러뜨리며 미소지어 보였다.

두 사람은 6층에서 내렸다. 서류 가방을 든 남자 둘이 함께 내렸다. 그 사람들은 복도를 오른쪽으로 꺾어 잰걸음으로 멀어져 갔다.

"어머나, 잠깐 기다려 주세요!"

엘리베이터의 문이 뒤에서 닫히려 하자 그녀는 응석부리는 목소리로 투정을 했다. 그녀는 맨 마지막으로 엘리베이트를 내렸던 것이다. 그는 맨 먼저 내렸다. 그는 왼쪽으로 15피트쯤 가서 아무도 없는 것을 확인한 뒤 걸음을 멈추었다. 그녀가 다가와서 기쁜 듯이 그의 손을 잡았을 때 그는 급히 몸의 방향을 바꾸었다. 저 서류 가방을 가진 사나이들이 이 복도의 막다른 곳으로 가서 오른쪽으로 꺾여 그 한구석에서 모습을 감출 때까지 그녀의 머리 너머로 그들을 눈으로 쫓고 있었다.

"어디로 도망치는 사람 같군요" 도로시가 놀렸다.

"미안, 미안." 그는 미소지었다. "신랑이 좀 신경질이 되어 있는 거야."

두 사람은 팔짱을 끼고 왼쪽으로 꺾어진 복도를 걸어갔다. 하나하나의 방 앞을 지날 때마다 도로시는 도어에 씌어진 번호를 읊듯이 소리내어 읽었다.

"620, 618, 616······."

604호실까지 가려면 복도를 다시 한 번 왼쪽으로 돌아갈 필요가 있었다. 엘리베이터가 있는 곳과는 정반대인 위치로서, 건물의 뒤쪽에 해당되는 곳이었다. 그는 그 도어를 열려고 했다. 자물쇠가 채워져 있었다. 잿빛 유리 위에 씌어 있는 집무 시간표를 읽어본 뒤 도로시는 아주 낙담하여 짜증을 냈다.

"이런, 전화라도 걸어서 확인해 보고 올걸 그랬군."

그는 이렇게 말하면서 슈트케이스를 바닥에 내려놓고 손목시계를 보았다.

"1시까지는 아직 25분이나 있어."

"25분이나요?" 도로시가 말했다. "그럼, 아래층에 가 있어요."

"그 북적거리는 곳에?……" 무뚝뚝하게 말하고 그 뒤로는 입을 다물었다. "아, 마침 좋은 곳이 있어."

"어디인데요?"

"옥상이야, 옥상으로 가지. 이렇게 좋은 날씨이니까 몇 마일이나 멀리 굽어볼 수 있을 거야, 틀림없이!"

"야단맞지 않을까요?"

"아무도 제지하는 사람이 없다면 괜찮을 테지."

그는 다시 슈트케이스를 집어들었다.

"자아, 가 봐. 미혼 여성으로서는 마지막으로 세계를 굽어보며 즐기는 거야."

그녀는 미소지었다. 방금 온 길을 되돌아가서 엘리베이터가 있는 데 이르자, 잠시 뒤 한 대의 엘리베이터 문 위의 흰 바늘이 '올라감'을 가리켰다. 14층에서 엘리베이터를 내렸을 때 또 같은 엘리베이터를 타고 온 두 사람의 손님 때문에 따로따로 떨어지게 되었다. 그 손님 가운데 하나는 복도를 꼬부라져 갔고 한 사람은 어떤 방으로 들어갔는데, 둘 다 바삐 모습을 감출 때까지 두 사람은 복도에 우두커니 서 있었다. 그러고 나서 도로시가 나쁜 일이라도 꾸미는 듯한 귀엣말로 "가요" 하고 말했다. 그녀는 모험이라도 하는 듯한 기분이 되어 있었던 것이다.

건물을 또 빙 돌아서 1402호실 옆의 '층계'라고 씌어져 있는 도어까지 걷지 않으면 안되었다. 그가 도어를 밀자 쉽게 열렸다. 두 사람은 들어갔다. 도어는 등 뒤에서 희미한 소리를 내며 닫혔다. 두 사람은 검은 금속제의 층계에 섰다. 희미한 햇빛이 위쪽 틈으로 새어들어와 그 속에서 먼지가 떠다니고 있는 게 보였다. 계단을 올라갔다. 여덟 단, 거기서 꺾여 다시 여덟 단을 올라갔다. 도어가 앞길을 가로막고 있었다. 적갈색의 묵직한 금속제 도어였다. 그는 손잡이를 돌려 보았다.

"잠겨 있군요."

"그럴 리 없다고 생각되는데."

그는 도어에 어깨를 대고 밀어 보았다.

층계 위의 층계참에 1피트쯤 높은 선반처럼 된 문지방 위에 도어가 있었다. 이 커다란 문지방이 앞으로 내밀어져 있어 온 몸의 무게를 다해 밀어 보았다.

"아래층에 가서 기다려요." 도로시가 말했다. "이 도어는 틀림없이 사용하지 않는 걸 거예요."

그는 이를 악물었다. 왼발을 가볍게 문지방 토대에 대고 온몸을 조금 젖히면서 안간힘을 다해 몸을 부딪쳐 보았다. 둔중한 소리를 내며 도어가 열렸다. 거기 연결되어 있는 체인이 소리를 냈다. 층계참의 어둠에 익은 두 사람의 눈에 전류와도 같이 파아란 하늘이 빛났다. 비둘기가 날아 오르는 날개 소리가 들렸다.

그는 슈트케이스를 들고 문지방을 넘었다. 도어에 부딪치지 않는 곳에 슈트케이스를 놓았다. 도어를 한껏 열고 등을 도어에 기댄 채 섰다. 한 손을 도로시에게 뻗쳤다. 또 한쪽 손으로는 옥상의 저편이 무슨 호화로운 연회장이기라도 한 것처럼 급사장의 제스처를 흉내내며 손을 움직였다.
 "이쪽입니다, 아가씨" 하고 그는 말했다.

 그녀는 그의 손을 잡고 우아한 모습으로 문지방을 넘어 검은 콜타르 칠이 된 옥상에 발을 내디뎠다.

12

 그는 조금도 초조해 하지 않았다. 도어가 열리지 않았을 때는 순간적으로 거의 허탈에 가까운 상태에 사로잡혔으나, 그것도 어깨의 힘으로 문이 열리자 금방 사라져 버렸다. 그리고 지금은 평온하게 마음이 가라앉았다. 모든 일이 완벽하게 되어 가고 있었다. 실수도 없다. 방해도 없다. 이제 새삼스러이 그것을 깨달았다. 이렇듯 희한한 심정을 맛보는 것은 아아, 고등학교 시절 이래 처음 있는 일이다!
 그는 도어를 조금 닫아 기둥과의 사이에 반 인치쯤 간격을 두었다. 그렇게 해 두면 달아날 때에 지장이 없다. 재빨리 달아날 수가 있다. 몸을 구부려 슈트케이스의 위치를 조금 옮겨 놓았다. 그렇게 하면 한 손으로 도어를 열 때 또 다른 쪽 손으로 붙잡을 수가 있다. 몸을 꼿꼿이 하자 그 움직임으로 모자가 조금 비뚤어진 것을 느꼈다. 그는 모자를 벗어 잠깐 바라보고 나서 슈트케이스 위에 놓았다. 이렇게 그는 모든 것을 계산에 넣고 있는 것이었다! 모자 같은 작은 것이라도 누군가에게 의심을 품게 하는 원인이 될지도 모르는 것이다. 그녀를 밀어서 떨어뜨렸을 때, 바람이나 무엇인가의 작용으로 모자가 굴러가 그녀의 시체 옆에 맞을지도 모른다. 맙소사! 그러면 모자의 뒤를 쫓아 같이 떨어지지 않으면 안 되는 것이다. 그러나 그는 다르다. 빈틈없이 준비를 하고 있다. 신의 섭리에 의해 아주 작은 흠집이 완전무

결한 계획을 망쳐 놓는 일도 가끔 있는 것이다. 그는 그것을 보고 있었다. 손을 머리에 얹고서 아아, 거울이 있었으면! 하고 생각했다.
"이쪽으로 와서 저걸 좀 보세요."
그는 뒤돌아보았다. 도로시가 등을 돌리고서 대여섯 걸음 앞에 서 있다. 악어 가죽 백을 팔 밑에 끼고, 두 손을 옥상의 가장자리인 가슴 높이쯤 되는 난간에 걸치고 있었다.
그는 그녀의 등 뒤로 갔다.
"아름답지요?" 하고 그녀는 말했다.
두 사람은 이 건물의 양쪽에 서서 뒤쪽을 바라보고 있었다. 밝은 햇빛을 받으며 깨끗하고 또렷하게 펼쳐지는 온 시가지를 굽어 보았다.
"저것은——" 하고 도로시는 아득한 저편 짙푸른 주위를 손가락질 했다. "저것이 대학이에요, 틀림없어요."
그는 두 손을 그녀의 어깨 위에 올려놓았다. 흰 장갑을 낀 손이 그의 손에 닿으려고 올라왔다. 그녀를 이곳까지 데려올 때에는 곧바로 해치울 계획이었으나, 지금은 되도록 천천히 안전하고 쉽게 할 생각이었다. 일주일이나 신경이 휘저어지는 듯한 긴장이 이어진 뒤에 이 계획을 세웠던 것이다. 아니, 그가 느낀 고통은 그 일주일이 문제가 아니었다. 몇 년인 것처럼 생각되었다. 고등학교를 졸업한 뒤로 긴장과 불안과 자신에 대한 회의만이 줄곧 연속되어 오지 않았던가. 이제 와서 허둥거릴 필요는 없다. 그는 가슴에 기대고 있는 그녀의 머리를 내려다보았다. 블론드 머리에 검은 초록색 베일이 씌워져 있다. 입으로 불었더니 그 아름다운 베일이 가늘게 떨렸다. 그녀는 목을 젖히며 미소지어 보였다.
그의 눈길이 그 파노라마로 되돌아갔을 때, 한 손을 어깨에 돌린 채로 그녀의 옆에 기대듯이 섰다. 난간에 윗몸을 내밀었다. 두 층 아래인 곳에 빨간 타일통을 깐 넓은 발코니가 건물 폭과 거의 같은 선반처럼 튀어나와 있었다. 12층에서부터는 단(段)이 적어져 뒤로 물러나 있다. 이 건물의 네 면이 모두 그렇게 되어 있는 것이리라. 이것은 좋지 않았다. 두 층 아래로 떨어져서는 그의 목적이 이루어지지 않는다. 뒤돌아보면서 옥상을 자세히 살피기 시작했다.

넓이는 150피트 평방쯤 될까. 위가 흰 석상으로 된 폭이 1피트쯤 되는 벽돌로 담을 두르고, 20피트쯤 앞쪽인 옥상 한가운데에 정방형으로 둘러싸여 있는 것은 통풍구인 것 같은 KBRI의 송신탑이 마치 하늘의 육교처럼 거무스름하게 서 있었다. 보기 흉하게 내밀어진 지붕 모양의 층계 승강구가 그의 앞쪽에서 조금 왼쪽에 자리잡고 있다. 통풍구의 저편인 건물 북쪽에 있는 커다란 네모꼴 건축물이 엘리베이터 설비였다. 옥상 여기저기에 흩어져 있는 굴뚝이며 환기 장치 파이프가 마치 항구의 방파제처럼 내밀어져 있었다.

그는 도로시를 그곳에 두고 통풍구의 난간으로 다가갔다. 안을 들여다보았다. 네 면의 벽은 역각추뿔 모양을 이루며 14층을 꿰뚫고 있었다. 그 구석에는 빈 깡통이며 목재 부스러기가 쌓여 있었다. 잠시 바라본 뒤 그는 옥상에서 비를 맞아 색이 바랜 성냥갑을 주워들었다. 그것을 난간 밖으로 내밀고 그대로 놓았다. 끝으로 떨어져 가는 성냥갑이 마침내 보이지 않을 때까지 지켜보고 있었다. 그는 통풍구의 벽으로 눈길을 옮겼다. 세 면에 창문이 없고 공허했다. 이것이 문제이다. 통풍구의 남쪽 층계도 바로 가까이에 있다. 그는 난간 위를 가볍게 두들겼다. 어떤 생각을 쫓으며 입술이 굳게 다물어졌다. 높이는 상상하고 있었던 것보다도 훨씬 높았다.

도로시가 뒤로 다가와서 그의 팔에 손을 걸었다.

그녀는 말했다.

"아주 조용해요."

그는 귀를 귀울였다. 처음 한동안은 그야말로 정적이 감돌았으나, 잠깐 있으려니까 옥상 자체가 소리를 내고 있음을 알았다. 엘리베이터가 움직이는 윙윙 소리, 라디오 송신탑의 케이블이 바람을 받아 울리는 소리, 환기통이 느릿느릿 돌아가는 작은 소리 등……

두 사람은 천천히 걷기 시작했다. 그는 통풍구 언저리로 그녀를 이끌며 엘리베이터의 하우징 앞을 지나갔다. 무심코 걸으면서 그녀는 그의 어깨에 묻은 먼지를 털어 주었다. 도어를 어깨로 열려고 했을 때 묻은 것이었다. 옥상의 북쪽 난간에 이르자 강이 보이고 하늘이 거기에 반사되어 온통 푸른 것이 흡사 지도에 그려진 강 같았다.

"담배 갖고 있어요?" 그녀가 물었다.

포켓에 넣은 그의 손이 체스터필드 갑에 닿았다. 그러나 그는 빈손이었다.

"아니, 마침 안 가지고 왔군. 당신은 갖고 있겠지?"

"이 속에 들어 있을 거예요."

그녀는 백 속을 휘저어 금으로 된 콤팩트며 하늘색 손수건을 젖히고 가까스로 꾸깃꾸깃해진 하버트 타레이톤즈 담뱃갑을 꺼냈다. 둘이서 한 대씩 뽑아들었다. 그가 불을 붙이자 그녀는 담배를 백에 넣었다.

"도리, 당신에게 이야기할 게 있어……"

그녀는 거의 듣고 있지 않는 것처럼 하늘로 담배 연기를 뿜어올리고 있었다.

"……그 약에 대해서인데……"

그녀의 얼굴이 뾰로통해지며 그를 바라보았다. 마른 침을 삼키고 있다.

"뭐죠?"

"그 약이 듣지 않았던 것이 나는 몹시 기뻤어." 그는 미소지으며 말했다. "도리, 정말이야."

까닭을 모르겠다는 듯이 그녀의 눈이 커졌다.

"당신도 기뻐하고 있어요?"

"응, 어젯밤에 내가 당신에게 전화를 걸었을 때, 그 약을 먹지 않아도 괜찮다고 말하려고 했었어. 하지만 그때는 벌써 당신이 먹었을 것 같아서……."

자아, 이제 그만 자백하시지 하고 그는 생각했다. 이런 하찮은 일들이 너를 죽이게 된다.

그녀의 목소리가 떨리고 있었다.

"어떻게 된 일이에요? 당신은 그렇게도…… 대체 무엇이 당신의 마음을 바꾸어 놓았지요?"

"글쎄, 몇 번이나 생각해 보았어. 나도 당신과 마찬가지로 말할 수 없이 결혼하고 싶다고 생각된 거야." 그는 지그시 담배를 쏘아봤다. "그리고 그런 짓을 하는 것은 정말이지 죄악이라고 생각했어."

다시 그녀의 볼에 눈길을 보냈다. 볼은 발갛게 상기되었고 눈이 빛나고 있었다.

"진심으로 그렇게 말씀하시는 거예요?" 그녀는 숨을 쌔근거리며 물었다. "정말로 기뻐해 주시는 거예요?"

"물론이지. 만일 그렇지 않다면 아무 말도 하지 않아."

"아아, 기뻐요."

"왜 그래, 도리?"

"네…… 부디 화내지 말아요, 네. 난 난 그 약을 먹지 않았어요."

그는 놀란 듯한 얼굴을 지어 보였다. 말이 그녀의 입술에 넘쳤다.

"당신은 밤일도 하겠다고 했잖아요. 우리들은 잘해 나갈 수 있을 거예요. 여러 가지 일들도 다 잘되어 갈 거예요. 틀림없이. 그야

나도 곰곰이 생각했어요, 곰곰이 말이에요. 나는 내가 한 일이 옳다고 생각하고 있어요."
그리고는 말을 끊었다가 다시 이었다.
"당신, 화내고 있는 것 아니지요?"
그녀는 그의 얼굴빛을 살폈다.
"이해해 주시겠지요?"
"이해하고말고, 베이비. 내가 왜 화를 내겠어. 그 약이 듣지 않아서 오히려 잘되었다고 했지 않아."
그녀의 입술이 마음놓이는 것처럼 떨리며 미소를 지었다.
"당신에게 거짓말을 해서 죄를 짓는 듯한 느낌이 들었어요. 당신에게는 도저히 말할 수 없다고 생각했었어요. 난……난…… 나 자신도 잘 모르겠어요."
그는 가슴 포켓에서 예쁘게 접은 손수건을 꺼내어 그녀의 눈에 대주었다.
"도리, 그 알약은 어떻게 했지?"
"버렸어요."
그녀는 부끄러운 듯이 미소를 지었다.
"어디에다?"
손수건을 다시 주머니에 꽂으면서 그는 넌지시 물었다.
"화장실에요."
그가 듣고 싶었던 말이었다. 그는 담배를 버리고 짓밟았다.
도로시도 마지막으로 한 모금 빨고서 담배를 버리고 발로 밟았다.
"아아!" 하고 그녀는 중얼거렸다. "아아, 이제는 모든 일이 다 잘되었어요. 아주 완벽해요."
그는 그녀의 어깨에 손을 얹고 부드럽게 그 입술에 키스했다.
"정말 완벽하군" 그도 말했다.

문득 발 아래를 보았더니 담배 꽁초가 두 개 떨어져 있었다. 그녀의 꽁초는 끝이 입술연지로 물들어 있었다. 그의 것은 깨끗했다. 그는 자기의 꽁초를 주워올렸다. 손가락 마디로 비벼 담뱃가루는 바람에 날려 버리고 종이는 돌돌 뭉쳐 던져 버렸다.
 "군대에 있을 때에 곧잘 이런 짓을 했지" 하고 그는 말했다.
 그녀는 손목시계를 들여다보았다.
 "1시 10분 전이에요."
 "서두를 것 없어." 그도 자기의 손목시계에 눈길을 돌리면서 말했다. "아직 15분밖에 지나지 않았어."
 그는 그녀의 팔을 잡았다. 방향을 바꾸어 옥상 가장자리에서 천천히 걸어갔다.
 "하숙집 아주머니에게 말했어요?"
 "무엇을? 아아, 이야기했어. 모두 손을 써 두었지."
 두 사람은 엘리베이터의 하우징 앞을 지났다.
 "월요일에는 당신 소지품을 기숙사에서 옮겨와야지."
 도로시가 방그레 웃었다.
 "놀랄 거예요, 기숙사에 있는 애들이."
 두 사람은 통풍구의 난간 주위를 걸었다.
 "하숙집 아주머니가 우리들을 위해서 좀 더 큰 방을 비워 줄까요?"
 "아마 그럴 거야."
 "도구 몇 개쯤은 두고 올 거예요. 겨울 스포츠 용구같은 건 기숙사의 지붕밑 다락방에 넣어 두면 되니까요. 그다지 많지는 않지만."
 통풍구의 남쪽에 왔다. 그는 등을 난간에 기대고 두 손을 그 위에 얹더니 등 쪽으로 훌쩍 올라탔다. 담에 발뒤꿈치를 꼭 붙이고 걸터앉았다.

"그런 곳에 앉으면 안돼요."

위험하게 생각됐는지 도로시가 말했다.

"어째서?" 그는 물었다. 그는 하얗게 이어지는 담을 바라보고 있었다. "폭이 1피트나 되는데. 벤치에 앉아도 1피트쯤밖에 안돼. 떨어지지 않아. 올라앉아 봐."

그는 왼쪽 손으로 돌의 표면을 두들겨 보았다.

"싫어요." 그녀는 말했다.

"겁쟁이."

"하지만 이 옷이……" 그녀는 허리로 손을 가져갔다.

그는 손수건을 꺼내어 자기 옆에다 펼쳤다.

"월터 랠리(진창에다 자기의 망토를 깔았다는 일화가 있음)이지." 그는 말했다.

잠깐 망설였으나 그녀는 순순히 그에게 백을 건네 주었다. 그리고는 담쪽으로 등을 향하고 두 손을 손수건 끝에 댄 다음 뛰어올랐다. 그가 도와 주었다.

"괜찮지?" 하고 말하며, 그는 팔을 그녀의 허리에 돌렸다. 그녀는 천천히 얼굴을 돌려 어깨 너머로 아래를 내려다보려고 했다.

"아래를 내려다보면 안돼. 어지러울 테니까 말이야."

그가 주의를 주었다.

그는 백을 자기의 오른쪽에 놓았다. 그리고 두 사람은 잠시 말없이 앉아 있었다. 그녀의 손은 담의 가장자리를 단단히 잡고 있었다. 비둘기가 두 마리 층계 뒤쪽에서 나와 주위를 돌아다녔다. 이쪽을 경계하면서 부리를 콜타르의 옥상에서 움직이고 있었다.

"어머니께 알릴 때에는 전화로 할 거예요, 아니면 편지로 하겠어요?" 도로시가 물었다.

"글쎄, 어떻게 할까?"

"엘렌과 아버지에게는 편지로 할 생각이에요. 어쩐지 전화로 말하기가 무척 힘들 것 같아요."

환기통 하나가 빙빙 돌고 있었다. 1분쯤 지나고 나서 그는 그녀의 허리에 감았던 손을 풀었다. 그녀는 두 사람 사이의 돌담 가장자리를 단단히 잡고 있었다. 그녀의 손 위에 자기의 손을 포갰다. 그는 또 나머지 한쪽 손을 담 가장자리에 버티며 거기에서 미끄러져 내렸다. 그녀도 내리려고 했으나 그것보다 빨리 그녀의 앞을 가로막고 서서 그녀와 얼굴을 마주보았다. 허리가 그녀의 무릎에 닿았다. 그는 두 손으로 그녀의 두 손을 싸안았다. 그가 미소짓자 그녀도 미소로 대답했다. 그는 그녀의 배 언저리로 눈길을 떨구었다.

"귀여운 마마" 하고 그는 말했다.

그녀는 소리내어 웃었다. 그의 두 손이 무릎으로 옮겨지고 그 손 끝이 애무하듯 스커트 주름 밑을 쓰다듬었다.

"이제 가 보는 게 좋잖아요, 여보?"

"조금만 더 있어, 베이비. 아직 시간은 있으니까."

그의 눈이 그녀의 눈길을 붙잡고 그대로 두 손이 그녀의 양쪽 다리의 매끄러운 뒤쪽을 쓰다듬어 내렸다. 그의 시야 한귀퉁이에 그녀의 흰 장갑을 낀 손이 보였다. 담의 가장자리를 꼭 움켜잡고 있었다.

"예쁘군, 이 블라우스." 그는 그녀의 목에 감겨 있는 너울거리는 비단 보타이 매듭을 바라보았다. "이건 새건가?"

"새것이요? 새것이기는커녕 실컷 쓰던 거예요."

"이 보의 한가운데가 좀 비뚤어졌는데!"

그의 눈길이 가늘어졌다.

그녀의 한쪽 손이 무릎을 떠나 목으로 갔다.

"틀렸어" 하고 그는 말했다. "더 비뚤어졌는데, 이번에는."

또 한쪽 손도 무릎에서 올라갔다.

그의 손은 비단 스타킹을 쓰다듬으면서 아래로 내려왔다. 몸은 구부리지 않고 낮게 뻗칠 수 있는 만큼 한껏 손을 뻗쳤다. 오른발을 한 걸음 뒤로 물리고 발돋움하며 준비 자세를 취했다. 그는 호흡을 가다듬었다.

그녀는 두 손으로 보를 고치고 있었다.

"이제 됐어요?"

그는 코브라와도 같은 날랜 몸짓으로——두 손으로 그녀의 발뒤꿈치를 움켜잡고——한 걸음 물러나서 허리를 쭉 펴고 그녀의 발을 높이 들어올렸다. 순간, 그의 두 손이 뒤꿈치에서 구두창으로 옮겨져 숨막히는 듯한 순간, 두 사람의 시선이 부딪치고 넋이 빠져나간 듯한 공포가 그녀의 눈동자에 퍼지며 비명이 목구멍까지 치밀어올랐다. 그때 온 몸의 힘을 다 하여 공포로 굳어 버린 그녀의 두 다리를 밀어젖혔다.

얼어붙는 듯한 고통의 외마디가 불화살처럼 수직 통풍구 속으로 떨어져 갔다. 그는 눈을 감았다. 비명이 사라졌다. 침묵…… 그리고 귀청을 찢는 듯한 소동이 몸 안에서 일어났다. 발이 후들거렸다. 아득한 아래에 빈 깡통이며 목재 부스러기가 가득차 있었던 것을 생각 해 냈다.

눈을 뜨자 손수건이 산들바람에 날려 저쪽 담의 거칠거칠한 표면에 걸려 있는 것이 보였다. 그는 쫓아가 그것을 움켜잡았다. 빙그르 한 바퀴 돌며 층계 출구로 달렸다. 모자와 슈트케이스를 한 손으로 움켜잡고 도어를 열었다. 그때 손수건으로 도어 손잡이를 닦았다. 문지방을 큰걸음으로 뛰어넘어 도어를 닫고 안쪽의 손잡이도 손수건으로 닦았다. 그리고는 방향을 바꾸어 달리기 시작했다.

검은 금속제의 계단을 정신없이 달려내려갔다. 슈트케이스가 넓적다리에 부딪쳤고 오른손은 계단의 난간을 타고서 뛰어내려갔기 때문에 불에 덴 것처럼 뜨거웠다. 가슴이 마구 뛰었다. 벽이 빙글빙글 돌고 있는 듯하면서 심한 현기증을 느꼈다. 뛰어내려가던 발걸음을 멈추었을 때, 그는 벌써 7층의 계단에 있음을 깨달았다.

그는 숨을 헐떡이면서 계단 난간의 기둥에 기대어섰다. 그의 마음 속에는 '긴장으로부터의 육체적 해방'이라는 말이 미쳐 날뛰고 있었다. 이토록 격렬하게 뛰어내려온 것도 그 때문이었다. 이건 긴장이지 공포에 빠진 것은 아니었다. 호흡을 가누었다. 슈트케이스를 내려놓고 모자를 고쳐 썼다. 힘껏 움켜잡고 있었으므로 모양이 망가져 버렸던 것이다. 모자를 고쳐 쓸 때 손이 희미하게 떨리고 있었다. 물끄러미 손을 바라보았다. 손바닥은 먼지로 더럽혀져 있었다. 저 구두창의…… 그는 손을 깨끗이 닦고 손수건을 주머니에 쑤셔넣었다. 윗옷의 구겨진 데를 펴고 먼지를 털고 나서 슈트케이스를 들고는 도어를 열고 복도로 나갔다.

도어는 모두 열려 있었다. 각 사무실에서 사람들이 뛰어나와 복도로 해서 통풍구 쪽에 있는 방의 창문으로 달려갔다. 사무용 옷을 입고 있는 사람들, 종이 커프스(소맷부리 토시)를 낀 속기사들, 녹색의 차양이 달린 모자를 쓴 셔츠 바람의 사람들, 그들은 하나같이 입을 벌리고 눈을 휘둥그렇게 뜬 창백한 얼굴들이었다.

그는 침착한 걸음걸이로 엘리베이터를 향해 걸어갔다. 가끔 누군가가 그를 앞질러 달려갈 때는 발걸음을 멈추었다가 다시 걸어갔다. 여러 사무실 앞을 지나치면서 그는 창문에 모여 있는 사람들의 등을 쳐다보았다. 그 사람들의 목소리는 흥분과 긴장으로 들떠 있었다. 그가 엘리베이터 앞에 닿자 곧 내려가는 엘리베이터가 나타났다. 안으로 들어가 도어 쪽으로 얼굴을 향하고 섰다. 그의 뒤에 있는 승객들은 저마다 한두 마디씩 얻어들은 단편적인 이야기를 주고받으며 멋대로 억측들을 하고 있었다.

언제나처럼 로비는 시끄러운 소리로 가득차 있었다. 로비에 있는 사람들은 거의 다 금방 들어온 사람들이라 그 돌발 사고를 모르고 있었다. 슈트케이스를 가볍게 흔들면서 대리석 바닥을 가로질러 소음에 넘친 밝은 오후의 거리로 나갔다. 이 건물 앞의 계단을 내려섰을 때 두 사람의 경관이 허둥지둥 그와 엇갈리며 들어갔다. 회전 도어 속으로 빨려 들어가는 파란 제복을 뒤돌아서 지켜보았다. 계단 아래에서 발걸음을 멈추고 다시 한번 손을 살펴보았다. 바위처럼 조용했다. 떨고 있지도 않았다. 그는 미소지었다. 다시 뒤돌아 그 회전 도어에 눈길을 보내면서 군중 속에 휩쓸려 그녀의 시체를 보려고 현장에 되돌아가 보는 일이 얼마나 위험한 것인지 생각하고는…… 그곳에는 가지 않기로 마음먹었다.

대학 쪽으로 가는 시내 전차가 덜커덩거리며 지나갔다. 붉은 신호로 전차가 멈춰서 있는 네거리까지 빠른 걸음으로 걸었다. 전차에 뛰어올라 10센트로 차표를 끊고서 뒤쪽으로 들어갔다. 그는 창문으로 밖을 내다보았다. 전차가 4구역쯤 달렸을 때 하얀 구급차가 요란한 사이렌 소리를 울리며 스쳐 지나갔다. 그는 그 차가 멀어지면서 차츰 작아져서 시정 회관 앞에서 교통을 차단하고 빌딩 옆으로 가 멎는 것을 지켜보고 있었다. 이윽고 전차는 유니버시티 아베뉴로 꺾이어 아무것도 보이지 않게 되고 말았다.

13

야구 대회 전야제는 스타디움 옆에 있는 광장에서 그날 밤 9시부터 열렸는데, 여학생의 자살이라는 뉴스(현장에는 3피트 반의 담이 있다고 클라리온 레저 지가 보도했으므로 과실이라고는 생각되지 않았던 것이다)로 이 행사의 기세가 꺾이고 말았다. 활활 붉게 타오르는 화톳불 주위에 학생들——특히 여학생들이 담요를 펼치고 앉아서 뭐라고들 지껄여 대느라 정신이 없었다. 야구 팀의 매니저며 응원단의 주요 멤버들은 소리소리 지르며 전야제의 분위기를 돋우려고 야단들이었다. 남학생들에게 땔감을 좀 더 구해 오라든가, 상자 나부랭이나 합판 조각을 던져넣어서 하늘도 그을릴 만큼 불길을 올리라는 등 고함을 쳤지만, 효과가 없었다. 출전 학교의 이름이 반도 낭독되기 전에 박수소리는 약해지더니 사라져 버렸다.

전에는 이런 야단스러운 응원의 전야제에 얼굴을 내민 적이 없었던 그도 오늘 밤에는 나가 보았다. 그는 하숙집을 나와 종이 상자를 옆구리에 끼고 느릿한 걸음걸이로 어두운 거리를 걸어갔다.

이날 오후 늦게 도로시의 슈트케이스를 열고 그 속에 든 옷가지들을 침대 매트리스 밑에 숨겼다. 그리고 후덥지근한 날씨였으나 일부러 트렌치 코트를 걸치고 그 주머니에 화장품 상자의 화장품 병들을 쑤셔넣었다. 그것들은 그녀의 옷들 사이에 넣어져 있었던 것이다.

도로시의 뉴욕 주소며 블루리버의 주소가 씌어 있는 빨간 라벨을 벗기고 나서 그 슈트케이트를 들고 집을 나섰다. 그리하여 다운 타운으로 가서 버스 정류소의 수하물 담당에게 맡겼다. 거기서 모든 스트리트 다리까지 걸어가 그 위에서 열쇠며 화장품병 따위를 하나씩 더러운 물 위로 던져 버렸다. 병은 다시 떠오를 염려가 없도록 뚜껑을 열고 던졌다. 분홍색 로션이 물 위로 번져올라 엷어지더니 이윽고 사라져 버렸다. 다리에서 돌아오는 길에 어떤 식료품 가게에 들렀다. 거기서 파인애플 주스 깡통이 들어 있었던 골판지의 빈 상자를 손에 넣었다.

그 종이 상자를 가지고 사람들 사이를 지나갔다. 웅크리고 앉아 있든가 배를 깔고 누워 있는 학생들의 모습이 어둠 속에서 세차게 타오르는 불빛을 받아 붉게 물들어 있었다. 담요 사이며 사람의 발을 밟지 않도록 주의하면서 빠져나가 그는 마침내 한가운데의 화톳불로 나아갔다.

너무나 뜨겁고 밝아 그 언저리 12피트 안으로는 아무도 다가가지 못했다. 그는 잠시 멈추어서서 활활 타오르는 불길을 바라보고 있었다. 갑자기 야구부의 매니저와 응원단 가운데 하나가 저쪽에서 뛰어왔다.

"좋아! 아주 근사한데!" 하고 그들은 외쳤다. 그리고 그에게서 종이 상자를 낚아챘다.

"아니!" 매니저가 상자의 무게를 손에 느끼며 말했다. "이건 빈 상자가 아니잖아?"

"책이야…… 헌 노트도 있고……"

"야아, 멋지군!"

매니저는 주위의 군중들 쪽으로 얼굴을 돌렸다.

"여러분! 여러분! 분서(焚書)올시다!"

몇몇 사람들이 이야기를 멈추고 이쪽으로 눈을 돌렸을 뿐이었다. 매니저와 응원단은 종이 상자의 양쪽 끝을 붙잡고 타오르는 불길을 향해 흔들기 시작했다.

"꼭대기를 향하여 내던져!" 매니저가 외쳤다.

"아니, 이것 봐……."

"걱정 마, 실패하지 않아. 책을 불사르는 데는 명수거든!"

두 사람은 상자를 흔들었다. 하나 둘 셋! 상자는 피라밋 모양으로 쌓아올린 마른 풀더미 꼭대기로 날아가서 포물선을 그리며 불길을 뿜어올리고 있는 그 가운데로 떨어졌다. 조금 기우뚱했으나 곧 중심이 잡혔다. 구경군들로부터 드문드문 박수 소리가 들렸다.

"이봐, 앨이 또 상자를 가지고 온다!" 하고 그 응원단 학생이 외쳤다. 그는 얼른 불 곁을 뛰어서 빠져나갔다. 매니저도 그 뒤를 쫓았다. 그는 종이 상자가 검은 빛으로 바뀌어 가는 것을 지켜보고 있었다. 불길이 상자의 표면을 핥았다. 별안간 피라밋의 아래쪽이 흔들리고 불길이 탁탁 튀며 뿜어올랐다. 불이 붙은 나뭇가지가 그의 발에 부딪쳐 왔다. 그는 뒤로 멀리 물러났는데도 불꽃이 바지 앞에서 튀었다. 신경질적으로 손을 들어 터는데, 그 손이 불길의 빛을 받아 청동색으로 보였다.

이윽고 불티가 가라앉자, 그는 그 상자가 어떻게 되었는지 확인하기 위해 눈을 들었다. 아직도 형태가 남아 있었다. 불길이 상자 위를 기어다니고 있었다. 하지만 그 속에 든 것은 벌써 불타 버렸을 테지, 하고 그는 생각했다.

그 속에는 약학부 실험실용의 참고서, 킹십 제동 회사의 팸플릿, 슈트케이스에서 떼어낸 라벨, 그리고 도로시가 짧은 신혼 여행을 위해 준비한 속옷 등이 들어 있었다. 잿빛 타프터의 칵테일 드레스, 검은 스웨이드의 펌프스(여자용의 얇은 구두), 양말, 속치마, 브래지어와 여자용 팬티, 손수건 둘, 분홍색 수를 놓은 슬리퍼, 붉은 빛 잠옷, 나이트가운, 우아한 향기가 도는 흰 비단 레이스.

14

〈블루리버 클라리온 레저〉지 1950년 4월 28일 금요일 게재 기사 발췌.

스토다드 대학 여학생 추락사
제동 왕의 영애(令愛).
시정회관에서 일어난 뜻밖의 참사!

스토다드 대학 2학년에 재학 중인 도로시 킹십 양(19살)은 오늘 블루리버 시정 회관 14층에서 고의인지 과실인지 알 수 없지만, 추락하여 사망했다. 아름다운 금발의 아가씨로 뉴욕 주 출신이며, 킹십 제동 사장 레오 킹십 씨의 따님이다.

12시 55분, 그 빌딩에 근무 중인 사람들은 건물의 한복판을 꿰뚫고 있는 폭이 넓은 통풍구에서 높은 비명과 함께 무언가가 떨어져 내려오는 소리에 점심 시간의 한때를 놀라움으로 맞았다. 창문으로 뛰어가 보니 젊은 여성의 고통스러워하는 모습이 눈에 들어왔다. 하베이 L 헤스 박사──우드브리지 서클 57호──는 때마침 로비에 있다가 현장으로 급히 달려갔지만, 손쓸 사이도 없이 이 여성의 사망이 확인되었을 뿐이다.

그 바로 뒤에 현장으로 달려온 경찰 당국은 통풍구의 주위인 3분의 2피트쯤 되는 벽에 핸드백이 놓여져 있는 것을 발견했다. 백 속에 출생 증명과 스토다드 대학 학생증이 있어서 신원은 확인되었다. 경찰은 또 옥상에서 킹십 양이 피운 것으로 보이는 입술 연지 자국이 남은 담배 꽁초를 발견했으며, 이것으로 그녀가 뜻하지 않은 추락사를 하기 몇 분 전에 옥상에 있었다는 결론을 얻었다.

엘리베이터 보이인 렉스 카길 군은 참사가 일어나기 30분 전에 킹십 양이 6층인가 7층에서 내렸었다고 증언했다. 또 한 사람의 엘리베이터 보이, 앤드류 웨키 군은 킹십 양과 아주 닮은 여성을 12시 반 직후에 14층까지 태워 주었으나, 그녀가 몇 층에서 탔는지는 잘 모르겠다고 말했다.

스토다드 대학 학생과장 클라크 D 웰시 씨의 이야기에 의하면 킹십 양의 학업 성적은 우수했다고 한다. 그녀가 살고 있었던 기숙사의 동료들도 상당한 충격을 받았고, 그녀가 자살할 만한 까닭이 없다고 입을 모아 말하고들 있다. 내성적이고 얌전한 아가씨였다면서 "그녀를 정말로 잘 알고 있었던 사람은 아무도 없었습니다"라고 여학생들은 말했다.

〈블루리버 클라리온 레저〉지 4월 29일 토요일 게재 기사 발췌.

자살한 여학생.
언니에게 유서를 우송.

어제 정오가 지나서 시정회관 옥상에서 추락사한 스토다드 대학 여학생 도로시 킹십 양은 자살로 판명되었다고 시 경찰 형사부장 엘돈 체서 씨가 어젯밤 보도진에게 밝혔다. 그녀의 필적으로 된 유서가 어제 저녁 위스콘신 주 콜드웰 대학에 재학 중인 언니 엘렌 킹십 양에게 배달되었는데, 서명은 없었다고 한다. 유서의 내용에 대해서 상세한 발표는 없었지만, '자살의 의지가 명백하게 표현되어 있었다'고 체서 부장은 말했다. 이 유서는 당시(當市)에서 우송된 것으로 소인은 어제 오전 6시 30분으로 돼 있었다.

유서를 받은 엘렌 킹십 양은 전화로 동생에게 연락을 취하려고 했다. 전화는 스토다드 대학 학생과장 클라크 D 웰시 씨에게 연결되어 엘렌에게 동생의 죽음이 전해졌다. 킹십양은 우선 모든 일을 제쳐놓고 곧 그곳을 떠나 어젯밤 블루리버에 와 닿았다. 부친인 킹십 제동회사 사장 레오 킹십 씨도 오늘 도착하리라고 예상되지만, 날씨가 나빠 여객기는 시카고에 불시착해 있다.

마지막으로 그녀와 이야기한 친구에 의하면, 그녀는 흥분해 있었으며 신경질적이었다고 말하고 있다——라븐 블리인 기자 씀.

"제 방에 있는 동안 좀 이상하리만큼 많이 웃고 미소를 지었습니다. 그러면서 주위를 서성거리는 것이었어요. 그때는 무엇인가 행복해서 견딜 수 없기 때문인 거라고 생각했는데, 지금 다시 돌이켜 보니 무서운 신경적인 긴장에 쫓기고 있었나 보지요. 어딘지 초조한 데가 엿보이는 웃음으로서 행복한 웃음이라고는 할 수 없었어요. 심리학 전공이니만큼 나는 곧 그것을 꿰뚫어 보았어야만 했다고 생각합니다."

스토다드 대학 2학년인 아나벨 코크 양은 자살하기 2시간 전의 도로시 킹십 양의 태도에 대해서 이렇게 말했다.

코크 양은 보스턴 출신으로서, 작은 몸집의 매력적인 젊은 여성이다. 사고가 있었던 전날은 두통이 심했으므로 기숙사의 자기 방에 틀어박혀 있었다.

"도로시가 도어를 노크한 것은 11시 15분쯤이었다고 생각합니다. 난 침대에 누워 있었어요. 그녀가 들어왔으므로 조금 놀랐습니다. 우린 서로 교제가 거의 없었으니까요. 이미 말씀드렸던 대로 그녀는 미소를 지으며 방 안을 걸어다니는 것이었어요. 목욕용 가운을 입고 있었습니다. 그리고 나에게 초록색 벨트를 빌려 주지 않겠느냐고 말하는 게 아니겠어요. 그래서 나는 우리 둘 다 그린 슈트를 가지고 있다는 걸 생각해 냈습니다. 나의 것은 보스턴에서, 그녀의 것은 뉴욕에서 각각 산 것이지만 아주 꼭 같았어요.

지난 주 화요일 밤에 둘 다 그것을 입었었는데 정말이지 어리둥절했어요. 그것은 어쨌든 그녀는 나에게 벨트를 빌려 달라고 부탁했습니다. 그녀의 것은 버클이 망가졌다나요. 난 처음에는 어떻게 할까 망설였습니다. 봄 새 슈트였거든요. 하지만 몹시 필요한 듯싶었으므로 나는 마침내 그것이 든 서랍을 가르쳐 주었지요. 그녀는 그것을 가지고 돌아갔습니다. 몇 번이나 고맙다면서요."

여기까지 이야기하더니 코크 양은 말을 쉬고 안경을 고쳐 썼다.
"그런데 여기에 이상한 일이 있어요. 나중에 경찰에서 사람들이 나와 유서를 찾기 위해 그녀의 방을 조사했을 때, 나의 벨트가 그곳 책상 위에 있는 것을 발견했거든요! 금으로 된 걸쇠가 벨트의 물림쇠와 서로 맞물려 있어서 곧 알았습니다. 경찰은 그 벨트를 가져가 버렸습니다. 난 아주 낙담했어요. 아무튼 값비싼 슈트이니까요.

도로시의 행동은 아주 이해할 수 없다고 생각해요. 나의 벨트를 빌리고 싶었던 것 같은데 전연 사용하지를 않았으니까요. 그녀는 초록색 슈트를 그…… 그 사건이 일어났을 때에 입고 있었지요. 그런데 경찰 조사로는 벨트의 버클이 조금도 망가져 있지 않다고 하지 않겠어요? 이 점이 나로서는 아주 이상한 느낌이 들었어요. 나중에야 그 벨트는 이야기를 할 구실이었다는 걸 알았습니다. 옷을 입을 때 나의 일이 생각났던 모양이지요. 내가 감기로 앓아 누워 있다는 건 누구나 알고 있었기 때문에, 그래서 내 방에 와서 벨트를 빌리고 싶다고 했을 거예요.

누군가와 이야기하고 싶었을 게 틀림없어요. 그때 조금이라도 그러한 마음의 움직임을 알아챘더라면 좋았을걸…… 그녀의 괴로움이 어떠한 것이었든, 서로 이야기를 나누었더라면 이렇게까지는 되지 않았으리라는 느낌이 자꾸만 드는군요."

……기자가 아나벨 코크 양의 방을 나오려고 하자, 그녀는 마지막으로 이렇게 한 마디를 덧붙였다.

"경찰이 나에게 그 벨트를 다시 돌려 준다 해도 나는 이제 초록색 슈트는 입지 않을 거예요."

학년 말기의 마지막 6주일이 아무 일 없이 조용하게 지나가 버려 그는 실망을 느꼈다. 제트기의 분연(噴煙)이 공중에 긴 선을 그리듯이 도로시의 죽음이 가져다 주는 흥분이 계속되기를 기대했는데, 그것이 너무나도 급속히 사라져 버렸던 것이다. 좀 더 학교 안에서의 대화나 신문 기사 따위로 거론되어 그의 우월감을 채워 줄 것으로 기대하고 있었는데 그런 건 아무것도 없었다. 도로시가 죽고 사흘이 지났을 때에는 학교 안의 화제란 학교에 딸린 작은 기숙사 하나에서 발견된 한 다스의 마리화나에 대한 이야기뿐이었다. 각 신문에는 레오 킹십 씨가 블루리버에 왔다는 짧은 기사가 실렸지만, 클라리온 레저지에 킹십의 이름이 오른 것이 이것이 마지막이었다. 시체 검증 결과는 물론 그녀가 임신했다는 사실도 보도되지 않았다. 미혼 여성이 뚜렷한 까닭도 없이 자살했을 경우에는 우선 그 이유를 무엇보다도 임신에서 찾을 게 틀림없다. 신문이 그 사실을 덮어 두고 쉬쉬했다는 것은 킹십이 막대한 돈을 썼다는 의미인 것이다.

'기뻐해도 좋은 거야' 하고 그는 자신에게 말했다. 만일 수사의 손이 뻗쳐 있다고 하면 심문을 위해 추궁을 받고 있을 게 아닌가. 그러나 심문 받은 일도 없었고 의심도 받고 있지 않다. 그러기에 비밀 수사를 받는 일도 없는 것이다. 모든 일이 잘 마무리 된 것이다. 그러나 단 한 가지 그 벨트의 일만은 마음에 걸렸다. 쓸 마음도 없으면서 도로시는 대체 무엇 때문에 코크라는 아가씨에게서 벨트를 빌렸을까? 어쩌면 누군가 하고 정말로 마음 터놓고 이야기하고 싶었는지도 모른다. 결혼식에 대해서. 그래서 벨트가 좋은 구실로 머리에 떠올랐을 것이다. 그렇다면 고맙겠는데…… 하기야 도로시의 벨트가 정말로 망가져 있었는지도 모른다. 코크 양의 벨트를 빌리고 난 뒤, 그것을 고쳤을 것이다. 하지만 이런 건 그 어느 쪽이든간에 그다지 중요한 일이 아니다. 이 점에 연관지어 코크라는 여학생이 한 이야기도 자살이라는 비극을 강조하는 데 지나지 않는 것이다. 그가 세운 계획의 나무랄 데 없는 성공에 마지막 끝손질을 해주는 것이나 다름없었다. 그는 자못 떳떳이 길을 걸으며 지나는 사람들에게 미소를 던지고 마음 속으로 은근히 샴페인으로 축배를 들어도 마땅한 것이다. 그렇건만 실제로는 그렇게 개운치 않고 답답하기만 하며 낙심이 되는 듯한 심정이었다. 그는 이와 같은 기분이 이해되지가 않았다.

이처럼 가라앉는 기분은 6월 초순, 고향인 미나세트에 돌아갔을 때 더욱 심해졌다. 지난해 여름에는 농기구 회사의 부사장 딸에게 약혼자가 있다고 듣고서 돌아간 고향이었고, 그리고 그 전해 여름에는 저 미망인과 헤어진 다음 돌아갔던 고향에 다시 온 것이었다. 도로시의 죽음은 하나의 방위 수단이었다. 자기 일생의 계획은 조금도 진척되어 있지 않았다.

그는 어머니에 대해서 참을 수가 없었다. 대학에서 그가 보내는 편지란 고작 1주일에 엽서 한 장이었기 때문에 고향에 돌아오기만 하면 어머니는 이것저것 꼬치꼬치 캐묻는 것이었다. 함께 다니는 여자친구의 사진을 가지고 있니?——그녀는 아들의 상대가 굉장한 미인이어서 그에게 썩 어울리는 아가씨이기를 기대하고 있는 것이었다——네가 들어 있는 것은——어느 클럽이니? 어느 클럽이든 그가 리더인 줄로만 믿어 버린다——철학은 몇 등이니, 영어는, 스페인어는?——어쨌든 그녀는 무엇이든지 아들이 1등이라고 믿는 것이다. 어느 날 그는 마침내 자제심을 잃고 말았다.

"내가 세계의 임금님이 아니라는 걸 이젠 어머니두 슬슬 깨달을 만하지 않아요!" 하고 소리치며 그는 온 집 안을 들부수었다.

이번 여름도 아르바이트를 했다. 첫째로는 돈이 필요했고 또 하루 종일 집에서 어머니와 함께 지내는 게 따분했기 때문이었다. 하지만 이 일도 그의 기분을 그 일로부터 벗어나게 하는 데는 조금도 도움이 되지 않았다. 근대적인 예각(銳角) 디자인을 가진 옷 전문점이었다. 그 유리로 된 진열 선반에 1인치 폭의 번쩍번쩍 닦아 놓은 등판이 붙여져 있었다.

그러나 7월 중순이 되자 우울한 기분도 차츰 사라져 갔다. 도로시의 사망 기사가 실려 있는 신문의 스크랩을 아직도 갖고 있었지만, 그것은 작은 잿빛 문갑에 넣어 침실 옷장에 감추었다. 가끔 그것을 꺼내 읽어 보고는 엘돈 체서 형사부장의 그 자신만만한 단정이며, 아나벨 코크의 설익은 이론에 웃음을 터뜨렸다.

그는 자기의 낡은 장서목록을 찾아내어 다시 검토해 보고 그 책들을 정기적으로 다시 읽었다. 피어슨의 《살인 연구》, 볼리소어의 《금전상의 살인》 《지구별 살인 사건》 시리즈 등. 그는 랜드류, 스미드, 플리차아드, 클리픈 등에 대한 기사도 읽었다. 그가 성공한 장소에서 실패했던 살인자들이었다. 물론 이것은 씌어진 이야기 속에서 실패한 인간들에 지나지 않는다. 이밖에 성공한 예가 얼마나 많이 있는가. 그런데도 숱한 실패의 예를 생각할 때마다 은근히 마음 속으로 우쭐해짐을 느꼈다.

이때까지 그는 저 시정회관에서 생긴 사건을 '도리의 죽음'으로만 생각하고 있었다. 그러나 그는 이것을 이제 '도리 살해 사건'으로 생각하게 되었다.

침대에 누워 그러한 책 가운데 하나에 실려 있는 몇 가지 기록을 읽고 있을 때 가끔 얼마나 엄청난 일을 저지르고 말았는가 하는 거대한 사념이 그를 압도하는 일도 있었다. 그럴 때면 그는 벌떡 일어나서 옷장의 거울에 비치는 자신의 모습을 들여다보았다. '나는 살인을 저질렀다'라고 그는 생각한다. 그리고 나서 소리내어 중얼거려 본다.

"나는 살인을 저질렀다!"

난 아직 부자가 아니다. 그러나 그것이 어떻단 말이냐! 난 이제 겨우 24살이 아니냐!

제2부 엘렌

1

아나벨 코크가 레오 킹십 앞으로 보낸 편지.

아이오와 주 블루리버, 스토다드 대학 여학생 기숙사에서
1951년 3월 5일

친애하는 킹십님

이 편지를 드리는 제가 누구인지 이상히 생각되리라고 여겨집니다만, 제 이름은 신문에서 보아 알고 계시리라고 믿어요. 저는 지난해 4월에 따님이신 도로시 양에게 벨트를 빌려 주었던 여학생입니다. 저는 그녀와 이야기를 나눈 마지막 사람이었습니다. 이러한 내용의 편지를 드리는 일이 당신을 몹시 슬프게 만드리라고 여겨집니다만, 그럴 만한 까닭이 있어 이렇게 쓰고 있습니다.

당신은 도로시와 제가 똑같은 초록색 슈트를 가지고 있었던 일을

생각해 내실 수 있을 거예요. 따님은 제 방에 들어와서 저에게 벨트를 빌려 달라고 말했습니다. 저는 그것을 빌려 주었는데 나중에 경찰관들이 이 벨트——제 것이라고 생각되었던 것——를 그녀의 방에서 발견했습니다. 그것을 한 달쯤 경찰이 보관하고 있다가 겨우 저한테 돌려 주었는데, 그때는 벌써 그 옷을 입을 계절이 지나 있었지요. 그래서 지난해에는 그 초록색 슈트를 입을 일이 없었답니다.

올해도 또 봄이 찾아왔습니다. 저는 어젯밤에 문득 생각이 나서 봄옷을 꺼내 보았습니다. 그 초록색 슈트를 입어 보았더니 몸에 꼭 맞았습니다. 그런데 벨트를 매고서 저는 깜짝 놀랐습니다. 도로시의 벨트였던 거예요. 버클에서부터 새김눈이 나 있는데, 두 번째 새김눈에 맞추어 매었더니 제 허리가 너무 헐거웠던 거지요. 도로시도 아주 날씬한 아이였지만, 저는 그녀보다 더 말랐답니다. 솔직히 말씀드리면 저는 말라깽이지요. 앞에서도 말씀드린 대로 저는 지난해에 입었던 슈트가 몸에 꼭 맞는 것으로 보아 몸무게가 줄어든 것은 아니라고 생각됩니다. 그러고 보면 벨트는 도로시의 것이 틀림없습니다. 경찰관 한 분이 처음에 이것을 저에게 보여 주었을 때, 금으로 된 버클의 걸쇠가 안으로 훨씬 물려 있었기 때문에 틀림없이 제 것이라고 믿어 버렸던 거예요. 그때 두 사람이 슈트의 같은 회사에서 만든 것이라 벨트의 버클도 같은 모양이라는 걸 알았더라면 제 것이라고 섣불리 단정하지 않았을 거예요.

그러므로 도로시는 무엇 때문인지 모르겠지만 자기 벨트를 사용할 수가 없었던 모양입니다. 자기 벨트가 망가지지 않았는데도 제 벨트를 사용했거든요. 저로서는 이것이 아무래도 알 수 없습니다. 그때에는 단순히 서와 이야기를 하고 싶어서 벨트를 빌리러 온 척했을 뿐이었으리라고 생각하고 있었습니다.

지금 이렇게 벨트가 도로시의 것이라는 걸 알고 나니, 이것을 쓴다는 게 어쩐지 이상한 느낌이 듭니다. 저는 미신을 믿지는 않지만, 아무튼 이 벨트는 제 물건이 아니고 저 가엾은 도로시의 것입니다. 차라리 어디에 버릴까 생각했지만 그러는 것도 왠지 이상한 느낌이 들어서 이것을 보내 드립니다. 부디 받으셔서 좋도록 처분해 주세요.

올해는 우리 학교 여학생들 사이에 폭이 넓은 가죽 벨트가 유행하고 있으므로, 저도 그런대로 그 슈트를 입을 수 있으리라고 생각됩니다.

아나벨 코크

레오 킹십 씨가 엘렌 킹십에게 보낸 편지.

1951년 3월 8일

사랑하는 엘렌.

네가 보낸 편지를 벌써 받고서도 곧 답장을 해주지 못해서 미안하구나. 일에 쫓겨서 틈이 없었단다. 어제 수요일에는 마리온이 와서 함께 밤참을 들었다. 마리온은 얼굴빛이 좋지 않은 것 같더라. 어제 배달되어 온 코크 양의 편지를 그 아이에게 보여 주었더니, 그것을 너에게 보내 주라고 말하더구나. 그래서 그 편지를 함께 넣는다. 그것을 먼저 읽고 나서 내 편지를 계속 보도록 해라.

그러면 엘렌, 여기 같이 넣은 코크 양의 편지를 읽었을 테지. 이 편지를 왜 함께 넣었는지 설명해 주마.

마리온의 말에 의하면 너는 도로시가 죽고 나자 예전에 네가 그애에게 너무 쌀쌀하게 대했다고 네 자신을 몹시 탓하고 있었다면서? 특히 코크 양이 말한 '누군가와 이야기하고 싶어하는 것 같았다'는 도로시의 불운한 이야기를 듣고는 그 의논 상대가 반드시 너였어야만 되었을 거라고 생각하며, 너와 의논하기만 했더라도 도로시를 그 지경에까지 몰아넣지 않았을 것이라는 심정에 사로잡혀 있을 거라고 마리온이 말했다. 그러나 이것은 마리온이 너의 편지를 읽고서 추측한 것일 뿐이란다. 어쨌든 그때 도로시에 대한 너의 태도가 조금만 달랐더라면 그애가 그런 길을 택하지는 않았을 거라고 너는 믿고 있을 테지.

내가 마리온의 말을 빌린 것은 그 속에 네가 가장 말하고 싶은 점이 밝혀져 있다고 생각했기 때문이다. 나는 지금 지난해 4월에 네가 너무나도 뚜렷하게 자살을 뒷받침하는 유서를 받고서도 도로시의 자살을 완강히 믿지 않으려고 했던 일을 말하는 것이란다. 만일 도로시가 자살했다면, 넌 자신에게 무언가 책임이 있다고 느꼈던 거야. 그렇기 때문에 그 아이의 죽음을 있는 그대로 받아들이게 되기까지는 몇 주일이나 걸렸고, 언제까지나 자기 스스로 만들어 낸 무거운 책임을 느끼고 있었던 게 아니냐?

코크 양의 편지는, 도로시에게 코크 양의 벨트가 꼭 필요한 특별한 이유가 있어서 그녀한테로 빌려 갔었다는 점을 명백히 설명해 주고 있다. 그녀의 편지에 의하면, 도로시가 누군가와 이야기하고 싶었던 셈은 아니었던 게 아니냐. 그 아이는 자기가 하려는 일을 이루려고 결심했던 거야. 그러므로 너희들이 저 크리스마스 때 말다툼만 하지 않았더라도, 그 아이가 맨 먼저 너한테 찾아왔을 거라고 생각해야 할 절대적인 까닭은 없는 거란다. 그리고 불쾌한 기분이 되어 말다툼을 먼저 시작한 것은 그 아이였었다는 것도 잊어서는 안돼. 또한 도로시로서 무엇보다도 섭섭하게 여겨졌던 일은, 자기를 콜드웰 대학이 아닌 스토다드 대학에 보내야 한다는 너의 의견에 내가 찬성했다는 점이라는 것을 상기해 주기 바란다. 콜드웰 대학에 가면 그 아이가 너에게만 의지하게 될 뿐이라는 이유로 난 찬성했었지. 아무튼 그 아이가 만일 네 뒤를 좇아 콜드웰 대학에 갔었더라면 이런 비극이 일어나지 않았을 것만은 사실일 거야. 그러나 '만일'이라는 말은 더할 나위 없이 무서운 말이 아니겠니? 도로시가 받은 벌은 이루 말할 수 없이 무서운 것이었겠지만, 그 아이는 그것을 스스로 택했던 거야. 그러므로 나에게도 책임이 없고, 너에게도 책임이 없다. 책임이 있는 사람은 오로지 도로시 자신이겠지.

도로시의 행동은 잘못된 의지에 바탕을 둔 것이라는 코크 양의 생각은 이 경우 아직도 내 생각과 서로 비교가 될는지 모르지만, 부디 네 탓이라고는 생각지 말아 다오.

사랑하는 아버지

덧붙임——마구 흘려써서 미안하구나. 리처드슨 양에게 받아 쓰도록 시키기에는 너무 개인적인 내용인 것 같아서 직접 썼단다.

엘렌 킹십이 버드 콜리스에게 보낸 편지.

1951년 3월 12일 오전 8시 35분

친애하는 버드,

나는 지금 전망차(展望車)의 의자에 앉아서 한 손에는 코카콜라를 들고 다른 한 손에는 펜을 잡고서 기차에 흔들리며 열심히 편지를 쓰고 있는 참이랍니다. 이런 시간에 말이에요, 글쎄! 내가 블루리버로 여행하려는 까닭에 대해서는, 말홀랜드 교수의 말대로 이른바 '화려하고 정확하게' 설명하려고 생각해요.

오늘 저녁의 농구 시합에는 미안하게도 참가하지 못하지만, 코니나 제인 두 사람 가운데 하나가 나 대신 내 역할을 할 거예요. 그들은 전부터 그렇게 하고 싶어했고, 또 나는 보결 선수인걸요, 뭐.

 우선 무엇보다도 먼저 전하고 싶은 일은 이 여행이 갑자기 생각나서 가는 게 아니라는 것, 어제 밤새도록 생각한 결과라는 거예요. 이런 말을 하면 당신은 아마 내가 이집트의 카이로에라도 날아가 버릴 듯한 느낌이 들 테지요? 둘째로, 이 여행이 공부에 아무 지장을 주는 일이 없으리라는 거예요. 왜냐하면 당신이 각 수업의 노트를 모두 해주실 테니 말이에요. 하지만 아무래도 1주일 이상은 결석하게 될 것 같아요. 너무 학업을 게을리해서 낙제해도 당신은 모른다고요? 셋째로, 내 시간은 낭비하지 않을 작정이에요. 결과가 나와 봐야 알겠지만, 여행하기 전까지는 마음이 가라앉지 않는걸요.

 그러면 이제 내가 블루리버로 가는 이유를 설명하겠어요. 먼저 이렇게 되기까지의 이야기부터 써야겠군요.

 토요일 아침에 아버지로부터 편지를 받았어요. 당신도 아시다시피 도로시는 처음에 내가 다니는 콜드웰 대학에 입학하고 싶어했지만, 나는 그 아이 자신을 위해서 반대했었어요. 그때는 그러는 편이 좋다고 생각하고 있었던 것이지요. 하지만 그 아이가 죽고 나자 내가 반대한 일은 주제넘은 짓이 아니었을까 하고 마음이 괴로웠어요. 집에서 생활할 때 나는 아버지의 엄격함과 도로시가 나를 의지하는 태도로 몹시 구속당하고 있었지요. 물론 그 무렵에는 나 자신도 깨닫지 못했던 일이지만 그러다가 내가 콜드웰 대학에 입학했을 때에는 정말 하늘로 날아갈 것만 같았어요. 그래서 대학 생활 3년 동안 굉장히 많은 활동을 했지요. 맥주 파티에 참석하고 자동차 경주에도 얼굴을 내미는 등 자유스럽게 행동했어요. 당신은 그러한 나를 뜻밖이라고 생각하시겠지요? 그러므로 먼저도 말했던 것처럼 도루시가 나를 의지하여 콜드웰에 오고 싶어했던 것을 그만두게 한 건 정말 그 아이를 위해서 혼자 독립하도록 해주기 위해서였는지, 아니면 내가 자유를 잃고 싶지 않았기 때문인지 나 자신도 의문스러워요. 콜드웰은 '누구든지 다른 사람들이 하는 일을 알고 있다'고 할 수 있는 장소이니까요.

도로시의 죽음에 대한 저의 반응에 대해 아버지가 써보내신 편지(그것은 마리온의 생각을 다시 정리한 것일 테지만)는 정말 옳은 것이었어요. 나는 자살했다는 것을 인정하고 싶지 않았던 거예요. 왜냐하면 그것을 인정하는 것은 나에게도 얼마만큼의 책임이 있다는 것을 의미하기 때문이에요. 하지만 그런 이유 말고도 또 의문이라고 생각되는 점이 몇 가지 있는 듯한 느낌이 들었어요. 이를테면 그 아이가 나에게 보내온 그 유서 말이에요. 확실히 그 아이의 필적이었어요——그것은 부정 못합니다——하지만 어딘지 그 아이답지 않은 것이었어요. 그 글에는 꾸민 듯한 느낌을 주는 '다알링'이라는 말을 사용하고 있어요. 전에는 편지에 곧잘 '사랑하는 엘렌'이라든가 '가장 사랑하는 엘렌'이라고 써보냈거든요. 그래서 이 점에 대해 경찰에 주의를 일깨워주었지만, 그들은 그 아이가 이 유서를 썼을 때에는 아무래도 신경이 긴장된 상태에 있었을 것이므로 평소의 편지투를 기대하는 것은 무리라는 것이었어요. 나도 일단 이 말이 논리적인 추론이라고 인정하지 않을 수 없었지요. 또 한 가지 그 아이가 출생 증명서를 가지고 있었던 사실도 이상하게 생각되는데, 여기에 대해서도 경찰은 간단히 결론을 내리고 말았어요. 자살하는 사람들은 죽은 뒤 신원이 바로 밝혀지기 위해 곧잘 이런 방법을 쓰는 것이라고 하지 않겠어요? 그애가 언제나 백에 넣고 다니는 것(스토다드 대학 학생증 같은 것으로)도 충분히 신원을 증명할 수 있었을 텐데 그것도 경찰은 그다지 중요하게 여기지 않았던 것 같아요. 게다가 그 아이는 자살을 할 만한 타입이 아니라고 내가 주장했을 때도 경찰은 대답조차 해주지 않았어요. 내가 내세우는 의견에 대해서 경찰은 모두 대수롭지 않게 여졌어요.

 말하자면 대충 이런 것들이지요. 물론 나는 도로시가 자살했다는 사실을 인정해야만 되고——어떤 의미로서는 나에게 책임이 있다고 인정하지 않으면 안돼요. 아나벨 코크의 이야기는 어느 면에서는 결정적인 의견인걸요. 도로시가 자살한 동기를 생각해 보면 나에게 더 한층 커다란 책임이 있다는 것이 됩니다. 현대의 합리적인 여성은 임신했다고 해서 자살하지는 않으므로 누군가에게 잔뜩 의지하며 자라다가 의지할 상대가 갑자기 없어져 버리는 경우가 아닌 한 자살할 일은 없다고 생각되니까요.

 하지만 도로시가 임신했다는 것은 나 말고 또 누군가 그녀를 버린 사람이 있다는 것——물론 남성이겠지요——입니다. 내가 알고 있는 한 도로시는 경솔하게 장난삼아 섹스를 하는 그런 경박한 짓을 하는 아이는 아니었어요. 그 아이가 임신했다는 사실은 그 아이에게 사랑하는 남자가 있고 언젠가는 결혼하리라고 마음먹고 있었다는 것이 됩니다.

 그런데 그 아이가 죽기 전인 12월 초순에 도로시는 영문학 클라스에서 친해진 어떤 학생의 이야기를 나에게 편지로 알려 왔었어요. 그 아이는 젊은이와 곧잘 어울려 다녔던 모양이에요. 이것은 결코 장난이 아닌 진실한 사랑이었던 거예요. 그 아이는 크리스마스 휴가 때 여러 가지 일에 대해서 나에게 이야기해 주겠다고 약속했었지요. 그런데 이 크리스마스때 우리들이 아주 하찮은 일로 말다툼을 하여 그 아이는 그때부터 나에게 아무것도 털어놓고 말해 주지를 않았던 거예요. 우리들이 각각 학교에 돌아가고 나서부터는 오가는 편지가 거의 무슨 공문서처럼 되어 버렸지요. 그래서 나는 그 학생의 이름도 듣지 못했던 거예요. 그 남자에 대하여 내가 알고 있는 것은 그 아이가 편지에 써 보내왔던 것 뿐으로서 가을쯤에 영문학 클라스에 출석하고 있었다는 것과 렌 바논——사촌동생의 남편이지요——과 어딘지 모르게 닮은 잘생긴 젊은이라는 것이었지요. 이것은 다시 말해서 도로시의 애인은 키가 크고 금발이며 파아란 눈을 가졌다는 것이 됩니다.

이 남자에 대해서는 아버지에게도 말씀드렸어요. 이 사나이가 누구인지 알아내어 어떤 형식으로든 벌을 주어야만 한다고요. 아버지는 그 학생이 도로시를 죽음으로 몰아넣었다는 것을 증명하기란 거의 불가능할 것이며 비록 증명할 수 있다고 한들 무슨 소용이 있겠느냐면서 나의 주장을 물리쳤어요. 그 아이는 자기의 죄를 스스로 처벌했고, 이로써 아버지로서는 이 사건이 끝났던 셈이었지요.

아나벨 코크의 편지를 함께 넣어 보내 주신 아버지의 편지를 받은 그 토요일까지의 이야기는 이와 같은 것이에요. 그래서 마침내 나의 대활약이 시작된 것이랍니다.

코크 양의 편지는——처음에는——아버지가 희망했던 만큼의 효과를 거두지는 못했습니다. 왜냐하면 앞에서도 말했던 것처럼, 아나벨 코크의 이야기는 나의 우울한 기분의 참된 원인과는 너무나 거리가 멀었기 때문이에요. 그런데 나는 이때 이상한 느낌이 들기 시작했어요. 만일 도로시의 벨트에 어딘가 고장이 없었다면 왜 거짓말을 하면서까지 아나벨의 벨트를 빌려 갔을까? 왜 도로시는 자기의 벨트를 쓰지 않았을까? 나의 아버지는 도로시 자신에게 특별한 이유가 있었으리라는 설명만으로 만족하셨지만, 나는 그 이유가 무엇인지 똑바로 알고 싶어요. 도로시가 죽은 날 취한 세 가지의 모순된 행동과 밀접한 관계가 있기 때문이에요. 그래도 이것은 나에게 의문이었고, 지금도 의문인 채로 남아 있는 것입니다.

첫째, 그날 오전 10시 15분이 지나 그 아이는 기숙사 길 건너에 있는 가게에서 값이 싼 흰 장갑을 샀어요. 가게 주인이 신문에서 그 아이의 사진을 보고 연락해 주었습니다. 처음에 그 아이는 스타킹을 달라고 했다는데, 마침 그날 밤에 열릴 봄의 댄스 파티 준비로 눈코 뜰 사이 없이 바빴기 때문에 그 아이에게 맞는 크기의 스타킹이 떨어지고 없었답니다. 그런데 그 아이는 거기서 1달러 50센트를 주고 장갑을 샀던 거예요. 시정 회관에서 떨어져 숨을 거두었을 때 이 장갑을 끼고 있었는데, 그 아이의 방 책상 서랍에는 털실로 짠 예쁜 장갑이 남아 있었어요. 낡은 데도 없는 새것이었지요. 그것은 저번 크리스마스에 마리온이 선물한 것이었어요. 그 아이는 왜 이 장갑을 끼지 않았을까요?

둘째, 도로시는 몸에 지니는 물건에는 아주 세심하게 신경을 쓰는 성격이었어요. 떨어져서 숨을 거둔 현장에서 입고 있었던 것은 바로 그 초록색 슈트였지요. 거기다가 값이 싼 흰색 블라우스를 받쳐 입고 있었어요. 그런데 블라우스의 깃장식인 보가 이 슈트의 선(線)에 조금도 어울리지 않는 것이었어요. 더구나 그애의 방 옷장 속에는 흰색 비단 블라우스가 들어 있었답니다. 깨끗한 블라우스로서, 이것은 저 슈트와 함께 입으려고 특별히 맞춘 옷이었어요. 그런데 왜 이 블라우스를 입지 않았을까요?

셋째, 도로시는 짙은 초록색 슈트를 입고 갈색과 흰 색의 액세서리를 곁들여 하고 있었어요. 그런데 그 백 속에 든 손수건은 하늘색의 작고 둥근 무늬가 있는 빛깔이 밝은 것으로서 입고 있는 옷과는 전혀 어울리지 않는 것이었어요. 자기 방에는 적어도 한다스의 손수건이 남아 있었으며, 그것들은 모두 자기 옷에 맞추어 준비된 것이었어요. 왜 그 손수건에서 하나 꺼내서 가지 않았을까요?

그 사건이 일어났을 때 나는 이러한 점들을 경찰에 말했어요. 그러나 경찰에서는 이것도 내가 지적한 다른 일과 마찬가지로 관심조차 갖지 않는 것이었어요. 그 아이는 제정신이 아니었다는 거예요. 그 같은 경우에 여느 때처럼 옷차림에 신경을 쓰리라 기대하는 쪽이 오히려 잘못이라고 이만저만 핀잔을 주는 것이 아니었어요. 그러나 그 장갑의 일만은 그 아이가 제정신을 잃고 한 짓이 아니라고 나는 지적해 주었어요. 장갑을 사기 위해 그 아이는 일부러 가게에 갔으니까요. 어떤 한 행위의 뒤에 의식적인 준비가 있었다면 이러한 세 가지 행위에는 무엇인가 목적이 숨겨져 있다고 결론짓는 게 이치에 맞는 일이 아닐까요. 그런데 경찰은 '자살자가 생각하는 일은 아무도 모른다'고 할 뿐이었어요.

아나벨 코크의 편지는 지금까지 말한 세 가지 외에 또 하나, 제 4의 행위가 있었음을 뒷받침해 주고 있어요. 자기의 벨트가 어느 한 군데도 망가지지 않았는데도 도로시는 자기의 벨트 대신 아나벨의 벨트를 맸습니다. 왜 그랬을까요?

이 문제를 가지고 나는 이번 토요일 아침부터 밤까지 곰곰이 생각해 보았어요. 내가 밝혀 내려는 일이 무엇인지, 그것은 묻지 말아 주세요. 아무튼 이와 같은 일 뒤에는 어떤 의미가 숨겨져 있을 것만 같으며, 그 당시 도로시의 정신 상태에 대하여 되도록 정확히 파악하고 싶은 거예요. 마치 혀 끝으로 충치를 후벼 내듯이 말이에요.

나는 경찰에서 거들떠보지도 않은 이 네 가지 조항에서 어떤 연관성을 찾아내려고 하면서 내가 밟은 심리 단계에 대해 모두 쓰지 않으면 안되겠지요. 먼저 이들 조항의 가치——이런 것들로부터 출발하여 수많은 추리가 태어나는데——를 찾아보았으나 아무 뜻을 이루지 못했어요. 그 아이가 그때 몸에 걸치고 있었던 것에 무언가 공통되는 요소가 있는지 생각해 보았지만 역시 똑같은 결과가 되고 말았어요. 종이를 가져다가 '장갑' '손수건' '블라우스' '벨트'를 나란히 써 놓고 각 물건에 대해 내가 알고 있는 사실들을 열거하며 거기서 의미를 알아내려고 했던 거예요. 확실히 의미 따위는 없었습니다. 크기, 연륜, 누구의 소유인가 하는 것, 값, 빛깔, 품질, 구입 장소——등 네 가지

조항의 어느 것에서도 의미가 있을 만한 특징은 떠오르지 않는 것이었어요. 나는 그 종이를 찢어 버리고 침대에 기어들어갔습니다. 자살자가 무엇을 생각했는지는 아무도 모른다는 말을 생각하면서——.

1시간쯤 지났을까요, 나는 문득 어떤 일을 생각해 내고는 등골이 오싹해져 침대에서 벌떡 일어나 앉았어요. 유행에 뒤진 그 블라우스도 장갑도——모두 그 아이가 그날 아침에 샀던 거예요. 아나벨 코크의 벨트, 작은 물방울 무늬의 하늘색 손수건…… 어떤 것은 헌것이고 어떤 것은 새것, 어떤 것은 빌린 것이며 어떤 것은 파아란 색깔이다.

이것은 어쩌면 우연의 일치일지도 모른다고 나는 나 자신에게 납득시켰습니다. 하지만 나의 마음은 이것이 우연의 일치라고 믿어지지 않는 것이었어요.

도로시가 시정 회관에 갔던 것은 그 건물이 블루리버에서 가장 높은 빌딩이었기 때문이 아니라, 결혼하려고 할 때 가는 건물이었기 때문이에요. 그 아이는 낡은 것이나 새것이나 빌린 것이나 모두 파아란 것을 몸에 걸치고 있었어요——가엾게도 낭만적인 도로시——그래서 그 아이는 출생 증명서를 갖고 가서 성년에 이른 것을 증명하려 했던 거예요. 그러므로 물론 혼자 갔을 리는 없지요. 도로시는 단 한 사람과 같이 갔어요——그 아이를 임신시킨 사나이, 오랫동안 그 아이와 사귀어 왔던 사나이, 그 아이가 사랑했던 사나이——가을 학기에 영문학 클라스에서 친해진 그 금발의 파아란 눈을 가진 젊은이와 함께 갔던 거예요. 그 사나이가 어떻게 해서인지 그 아이를 옥상으로 데리고 갔던 거지요. 나는 그때의 사정이 이렇게 되었었다고 거의 확신하고 있어요. 게다가 그 유서의 내용은——'제가 그 원인이 된 불행에 대해서는 부디 용서해 주세요. 이렇게 할 수밖에 저로서는 어쩔 수가 없는 거예요'라는 것뿐이었어요. 이 문장 가운데 자살을 암시하는 부분이 어디에 있어요? 그 아이가 이것을 썼을 때에는 결혼하려고 마음먹고 있었던 거예요! 그 아이는 아버지가 그렇게 성급한 결혼을 순순히 인정하실 것 같지는 않았지만, 달리 어떤 방법도 없었던 거예요. 임신하고 있었기 때문이지요. 경찰은 이 문장의 절박한 투를 극도의 긴장 때문에 생긴 것이라고 단정했어요. 나는 이것이 자살을 각오했기 때문이 아니라 도망꾼이 달아나기 직전의 심정이라고 생각해요.

'헌것과 새것'은 이 점을 추측케 하는 데 충분했지만 이미 유서를 남긴 자살이라고 단정한 경찰에게 이것이 살인 사건이라면서 재수사시키기에는 충분치가 않았어요. 특히 경찰측이 나에게 편견을 갖고 있을 경우에는 더욱 어렵지요. 지난해 경찰을 몹시 귀찮게 만든 사람이 바로 나였거든요. 당신은 내가 하는 말이 진실이라고 믿어 주실 테지요? 그래서 나는 이 남자를 찾아 셜록 홈즈처럼 활약해 볼 작정이랍니다. 나의 의혹을 뒷받침할 만한 일이 나타난다면, 경찰의 흥미를 불러일으킬 만한 충분하고 확실한 자료가 손에 들어온다면 곧 경찰에 연락할 것을 약속하겠어요. 나는 아름다운 여주인공이 살인자에게 도전하는 영화를 많이 봤어요. 방음 장치가 되어 있는 범인의 오두막에서 여주인공이 '범인은 너였구나' 하고 외치자 범인이 '그렇다, 내가 했다. 그러나 그런 말을 지껄이도록 하기 전에 네 목숨은 없는 줄 알아!' 하는 따위의 영화 말이에요. 그러니까 버드, 내 일은 부디 걱정하지 마세요. 초조하게 생각하면 안돼요. 그리고 아버지에게 편지 같은 것으로 결코 알리지 마세요. 화를 내실 것이 틀림없으니까요. 이런 식으로 뛰어드는 것은 '미치광이 같은 충동적인 일'일지도 몰라요. 하지만 어떻게 가만히 앉아서 무엇을 해야 좋을지 모르는 채 기다릴 수가 있겠어요? 게다가 나밖에는 이런 일을 할 사람이 아무도 없는데 말이에요.

시간은 정확합니다. 기차는 지금 블루리버 시에 들어섰어요. 차창 밖으로 시청 회관의 건물이 보이는군요.

이 편지는 오늘 밤 내가 묵을 장소가 정해지고 나서 부치겠어요. 만일 가능하다면 그 뒤의 내 행동의 진척 상황도 함께 써보낼 작정이에요. 이 스토타드 대학이 콜드웰 대학보다 열 갑절이나 더 큰 학교라 할지라도 나에게는 일을 어떻게 시작해야 할 것인가에 대한 아주 멋진 아이디어가 있어요. 나의 행운을 빌어 주세요.

2

웰시 학생과장은 혈색이 좋은 얼굴에 단추를 두 개 박아 놓은 듯한 동그런 잿빛 눈동자를 가진 시원스러운 성격의 사람이었다. 플란넬 천으로 만든 싱글 브레스테드의 검은 양복을 멋지게 입었으며 조끼에는 파이 비타 파카 장(章—학업이 우수한 학생이 추천되어 입회하는 단체)이 눈에 잘 보이도록 달려 있었다. 그의 사무실은 어둠침침하여 마치 교회 같았다. 그은 듯한 느낌이 드는 목제 가구와 커튼이 있었으며, 방 한가운데에는 폭이 넓은 테이블 위에 깨끗한 테이블보가 씌워져 있었다. 방 안의 사무실용 스피커의 단추를 눌러 찾아온 사람의 이름을 확인한 뒤, 학생과장은 일어나 도어 쪽으로 걸어갔다. 버릇대로 입술을 한 번 축이고서 미소를 떠올렸으나 곧 그 아가씨를 맞아들이기 위해 엄숙한 표정을 지었다. 이 아가씨의 동생은 그가 명목상의 후견인으로 있을 때 스스로 목숨을 버렸던 것이다. 오후 수업이 끝났음을 알리는 불규칙한 종소리가 이 방 안까지 들려 왔으나 커튼에 가로막혀져 둔하게 울렸다. 도어가 열리고 엘렌 킹십이 들어왔다.

그녀는 도어를 닫고 곧 그의 책상으로 다가섰다. 학생과장은 여러 해 동안 젊은 학생들과 접촉함으로써 얻어진 독특한 육감을 발휘해서 상대를 재빨리 재어 보며 평가하고 있었다. 예쁜 아가씨이다. 그는 이것이 마음에 들었다. 굉장히 아름답다. 적갈색의 숱이 많은 머리를 앞으로 늘어뜨리고 있었다. 갈색 눈빛, 과거에 불행을 겪은 일이 있었던 듯이 느껴지는 미소…… 결단력 있는 눈의 빛깔. 화려한 성질은 아닐 테지만 착실한 타입이리라……. 클라스에서는 중간에서 상 정도일까. 코트와 옷은 짙은 푸른 색으로 요즘 학생들 사이에서 유행인 원색 계통의 칙칙한 취미와는 뚜렷한 대조를 보여 주고 있었다. 조금 신경질적인 듯싶었으나, 그러나 요즘에는 대부분의 학생들이 그렇지 않은가?

"킹십 양이지요?"

가볍게 고개를 숙여 작은 목소리로 말하고 나서 그는 손님용 의자를 가리켰다. 두 사람은 앉았다. 학생과장은 혈색이 좋은 손을 마주 잡았다.

"아버님은 안녕하시겠지요?"

"네, 고맙습니다."

그녀의 목소리는 나직하고 좀 쉬어 있는 느낌이 들었다.

"아버님을 뵙게 되었을 때 영광으로 여겼었지요…… 작년이었던가요."

갑자기 침묵이 흘렀다.

"그래, 무슨 볼일이라도 있습니까?"

그녀는 등받이가 딱딱한 의자에서 몸을 일으켰다.

"저희들은——아버지와 저 말씀입니다만——어떤 남자분을 찾고 있어요. 이 학교 학생인데……."

학생과장의 눈이 예의를 잃지 않으려고 애쓰며 호기심을 나타내 보였다.

"제 동생이 죽기 이삼 주일 전에 상당한 액수의 돈을 그 학생한테 빌려 썼다고 말했어요. 저에게 그렇게 편지로 써보냈지요. 지난 주일에 그 아이의 예금 통장을 조사해 보다가 갑자기 그 일이 생각났어요. 통장을 조사해도 그 돈을 돌려 준 흔적이 없어 아버지와 저는 그분이 기분나쁘게 생각할까 걱정이 되어서……."

과장은 고개를 끄덕여 보였다.

"그런데 난처하게도" 하고 엘렌은 말했다. "그분의 이름이 생각나지 않아요. 도로시가 가을 학기 때 영문학 클라스에서 함께 공부했었다는 것과 머리빛이 블론드였다고 말한 것만 기억하고 있어요. 그래서 그분과 연락하는 데 선생님의 도움을 빌었으면 좋겠다고 생각했던 거지요. 아무튼 상당한 금액이어서……."

그는 깊이 숨을 들이마시며 말했다.

"잘 알겠습니다."

과장은 이렇게 말하면서 두 손을 마주대어 그 크기를 비교하는 듯한 시늉을 했다. 그리고 엘렌에게 미소를 지어 보였다.

"해봅시다."

그는 군인같이 단호한 말투로 말했다. 그리고 잠시 그 자세대로 가만히 있다가 몸을 일으키더니 인터폰의 단추를 눌렀다.

"프래드 양" 하고 그는 비서를 부르고 나서 손가락을 놓았다.

그는 책상에 의자를 깊숙이 끌어넣고 편안하게 고쳐앉았다. 마치 장기전에 대비하는 듯한 태도였다.

도어가 열리고 활달해 보이기는 하나 파리한 얼굴의 여자가 들어왔다. 과장은 그녀에게 고개를 끄덕여 보이고 나서 의자의 등받이에 상체를 벌렁 기대며 엘렌의 머리 위 벽으로 눈길을 보냈다. 전술(戰術)을 짜고 있는 듯한 자세였다.

잠시 있다가 그는 말했다.

"도로시 킹십 양의 1949년 가을 학기 때 시간표를 조사해 주시오.

어느 영문학 강의를 들었는지 살펴보고, 그 클라스의 재적자 명단도 조사해 주도록. 그 재적자 가운데 남학생의 학생부를 모두 가져다 주시오." 그는 비서에게로 눈길을 돌렸다. "알았지요?"

"네."

그는 비서에게 요점을 되풀이 말하게 시켰다.

"좋소" 하고 그는 말했다.

그녀는 나갔다.

"곧 가져와야 하오."

그는 닫혀진 도어에 대고 말하고 나서 엘렌 쪽으로 몸을 돌리며 만족스러운 듯이 미소를 지어 보였다.

그녀도 미소로 대답했다.

그곳에 맴돌던 군대같이 딱딱한 분위기가 사라져 가자 두 사람 사이에는 아저씨와 조카 같은 친근감이 솟았다. 과장은 책상에 몸을 내밀 듯이 하고 손가락으로 책상을 가볍게 두들겼다.

"당신은 설마 이 일 때문에 일부러 블루리버에 온 것은 아니겠지요?" 하고 그는 말했다.

"친구한테도 들를 작정이에요."

"호오."

엘렌은 핸드백을 열었다.

"담배를 피워도 괜찮을까요?"

"네, 상관없습니다." 그는 수정으로 된 재떨이를 그녀 곁으로 밀어 주었다. "나도 피울 테니까요." 그는 예의를 잃지 않도록 조심스럽게 말했다.

그는 엘렌이 자기 담배를 권하자 사양했다. 그녀는 곁에 '엘렌 킹십'이라고 동박으로 이름이 부각되어 있는 흰 성냥갑에서 성냥을 꺼내어 담배에 불을 붙였다. 과장은 그 성냥갑에 신중한 눈길을 보냈다.

"금전 문제에 있어서 당신처럼 뚜렷한 한계를 긋는 것은 좋은 일이지요." 하고 그는 미소를 지으며 말했다. "우리들의 교제에서도 모두들 저마다 한계를 지켜 준다면 참으로 좋을 텐데 말이오."

그는 청동으로 만들어진 종이 나이프를 집어들었다.

"우리 학교에서는 지금 실내 체육관과 야외 경기장의 신축 공사를 시작했습니다. 그런데 기부를 약속한 분들 가운데, 막상 돈을 요구하게 되면 잊어 버린 듯한 태도를 짓는 분들이 계시답니다."

옳은 말이라는 듯이 엘렌은 고개를 끄덕여 보였다.

"당신 아버님이시라면 틀림없이 이 대학의 신축 공사에 관심을 가져 주시리라고 생각됩니다만……" 과장은 교묘하게 화제를 이끌어 나갔다. "도로시 킹십 양을 기념하는 하나의 표적으로서."

"네, 기꺼이 아버지께 권해 드리겠어요."

"그렇습니까. 그렇게 해주시기만 한다면 저로서는 정말 고맙기 이를 데 없습니다" 하고 그는 덧붙였다.

몇 분 뒤 비서인 프래드 양이 마닐라 종이로 된 학적부를 한아름 안고 들어왔다. 그녀는 과장 옆에 그 서류를 놓았다.

"영문학, 51호실. 6조(組). 남학생은 17명입니다"

비서가 말했다.

"수고했소." 과장은 말했다.

비서가 나갈 때 그는 의자에서 몸을 일으켜 앉아 두 손을 깍지끼며 다시 본다. 군인같은 태도를 보였다. 그는 맨 위에 있는 것부터 한 장 한 장씩 정성껏 넘겼는데, 그 태도는 이 장소에 어울리도록 보이려 애쓰고 있는 것 같았다. 그 명단의 한쪽 귀퉁이에는 반드시 학생의 사진이 붙어 있었다.

"밝은 느낌의 머리 빛깔이라" 하고 말하며 그는 왼쪽으로 골라놓

앉다.

조사가 모두 끝났을 때에는 좌우로 서류 무더기가 나누어져 있었다.

"12명이 어두운 색 계통, 5명이 밝은 색 계통의 머리털을 갖고 있군요" 하고 과장은 말했다.

엘렌이 몸을 앞으로 내밀었다.

"도로시는 언젠가 그분이 멋있다고 말했어요."

과장은 그 다섯 사람의 서류를 책상 가운데에 놓고 맨 위의 것을 열어 보았다.

"조지 스페이저" 하고 그는 망설이는 듯한 투로 말했다. "이 스페이저 군을 잘생겼다고 할 수 있을는지는 의문입니다만……."

그는 그 학적부를 펼친 채 엘렌에게 건네주었다. 그 사진의 얼굴은 턱이 깎여 나간 듯하고 눈이 동그란 10대의 소년이었다. 그녀는 머리를 저었다.

두 번째는 돗수가 높은 안경을 낀 초췌해 보이는 젊은이였다.

세 번째는 25살로서 머리빛이 블론드가 아니라 흰빛이었다.

백 위에 있는 엘렌의 두 손에 땀이 배어 나왔다.

과장은 네 번째의 것을 펼쳤다.

"고든 갠트" 하고 그는 말했다. "이런 이름이 아니었습니까?"

그는 학적부에서 고개를 들며 그녀 쪽으로 눈길을 보냈다

블론드 머리를 한 굉장히 잘생긴 젊은이였다. 짙은 눈썹에 밝은 눈매, 길게 내민 턱, 자못 호남자다운 미소.

"이 사람인 듯한 느낌이 듭니다만……" 하고 그녀는 말했다. "그래요, 이 사람이라고 생각돼요."

"아니면 이 드와이트 파월일까요?" 하고 과장이 다섯 번째의 젊은이를 가리켜 보이며 물었다.

다섯 번째의 사진은 뾰족한 턱과 엷은 색의 눈을 가진 얌전해 보이는 젊은이였다.
"어느 쪽 이름이 들어 본 기억이 있습니까?" 하고 과장이 물었다.
엘렌은 상기된 얼굴로 두 장의 사진을 번갈아 바라보았다.
두 사람 다 블론드 머리에 파아란 눈을 하고 있었다. 그리고 둘 다 잘생긴 얼굴이었다.

그녀는 대학의 관리부 빌딩을 나와 캠퍼스로 나가는 돌층계 맨 위에 섰다. 하늘은 흐리고 주위는 음산하게 잿빛을 띠고 있다. 한 손에 백을 들고 다른 한 손에는 학생과장이 적어 준 메모지가 단단히 쥐어져 있었다.
두 사람…… 왠지 망설여지는 것은 이 점이었다. 어느 쪽이 진짜 상대인지 찾아내는 것은 간단할 것이다…… 그리고 찾은 뒤 사나이를 감시하게 되거나 또는 그에게 접근해 가게 될지도 모른다. 물론 엘렌 킹쉽이 아닌 것처럼 해야지. 그리하여 그녀 쪽으로 보내져 오는 눈길을 응시하는 것이다. 그 눈이 경계의 빛을 띠면 살인은 증거를 남기고 있을 것이다.
'그것은 살인이었어. 살인이었던 게 틀림없어.'
그녀는 걷기 시작했다. 손에 든 종이로 눈길을 보냈다.

고든 C 갠트, 서 26번 거리 1312번지.
드와이트 파월, 서 35번 거리 1520번지.

3

대학 앞의 작은 레스토랑에서 급히 서둘러 식사를 하며, 마음 속으로는 몇 가지 생각들을 어지럽게 움직이고 있었다. 어떤 식으로 시작해야 할까? 먼저 이 사람들의 친구 관계에 대하여 넌지시 물어 볼까? 누군가 그럴 만한 사람을 뒤쫓아가서 이 두 사람 가운데 어느 쪽이 친구인가를 확인하든가, 아니면 그 사람을 의지하여 지난해 그 사나이를 알고 있었던 친구 중의 누군가를 찾아낼까? 시간, 시간, 시간…… 만일 블루리버에 너무 오래 머무르고 있으면 버드가 아버지에게 연락할지도 모른다. 그녀는 조바심을 치며 손가락으로 책상을 가볍게 두드렸다. 고든 갠트, 드와이트 파월——대체 누가 이 사람들을 알고 있을까? 가족이라면 알고 있을 거야. 만일 고향에서 떠나 왔다면 하숙집의 안주인이나 같은 방에 사는 사람이 알고 있을 테지. 느닷없이 핵심으로, 즉 그들과 가까운 사람들에게 파고들어가는 것은 분별없이 함부로 덤벼드는 일일지도 모르지만 우물쭈물하고 있을 때가 아니다…… 그녀는 아랫입술을 깨물었다. 손가락은 여전히 책상을 가볍게 두드리고 있었다.

1분쯤 지나고 나서 그녀는 마시다 만 커피를 그대로 둔 채 테이블을 떠나 전화 부스로 발을 옮겼다. 마음이 내키지 않았으나 블루리버 시의 알팍한 전화 번호부를 들쳐 보았다. 갠트라는 이름은 전혀 없었고 파월이란 이름도 35번 거리에서는 눈에 뜨이지 않았다. 둘 다 전화를 갖고 있지 않은 것이다. 조금 이상한 느낌이 들었으나, 어쩌면 가족들과 함께 사는 것이 아니라 다른 가정에서 하숙하고 있는 건지도 모른다.

그는 전화국을 불러서 26번 거리 1312번지의 전화 번호를 물었다. 2의 2014라고 했다.

"여보세요!" 여자 목소리가 나왔다. 목소리로 미루어 보아 비쩍 마른 중년 여자인 것 같았다.

"여보세요" 하고 엘렌은 목소리를 죽여 말했다. "고든 갠트 씨 계십니까?"

 상대는 잠시 아무 말도 않고 있다가 이윽고 물었다.

"누구시지요?"

"친구예요. 그 사람, 지금 집에 있나요?"

"없어요." 닦아세우듯이 쏘는 듯한 목소리였다.

"댁은 누구신가요?"

"하숙집 주인이오."

"언제쯤 돌아오는지 알고 계세요?"

"늘 늦게 돌아옵니다."

 그 여자의 목소리는 매우 귀찮다는 듯한 빠른 말투였다. 수화기를 내려놓는 소리가 들렸다.

 엘렌은 끊어진 수화기를 잠깐 쳐다보고는 제자리에 놓았다. 테이블로 돌아왔을 때에는 커피가 식어 있었다.

 그는 하루 종일 외출해 있다고 했지. 가 볼까?…… 하숙집 안주인에게 넌지시 알아보면 갠트가 도로시와 결혼하려고 했던 사람이었는지 어떤지 밝혀질지도 모른다. 또는 그가 아니고 파월 쪽이 그 사람으로 증명될지도 모른다. 하숙집 안주인과 이야기를 해보자…… 하지만 어떤 구실을 만들어서 가는 게 좋을까?

 그렇다, 구실은 아무것이라도 된다! 그 여자가 믿을 만한 구실을 만들어서 가야 한다. 그런 말을 꾸며대는 것은 그다지 나쁜 일은 아니리라. 하숙집 안주인이 갠트에게 이 이야기를 할 때 곧 거짓말이 드러나게 된다 하더라도, 이 경우 친구라든가 친척을 가장한 수수께끼의 방문자가 있었던 일을 그가 수상하게 느낀다면, 그 사나이가 아닐지도 모른다. 아니, 어쩌면 그 사나이리라고도 생각되었다. 첫째로 그가 도로시를 죽이지 않았다고 한다면, 이 수수께끼 같은 방문객에게 수상쩍은 마음을 품게 되리라. 둘째로 그가 도로시를 죽였다고 한다면 자기에 대해 조사하고 다니는 아가씨가 있다는 이야기를 듣고 불안을 느끼리라. 그러나 그의 불안이 그녀의 계획에 방해가 되지는 않는다. 왜냐하면 그녀는 그에게로 차츰 접근할 작정이지만, 그녀가 하숙집 안주인에게 질문을 한 아가씨라고 그에게 여겨질 이유는 없기 때문이다. 그의 마음에 싹튼 불안은, 오히려 그녀에게 있어 유리한 일이 될는지 모른다. 긴장하게 되면 그만큼 그 자신의 꼬리를 드러내 놓는 일이 될 터이니까. 하지만 그는 겁이 나서 이 고장을 떠날는지도 모른다. 그것이야말로 그녀의 의심이 아주 진실된 것이라는 확신을 경찰에게도 갖게 하는 데 필요한 일인 것이다. 그렇게 되면 경찰이 수사에 나서서 증거를 모으게 되겠지……

'처음부터 핵심을 향해서 나아가자. 내 생각이 경솔한 것일까?'

이렇게 생각했을 때, 이것만이 정말로 가장 논리적인 방법이었다.

손목시계를 보았다. 5시 1분이 조금 지났다. 전화를 건 뒤 너무 빨리 찾아가도 안된다. 곧바로 가면 전화를 걸었던 일과 그녀가 찾아온 일을 결부시켜 의심을 품게 된다. 엘렌은 의자 등받이에 몸을 편안하게 기대고 앉아 종업원의 눈길을 잡아 커피를 한 잔 더 시켰다.

5시 30분, 그녀는 서 26번 거리의 1312번지가 있는 구역에 다다랐다. 한산하고 지쳐 보이는 동네로, 빛깔이 바랜 2층 건물인 주택들이 아직도 겨울의 자취를 남기고 있는 듯한 지저분스러운 다갈색 잔디밭 뒤로 늘어서 있었다. 구식 자동차인 포드와 시보레가 몇 대 길모퉁이에 멈추어져 있었다. 어떤 차는 오랜 세월이 지나 낡은 것이었고, 어떤 차는 좀 새롭게 보이려고 서투른 솜씨로 페인트 칠을 하여 빛깔은 밝았으나 윤기가 없었다. 엘렌은 애써 마음을 가라앉히며 평온한 척 느긋한 걸음걸이로 걸었다. 구두굽이 땅바닥에 닿는 소리만이 주위의 조용한 공기 속에 울렸다.

고든 갠트가 살고 있는 1312번지는 모퉁이에서 세 번째 집으로,

겨자빛인 듯하면서도 갈색으로 변해 있는 것으로 보아 맨 처음 칠했을 때는 초콜릿색이었음을 나타내 보여 주고 있었다. 건물을 잠깐 올려다보고 나서, 엘렌은 잔디가 시든 뜰을 갈라 놓듯 현관으로 나 있는 틈이 갈라져 있는 콘크리트 길을 걸어갔다. 우편물 통에 걸린 문패에 민너 아크웨트 부인이라고 씌어져 있었다. 그녀는 도어로 다가갔다. 벨은 옛스러운 것이었다. 도어 중앙에서 밖으로 부채 모양의 금속으로 만든 터브가 내밀어져 있었다. 깊이 숨을 들이마시고 나서 그녀는 그 터브를 재빨리 비틀었다. 건물 안에서 벨이 둔하고 무겁게 울렸다. 엘렌은 기다리고 있었다.

이윽고 도어 안쪽에서 누군가의 발소리가 다가와 도어를 열었다. 도어 안에서 모습을 보인 여자는 키가 크고 여윈 몸집으로 긴 얼굴에 곱슬거리는 잿빛 머리털이 드리워져 있었다. 눈이 몹시 불그레하고 눈물이 흐르고 있는 것 같았다. 자잘한 무늬가 찍혀진 평상복이 가냘픈 어깨에 걸쳐져 있었다. 그녀는 엘렌을 머리 끝부터 발 끝까지 훑어보더니 물었다.

"무슨 일이지요?"

전화에서 들었던 것과 같은 날카롭고 메마른 느낌이 드는 중서부 지방 사투리가 섞인 목소리였다.

"아크웨트 부인이시지요?"

엘렌은 쾌활한 목소리로 말했다.

"그렇다우."

여자는 갑자기 어색한 미소를 떠올렸다. 기묘하게 드러난 이가 부자연스러운 느낌을 주었다.

엘렌은 가만히 미소를 되받았다.

"전 고든 씨의 사촌동생인데요."

아크웨트 부인은 엷은 눈썹을 치떴다.

"그 사람의 사촌동생이라고요?"
"오늘 제가 온다고 말하지 않던가요?"
"아니, 아니요. 사촌동생 이야기는 하지도 않았는데요."
"이상하군요. 들르겠다고 분명히 편지로 알렸는데…… 시카고로 가는 길에 일부러 길을 돌아 여기서 내려 만나려고 왔는데, 틀림없이 잊어 버린 걸 거예요."
"언제 편지를 했지요?"
엘렌은 조금 머뭇거렸다.
"그저께, 토요일이에요."
"아아!" 미소가 다시 되살아났다. "고든 씨는 아침 일찍 집을 나가고, 첫 우편 배달은 10시까지 오지 않으니까, 그 편지는 지금쯤 고든 씨 방에 있을 거예요."
"어머나……."
"아마 곧 돌아와서……."
"잠시 실례해도 괜찮을까요?" 엘렌은 재빨리 상대의 말을 가로막았다. "역에서 전차를 잘못 탔기 때문에 10구역이나 걸었어요."
아크웨트 부인은 집 안으로 한 걸음 물러섰다.
"괜찮고말고요. 어서 들어오세요."
"고마워요."

엘렌이 현관을 지나 쉰 듯한 냄새가 나는 복도로 들어서자, 현관 도어가 닫히고 침침한 전등이 켜져 있는 게 보였다. 오른쪽 벽에 가파른 층계가 있었다. 왼쪽은 응접실로 통하는 아치 모양의 복도였으나 그 방은 좀처럼 사용하지 않는 모양으로 아주 쓸쓸한 느낌을 주었다.

"아크웨트 부인" 하고 집 뒤쪽에서 목소리가 들렸다.
"지금 가요!" 하고 그녀는 대답했다. 그녀는 엘렌을 돌아보았다.

"부엌으로 안내해도 괜찮겠지요?"

"네, 좋아요." 엘렌은 말했다.

아크웨트 부인의 이가 또 드러나며 웃는 얼굴이 되었다. 엘렌은 이 커다란 부인의 뒤를 따라 복도를 걸으면서, 그녀가 아까 전화받을 때의 그 무뚝뚝한 목소리와는 전혀 딴판으로 호감이 가는 태도를 보이고 있는 일이 이상하기만 했다.

부엌도 이 건물의 바깥과 같은 겨자빛 페인트로 칠해져 있었다. 방의 중앙에 오지그릇을 늘어놓은 테이블이 있고, 그 위에 철자바꾸기 놀이 도구 한 벌이 놓여져 있었다. 알이 두꺼운 안경을 낀 대머리의 나이 지긋한 남자가 테이블 앞에 앉아 치즈 통이었던 듯싶은 꽃무늬 있는 깡통에다 술병의 술을 따르고 있었다.

"이분은 이웃에 사는 피쉬백 씨예요." 하고 아크웨트 부인이 말했다. "둘이서 철자바꾸기 놀이를 하고 있었던 참이랍니다."

"하나의 단어가 완성되면 5센트로……" 그 노인은 안경을 코에서 밀어올리고 엘렌에게 눈길을 보내며 말했다.

"이쪽은 미스……"

아크웨트 부인이 말을 끊고 엘렌이 자기 소개를 하기를 기다렸다.

"갠트예요."

"갠트 양, 고든 씨의 사촌동생이래요."

"허허" 하고 피쉬백 씨는 말했다. "고든 씨는 훌륭한 젊은이지요."

그는 안경을 도로 내렸다. 안경 알 속에서 눈이 빙그르르 움직였다.

"자, 당신이 할 차례요." 그는 아크웨트 부인에게 말했다.

그녀는 피쉬백 씨와 마주앉았다.

"앉아요." 그녀는 빈 의자를 손으로 가리키며 말했다. "베이콘이라도 먹겠어요?"

"아니, 괜찮아요."

엘렌은 이렇게 말하고 앉았다. 코트를 벗어 의자 등받이에 걸었다. 아크웨트 부인은 네모지게 칸막이를 한 나무판 위의 글자를 몇 개나 노려보고 있었다.

"당신은 어디서 왔지요?" 그녀가 물었다.

"캘리포니아에서요."

"고든 씨의 친척이 서부에 있다는 말은 못 들었는데."

"아니오, 저도 캘리포니아에 가 있을 뿐이지요. 본래는 동부 출신이에요."

"그래요!"

아크웨트 부인은 피쉬백 씨에게로 눈길을 보냈다.

"당신이 해봐요. 나는 두 손 들었어요. 모음 철자가 하나도 안 남아 어쩔 수가 없어요."

"내 차례인가?" 하고 그는 물었다.

그녀는 끄덕여 보였다. 빙글빙글 웃으며 피쉬백 씨는 판에 나온 글자를 집어올렸다.

"당신이 졌소. 이걸 몰랐었구료." 그는 목소리를 높였다. "C.R.Y. P.T. 자아, 보구료. 크리프트(땅 속에 있는 무덤을 말함), 인간이 묻히는 곳이지."

그는 그 문자판을 흩뜨리더니 다른 것들과 섞어 자기 앞에 다시 늘어놓았다.

"이건 공평치 않아요." 아크웨트 부인이 항의했다. "내가 현관에 나간 사이 생각해 두었을 테니까요."

"승부는 신성한 거요."

피쉬백 씨는 반박했다. 그는 다시 두 개의 문자패를 집어 판 가운데에 늘어놓았다.

"자, 시작하구려."

그러나 아크웨트 부인은 의자에 몸을 젖히며 신음 소리를 냈다.

"고든은 요즘 어때요?" 엘렌이 물었다.

"네, 잘 지내고 있어요." 아크웨트 부인이 말했다. "학교 공부 때 방송의 프로그램이니 뭐니 하면서 꿀벌처럼 아주 바쁘답니다."

"프로그램?"

"아니, 고든 씨의 프로그램도 모르고 있었어요?"

"네, 꽤 오랫동안 그의 소식을 듣지 못했거든요."

"하지만 그 사람은 벌써 석 달 전부터 프로그램을 맡고 있는데요!" 아크웨트 부인은 이렇게 말하며 가슴을 쭉 폈다. "레코드를 내보내면서 이야기를 하는 거예요. 왜 디스크 자키라는 거 있잖아요? 고든 씨 시간은 '원반 던지기'라는 프로그램이지요. 일요일을 빼놓고 날마다 밤 8시부터 10시까지 KBRI방송에서 나오고 있어요."

"어머나, 멋지네요!" 엘렌이 외쳤다.

"정말이지 그 사람도 이제는 유명해졌어요."

하숙집 여주인은 이렇게 말하며 피쉬백 씨가 고개를 끄덕이며 신호를 하자 문자패를 하나 뒤집었다.

"2주일 전 일요일에는 신문에 그 사람의 인터뷰 기사가 실렸어요. 신문기자가 이곳에 밀려오고 그야말로 야단법석이었지요. 모르는 아가씨들이 계속 전화를 해 오지 뭐예요. 스토다드 대학의 여학생들이 학생과에서 그의 전화 번호를 알아 내어 목소리라도 듣겠다고 전화를 걸어 오지 않겠어요? 하지만 그는 그런 이들에게 이러쿵저러쿵 뭐라고 이야기하는 성미가 아니라서, 전화를 내가 대신 받아 주고 있지요. 덕분에 아주 못 견딜 지경이에요. 모두 실없는 짓들이지요."

아크웨트 부인은 여기서 문자판을 보고 얼굴을 찡그렸다.

"당신에게 양보하겠어요, 피쉬백 씨."

엘렌은 테이블 가장자리에 손가락을 대었다. "고든이 지난해 가을에 편지로 알려 왔던 여자친구하고는 아직도 사귀고 있나요?" 하고 그녀는 물었다.

"글쎄, 어떤 여자인데요?"

"금발의 키가 작고 아름다운 아가씨라고 하던데요. 고든은 그 아가씨에게 대해서 지난 해 내내——10월인가 11월부터 올해 4월 무렵까지 편지로 쭉 알려 왔어요. 정말로 열중하는 것 같이 생각되었지요. 그러나 4월에 들어서면서부터 그 아가씨에 대해 통 써보내지를 않더군요."

"분명히 말해 두겠지만" 하고 아크웨트 부인이 말했다. "고든 씨가 사귄다는 여자는 한 번도 본 일이 없어요. 방송에 나가기 전에는 1주일에 두세 번 외출하곤 했었지만, 이곳에 여자를 데려온 일은 한 번도 없었답니다. 내가 뭐, 두둔하는 건 아니에요. 나는 그 사람의 하숙집 주인일 따름이니까요. 그리고 그 사람은 여자에 대한 이야기 같은 건 말한 일도 없어요. 그 사람보다 앞서 우리 집에 하숙했던 학생들은 곧잘 여자친구에 대해 말해 주었었는데 말이에요. 그 학생들은 젊었기 때문이었나 봐요. 요즘 학생들은 대개 군대에 다녀와 어른스럽잖아요? 말도 그다지 많이 하지 않아요. 적어도 고든 씨는 말이 적은 편이에요. 나는 그다지 남의 일을 캐묻는 성격은 아니지만……" 그녀는 문자패를 뒤집었다. "그 아가씨의 이름이 뭐지요? 이름을 가르쳐 주면 지금도 사귀고 있는지 어떤지 알려 드릴 수 있으리라고 생각되는데요. 고든 씨는 이따금 저 층계 있는 곳의 전화를 쓰지요. 내가 응접실에 있노라면 아무래도 그의 목소리가 조금은 들려 오니까요."

"그녀의 이름은 잊어 버렸어요." 엘렌은 말했다. "하지만 지난해엔 둘이 아주 친했으니까, 그 무렵 고든과 친했던 듯한 여자의 이름을 대 주신다면 다시 생각이 날 거예요."

"글쎄요……."

아크웨트 부인은 생각이 잘 안 난다는 듯한 태도로, 말을 꾸미려고 문자패를 기계적으로 늘어놓았다.

"참, 그렇지. 루엘라라는 아가씨가 있어요. 나에게 같은 이름의 시누이가 있기 때문에 이 이름을 기억하고 있지요. 그리고 또……" 그녀는 그 진무른 듯한 눈을 감고서 정신을 한데 모았다. "바바라가 있어요. 아니, 그건 재작년 고든이 1학년 때였었지. 그럼, 루엘라라 하고……" 그녀는 머리를 내저었다. "그 밖에도 있었지만, 그 사람들의 이름을 생각해 내면 교수형을 당할 거예요."

철자바꾸기 놀이는 잠시 동안 묵묵히 계속되고 있었다. 이윽고 엘렌이 입을 열었다.

"그 여자의 이름은 아마도 도로시라고 했던 것 같아요."

아크웨트 부인은 피쉬백 씨에게 손으로 계속하라는 듯한 시늉을 했다.

"도로시라고요……" 그 눈이 가늘어졌다. "아니에요…… 이름이 도로시라면 그 사람이 사귀고 있는 아가씨가 아니예요. 요즘 도로시라는 아가씨하고 전화로 이야기하는 건 못 들었으니까요. 이건 확실해요. 물론 그는 저 구석에 가서 아주 다정한 태도로 전화를 거는 일도 있고, 장거리 전화로 이야기를 하는 일도 있지만요."

"하지만 도로시와 사귀고 있었던 것은 지난해였잖아요?"

아크웨트 부인은 천장을 뚫어지게 쳐다보았다.

"모르겠는데요…… 도로시라는 아가씨는 기억에 없어요. 하지만 그 아가씨를 기억하고 있지 않다는 것은 아니에요. 그런 아가씨가 있었다면 기억 못할 리가 없으니까요."

"도리였을까?" 엘렌은 도로시의 애칭을 입에 올려 보았다.

그러나 아크웨트 부인은 잠깐 생각하더니 동의하는 것도 아니고 부정하는 것도 아닌 애매한 태도로 어깨를 움츠려 보였다.

나무로 만든 문자맞추기 판은 아크웨트 부인이 글자를 바꾸어 늘어놓을 때마다 희미한 소리를 내었다.

"편지에 그 아가씨 이야기를 그만둔 4월부터는 틀림없이 도로시란 아가씨와 사귀던 것도 끝났다고 생각해요." 엘렌은 말했다. "4월 말경에는 아마도 풀이 죽어 있었겠지요. 하찮은 일에도 걱정을 하고 신경이 날카롭게 되어서……" 엘렌은 대답을 재촉하듯이 아이크웨트 부인에게로 눈길을 보냈다.

"고든 씨는 그런 사람이 아니에요" 하고 부인은 말했다. "올봄에는 아주 마음이 들떠 있었지요. 하루 종일 콧노래를 부르며 다니고 있었으니까요. 그래서 내가 놀려 주기까지 했는걸요."

피쉬백 씨가 초조해 하며 안절부절못하고 있었다.

"어머나, 먼저 하세요" 하고 아이크웨트 부인이 말했다.

술을 먹어서 재채기를 하며 피쉬백씨는 문자패에 손을 뻗쳤다.

"보오, 또 당신이 졌지!" 하고 외치면서 그는 문자패들을 긁어모았다. "F.A.N.E. 사원(寺院)이 되었으니까!"

"무슨 소리예요, 사원이라니? 그런 말이 어디 있어요!"

아크웨트 부인은 엘렌 쪽을 돌아다봤다.

"당신은 사원이란 말을 들어 본 일이 있어요?"

"나에게 투정을 부려도 소용없어요." 피쉬백 씨는 소리를 질렀다.

"어떤 뜻인지는 모르지만 그러한 낱말이 있으니까 말이오. 나는 이 단어를 본 일이 있어요." 그는 엘렌 쪽을 보았다. "나는 일주일에 책을 세 권은 읽지요. 매주 세 권, 시계바늘처럼 정확히 읽는단 말입니다."

"사원 같은 것은 없어요." 아크웨트 부인은 아직도 불만스러운 모양이었다.

"모르면 사전이라도 찾아보구료!"

"당신이 만든 말은 씌어 있지도 않은 그 포켓 사전 말이지요? 당신이 만드는 말은 언제나 찾아봤지만 한 번도 눈에 띈 일이 없었어요. 그럴 때면 당신은 사전이 잘못되었다고 했지요!"

엘렌은 말다툼하는 두 사람을 바라보고 있었다.

"고든이라면 좋은 사전을 갖고 있을 거예요"라고 엘렌은 말하며 일어섰다. "방을 가르쳐 주시면 제가 곧 찾아오겠어요."

"참, 책이 있어요." 아크웨트 부인은 단호하게 말했다. "고든 양은 여기 있어요, 어디 있는지 내가 알고 있으니까요."

"함께 가도 괜찮겠지요? 고든의 방을 구경하고 싶어요. 아주 멋진 방이라고 들었는데요……."

"그럼, 따라오세요."

아크웨트 부인은 빠른 걸음으로 식당을 나갔다. 엘렌은 급히 뒤를 따랐다.

"이제 곧 알게 될 거요." 피쉬백 씨의 목소리가 뒤쫓아왔다. "당신이 알고 있는 이상의 말을 나는 알고 있지. 당신이 백 년 걸려서도 기억할 수 없을 만큼의 많은 말을 알고 있단 말이오."

두 사람은 어두운 색깔의 나무 층계를 올라갔다. 아크웨트 부인은 못마땅한 것처럼 투덜대고 있었다. 엘렌은 층계를 다 올라가고 나서 바로 옆으로 난 도어 안으로 따라들어갔다.

방 안은 꽃무늬의 벽지 때문에 매우 밝았다. 녹색 시트를 덮은 침대, 옷장, 안락의자, 테이블…… 아크웨트 부인은 옷장 위에 놓여 있던 책을 집어들고 창문으로 가서 책장을 넘겼다. 엘렌은 옷장으로 다가가서 그 위에 쌓여져 있는 책의 제목에 눈길을 보냈다. 일기인 듯싶은 것이 한 권, 노트 같은 것이 몇 권. 1950년도 수상 단편선집, 역사 개론, 아나운서용 발성법 요령, 소설 《용감한 황소》, 《아메리카 재즈의 역사》, 《스완네 집 쪽으로》, 《심리학 원론》, 세 개의 유명한 추리소설과 아메리카 유머 걸작집 등.

"어머나, 내가 졌네!" 아크웨트 부인이 말했다. 사전을 펼친 채 집게손가락으로 그 부분을 누르고 있었다. "페인" 하고 그녀는 읽었다. "템플(사원). 전용(轉用)되어 교회." 그녀는 사전을 탁 닫았.

"이런 말을 어디서 알아 왔을까?"

겉봉을 붙인 편지가 세 통 부채 모양으로 놓여져 있는 테이블에 엘렌은 눈을 보냈다.

아크웨트 부인은 사전을 옷장 위에 다시 올려놓고 그녀의 태도를 엿보았다.

"보낸 이의 이름이 없는 게 아마 아가씨의 편지이겠지요?"

"네, 그래요." 엘렌은 말했다. 나머지 두 통은 뉴스위크 사와 내셔널 방송 회사에서 온 것이었다.

"가겠어요?"

"네" 하고 엘렌은 말했다.

두 사람은 층계를 내려와 피쉬백 씨가 잔뜩 기다리고 있는 부엌으로 천천히 돌아갔다. 아크웨트 부인의 실망한 태도를 보자마자 그는 기뻐 견딜 수 없다는 듯이 껄껄 웃기 시작했다. 그는 미운 듯이 흘겨보았다.

"교회라는 뜻이었어요"라고 그녀는 말하고서 털썩 의자에 몸을 파묻었다.

그는 웃음을 그치지 않았다.

"자, 그만 웃고 놀이나 계속해요."

아크웨트 부인은 뾰로통해서 입을 내밀었다. 피쉬백 씨는 두 개의 문자판을 붙여 놓았다.

엘렌은 자기가 앉았던 의자의 등받이에 걸어 놓은 코트에서 지갑을 꺼냈다.

"그만, 실례하겠어요."

실망한 듯한 시늉을 해보이며 엘렌은 말했다.

"아니, 그냥 가려구요?"

아크웨트 부인은 엷은 눈썹을 치뜨며 엘렌에게 눈길을 보냈다.

엘렌은 끄덕였다.

"하지만 당신은 여태 고든 씨가 돌아오기를 기다리고 있지 않았어요?"

엘렌은 멈칫했다. 아크웨트 부인은 도어 옆에 있는 냉장고 위의 시계로 눈길을 보냈다.

"2시 10분이 지났어요" 하고 그녀는 말했다. "마지막 수업은 2시에 끝나지요. 이제 곧 돌아올 거예요."

엘렌은 말이 나오지 않았다. 아크웨트 부인의 위로 들려진 얼굴이 무서운 모양으로 흔들리고 있는 듯한 착각이 들었다.

"당신은…… 당신은 아까 그가 하루 종일 밖에 나가 있다고 했어요……."

엘렌은 가까스로 입을 열었다.

그러자 아크웨트 부인은 시무룩한 얼굴이 되었다.

"아니, 난 그런 말을 한 기억이 없는데! 그 사람이 돌아오기를 기다리지 않았다면 대체 무엇 때문에 여기에 앉아 있었지요?"

"그럼, 전화는……."

아크웨트 부인의 턱이 앞으로 당겨졌다.

"아, 그러고 보니 당신이었군. 1시쯤 걸려 온 전화는……."
엘렌은 이제 어쩔 수 없다는 듯이 고개를 끄덕여 보였다.
"그럼, 여기 왔을 때 왜 그 말을 하지 않았지요? 또 그 좋지 않은 여학생이구나 하고 나는 생각했던 거예요. 이름도 밝히지 않고 전화를 걸어 오는 사람에게는 언제나 그가 하루 종일 나가 있어 집에는 없다고 말하기로 마음먹었어요. 정말 그 사람이 집에 있어도 말이에요. 고든 씨도 그렇게 해 달라고 부탁했었거든요."
친절한 듯한 느낌은 이미 아크웨트 부인의 얼굴에서 완전히 사라지고 말았다. 흐릿한 눈초리, 얇은 입술이 음울한 의심으로 가득차 있었다.
"그가 하루 종일 외출하여 집에 없다는 것을 알면서 무엇 때문에 왔지요, 당신은?" 하고 그녀는 느릿한 말투로 말했다.
"전…… 전 당신을 만나 보고 싶었던 거예요. 고든이 편지에 당신 이야기를 자주 쓰기 때문에……."
"그렇다면 고든 씨에 대해 여러 가지로 캐어물으려 했던 것은 무슨 까닭이지?" 하고 아크웨트 부인은 일어섰다.
엘렌은 코트를 집어 들었다. 갑자기 아크웨트 부인의 손이 뻗치더니 엘렌의 손목을 움켜잡았다. 뼈마디가 굵고 기다란 손가락이 단단히 죄어들었다.
"돌아가게 해주세요."
"왜 그 사람의 방을 엿보러 갔었지?"
부인의 기다란 얼굴이 엘렌의 얼굴에 바짝 다가왔다. 눈에는 노여움이 떠오르고 거친 피부에는 붉은 기운이 감돌고 있었다.
"그 방에서 무엇을 하려고 했지? 내가 등을 돌리고 있는 동안 무언가 훔쳤을 테지?"
엘렌의 뒤에서 피쉬백 씨의 의자가 삐걱거리더니 놀란 듯한 목소리가 들렸다.

"자기 사촌오빠의 물건을 훔치는 사람도 있나?"

"그의 사촌동생이라고 누가 말했지?"라고 아크웨트 부인은 단호하게 말했다.

엘렌은 가쁘게 숨을 몰아쉬고 있었다.

"아, 아파요……"

엷은 빛의 눈이 가늘어졌다.

"하지만 기념품인가 무엇인가를 훔칠 만큼 못된 학생은 아닌 것 같은데…… 무엇 때문에 그런 질문을 했을까?"

"저는 그의 사촌동생이에요! 정말 사촌동생이라니까요." 엘렌은 목소리를 억누르려고 애썼다. "이제 돌아가고 싶어요. 나를 이런 곳에 붙잡아 둘 이유는 없어요. 그 사람과는 나중에 만나겠어요."

"곧 만날 수 있어." 아크웨트 부인이 말했다. "고든 씨가 돌아올 때까지 붙잡아 둘 테니까."

그녀는 엘렌의 어깨 너머로 눈길을 보냈다.

"피쉬백 씨, 뒤의 도어를 닫아 줘요."

그 자세로 그녀는 피쉬백 씨의 느릿느릿한 동작을 눈으로 쫓고 나서 엘렌의 손을 놓았다. 그리고 재빨리 앞쪽 문 입구로 가더니 그녀는 등으로 도어를 밀며 두 팔로 팔짱을 끼고서 문 앞에 가로막아 섰다.

"끝장을 보고야 말 테니까" 하고 그녀는 말했다.

엘렌은 아크웨트 부인의 손가락이 꽉 잡고 있었던 손목 언저리를 비볐다. 그녀는 이 부엌의 양쪽 도어를 지키고 있는 남자와 여자에게로 눈길을 보냈다. 피쉬백 씨는 안경 속의 눈을 바쁘게 이리저리 굴리고 있었다. 아크웨트 부인은 돌로 만든 조각처럼 의연히 가로막고 서 있었다.

"어떻게 이런 짓을!"

엘렌은 바닥에 떨어진 지갑을 주워올리고 의자에서 코트를 집어 팔에 들었다.

"나가게 해줘요"라고 엘렌은 굳어진 말투로 말했다.

그러나 두 사람 모두 꼼짝도 하지 않았다.

현관의 도어가 열리고 층계로 향해 걸어오는 발소리가 들렸다.

"고든 씨!" 하고 아크웨트 부인이 목소리를 돋우어 그를 불렀다.

"고든 씨!"

발소리가 멈추어섰다.

"왜 그러십니까, 아주머니?"

여주인은 뒤돌아서서 복도로 뛰어나갔다.

엘렌은 피쉬백 씨에게로 얼굴을 돌렸다.

"제발……!" 하고 그녀는 애원했다. "나를 여기서 내보내 주세요. 나쁜 일은 결코 하지 않았으니까요."

그는 천천히 고개를 저었다.

그녀는 꼼짝도 못하고 서 있었다. 잠시 뒤 멀리서부터 아크웨트 부인이 흥분하여 지껄여대는 목소리가 들려 왔다. 발소리가 가까워지면서 목소리가 차츰 커졌다.

"지난해에 당신이 사귀고 있었던 여자의 일을 여러 가지로 묻더니 나를 속여서 당신의 방까지 데리고 가도록 했다니까요. 당신의 책과 테이블 위의 편지를 보고는……."

아크웨트 부인의 목소리가 별안간 식당 안으로 뛰어들어왔다.

"여기요, 이 여자예요!"

엘렌은 뒤돌아보았다. 아크웨트 부인은 테이블 왼쪽에 서서 고발하듯이 한 팔을 쳐들어 그녀를 가리키고 있었다. 갠트는 도어의 문설주에 기대어 있었다. 키가 크고 엷은 하늘색 코트를 느슨하게 몸에 걸쳤으며, 책을 옆구리에 끼고 있었다. 그는 흘끗 그녀를 쳐다보더니 이윽고 긴 턱 위의 입술에 미소가 떠오르고 한쪽 눈꺼풀이 희미하게 올라갔다.

도어의 문설주에서 걸음을 옮겨 방 안으로 들어와 그녀에게서 눈을 떼지 않은 채 냉장고 위에 책을 놓았다.

"난 또 누구라고! 사촌동생 헤스터 아니야!"

그는 부드럽게 말을 던졌다. 눈을 반짝이며 그녀의 아름다움을 감탄하듯이 지그시 바라보았다.

"아주 어른스러워졌는걸……."

그는 테이블을 돌아서 천천히 엘렌의 곁으로 다가왔다. 그리고 두 손을 어깨에 얹더니 그녀의 볼에 부드럽게 키스했다.

"아니…… 그럼, 정말로 이 아가씨가 사촌동생이란 말이우?"

아크웨트 부인은 숨을 들이마셨다.

"아크웨트 아주머니." 갠트가 엘렌의 왼쪽으로 돌아가면서 말했다. "우리들은 아주 어렸을 때부터 함께 자란 사이에요."

"그렇지, 헤스터?" 하며 그는 엘렌의 어깨를 툭 쳤다.

그녀는 그를 멍하니 바라보았다. 볼이 발갛게 물들고 저도 모르게 입이 벌어졌다. 그녀의 시선이 테이블 왼쪽에 서 있는 아크웨트 부인에게서부터 복도로 움직였다. 그리고 자기 코트와 손에 든 백으로 옮겨졌…… 그녀는 갑자기 왼쪽으로 힘차게 뛰어나가서 테이블을 돌아 도어를 빠져나가 복도로 나섰다. 아크웨트 부인이 "달아났어요!"라고 외치는 소리가 들리고, 이어서 갠트가 뒤쫓으며 외치는 소리가 들렸다.

"저 아이는 우리 집안의 핏줄을 타고나긴 했지만 좀 머리가 이상한 아이요!"

엘렌은 무거운 정면 현관문을 밀치고 뛰어나갔다. 구두굽 소리가 콘크리트 길바닥에 울렸다. 가로수 길로 나오자 오른쪽으로 꺾어들어 큰 발걸음으로 걷기 시작했다. 그녀는 발에 휘감기는 코트 자락을 걷어차면서 "아아, 모든 것이 어긋나고 말았다……" 하고 말하며 이를 꼭 깨물었다. 눈꺼풀에서는 뜨거운 눈물이 솟구쳤다. 어느 새 갠트가 뒤쫓아와서 긴 다리로 느긋하게 그녀의 빠른 걸음걸이에 맞추며 걸었다. 엷은 웃음을 보이고 있는 그의 얼굴을 엘렌은 매섭게 노려보았으나, 곧 앞으로 시선을 돌렸다. 엘렌은 자기 자신과 이 사나이에 대해서 까닭없는 분노가 온 몸에 마구 치밀어 올랐다.

"무슨 비밀 이야기라도 있었던 게 아닙니까?" 하고 그는 물었다. "내 손에 편지라도 쥐어 주며 '사던 콘포트'나 어디 몰래 만날 장소를 작은 소리로 가르쳐 주려고 했던 게 아닙니까? 아니면 검은 옷을 입은 치한이 아가씨를 하루 종일 쫓아다니므로 눈에 보이는 아무 집의 현관으로나 쫓아들어와 숨었던 것일 테지요. 어느 쪽이라도 나는 상관없어요. 정말 어느 쪽이라도……."

그녀는 완강하게 입을 꼭 다문 채 걸었다.

"나는 보험회사 조사원이 될 걸 그랬나 봅니다." 그는 그녀의 팔을 잡았다. "나의 사촌동생 헤스터 양, 나는 싫증을 모르는 호기심을 갖고 있거든요……."

그녀는 팔을 뿌리쳤다. 두 사람은 네거리에 와 있었다. 맞은쪽에서 빈 택시가 달려왔다. 그녀가 한 손을 들자, 택시가 다가왔다.

"당신의 집을 찾아간 건 장난이었어요."

그녀는 단호하게 말했다.

"딱하게도 나는 내기놀이에 졌기 때문에 당신의 집을 찾아갔을 뿐이에요."

그의 표정이 진지해졌다.

"그럼, 그것은 장난이었다고 합시다. 그러나 나의 깨끗하지 못한 과거에 대하여 질문을 한 건 무슨 까닭에서였지요?"
택시가 멈추었다. 그녀가 도어를 열려고 하자 그가 가로막았다.
"잠깐만, 사촌동생 아가씨. 나의 디스크 자키 같은 대사로 놀려대는 것은 제발 그만둬요, 나는 농담으로 말하는 게 아니니까⋯⋯."
"부탁이에요."
그녀는 도어의 손잡이를 잡으려 하다가 기진맥진하며 울음 소리를 냈다. 운전수가 조수석의 문으로 얼굴을 내밀고 이 광경을 판단하려는 듯 두 사람을 번갈아 쳐다보았다.
"이봐, 젊은이⋯⋯" 하고 그는 말했다. 그 목소리에는 위협하는 듯한 울림이 있었다.
깊이 숨을 쉬더니 갠트는 차문에서 비켜섰다. 엘렌은 문을 열고 안으로 들어가자 쾅 하고 세게 닫았다. 그녀는 가죽을 씌운 부드러운 의자에 몸을 파묻었다. 갠트는 밖에서 문잡이에 손을 대고 그녀의 얼굴 어느 부분이라도 기억해 두려는 듯이 유리창 너머로 들여다보고 있었다. 그녀는 얼굴을 돌려 버렸다.
커브를 돌고 나서 운전수에게 갈 곳을 알릴 때까지, 그녀는 그 자세 그대로 움직이지 않았다.

뉴 워싱턴 하우스에 닿기까지 10분 걸렸다. 스토다드 대학의 학생과장을 방문하기 전에 호텔을 예약해 두었던 것이다. 이 10분 동안 엘렌은 입술을 깨물고 계속 담배만 피우며 쓰디쓴 자기 혐오를 맛보고 있었다. 갠트가 모습을 나타내기 전까지도 긴장은 이미 견딜 수 없을 만큼 늘어나 있었는데, 게다가 그 사이의 묘한 야유 때문에 흥분이 가라앉지 않았던 것이다. 사촌동생 헤스터라고! 아아, 이것으로 모든 것이 틀어지고 말았다. 가졌던 표를 반이나 걸었는데 아무것도 손에 돌아오지 않았다. 더구나 그가 내가 찾고자 하는 그 사나이인지 아닌지도 밝혀낼 수 없었다. 그뿐 아니라 하숙집 여주인에게 좀 더 파고드는 질문을 하는 일도 이걸로 완전히 틀어지고 말았다. 만일 이 다음의 조사에서 파월이라는 학생이 그 사나이가 아니라고 밝혀지면 갠트가 그 인물이라는 증명이 되는 것이지만, 그녀로서는 모든 걸 그만두고 콜드웰로 돌아가는 편이 좋을 것 같았다. 왜냐하면 만일에——언제나 이 두 번째의 말에는 '만일에'라는 말이 온다——만일에 갠트가 정말 도로시를 죽였다고 한다면 엘렌의 얼굴을 알아버렸을 뿐 아니라, 엘렌이 아크웨트 부인에게서 알아내려고 했던 일을 되물어 그 의미를 눈치채어 방어 태세를 갖출 것이다. 수세에 몰린 살인자는 또다시 다음 살인을 준비할 것이다. 그러한 함정에 빠질지도 모르는 위험을 무릅쓸 필요는 없는 것이다. 그에게 얼굴이 기억되지 않았다면, 확신을 품은 채 죽는 것보다는 의혹을 품은 채 사는 편이 낫다. 이제 남아 있는 한 가지 방법은 경찰에 출두하는 일인데, 여전히 도로시의 복장이 '어떤 것은 낡고 어떤 것은 새것'이라는 정보 이상의 것을 제출할 수가 없는 것이다. 그렇게 말하면 경찰은 점잖게 고개를 끄덕여 보이고는 그녀를 경찰서 현관에서 정중히 내보내 줄 뿐이리라.

아아, 정말이지, 일의 시작을 바보같이 했지 뭔가!

호텔의 방은 짙은 회색벽으로 둘러싸이고 어두운 갈색 가구가 놓여져 있어 청결하고 고상한 느낌이 들었으며, 옆의 욕실에 갖추어져 있는 비누 포장에 인쇄된 소형 모형처럼 허무한 느낌이었다. 이 방을 빌린 사람이 있다는 것은 더블 베드 다리에 달려 있는 그물 선반에 콜드웰 역의 꼬리표가 붙은 슈트케이스가 얹혀져 있는 것으로 미루어 알 수 있었다.

옷장에 코트를 걸고 나서 엘렌은 창가에 있는 책상 앞에 앉았다. 만년필을 잡고 핸드백에서 버드에게 보내는 편지를 꺼냈다. 그리고 겉봉의 받는 사람 이름을 바라보았다. 아직 편지를 봉하지는 않았다. 그녀는 이 편지에 웰시 과장과 만난 일, 갠트의 집에서 실패한 일을 간단하게 덧붙일 것인지 아닌지를 생각해 보았다. 그만두자. 만일 드와이트 파월이 바로 그 사람임이 드러나면 갠트의 일은 아무 의미도 없게 될 테니까. '틀림없이 파월일 거야. 갠트는 아니야' 하고 그녀는 자신에게 말했다. 그렇게 명랑한 말투로 이야기하는 사람이 범인일 리가 없다. 하지만 그 사나이가 한 말은 무슨 뜻이었을까? '나의 디스크 자키 같은 대사로 놀려대는 짓은 제발 그만둬요, 나는 농담으로 말하는 게 아니니까……'

도어를 두드리는 사람이 있었다. 그녀는 움찔했다.

"누구세요?"

"수건을 가져왔습니다." 여자의 높은 목소리가 대답을 했다.

"난…… 난 아무것도 입고 있지 않아요. 도어 밖에다 그냥 놓아 주지 않겠어요?"

"알았습니다" 하고 밖의 목소리가 말했다.

그녀는 2분쯤 그 자리에 서 있었다. 발소리가 멀어지고 엘리베이터가 아래로 내려가는 희미한 소리가 들려 왔다. 문득 깨닫고 보니 손으로 움켜잡은 도어 손잡이가 따뜻해져 있었다. 이윽고 자신의 신경질적인 마음이 우스워지고 잠들기 전에 침대 밑을 들여다보는 고풍스러운 올드미스가 된 듯한 느낌이 들어 그만 미소를 짓고 말았다. 그녀는 도어를 열었다.

갠트가 서 있었다. 한 손을 블론드 머리에 대고 또 한 손을 도어의 문설주에 짚고 있었다.

"오오, 사촌동생 헤스터 양!" 하고 그는 말했다. "나는 내 자신의 가라앉지 않는 호기심을 채우려고 왔소."

그녀는 도어를 닫으려고 했다. 그러나 그의 발이 도어 사이에 끼어져 완전히 막고 있었다. 그는 미소를 지어 보였다.

"유쾌했었지! 택시 추적 말이오!" 하며 그는 오른손으로 지그재그로 선을 그려 보였다. "마치 워너브라더즈의 영화 같았소. 마구 재촉해 대니까 운전수 양반이 조금만 더 닦아세우면 팁도 필요없다고 말했을 정도였지. 운전수에게는 아가씨가 내 침대에서 달아났다고 일러 주었지요."

"돌아가 줘요!" 그녀의 목소리는 나직했으나 날카로웠다. "지배인을 부를 테예요."

"이봐요, 헤스터"──그에게서 미소가 사라졌다──"당신을 가택 불법 침입죄로 체포하도록 할까요, 아니면 나의 사촌동생이라고 거짓말한 일로 체포해 달라고 할 수도 있단 말이오. 잠깐만 이야기하면 될 텐데 어째서 나를 안 들여보내려는 거요? 호텔 급사에게 이상한 상상을 하도록 하기가 싫다면 도어를 열어 둔 채라도 좋소."

그는 조용히 도어를 열고 엘렌을 뒤로 물러나게 만들었다.

"착한 아가씨로군."

입구에서부터 들어오면서 이렇게 말했다. 그녀가 옷을 입고 있는 걸 보고서 그는 야단스럽게 실망의 빛을 나타냈다.

"아무것도 입지 않았다고 말씀하셨던 것 같은데요? 당신이 상습적인 거짓말쟁이라는 걸 미리 알아 두어야겠군요."

그는 침대 쪽으로 천천히 다가가 그 가장자리에 걸터앉았다.

"부탁이니까 제발 좀 떨지 말아요. 나는 당신을 어떻게 하려는 게 아니니깐 말이오."

"무얼 어쩌라는 거지요? ……."

"설명을 부탁하오."

그녀는 도어를 열어젖힌 채 문간에 서 있었다. 마치 이 방이 그의 방이고 자기가 방문자이기라도 한 것처럼.
"그것은 아주 간단한 일이에요. 당신이 하는 방송을 언제나 듣고 있었어요······."
그는 슈트케이스에 눈길을 던졌다.
"위스콘신 주에서 말인가요?"
"겨우 백 마일밖에 떨어져 있지 않아요. KBRI의 방송은 거기서도 들을 수 있어요. 정말이에요."
"그래요?"
"나는 언제나 당신 방송을 듣고 있어요. 그 프로그램이 마음에 들어요······ 나는 지금 블루리버에 있어요. 그래서 당신을 만나 보려고 생각했지요."
"그런데 왜 나를 만나자마자 달아났지요?"
"하지만 그때 당신이 어떤 태도를 취했죠? 그런 일이 벌어지리라고는 생각지도 못했어요. 당신의 사촌동생인 척한 것은······ 당신에 대해서 여러 가지를 알고 싶었기 때문이에요. 이를테면 어떤 타입의 여성을 좋아하는지······."
사뭇 의심스럽다는 듯이 그는 손으로 턱을 어루만지면서 일어섰다.
"그건 그렇고, 내 전화 번호는 어떻게 알았지요?"
"학생과에서요."
그는 침대 뒤로 돌아가 슈트케이스에 손을 대었다.
"콜드웰 대학에 다니면서 스토다드 대학의 학생과 하고는 어떻게 연락을 하셨나요?"
"이곳 여학생에게서 들었어요."
"누구?"
"아나벨······ 아나벨 코크. 나의 친구예요."

"아나벨이라……."

그는 그 이름을 생각해 냈다. 그는 미심쩍은 듯이 곁눈으로 엘렌을 보았다.

"거짓말은 아니겠지요?"

"정말이에요." 그녀는 자기의 손으로 눈길을 돌렸다. "정말 미치광이 같은 짓이라고는 생각했어요. 하지만 당신의 프로를 몹시 좋아하기 때문에……."

그녀가 눈을 들었을 때 그는 창가에 서 있었다. 그는 말했다.

"몹시 바보스러운 짓이로구먼……."

별안간 그는 그녀의 등 뒤 복도로 눈길을 모았다. 초점없는 눈빛이었다. 그녀는 뒤돌아보았다. 그다지 이상한 것은 보이지 않았다. 그녀가 갠트에게로 눈을 돌리자 그는 창을 향하여 그녀에게 등을 보이고 있었다.

"이봐요, 헤스터" 하고 그는 말했다. "분에 넘친 칭찬뿐인 설명이군요." 그는 윗옷 주머니에서 손을 꺼내며 뒤돌아보았다. "내 언제까지라도 기억해 두겠소."

그의 눈길이 조금 열려져 있는 욕실 도어에 가 멎었다.

"화장실을 좀 써도 괜찮겠지요?"라고 말하더니 그녀가 대답도 하기 전에 욕실 안으로 뛰어들어가 도어를 닫아 버렸다. 그리고 안에서 잠그는 소리가 들렸다.

엘렌은 멍하니 도어를 바라보고 있었다. 갠트가 자기의 변명을 믿었을까…… 그녀는 무릎이 떨리기 시작했다. 숨을 깊이 들이마시고 마음을 가라앉히자 방을 가로질러서 책상으로 다가가 백에서 담배를 꺼냈다. 불을 붙이려고 성냥을 두 개비나 없앴다. 그리고 창밖으로 눈길을 보내며 짜증스러운 손놀림으로 책상 위의 만년필을 굴리고 있었다. 책상에는 백과 만년필이 얹혀져 있을 뿐, 그 밖에……그 편지가 없어진 것이 아닌가! 버드에게 보내려고 쓴 편지가! 아까 갠트는 이 책상 옆에 서 있었다. 그리하여 복도에 무언가 이상이 있는 듯한 표정을 지어 보임으로써 그녀로 하여금 복도 쪽으로 고개를 돌리게 했던 것이다. 그리고 그녀가 다시 되돌아보았을 때 그는 윗옷 주머니에서 손을 꺼내는 참이었던 것이다.

그녀는 발끈하여 욕실 도어를 두들겼다.

"그 편지를 돌려 줘요! 돌려 줘!"

조금 뒤에 성량이 풍부한 갠트의 목소리가 대답했다.

"나의 호기심이란 녀석은 약간 머리가 이상한 사촌동생이나 삼류소설 같은 이야기에 부딪치면 아무래도 자제력이 없어져서 말이오……."

한 손으로 문설주를 짚고 또 한 손으로는 코트를 든 채 그녀는 우두커니 서 있었다. 아직도 닫혀 있는 욕실 도어와 복도를 번갈아 쳐다보면서 이따금 복도를 지나가는 사람이 있으면 아무런 뜻도 없는 미소를 지어 보였다. 급사가 무슨 시키실 일이라도 있느냐고 물으러 왔다. 그녀는 머리를 저어 보였다.

이윽고 갠트가 나왔다. 그는 위를 조심스럽게 살피면서 봉투에 편지를 넣고 있었다. 그것을 다시 그 책상 위에 놓고 "과연……" 하고 그는 말했다. 그리고는 금방이라도 달아나려는 모습으로 서 있는 그녀에게 눈길을 보냈다.

"하긴 있을 법한 일이지." 그는 조금 불쾌한 듯이 얼굴을 일그러뜨렸다. "우리 할머니 말씀이, 머리가 돈 사나이가 나타나 나에게 전화를 걸면 '번호가 틀렸어요'라고 대답한다더군."

엘렌은 꼼짝하지 않았다.

"이봐요" 하고 그는 말했다. "나는 당신 동생에 대해서는 아무것도 모르오. 한두 번 인사를 나눈 적은 있었지만, 그 클라스에는 나 말고도 블론드의 학생이 있소. 나는 신문에서 사진을 볼 때까지는 그녀의 이름도 몰랐을 정도였지요. 교수가 출석을 부를 때에는 학적부의 번호를 부르게 되어 있어서 이름은 사용되지 않았거든요. 나는 당신 동생의 이름도 몰랐소."

엘렌은 꼼짝도 하지 않았다.

"이봐요, 달리기 기록을 세우려면 그 코트가 방해될 텐데……"

그래도 그녀는 꼼짝도 하지 않았다.

그는 큰걸음으로 두어 걸음 성큼성큼 빠르게 걸어서 침대 옆에 있는 테이블로 다가가 호텔에서 비치해 둔 기디온 성서를 집어들고, 오른손을 들었다.

"이 성서에 맹세하겠소! 나는 당신 동생과 사귄 일도 없고 두 마디 이상 말을 나눈 일도 없소…… 다른 어떠한 일도 하지 않았다고 맹세합니다……"

그는 성서를 내려놓았다.

"이것으로 됐을 테지요?"

"도로시가 정말 살해되었다면……" 하고 엘렌이 입을 열었다. "범인은 한 다스의 성서에라도 맹세할 수가 있을 거예요. 더구나 그 아이가 끝까지 그 사람에게 사랑받고 있다고 믿었던 걸 보면 범인은 상당한 명배우였던 셈이죠."

갠트는 눈동자를 빙그르르 굴리며 위로 올리더니, 마치 수갑을 채워도 좋다는 태도로 두 손을 앞으로 내밀었다.

"알았습니다" 하고 그는 말했다. "그저 살려만 주십시오."

"농담으로 생각하시는 건 나로서도 기쁜 일이지만……"

그는 손을 내렸다.

"죄송합니다" 하고 그는 진지하게 말했다. "하지만 당신을 납득시키려면 나는 어떻게 해야……."

"불가능해요." 엘렌은 말했다. "돌아가시는 편이 좋을 거예요."

"그 클라스에는 나 말고도 블론드의 학생이 있었어요" 하고 주장했다. 그는 손가락을 소리내어 울렸다. "그녀하고 언젠가 함께 온 학생이 있었지! 케리 그랜트 같은 턱에 키가 큰……."

"드와이트 파월?"

"그 녀석이오!" 그는 문득 입을 다물었다. "그도 당신의 리스트에 올라 있소?"

그녀는 조금 머뭇거렸으나 고개를 끄덕여 보였다.

"그 녀석이 틀림 없어!"

엘렌은 의심스러운 듯이 그를 지켜보았다.

그는 두 손을 번쩍 들어 보였다.

"오케이. 나는 이제 체념했소. 하지만 그가 파월이라는 것은 이제 곧 알게 될 거요."

그는 도어 쪽으로 가려고 했다. 엘렌은 가로막는 듯한 모습으로 복도로 나갔다.

"나는 당신의 희망대로 물려가려는 거요."

갠트는 시무룩해진 것처럼 말했다.

그는 복도로 나왔다.

"나에게 헤스터라고 불리고 싶지 않으면 이름을 가르쳐 주시지."

"엘렌이에요."

갠트는 그다지 돌아가고 싶지 않은 눈치였다.

"이제부터 어떻게 할 작정이지요?"

잠시 있다가 그녀는 말했다.

"모르겠어요."

"파월을 파고들 생각이라면 오늘 오후처럼 서투른 짓으로는 안될 거요. 흔하게 볼 수 있는 모자라는 녀석들과는 좀 다를 테니까 말이오."
엘렌은 고개를 끄덕였다.
갠트는 그녀를 위에서 아래로 훑어보았다.
"어떤 사명을 띠고 온 아가씨에게 내가 이런 누명을 쓰게 될 줄은 꿈에도 몰랐는걸." 하며 그는 지그시 바라보았다.
그는 걸어가다가 다시 뒤돌아보았다.
"나를 와트슨 같은 조수로 써 볼 생각은 없소?"
"모처럼의 말씀이지만" 하고 그녀는 문간에서 말했다. "친절은 고마우나……."
그는 어깨를 움츠리고 미소를 지었다.
"나도 당신이 무조건 나를 믿어 주리라고는 생각하지 않았었소. 아무튼 행운을 빌겠소."
그는 등을 돌리고 걸어갔다.
엘렌은 방으로 돌아가 천천히 도어를 닫았다.

……지금은 7시예요. 버드, 나는 뉴 워싱턴 하우스의 아주 멋진 방에 묵고 있어요. 지금은 저녁 식사를 들고 이제부터 목욕을 할 참이에요. 오늘 하루의 일을 돌이켜 보려고 생각해요.

오후 내내 학생 대기실에서 보내고 말았어요. 간신히 과장님을 만나 뵐 수 있었는데, 도로시가 작년 가을에 영문학 클라스의 어떤 잘생긴 학생에게 빚을 졌다는 엉터리 이야기를 했지요. 여러 가지 기록부를 뒤적거리고 상당히 많은 사진을 보고 나서 겨우 어떤 남자를 목표로 정했어요.

──드와이트 파월, 35번 거리 1520번지──내일 아침부터 탐색해 볼 작정이에요. 시작부터 꽤 당당하지요? 에헴, 여성의 힘을

그대 낮추어 보지 말지어다!

사랑하는 엘렌

 오후 8시, 그녀는 아무것도 걸치지 않고 누운 채 침대 옆에 놓여 있는 라디오의 동전구멍에 25센트를 넣었다. KBRI로 주파수를 맞추었다. 낮은 콧노래가 흘러나오고 이어서 매끄럽고 밝은 갠트의 목소리가 방 안에 퍼져나왔다.
 "……'원반 던지기' 프로그램, 고든 갠트와 더불어 보내는 즐거운 시간입니다. 오늘 밤 여러분에게 먼저 들려 드릴 음악은 특히 위스콘신 주에서 오신 헤스터 홈즈 양(셜록 홈즈에 빗대어 말한 것)에게 보내 드립니다……"
 마음 설레는 듯한 오케스트라의 전주곡이 향수를 불러일으키 듯 흘러나오더니 이윽고 소녀가 노래하는 나직하고 달콤한 목소리로 바뀌어 갔다.

 코트의 단추를 채우세요,
 바람이 불 때에는.
 몸조심하세요
 당신은 나의 것이니까……

 미소를 떠올리며 엘렌은 욕실로 갔다. 타일을 붙인 벽에 욕조를 채우는 물소리가 상쾌하게 울렸다. 슬리퍼를 차던지고 도어 안쪽에 목욕탕 수건을 걸었다. 욕조 위로 몸을 구부려 수도 꼭지를 잠갔다. 갑자기 정적이 찾아왔다. 방 쪽에서 호소하는 듯한 목소리가 흘러왔다.

 참벌 엉덩이에 앉으면 안돼요, 오우 오우

제2부 엘렌

못 위에도 말예요, 오우 오우
세 번째로 새 위에도 네, 오우 오우.

5

"여보세요" 하는 여자의 목소리가 들렸다.
"여보세요" 엘렌은 말했다. "드와이드 파월 계세요?"
"아니오, 외출했는데요."
"몇 시쯤 돌아오시는지 모르세요?"
"확실히 말씀드릴 수 없는데요. 수업이 비는 시간이나 수업이 끝나고 나서 폴거 씨의 가게에서 아르바이트를 하고 있다는 건 알지만, 언제 일하고 있는지는 모르거든요."
"당신은 하숙집 아주머니인가요?"
"아니오. 전 이집 며느리예요. 청소를 하려고 와 있지요. 호닉 부인은 발을 다쳤기 때문에 아이오와 시에 가 있습니다. 지난 주일에 다쳤는데 곪았답니다. 저의 남편이 아이오와 시로 모시고 갔어요."
"정말 안되었군요……"
"드와이트 씨에게 전할 말이라도 있으면 적어 두겠어요."
"아니, 괜찮아요. 이제 2시간만 있으면 같은 클라스에 출석할 테니까, 그때 만나겠어요. 그다지 중요한 일도 아니니까요."
"그래요. 그럼……"
"안녕히 계세요."
엘렌은 전화를 끊었다. 물론 하숙집 여주인과 이야기를 하기까지 기다릴 것은 없다.
지금 그녀의 심정으로는 파월이 도로시와 사귀던 남자라는 확신이 조금씩 커지고 있었다. 하숙집 여주인에게 부딪쳐 본들, 결국은 아무

쓸데도 없는 세상 이야기로 끝나게 되고 말 것이다. 확증을 잡으려고 생각한다면 그보다 오히려 파월의 친구 관계에 부딪쳐 보는 편이 더 쉬울 것이다. 혹은 파월 자신에게 부딪쳐 가서……

그녀는 전화 번호부를 집어 F의 항목을 찾아 보았다.

'폴거 약국 유니버시티 아베뉴 1448……3——2800'

대학에서 길 하나 건너, 28번 거리와 29번 거리의 중간이었다. 낮고 폭이 넓은 벽돌 건물인데, 그 앞에 긴 녹색의 간판이 내밀어져 있었다. 크게 '폴거 드러그'라고 씌어 있고 그보다 작은 글씨로 '처방 조제', 더욱 작게 '파운틴 서비스(서비스 센터라는 뜻과 같음)'라고 씌어져 있었다. 엘렌은 유리문 앞에서 발을 멈추고 흩어진 앞머리를 쓸어올렸다. 무대에 나가듯 호흡을 가누고 나서 도어를 밀고 안으로 들어갔다.

파운틴은 왼쪽이었다. 거울이 있고 바닥은 잿빛 대리석이었다. 그 앞에 빨간 가죽을 씌운 둥근 의자가 한 줄로 쭉 놓여져 있다. 아직 점심때가 아니므로 두세 명의 손님이 이쪽 가장자리에 앉아 있을 뿐이었다.

드와이트 파월은 카운터 뒤에 있었다. 구김살이 구깃구깃한 흰 가운을 입고 흰 모자를 쓰고 있었는데, 그것은 마치 아름답게 물결치는 금빛 머리털에 뒤집혀 있는 배와 같은 모습이었다. 그 모난 턱을 한 얼굴은 갸름하게 생겼고 수염이 나 있었다. 꼼꼼하게 손질이 된 거의 색깔이 없는 수염은 때때로 빛의 상태에 의해 밝게 보였다. 저것은 학생과장이 보여 준 사진을 찍은 뒤에 생겨난 것임이 틀림없었다. 파월은 크림을 떠서 불룩한 아이스크림 샌디(과즙을 넣은 아이스크림) 위에 얹었다. 입가에 떠오른 ㄱ 어떤 딱딱한 느낌은 ㄱ가 이 아르바이트를 싫어하고 있다는 것을 확실히 알 수 있게 했다.

엘렌은 카운터에서 훨씬 떨어진 안쪽 자리로 걸어갔다. 파월의 앞을 지나갈 때 손님 앞에 샌디를 놓던 그가 눈을 드는 것을 느꼈다. 그녀는 눈을 곧바로 앞을 보낸 채 빈 의자 쪽으로 걸어갔다. 코트를 벗어 개켜서 백과 함께 눈 앞의 의자 위에 놓았다. 그리고 옆의자에 걸터앉았다. 차가운 대리석 위에 손을 평평하게 얹고 눈 앞의 벽에 걸린 거울에 비친 자신의 모습을 지켜보았다. 그러다가 그녀는 두 손으로 서리가 내린 것처럼 군데군데 희끗희끗한 무늬가 있는 스웨터 자락을 세게 끌어당겼다.

파월은 스탠드의 뒤를 지나 그녀 가까이로 왔다. 물컵과 종이 냅킨을 그녀의 앞에 놓았다. 그의 깊고 푸른 눈 아래에 검은 기미가 끼어 있었다.

"무얼 드시겠습니까?" 하고 그는 나직한 말투로 물었다. 그녀의 눈길을 받자 그는 얼른 눈을 아래로 내리깔았다.

그녀는 거울에 비쳐 있는 샌드위치를 바라보았다. 바로 앞에 햄을 볶는 커다란 프라이팬이 걸려 있었다.

"치즈버거를 주세요."

그녀는 말하고 나서 그를 바라 보았다. 그의 눈이 다시 그녀의 눈과 마주쳤다.

"그리고 커피."

치즈버거와 커피라고 말하고 나서 그는 미소를 지어 보였다. 굳어진 듯한 미소로서, 그것은 저 훌륭한 수염에 어울리지 않는다는 듯이 곧 사라져 버렸다. 그는 등을 돌리고 프라이팬 아래의 문을 열어 파라핀 종이에 싼 고기를 꺼냈다. 발로 그 문을 도로 닫더니 프라이팬에 고기를 얹고 파라핀 종이를 벗기기 시작했다. 고기가 지글지글 소리를 냈다. 그 옆 탁자에서 길다란 햄버거 덩어리를 집어서 긴 식칼로 고기를 얇게 썰기 시작했다. 그녀는 거울 속에 비치는 그의 얼굴을 쳐다보았다. 그는 그녀의 시선을 깨닫자 눈을 들고 또 미소를 띠

올렸다. 그녀도 희미한 미소를 던졌다. '그다지 마음이 있는 건 아니에요, 하지만 의미가 전혀 없는 것도 아니구요'라는 뜻이었다. 그는 햄버거 옆에 둘로 자른 고기를 놓고 엘렌 쪽으로 향했다.

"커피는 지금 드시겠습니까, 아니면 나중에?"

"지금 주세요."

그는 스탠드 아래에서 갈색의 찻잔과 접시, 그리고 스푼을 꺼냈다. 그녀 앞에 늘어 놓더니 두서너 걸음 되돌아갔다. 유리로 된 포트에 커피를 끓여서 가지고 왔다. 그녀의 컵에 김이 나는 진한 커피를 천천히 따랐다.

"스토다드 대학에 다니십니까?" 하고 그는 물었다.

"아니, 그렇지 않아요."

그는 커피 포트를 대리석 위에 놓고 스탠드 아래로 다른 한 손을 넣어 크림 그릇을 꺼냈다.

"당신은?" 엘렌이 물었다.

스탠드 아래에서 스푼이 컵에 부딪치는 소리가 났다. 파월은 입술에 아까와 같은 딱딱한 느낌의 그늘을 보이면서 그녀의 물음에 대답했다.

그는 잠깐 그 자리를 떠나 쇠젓가락으로 햄버거를 뒤집었다. 냉장고 문을 열고 아메리칸 치즈를 하나 꺼내더니 그것을 고기 위에 얹었다. 그 두 조각의 고기와 햄버거를 넣은 빵을 접시에 담고 있는 동안 두 사람은 거울 속에서 서로 얼굴을 마주보고 있었다.

"전부터 여기에 계시지는 않았지요?" 하고 그는 물었다.

"네, 이틀 전에 블루리버에 왔어요."

"아! 그래요. 계속 머물러 계실 겁니까, 아니면 여행입니까?" 그는 사냥개를 뒤쫓는 사냥꾼처럼 천천히 이야기를 했다.

"눌러앉아 살 작정이에요. 일거리만 찾을 수 있다면."

"어떤 일거리를 찾으시는데요?"

"비서일이에요."

그는 한 손에는 쇠주걱, 다른 한 손에는 접시를 들고 엘렌 쪽으로 향했다.

"일거리를 쉽게 찾을 수 있을 겁니다."

"어머나, 그래요!" 하고 그녀는 말했다. 침묵이 흘렀다.

"어디서 오셨습니까?"

"데 모잉."

"이런 데보다는 그곳이 더 쉽게 일자리를 찾을 수 있을 텐데요?"

그녀는 고개를 저었다.

"일거리를 찾는 여자들이 너도나도 모두 데 모잉으로 모여들어서요……"

"그렇다면" 하고 그는 중얼거리듯이 말했다. "내 일거리를 물려 드릴까요?" 그리고는 슬그머니 저쪽으로 갔다.

이윽고 그가 돌아왔다. 그는 주걱 끝으로 프라이팬 위를 박박 긁기 시작했다.

"치즈버거 맛이 어떻습니까?"

"아주 맛있어요."

"더 시키실 건? 커피를 더 드시겠습니까?"

"아니, 괜찮아요."

프라이팬은 완전히 깨끗해졌는데도 그는 계속 박박 긁고 있었다. 그는 거울에 비치는 엘렌을 말끄러미 쳐다보고 있는 것이었다. 그녀는 냅킨으로 입술을 닦았다.

"계산을 해주세요" 하고 그녀는 말했다.

그가 뒤돌아 보았다. 허리춤에서 녹색의 계산서와 연필을 꺼내어 쥐었다.

"저어……" 하고 그는 그 계산서에 눈길을 떨어뜨린 채 말했다.
"오늘 밤에 파라마운트 영화사가 오래 전에 제작했던 영화가 다시 상영되고 있어요. '잃어버린 지평선'이라고…… 보러 가시지 않겠습니까?"
"전……."
"이곳에는 아무도 친구가 없다고 하시지 않았습니까?"
그녀는 잠시 생각하는 척하다가 겨우 대답했다.
"네, 좋아요."
그는 눈을 들어 미소를 지어 보였다. 이번에는 억지로 꾸민 듯한 데가 없었다.
"잘됐습니다. 어디서 만날까요?"
"뉴 워싱턴 하우스의 로비가 좋겠어요."
"8시, 괜찮겠지요?" 그는 계산서를 한 장 찢어 내면서 "전 드와이트라고 합니다"라고 말했다. "아이젠하워와 이름이 똑같지요. 드와이트 파월입니다." 그는 그녀의 대답을 재촉하듯이 그녀를 보았다.
"전 이블린 키트리지라고 해요."
"잘 부탁합니다" 하고 그는 미소를 지어 보이며 말했다.
그녀는 재빨리 얼굴 가득히 미소를 보였다. 무엇인가 파월의 표정에는 그늘이 깃들어 있다. 경악일까…… 기억일까?…….
"왜 그러세요?" 엘렌이 물었다. "어째서 그런 눈으로 저를 바라보시지요?"
"당신의 웃음이" 그는 괴로운 듯이 말했다. "전에 알았던 여자와 아주 똑같아서요……."
침묵이 흘렀다. 한참 뒤, 엘레이 결심한 듯이 말했다.
"존 베이컨이라든가 마스콤이라든가 하는 사람 말이지요…… 전 이곳에 온 지 이틀밖에 안되었지만, 이로써 두 번이나 그런 말을 들었어요. 제가 그 존 누군가와 닮아서……."
"그렇지 않아요." 하고 파월이 말했다. "그 여자는 도로시라는 이름이었습니다."
그는 계산서를 접었다.
"식사비는 제가 내겠습니다."
그는 손을 들어 프론트 도어의 경리가 알아차리도록 흔들어 보였다. 목을 길게 빼고서 계산서를 손가락으로 가리키고 그리고 엘렌과 자기를 손가락으로 가리켜 보이더니 계산서를 접어 주머니에 넣었다.
"이제 됐어요." 하고 그는 말했다.
엘렌은 일어나며 코트를 입었다.
"뉴 워싱턴 하우스 로비, 8시에……." 하고 파월이 되풀이했다.
"거기에 묵고 계신가 보지요?"
"네."
그녀는 미소를 지었다. 그녀는 그의 마음의 움직임을 손에 잡을 듯이 알 수 있었던 것이다. 이 여자는 간단히 유혹에 응한다. 이곳에는 아무도 아는 사람이 없으며 호텔에 묵고 있다…….
"식사 고마웠어요."
"별말씀을……."
그녀는 백을 집어들었다.
"오늘 밤 만납시다, 이블린."
"8시에." 그녀는 말했다. 그녀는 몸을 돌리자 그의 눈길을 등에 느끼며 약국 쪽을 향해서 애써 느릿하게 걸어갔다. 문에서 뒤돌아보았더니 그가 한 손을 들어 보이며 미소를 지었다. 그녀는 가벼운 몸짓으로 인사했다.
밖에 나오자 비로소 그녀는 무릎이 떨리고 있는 것을 느꼈다.

6

엘렌이 로비에 모습을 나타낸 것은 7시 반이었다. 이렇게 하면 파월이 나타나 접수에 가서 키트리지 양의 방을 찾을 위험은 없어지는 셈이었다. 그는 8시 5분에 나타났다. 입술을 꼭 오므리는 듯한 미소를 지어 엷은 콧수염의 선이 아름답게 빛났다.

'이 여자는 간단히 유혹에 응한다. 이곳에는 아는 사람이 아무도 없다……'

그는 '잃어버린 지평선'의 상영 시작 시간이 8시 6분이라고 하면서 겨우 다섯 구역밖에 안되는 거리를 택시로 급히 갔다. 영화가 반쯤 돌아가자 파월은 팔을 돌려 엘렌의 어깨에 얹었다. 그녀는 한쪽 눈 한끝으로 계속 그 손을 지켜보았다. 이 손이 도로시의 육체를 애무했던 것이다. 이 손이 힘을 주어 도로시를 떠다밀었던 것이다…… 아마도…….

시정 회관은 이 극장에서 3구역쯤 되는 곳으로 뉴 워싱턴 하우스에서는 2구역밖에 떨어져 있지 않았다. 그들은 돌아오는 길에 그 건물 앞을 지났다. 길 저편에 흐릿하게 보이는 정면 위층 방에 불이 켜져 있는 창문이 몇 개 보였다.

"저게 이곳에서 가장 높은 건물이지요?"

엘렌이 파월을 보면서 물었다.

"그렇습니다" 하고 그는 말했다. 그의 시선은 길에서 12피트쯤 되는 곳으로 향해져 있었다.

"얼마쯤일까요, 높이가?"

"14층."

그가 지켜보는 방향은 바뀌지 않았다. 엘렌은 생각했다. 어떤 건물의 높이를 질문받았을 경우, 사람은 누구나 그 높이를 확실히 알고 있을지라도 본능적으로 그것을 올려다보는 법이다. 그것을 굳이 보고 싶지 않은 까닭이 없는 한.

 호텔의 검은 벽으로 둘러싸인 다방에서 두 사람은 칸막이가 된 좌석에 들어가 조용한 음악을 들으면서 독한 위스키를 마셨다. 곧잘 이야기가 끊어지곤 했으나, 엘렌은 파월의 느릿하고도 조심스러운 입놀림과는 반대로 점점 높아지는 목소리로 이야기를 시키려고 애썼다. 시정 회관을 지나올 때 사라진 이 밤의 화려한 기분이 호텔에 들어오자 다시 되살아나서, 지금은 빨간 커튼에 둘러싸인 칸막이된 좌석 안에서 긴 시간을 조용히 앉아 있는 것이다.
 두 사람은 일거리에 대해서 이야기를 시작했다. 파월은 자기의 직업을 싫어했다. 다닌 지 두 달밖에 안되지만 좀 더 좋은 일거리가 생기는 대로 곧 그만둘 계획이었다. 여름에 유럽 견학 여행을 가려고 돈을 저축하고 있었던 것이다.
 무엇을 공부하고 있는 것일까. 전공은 영문학이었다. 그것으로 장차 무엇을 하겠다는 계획일까? 그건 그 자신도 알지 못했다. 광고업계로 나가든가 아니면 출판사에 취직할 작정일까? 앞으로의 계획은 그다지 뚜렷하게 서 있지 않은 듯싶었다.
 두 사람은 여성에 대해서 이야기를 나누었다.
 "여학생에 대해서는 이제 싫증이 났습니다" 하고 그는 말했다.
 "어린아이 같고…… 무엇이든지 너무 진지하게 생각하니까요."
 엘렌은 이것이 '너는 섹스에 너무 큰 의미를 부여하고 있어. 우리들이 서로 사랑하고 있는 한 함께 잤다고 해서 그게 뭐 나쁘지?' 하는 말과 곧바로 연결되는 대사의 시작이로구나, 하고 생각했다. 그런데 그렇지가 않았다. 그를 고뇌하게 하고 있는 무엇인가가 있는 듯한 느낌이 들었던 것이다.

그는 자기가 할 말을 주의깊게 고르고 있었다. 세 잔째 마시고 있는 칵테일 글라스 다리를 긴 손가락으로 초조하게 만지작거리면서 "일단 그런 여학생에게 붙잡혔다고 하면" 하고 그는 말했다. 파아란 눈이 흐려져 왔다. "이미 달아날 수가 없어요." 그는 자기의 손을 들여다 보았다. "아주 골치 아픈 일이라도 일으키지 않는 한……."
　엘렌은 눈을 감았다. 매끄러운 검은 테이블보에 올려놓은 손에 땀이 배었다.
　"그러한 사람에게 죄스럽다는 느낌은 들지요." 그는 말을 이었다. "하지만 우선 자기의 일을 생각해야만 하니까……."
　"어떠한 사람을 말하는 거지요?" 그녀는 눈을 감은 채 물었다.
　"다른 이에게 곧 의지해 버리는 사람 말입니다……."
　테이블을 손으로 세게 치는 소리가 났다. 엘렌은 눈을 떴다. 그는 테이블 위에 놓인 담뱃갑에서 담배를 한 개비 뽑으며 미소짓고 있었다.
　"나의 나쁜 점은 위스키를 너무 많이 마시는 겁니다"라고 그는 말했다. 그녀가 뽑아든 담배에 불을 붙여 주려는 손이 떨리고 있었다.
　"당신에 대해 이야기해 주십시오."
　그녀는 데 모잉의 어떤 나이 많은 프랑스 인이 경영하고 있는 사립 여학교에 대한 일이며 그 프랑스 인은 학생이 공부하다가 한눈을 팔면 큰 소리로 고함을 지른다는 등의 이야기를 그저 입에서 나오는 대로 꾸며대어 말했다.
　이야기가 끝나자 파월이 말했다.
　"자, 이제 나갑시다."
　"다른 다방으로 가시려고요?" 엘렌이 물었다.
　"당신이 가고 싶다면."
　그는 그다지 마음내키지 않는다는 듯이 말했다.

엘렌은 옆에 두었던 코트를 집어들었다.
"괜찮으시다면, 이만 실례하겠어요. 아무튼 오늘 아침엔 아주 일찍 일어났었거든요."
"좋습니다"라고 파월이 말했다. "당신 방 앞까지 바래다 드리지요." 밤이 되어서야 나타났던 저 입가의 희미한 미소가 다시 되살아났다.
방문 앞에 등을 기댄 채 그녀는 열쇠를 손에 물고 서 있었다.
"고마웠어요" 하고 그녀는 말했다. "정말 즐거운 밤이었어요."
코트를 걸치고 있던 그는 두 팔을 뻗어 그녀의 등으로 돌렸다. 그의 입술이 그녀에게로 다가왔다. 그녀는 얼굴을 돌려 볼에 키스를 받았다.
"이상한 시늉은 그만두십시오!" 하고 그는 불쑥 말했다. 그는 그녀의 턱을 손으로 잡고 입술에다 강렬히 키스를 퍼부었다.
"안으로 들어가서 담배 한 대 피우고 싶소……" 하고 그는 말했다.
그녀는 고개를 저었다.
그의 손이 어깨로 돌려졌다. 그녀는 다시 고개를 저었다.
"정말이에요, 난 굉장히 피곤해요."
거절이었으나, 고혹적인 그 목소리의 울림에는 다른 밤이라면 괜찮다는 암시적인 의미가 깃들어 있었다.
그는 두 번째의 키스를 했다. 그녀는 어깨에 둘려진 그의 손을 풀려고 했다.
"누가 보면……."
그런데도 그는 아직 그녀를 끌어안은 채 조금 뒤로 물러섰을 뿐이었다. 엘렌은 미소를 지어 보였다. 오늘 오전에 저 드러그 스토어에서처럼 환하게 웃는 얼굴을 보이려고 하면서 미소지었다.

이 미소가 효과를 나타냈다. 드러난 신경에 전류가 흐르는 전선을 갖다댄 것처럼 날카로운 반응이 있었다. 그의 얼굴에 온통 그늘이 드리워졌다. 그는 그녀를 와락 끌어당기더니 그녀의 어깨에 턱을 대고 그 웃는 얼굴을 보지 않으려는 듯한 태도를 취했다.

"내가 그 여자분의 일을 생각나게 했나요?" 하고 그녀는 물었다. 그리고 "그 여자도 나와 마찬가지로 잠깐 사귀었을 뿐이겠지요, 틀림없이."

"그렇지 않아요" 하고 그는 말했다. "꽤 오랫동안 교제를 했지요." 그는 몸을 떼었다. "당신과의 교제가 이것으로 끝난다고 누가 말했지요? 당신, 내일 밤에 무슨 할 일이 있나요?"

"아니오."

"그럼 내일도 같은 시간에 같은 장소에서 만납시다."

"당신만 좋다면……."

그는 그녀의 볼에 키스하고 또 힘있게 끌어안았다.

"무슨 일이 있었어요?" 하고 그녀가 물었다.

"무슨 일?" 하고 말하는 그의 목소리가 그녀의 귀 언저리에서 떨렸다.

"그 사람…… 그 여자분과 사귀던 걸 왜 그만두었지요?" 그녀는 태연하게 밝은 목소리를 내려고 애썼다. "그 여자분이 무언가 잘못을 저질렀나요?"

"그렇소."

침묵이 흘렀다. 엘렌은 바로 눈 앞의 파란 섬유가 성글게 짜여진 언저리를 지그시 바라 보고 있었다.

"층계를 밑으로 내려간 것과 같았다고 해야 할까…… 우리는 어쩔 수가 없었던 거요. 헤어지지 않으면 안되었지요." 그가 깊은 숨을 내쉬는 것을 엘렌은 들었다. "그 여자가 너무 어렸기 때문이었소" 하고 그는 덧붙였다.

　잠시 뒤 엘렌은 얌전히 몸을 뺐었다.

"이제 헤어지는 게 좋겠어요."

　그는 이번에는 긴 키스를 했다. 그녀는 속이 메스꺼운 듯 눈을 감았다.

　그의 팔에서 벗어나자 획 등을 돌리고 도어에 열쇠를 꽂았다. 그가 있는 쪽은 거들떠 보지도 않았다.

"내일 밤 8시요." 그는 말했다.

　그녀는 코트를 집어들기 위해서 돌아보지 않으면 안되었다. 그의 눈길을 피할 수는 없었다.

"잘 자요, 이비."

　도어를 열고 뒷걸음질치면서 그녀는 입술에 미소를 떠올리려고 했다.

"안녕."

　그녀는 도어를 닫았다.

　그녀는 코트를 움켜쥔 채 침대 위에 꼼짝도 않고 앉아 있었다. 5분쯤 지났을 때 전화벨이 울렸다. 갠트였다.

"늦게 거는 편이 좋을 것 같아서……."

　그녀는 한숨을 쉬었다.

"당신에게 이야기하면 마음이 좀 가라앉을지도 모르겠어요……."

"호오!" 하고 그는 힘을 주면서 말했다. "이거 놀라운 일인데! 나의 무죄는 명백하며, 또한 결정적으로 뒷받침되었으리라고 추측하고 있었지요."

"네, 맞았어요. 그 아이하고 결혼하려 했던 것은 역시 파월이었어요. 자살이 아니라고 생각했던 것도 역시 옳았어요. 내 생각이 옳았다는 걸 알았단 말이에요. 그는 다른 사람에게 완전히 몸을 내맡기고 사물을 너무나 진지하게 생각하는 여자아이에 대해서 말했어요. 골치 아픈 일이 있었다는 둥 그런 이야기도 했어요."

말이 점점 빨라졌다. 지금까지 대화에서 느낀 무서운 긴장에서 해방되어 말이 꼬리를 물고 튀어나온 것이다.

"아니, 당신의 그 굉장한 실력에는 놀랐는걸. 어디서 그런 정보를 얻었지?"

"그에게서요."

"뭐라고?"

"그가 일하는 드러그 스토어에서 만나 보았어요. 내 이름은 이블린 키트리지, 일자리를 찾고 있는 중인 비서, 아이오와 주 데 모잉 출신이지요. 덕분에 하룻밤 내내 그에게 붙잡혀 있었어요."

갠트 쪽에서는 아무 말이 없고, 긴 침묵이 이어졌다.

"모두 말해 주지 않겠소?" 피로한 듯한 목소리가 들려 왔다. "그 사람에게 자백서를 쓰도록 하는 것은 당신의 계획으로 보아 언제쯤이지?"

그녀는 파월이 시정 회관 앞을 지날 때부터 갑자기 침울해졌다는 것과 호텔에서 독한 위스키를 마시면서 어떠한 표정이 그의 얼굴에 나타났는가를 기억하고 있는 대로 정확히 되풀이했다.

갠트가 다시 입을 열었을 때에는 뜻밖에도 진지한 투로 말하고 있었다.

"이봐요, 엘렌, 이것은 섣불리 손을 댈 일이 아니오."

"어째서요? 저쪽이 나를 이블린 키트리지로 알고 있는 한."

"어떻게 그 속셈을 알 수 있지요? 도로시가 그에게 당신 사진을 보인 일이 있었다면 어떻게 되겠소?"

"그 아이는 내 사진이라곤 한 장밖에 갖고 있지 않았어요. 그것도 세 자매가 그늘에서 찍힌 흐릿하게 나온 것이었어요. 비록 내 사진을 본 일이 있다 하더라도 그것은 1년 전의 일이에요. 더구나 만일 나의 신분을 의심했다면 자기가 한 짓을 이야기할 까닭이 없잖아요?"

"그렇지, 말하지 않았을 거요, 틀림없이." 갠트는 일단 그렇게 인정했다. "이제부터 어떻게 할 계획이오?"

"오늘은 오후에 도서관에서 도로시의 사망 기사가 실린 신문을 모두 조사해 보았어요. 몇몇 세부 묘사가 빠져 있더군요. 모자 빛깔이라든가 장갑을 끼고 있었던 사실이라든가, 아무튼 나는 파월을 내일 밤 다시 한 번 만날 생각이에요…… 그래서 그 아이의 '자살'에 대해서 이야기를 하도록 유도하겠어요. 끝까지 그 아이와 함께 있지 않았으면 몰랐을 일을요. 어딘가에서 꼬리를 잡을 수 있을지도 모르잖아요."

"결정적인 증명은 되지 않을 거요." 갠트가 말했다. "자기는 확실히 그때 건물 안에 있긴 했지만, 그녀를 본 것은 죽은 뒤라고 주장한다면……."

"결정적인 증명 같은 걸 찾고 있지는 않아요. 다만 내가 과대망상적인 상상력을 가진 이상한 여자라고 생각하고 있는 경찰의 코를 납작하게 해줄 만한 것이면 돼요. 파월이 그때 그 아이 가까이에 있었다는 것을 증명할 수만 있어도 경찰이 확인 수사에 나서도록 하기에는 충분하잖아요?"

"그럼, 묻겠는데, 그에게 의심을 품지 않도록 하면서 어떻게 그처럼 중대한 세부적인 일들을 이야기하게 할 수가 있지? 그는 바보가 아니오, 그렇잖소?"

"내가 직접 부딪쳐 보지 않고는" 하고 그녀는 반박했다. "달리 방법이 없잖아요?"

갠트는 잠시 생각하고 있었다.

"나한테 헌 기계 망치가 하나 있는데" 하고 그는 말했다. "녀석의 머리통을 한 방 먹여서 범죄 현장으로 데려가 털어놓게 하는 거요."
"여보세요." 엘렌은 진지하게 말했다. "다른 방법이 없을까요……"
그녀의 목소리가 사라졌다.
"여보세요?"
"네, 듣고 있어요." 하고 그녀는 말했다.
"어떻게 된 거요? 전화가 끊어진 줄 알았잖소."
"네, 잠깐 무얼 좀 생각하고 있었어요."
"난 또 뭐라고. 이봐요, 진지하고 주의깊게 하도록 해요. 만일 일이 잘 되거든 내일 저녁에 전화를 걸어 주겠지요? 어디에 가 있는지 어떤 식으로 일이 진행되고 있는지 알려 주오."
"왜요?"
"만일의 경우를 생각해서 안전책을 강구해 두는 겁니다."
"그는 나를 이블린 키트리지로 알고 있어요."
"글쎄, 어쨌든 전화를 해줘요. 해로운 말은 하지 않으니까. 그렇잖으면 내 머리털이 곧 세고 말 거요. 무슨 일이라도 생기면……."
"알았어요."
"안녕, 엘렌."
"안녕, 고든."
그녀는 수화기를 내려놓고 다시 침대로 돌아가 걸터앉았다. 아랫입술을 깨물고 손가락의 관절을 소리내어 울렸다. 이것은 그녀가 생각에 잠길 때면 언제나 하는 버릇이었다.

7

핸드백을 닫고 나서 엘렌은 고개를 들고 로비를 빠져나와 그녀 쪽으로 다가오는 파월의 모습에 미소를 보냈다. 회색 코트에 감색 양복을 입고 지난 밤처럼 각박한 느낌을 주는 미소를 지으며 걸어 오고 있었다.

"와 있었군" 하며 그는, 그녀의 옆에 놓여져 있는 덮개가 씌워진 긴의자에 앉았다. "약속한 친구를 기다리게 하는 일이 없군, 당신은."

"어떤 특별한 상대일 때에는 그래요."

그의 얼굴에 가득히 미소가 번졌다.

"일자리를 찾는 일은 어떻게 되었소?"

"잘 되었어요" 하고 그녀는 말했다. "어떻게 될 것 같아요. 변호사 사무실이래요."

"굉장한데. 그렇게 되면 이제부터 블루리버에 있게 되겠군?"

"그래요."

"정말 잘됐어." 그는 이 말을 애무하는 듯한 느낌으로 발음했다.

문득 그는 손목시계에 눈길을 떨구었다.

"그럼, 나갈까요. 오는 도중, 요 앞에 있는 구로 레이의 댄스홀 앞을 지나왔는데, 여러 사람들이 춤을 추고 있더군요."

"어머나!" 하고 그녀는 슬픈 듯이 말했다.

"왜 그러오?"

그녀는 변명하는 듯한 얼굴이 되었다.

"저는 먼저 해야 할 일이 있어요. 지금 말한 변호사 사무실의 일자리 때문에 편지를 한 통 전해 줘야 해요…… 신원 보증의……."

그녀는 핸드백을 열었다.

"비서가 되는 데 신원 보증서가 쓰이는 줄은 몰랐는데. 속기나 그밖의 능력을 테스트하고서 채용하는 줄만 알았지."

"네, 그래요. 하지만 전에 근무하고 있던 곳의 추천장이 있다고 했더니, 한 번 보여 달라고 하잖아요. 8시 반까지 사무실로 가겠다고 말했어요." 그녀는 한숨을 쉬어 보였다.

"정말 미안해요."

"아니, 괜찮소."

엘렌은 그의 손을 잡았다. "지금 곧 춤추러 갈 수가 없어요." 그녀는 애원하듯이 말했다. "어디 가서 무얼 좀 마셔요……."

"오케이."

그는 유쾌한 듯이 말했다. 두 사람은 일어섰다.

"그 변호사 사무실은 어디지요?"

그녀의 등 뒤에서 코트를 입혀 주며 그는 물었다.

"여기서 그다지 멀지 않아요." 엘렌이 말했다. "시정 회관이에요."

시정 회관의 정면 돌층계 위에 서자 파월은 발을 멈췄다. 엘렌은 이미 회전 도어 안에 들어가 도어를 밀려던 손을 멈추고 그를 바라보았다. 그는 얼굴이 파랗게 되어 있었다. 로비에서 흘러나오는 조명이 회전 도어를 통해 창백하게 보이는 건지는 모르지만…….

"나는 여기서 당신이 돌아올 때까지 기다리고 있겠소."

턱이 굳어져 말이 어색하게 새어나왔다.

"함께 가요." 그녀는 말했다. "이런 편지 같은 건 8시 전에 갖다 달라고 했으면 벌써 갖다 주었을 텐데, 어찌 된 일인지 상대쪽에서 굳이 밤에 갖다 달라고 하지 않겠어요. 그 변호사라는 사람 말이에요. 개기름이 흐르고 징글맞아요." 그녀는 미소를 지어 보였다.

"당신은 내 호위병이에요."

"그럼, 같이 가지요." 파월이 말했다.

엘렌이 도어를 빙그르르 밀고 잠시 있으려니까 파월이 따라들어왔다. 그가 도어를 들어설 때 그녀는 뒤돌아서서 그를 쏘아보고 있었다. 입술을 가볍게 벌리고 깊이 숨을 들이마시는 그의 표정에는 아무런 빛도 떠올라 있지 않았다.

널찍한 대리석 바닥으로 된 로비는 조용하고 아무도 없었다. 4대의 엘리베이터 가운데 3대가 쇠 도어를 닫고 조용하기만 했다. 네 번째의 엘리베이터만이 꿀과 같은 빛깔이 나무 벽에 둘러싸여 노란 조명을 달고 있었다. 두 사람은 서로 부축하듯 하면서 엘리베이터 쪽으로 발을 옮겼다. 그 발소리가 도움 식 천장에 부딪쳐 둔중한 소리를 내며 울렸다.

엘리베이터 안에는 갈색 제복을 입은 흑인 엘리베이터 보이가 서서 잡지 〈룩크〉를 읽고 있었다. 그는 잡지를 겨드랑이에 끼더니 단추를 눌렀다. 커다란 금속제 도어가 열렸다.

"몇 층입니까?" 하고 그는 물었다.

"14층." 엘렌이 말했다.

둘 다 묵묵히 도어 저편 조용하기만 한 층수의 번호를 나타내는 조명을 지그시 지켜보고 있었다.

그 조명이 13에서 14로 바뀌었을 때 엘리베이터는 자동적으로 속도를 늦추었다. 보이는 엘리베이터의 가로장을 내리고 밖의 도어를 열었다.

조용한 복도로 엘렌은 발을 내디뎠다. 파월도 그 뒤를 따랐다. 두 사람의 등 뒤에서 도어가 공허한 소리를 내며 닫혔다. 엘리베이터의 안쪽 도어가 닫히는 소리가 들리고, 이어서 아래로 빨려내려가는 모터 소리가 들렸다.

"이쪽이에요," 오른쪽으로 꺾이면서 엘렌이 말했다. "1405호실이지요."

그 복도를 걸어나가다가 다시 오른쪽으로 방향을 바꾸었다. 두 사람의 앞쪽으로 펼쳐지는 복도에는 두 개의 방에서 젖빛 유리로 도어를 통해 불빛이 새어나오고 있을 뿐이었다. 잘 닦인 리놀륨을 깔아놓은 바닥을 걷는 두 사람의 발소리 말고는 아무 소리도 들리지 않았다. 엘렌은 여기서 해야 할 말을 찾았다.

"······그다지 오래 걸리지는 않을 거예요. 편지만 전해 주고 올 거니까요."

"취직될 수 있다고 생각합니까?"

"그럼요, 이건 좋은 추천서인걸요."

복도 끝에 와 닿자 또 오른쪽으로 꺾었다. 저 앞 오른쪽에 불빛이 새어나오는 도어가 있었다. 파월이 그쪽을 턱으로 가리켜 보였다.

"아니에요, 저기가 아니에요" 하고 엘렌은 말했다.

그녀는 오른쪽의 불이 켜져 있지 않은 도어로 갔다. 젖빛 유리에 '프레데릭 H 클라우젠 법률 사무소'라고 씌어 있었다. 도어 손잡이를 돌려 보았으나 열리지 않았으므로 손목시계를 들여다보는데 파월이 등 뒤로 와 섰다.

"어떻게 된 걸까?" 하고 그녀는 짜증스러운 듯이 말했다. "15분밖에 늦지 않았는데······ 8시 반까지는 있겠다고 말했거든요(전화로 나왔던 비서는 5시에 사무실문을 닫는다고 말했다)."

"그럼, 어떻게 하지?" 파월이 물었다.

"도어의 아래로 밀어넣겠어요."

그녀는 핸드백을 열었다. 그리고 커다란 흰 봉투와 만년필을 꺼냈다. 그 만년필의 뚜껑을 열고 핸드백 위에다 봉투를 대고서 몇 자 휘갈겨 썼다.

"춤추러 가지 못해서 미안해요" 하고 그녀는 말했다.

"괜찮소" 하고 파월은 말했다. "꼭 춤을 추고 싶었던 것은 아니었으니까." 그는 마치 곡예사처럼 로프 위에서 발놀림이 익숙해지도록 호흡을 편하게 가다듬고 있었다.
 "하지만 생각해 보면," 엘렌은 눈을 들어 그를 바라보면서 말했다. "지금 이곳에 편지를 놓고 간다고 해도 어차피 내일 아침에 다시 오지 않으면 안될 거예요. 그럼, 내일 아침에 가져와도 마찬가지가 아니겠어요?"
 그녀는 만년필의 뚜껑을 닫더니 백에 집어넣었다. 그리고 봉투를 들어 불빛 쪽으로 비춰 보았다. 아직 잉크가 마르지 않았음을 알자 부채처럼 빠르게 펄럭거리며 흔들었다. 그녀의 눈길은 복도 저편의 도어로 보내졌다. 그 도어에는 '층계'라고 씌어져 있었다. 그녀의 눈이 빛났다.
 "내가 지금 무엇을 해보고 싶은지, 당신은 알겠어요?"
 "글쎄……"
 "돌아가서 술을 마시기 전에 말이에요."
 "무엇을 하고 싶은데?"
 그는 미소지었다.
 그녀는 봉투를 흔들면서 미소를 보냈다.
 "옥상에 올라가 보고 싶어요."
 곡예사는 눈길을 떨구고, 이제 지상의 구조망이 없어져 버린 것을 보았다.
 "무엇 때문에 그런 일을 하고 싶지?" 그는 천천히 물었다.
 "달님이 보고 싶지 않으세요? 그리고 별님도. 오늘 밤은 참 근사해요. 옥상에서 바라보면 아주 아름다울 거예요."
 "지금부터라도 구로 레이에 가면 춤을 출 수 있으리라고 생각되는데" 하고 그는 말했다.
 "어머나, 우리들은 무리를 해서까지 가고 싶을 정도는 아니잖아요." 그녀는 봉투를 백속에 집어넣고서 닫았다. "자아, 올라가요."

그에게서 떨어져 복도를 걸어가며 명랑한 목소리로 말했다.
"어젯밤, 저 홀에서 말씀해 주신 로맨스는 어디로 갔지요?"
그는 그녀의 팔을 붙잡으려다가 허공에서 비틀거렸다.
그녀는 도어를 밀어젖히고 뒤돌아보았다. 그리고는 그가 따라오기를 기다렸다.
"이비, 난…… 너무 높은 곳에 가면 현기증이 나……."
그는 억지로 미소를 보이려 하고 있었다.
"아래를 보지 않으면 괜찮아요." 그녀는 명랑하게 말했다. "가장자리로만 가지 않으면 돼요."
"아마 도어가 닫혀 있을 거야……."
"옥상으로 통하는 도어가 닫혀 있을 리 없어요. 소방법에 어긋나는걸요." 그녀는 시시하다는 듯이 얼굴을 찌푸렸다. "네에! 올라가요! 당신은 마치 내가 통이나 또는 다른 무언가에 들어가 나이애가라 폭포로 뛰어들라고 말하기라도 한 것 같은 얼굴이군요."
그녀는 도어 입구까지 되돌아와서 손잡이를 쥐고 미소지으면서 그를 기다렸다.
그는 할 수 없이 천천히 다가왔다. 마치 그의 어떤 한 부분이 그녀의 뒤를 쫓아가고 싶어하는 듯한 자세였다. 그가 층계참에 섰을 때, 그녀는 도어 손잡이를 놓았다. 도어는 희미하게 삐걱 소리를 내며 닫혀 곧 복도의 불빛을 가로막아 버리고 말았다. 다만 10와트짜리 갓 없는 전구가 어두운 계단에 흐릿한 빛을 던져 주고 있을 뿐이었다.
여덟 단을 올라가서 꺾이고 또 여덟 단을 올라가자 '비상시를 제외하고는 개폐 엄금'이라고 흰 페인트로 주의 사항이 씌어진 검은 쇠문이 가로막고 있었다. 파월은 이 '엄금'이라는 말에 유난히 힘을 주어가며 읽었다.
"괜히 겁주려는 거예요." 엘렌은 경멸하듯이 말했다. 그녀는 손잡이를 돌려 보았다.

"열쇠가 채워져 있을걸." 파월이 말했다.

"채워져 있다면 저런 주의 사항을 써 놓지 않았을 거예요" 하고 엘렌은 페인트 글씨를 가리키며 말했다. "당신이 열어 봐요."

"녹이 슬어 있을 거요, 틀림없이." 그는 손잡이를 쥐고 도어를 열었다.

"한번 열어 보세요, 힘껏 열어봐요."

"오케이"라고 그는 말했다. "좋아, 해보지." 이제 될 대로 되라는 듯 그는 도어에서 뒤로 물러서더니 힘껏 어깨를 부딪쳤다. 도어는 거의 그를 잡아끌 듯하며 열렸다. 그는 콘크리트로 된 높은 문턱에 걸려 콜타르를 칠한 옥상으로 곤두박질치며 뛰어나갔다.

"됐어, 이비." 그는 시무룩하게 말하고서 몸을 일으키더니 도어를 연 채로 "자아, 그대의 멋진 달님을 보십시오!" 하고 말했다.

"화를 잘 내시는군요." 그녀는 명랑한 목소리로 그의 빈정거림을 받아넘겼다. 그리고 문턱을 넘어서 파월의 옆을 지나 층계 그림자에서 떨어져 자신이 없는 스케이터가 살얼음 따위는 무섭지 않다는 듯한 자세를 취하듯이 허세를 부리며 옥상에 섰다. 등 뒤에서 쇠문이 닫히는 소리가 들렸다. 파월이 그녀의 왼쪽으로 다가왔다.

"미안해, 이비!" 하고 그는 말했다. "그 문을 열다가 어깨의 뼈가 부러질 뻔했어. 그것뿐이야." 그는 굳어진 미소를 떠올렸다.

두 사람은 KBRI의 송신탑을 바라보았다. 작은 별들이 반짝반짝 빛나고 있는 검푸른 하늘에 우뚝 솟아 있는 그 꼭대기에 빨간 불빛이 깜박이고 있었다. 그것이 깜박일 때마다 옥상이 온통 장미빛으로 빛났다. 그것이 사라지면 순간 반달의 푸르스름한 부드러운 빛이 쏟아지는 것이었다.

엘렌은 길쭉하니 두드러지게 내밀어진 턱을 가진 파월의 옆얼굴을 바라보았다. 처음에는 어렴풋이 희게 보였다. 그것이 송신탑의 불빛을 받아 붉어지더니 다시 희어졌다. 그의 맞은쪽에 있는 돌담은 밤인데도 희고 뚜렷하게 떠올라 저 통풍구를 에워싸고 있었다. 그녀는 신문에 실렸던 배치도(配置圖)를 지금 똑똑히 생각해 냈다. 현장을 나타내는 ×표가 이 남쪽——지금 두 사람이 서 있는 바로 가까이에 그려져 있었던 것이다. 별안간 그곳에 가서 내려다보고 싶은 충동에 사로잡혔다. 그리하여 어딘가에서 도로시가…… 가슴을 에는 듯한 생각이 그녀의 온 몸을 꿰뚫었다. 그녀의 눈에는 파월의 넓은 옆얼굴이 육박해 오는 것 같았다. 그녀는 거의 무의식적으로 그의 옆을 떠났다.

이젠 되었다고 그녀는 생각했다. 나는 안전해. 적어도 호텔의 칵테일 라운지에서 캐어묻는 것보다는 여기가 훨씬 안전해. 나는 이블린 키트리지이니까…….

그는 그녀의 눈길을 의식했다.

"난 당신이 하늘을 보고 있는 줄만 알았어."

그는 하늘을 우러러보며 말했다. 그녀는 눈을 들었다. 별안간 고개를 올린 탓인지 눈앞이 어지러웠다. 별이 빙글빙글 돌았다…….

그녀는 비틀비틀 오른쪽 가장자리로 걸어갔다. 거칠거칠한 담 위에 손바닥을 짚고 차가운 밤공기를 가슴 가득히 들이마셨다…… 여기서 저 사나이가 그 아이를 죽였던 거야. 지금 그는 스스로 비밀을 털어놓고 있는 거나 같아. 하지만 나는 안전해…… 머리가 겨우 맑아졌다. 눈길이 닿는 한 거리의 불빛이 어두운 밤에 반짝이어 장대한 파노라마 같았다.

"드와이트, 이리로 와 보세요."

그는 돌담을 향해 걸었으나 2, 3피트 앞에서 발을 멈추었다.

"아름답지요?" 그녀는 돌아보지 않고 말했다.

"그렇군요" 하고 그는 말했다.

그는 잠시 바라보고 있었다. 선들바람이 송신탑의 케이블을 울리며 지나가자 천천히 몸을 돌려서 통풍구 쪽으로 똑바로 향했다. 그는 돌담을 물끄러미 쳐다보았다. 이윽고 오른발을 내디디며 걷기 시작했다. 마치 술주정뱅이가 기어이 바에 들러 한 잔 더 마시려는 듯 자신도 모르게 발이 이끌려 가는 것 같았다. 통풍구의 담에 다가섰다. 손을 올려 차가운 돌 위에 놓았다. 그는 상반신을 내밀고 내려다보았다.

엘렌은 그가 없어진 것을 깨달았다. 반달의 흐릿한 달빛에 의지하여 주위를 둘러보았다. 그러자 송신탑의 빨간 불빛이 커지면서 통풍구의 담 가까이에 있는 그의 모습을 떠오르게 했다. 그녀는 가슴이 철렁 내려앉았다. 빨간 빛이 사라졌지만 그가 있는 곳을 알았으므로 희미한 불빛만으로도 그의 모습이 뚜렷하게 보였다. 그녀는 걸어서 나아가기 시작했다. 탄력이 있는 콜타르 위라서 발소리가 나지 않았다.

그는 아래를 굽어보고 있었다. 통풍구의 네모진 굴 속에 아직도 몇 개의 방에서 불빛이 새어나오고 있었다. 그 불빛 가운데 하나는 아득한 아래, 거의 1층이나 2층쯤의 방에서 새어나와 바짝 오므라져 있는 통풍구의 네 벽——네모꼴을 한 잿빛의 작은 콘크리트 벽——을 흐릿하게 비춰 주고 있었다.

"너무 높아서 눈이 핑핑 도는군요."

그의 몸이 비틀거렸다.

이마며 콧수염 언저리에서 땀이 배어 나오고 있었다. 초조한 듯한 미소가 입술에 새겨졌다.

"정말 그렇군요" 하고 그는 말했다. "하지만 보지 않을 수가 없었어. 스스로 고문을 당하는 것처럼 말이야……" 그의 얼굴에서 미소가 사라졌다. "내 성격 탓이지……" 그는 깊은 숨을 내쉬었다. "이제 그만 갑시다, 이비" 하고 그는 말했다.

"오자마자 가다니, 싫어요."

엘렌은 쾌활한 목소리로 반대했다. 그녀는 방향을 바꾸어 이번에는 옥상의 동쪽 담까지 걸어갔다. 그리하여 기묘한 모양으로 떠올라보이는 환기통의 강철 파이프 사이를 빠져나갔다. 파월은 마지못해 뒤따라왔다. 가장자리까지 이르자 엘렌은 담에 기대어서서 두 사람의 옆으로 뚜렷하니 솟은 송신탑을 우러러 보았다.

"여기서 올려다보니까 멋지군요." 그녀는 말했다.

파월은 담 위에 손을 얹은 채 시가지를 내려다보며 아무 말도 하지 않았다.

"밤에 이곳에 와 본 적이 있어요?" 엘렌이 물었다.

"없소." 그는 말했다. "이런 곳에 와 본 적은 한 번도 없어요."

그녀는 몸의 방향을 휙 바꾸어 담 밖으로 상체를 내밀면서 두 층 아래부터 내밀어져 있는 건물의 단(段)을 굽어보았다. 그녀는 조금 눈살을 찌푸렸다.

"지난해였던가요?" 그녀는 천천히 말했다. "여기서 떨어진 여자의 이야기를 신문에서 읽은 기억이 있어요……."

환기통의 뚜껑이 하나 달그락거렸다.

"그랬었지." 파월이 말했다. 목소리가 메말라 있었다. "자살이었어, 떨어진 게 아니라……."

"그래요?" 엘렌은 이렇게 말하면서 아래쪽 건물의 단을 굽어보고 있었다. "왜 죽었는지 그 까닭을 아세요?" 하고 그녀는 말했다. "겨우 두 층, 둘 사이가 아니에요, 저기까지는."

그는 손을 들어 엄지손가락으로 어깨 뒤쪽을 가리켜 보였다.

"저쪽……통풍구에서였소."

"어머나, 그랬었군요." 그녀는 몸을 일으켰다. "생각났어요. 데 모잉의 신문에도 크게 났었지요."

그녀는 담 위에다 백을 놓고 그 단단함을 살펴보려는 듯이 이번에는 두 손으로 그 백을 잡았다. "스토다드 대학의 여학생이었어요."

"맞아." 그는 말했다. 그리고 지평선을 향해 손가락으로 멀리 가리켰다. "저기 좀 봐요. 불이 켜진 둥근 건물이 있지? 저것이 스토다드 대학의 천체 관측소인데, 전에 자연과학 연구로 가 본 일이 있지. 거기에는——."

"당신은 그 여자를 알고 있었어요?"

빨간 빛이 그의 얼굴에 번졌다.

"왜 그걸 묻지요?"라고 그는 말했다.

"그 여자에 대해 아는가 해서요. 왜냐하면 같은 스토다드 대학에 다니고 있으니, 좀 물어 봐도 뭐 이상할 건 없잖아요."

"그렇군." 그는 날카롭게 말했다. "그 여자를 알고 있었지요. 아주 귀여운 아가씨였어요. 이제 우리 다른 이야기를 합시다."

"그 여자 이야기를 생각해 낸 건, 실은……" 하고 그녀는 말했다. "모자 탓이에요."

파월은 화가 난 것처럼 크게 한숨을 쉬었다. 진절머리가 난다는 듯이 그는 말했다. "무슨 모자인데?"

"그 여학생, 보가 달린 빨간 모자를 쓰고 있었다면서요? 그런데 마침 그 사건이 있었던 날, 나도 똑같은 보가 달린 빨간 모자를 샀거든요."

"빨간 모자를 쓰고 있었다고 누가 말했지요?" 파월이 물었다.

"그렇지 않았나요? 데 모잉의 신문에는 그렇게 났었는데……."

그녀는 그것은 잘못 안 것이라고 그가 말해 주기를 바랬다. 녹색 모자라고 말해 준다면…….

잠시 침묵이 흘렀다.

"이곳 클라리온 레저 지는 모자에 대해서 쓰지 않았지." 파월이 말했다. "나는 그녀를 알고 있었기 때문에 기사를 주의해서 읽었었는데……."

"블루리버의 신문이 그것을 쓰지 않았다고 해서 빨간 모자가 아니었다는 의미는 아니지 않아요?" 엘렌이 말했다.

그는 아무 말도 하지 않았다. 그녀는 손목시계를 들여다보는 그의 모습을 지켜보았다.

"이비" 하고 그는 불쑥 말했다. "25분만 있으면 벌써 9시요. 나는 이제 이 멋진 풍경에 진저리가 났소."

그는 별안간 몸을 돌리더니 층계 쪽으로 허둥지둥 걸어갔다.

엘렌은 급히 뒤를 쫓았다.

"아직 가면 안돼요."

혀 짧은 목소리였다. 양철 지붕인 층계 입구 앞에서 그녀는 그의 팔을 붙잡았다.

"어째서지요?"

미소의 그늘에서 그녀의 마음은 바쁘게 움직이고 있었다.

"난…… 난, 담배를 피우고 싶어요."

"아아, 그거라면……" 그의 손이 주머니를 뒤졌다. 그러나 손의 움직임이 곧 멎었다.

"난 가져오지 않았소. 좋아, 아래층에 가서 사지요."

"나한테 있어요."

그녀는 백을 움켜잡으며 재빨리 말했다. 그리고 그녀는 뒤로 물러섰다. 등 뒤에 있는 통풍구의 위치는 그 신문의 약도를 보는 것처럼 똑똑히 마음에 새겨져 있었다. X표인 장소였다. 엘렌은 조금 몸의 방향을 바꾸고 백을 열면서 그쪽으로 다가가더니 파월에게 미소지어 보이며 앳된 말투로 말했다.

"여기서 담배를 피우면 멋지겠지요."

엉덩이가 담 언저리에 닿았다. ×표인 장소다. 백을 더듬었다.

"당신도 피우지 않겠어요?"

입술을 굳게 다물고 체념과 노여움을 보이며 그는 그녀에게로 다가왔다. 구겨진 담뱃갑을 흔들어 흰 담배를 꺼냈다──그녀는 생각하고 있었다──오늘 밤이 아니면 안 돼. 그는 이제 이블린 키트리지와 두 번 다시 데이트하는 일은 없을 테니까. "자, 피워요."

그녀는 담배를 내밀었다. 그는 우울한 얼굴로 그 담배를 받았다.

그녀의 손가락 끝이 또 한 개비 담배를 꺼내려고 갑 속을 더듬었다. 담배를 꺼내자 그녀의 눈길이 옮겨졌다. 그리고 그제야 비로소 통풍구를 깨달은 것처럼 말했다.

"여기가 그 장소로군요······" 하며 그녀는 그에게로 등을 돌렸다.

그의 눈이 가늘어지며 참으려고 하기 때문에 더욱 턱이 앞으로 쑥 내밀어졌다.

"이봐요, 이비" 하고 그는 말했다. "그런 이야기는 그만두라고 했잖소. 부탁이니까 그만 해 둬요." 그는 담배를 입에 물었다.

그는 그녀의 얼굴에서 눈을 떼지 않았다. 담뱃갑에서 담배를 꺼내어 조용히 입에 물고 담뱃갑은 도로 백에 집어넣었다.

"미안해요." 그녀는 왼팔로 백을 안으면서 침착하게 말했다. "무엇이 그렇게 신경에 거슬리는지 모르겠군요."

"그래도 모르겠소? 나는 그녀를 알고 있었다고 하지 않았소."

그녀가 성냥을 그어 그의 담배에 불을 붙여 주려고 할 때 오렌지색 불빛에 그의 얼굴이 비쳤다. 그의 파란 눈은 금방이라도 넘칠 듯이 그렁그렁하고 턱의 근육이 피아노선처럼 팽팽해져 있는 듯했다······. 다시 한 번 말해 주고 싶었다. 그녀는 그의 담배에 불을 붙인 성냥을 앞으로 당겨 그의 얼굴 앞에 쳐들었다.

"왜 자살을 했는지 경찰도 그 까닭을 발표하지 않았잖아요?"

그의 눈이 고통을 참으려는 듯 감겨졌다.

"아마 임신하고 있었을 거예요" 하고 그녀는 말했다.

성냥불이 꺼지고 송신탑의 불빛이 깜박거리자 그의 얼굴은 오렌지색에서 빨간색으로 빛났다. 밧줄처럼 팽팽해진 근육이 느슨해지고 파란 눈은 둑이 터져나가듯이 크게 떠졌다. 지금이다!——엘렌은 승리를 노래하듯이 이렇게 생각했다——지금이다! 이것이 효력을 나타내 주기를!

"좋아!" 하고 그는 뱉어 내듯이 말했다. "내가 말하고 싶지 않았던 이유를 말해 주지요. 어째서 여기 오고 싶지 않았는지를. 이 건물에는 발도 들여놓고 싶지 않았던 이유를 말이오!" 그는 담배를 내던져 버렸다. "여기서 자살한 여자는 어젯밤에 내가 당신에게 이야기해 주었던 바로 그 여자요. 당신과 꼭 닮은 웃음을 웃던 그 여자였었소……" 그의 눈이 그녀의 얼굴 위로 와 멎었다. "그녀는 내가……"

그 말은 길로틴으로 잘려진 것처럼 끊겼다. 내리뜬 눈에 경악의 빛이 떠오르는 것을 볼 수 있었다. 그때 송신탑의 불빛이 꺼져 그녀의 앞에 흐릿하게 우뚝 선 모습밖에 보이지 않게 되었다. 갑자기 그의 손이 그녀의 왼팔을 세차게 움켜잡았다. 비명을 지르는 그녀의 입술에서 담배가 떨어졌다. 그가 움켜쥔 그녀의 손가락을 비틀면서 세게 죄어 왔던 것이다. 백이 겨드랑이에서 미끄러져 내려가 발 밑에 딩굴었다. 그녀는 오른손으로 그의 머리를 때렸으나 아무 소용이 없었다. 그는 그녀의 손을 움켜잡고 손가락을 벌리게 하려고 했다…… 그리고 나서 그녀를 놓아 주더니 뒤로 물러서서는 다시 흐릿한 모습이 되었다.

"무슨 짓이에요?" 하고 그녀는 외쳤다. "무엇을 빼앗아 갔지요?"

 비틀거리면서 그녀는 몸을 구부려 백을 주워들었다. 왼손을 구부리면서 아찔해지는 듯한 의식 속에서 자기가 무엇을 쥐고 있었는가를 기억해 내려고 했다.

 그때 빨간 불빛이 또 번쩍 비쳐 그의 손에 있는 것이 보였다. 어둠 속에서 그는 그것을 확인하려 했던 것 같았다. 성냥갑이었다. 동박으로 새겨진 글씨가 날카롭고 똑똑하게 번뜩였다. '엘렌 킹십'이라는 글씨가——.

 차가운 기운이 그녀의 온 몸을 꿰뚫었다. 자기도 모르게 눈이 감기고 구역질이 나는 듯한 공포가 치밀어 올라왔다. 그녀는 비틀거렸다. 단단한 통풍구의 담 모서리가 등에 닿았다.

 "그녀의 언니였군……" 하고 그는 더듬거리며 말했다. "자매였어……."

 그녀는 눈을 떴다. 그는 의아스러운 표정으로 그 성냥갑을 쳐다보고 있었다. 그는 그녀에게로 눈길을 돌렸다.

 "이게 뭐요?" 하고 그는 귀찮다는 듯한 말투로 물었다. 그리고는 별안간 성냥갑을 그녀의 발 밑으로 내던지면서 거친 목소리로 물었다. "나에게서 무얼 알아내려는 거요?"

 "아무것도 아니에요, 아무것도……" 그녀는 빠른 말투로 말했다. "아무것도 아니에요."

 그녀의 눈에 절망적인 빛이 가득 떠올랐다. 그는 그녀와 층계 입구의 중간에 서있었다. 만일 그녀가 그의 옆쪽을 돌아서 갈 수만 있다면…… 그녀는 왼쪽으로 몸을 돌려 걸어가기 시작했다. 등을 담에 붙이고서.

 그는 손으로 이마를 닦았다.

 "당신은 나에게서 여러 가지로 그녀의 일을 알아내려고…… 여기까지 끌고 왔군요……" 그의 말투는 차분하게 가라앉아 있었다. "그래, 나에게 무얼 물으려고 했지요?"

"아무것도 아니에요……아무것도……"

그녀는 조심스럽게 계속 옆으로 자리를 옮겨갔다.

"그럼, 어째서 이런 짓을 했지요?"

그의 몸이 앞으로 다가서려는 듯 조금 구부러졌다.

"제발!" 그녀가 외쳤다.

간신히 중심을 잡고 있었던 발이 얼어붙은 것처럼 딱 멈추어졌다.

"만일 나한테 무슨 일이라도 생긴다면" 하고 그녀는 천천히 여느 때의 말투로 이야기하려고 애썼다. "당신의 일을 고스란히 조사해 놓은 사람이 있다는 것을 말해 두겠어요. 내가 오늘 밤 당신과 함께 있다는 것은 물론 당신에 대해 무엇이든지 모두 알고 있으니까, 만일 나에게 무슨 일이 생긴다면 그것이 어떠한 일이더라도……"

"만일 무슨 일이 생긴다면?" 이맛살이 험악하게 좁혀졌다. "대체 무슨 말하고 있는 거요?"

"내가 말하는 의미를 알고 있을 텐데요. 만일 내가 떨어지든가……"

"왜 당신이 떨어지지요?……" 그는 믿을 수 없다는 듯이 쳐다보았다. "당신은 설마 내가……"

그의 한 손이 힘없이 담 쪽을 향했다.

"터무니없는 소리……" 그는 낮게 위협하듯 말했다. "당신은 대체 뭐요, 머리가 돈 게 아니오?"

그녀는 그때 그와 15피트의 거리를 두고 있었다. 그녀는 조금씩 담에서 떨어지면서 그의 오른손 뒤쪽의 층계 입구로 이어지는 곳에 한 걸음 발을 내디뎠다. 그는 그녀의 주의깊은 움직임을 쫓아 천천히 몸을 돌렸다.

"나에 대해 모두 조사했다니, 무슨 뜻이오?" 그는 다그쳐 물었다. "무엇을 알고 있다는 말이오?"

"모든 것을요." 그녀는 말했다. "하나에서 열까지 모두. 지금 아래층에서 기다리고 있어요. 앞으로 5분 안에 아래층으로 내려가지 않으면 경찰에 연락하도록 되어 있어요."

그는 흥분하고 이마를 쳤다.

"이거 참, 미치겠군." 그는 신음하듯이 말했다. "당신은 아래층으로 내려가고 싶겠지요? 가고 싶소? 좋아, 내려갑시다!"

그는 몸의 방향을 바꾸어 통풍구의 담으로 갔다. 그리하여 아까 까지 엘렌이 서 있었던 곳에 서서 그녀가 도어 쪽으로 갈 수 있도록 비켜 주었다. 그는 담에다 등을 대고 팔꿈치를 얹었다.

"가란 말이오! 가면 되잖소!"

그녀는 천천히 도어를 향해 걸어갔다. 의심스러운 듯이 발을 옮겼다. 도어에 다다르기 전에 팔이 뻗쳐 와 그녀가 달아나는 것을 막을 지도 모른다고 그녀는 생각했다. 그러나 그는 꼼짝도 하지 않았다.

"만일 내가 체포될 만한 혐의를 받고 있다면, 어떠한 까닭에서인지 그걸 알고 싶소. 아니면 이것도 물을 만한 일이 못됩니까?" 하고 그는 물었다.

그녀는 도어로 다가가서 문이 열릴 때까지는 대답을 하지 않았다. 그리고 나서 그녀는 마구 지껄여댔다.

"좀 더 연기가 능숙할 줄 알았어요. 그때 도로시에게 결혼하자고 말하여 믿게 했던 것처럼 연극을 하는 편이 좋았을 거란 말이에요."

"뭐라고?"

이때 그의 놀라움은 이제까지보다도 훨씬 심각했으며 보기가 애처로울 정도였다.

"이봐요, 엘렌. 잘 들어요. 나는 그녀에게 결혼하자는 말은 한 번도 한 적이 없어. 그렇게 생각했다면, 그건 그녀의 지레짐작이오. 그녀가 멋대로 상상한 일이란 말이오."

"거짓말쟁이!" 그녀는 증오를 퍼붓듯이 말했다. "굉장히 뻔뻔스러운 거짓말쟁이로군요."

그녀는 열린 도어 그늘에 몸을 숨기듯이 하며 높은 문턱을 넘었다.

"기다려요!"

조금이라도 몸을 앞으로 움직이면 그녀가 달아나리라고 생각했는지, 그는 몸을 담으로 되돌리더니 모서리에서 떨어져 엘렌이 조금 전에 지난 길로 걸어왔다. 도어가 있는 곳으로부터 20피트쯤 떨어진 곳에서 그는 멈추어섰다. 도어 뒤에서 엘렌은 그를 바라보며 금방이라도 문을 닫을 수 있도록 손잡이를 움켜잡았다.

"부탁이오" 하고 그는 누그러진 목소리로 말했다. "대체 어떻게 된 일인지 가르쳐 주지 않겠소? 부탁이오."

"내가 위협을 하고 있다고 생각하는 모양이지요? 우리들이 아무것도 모르고 있다고 생각하는 거지요?"

"아아……" 그는 분노에 사로잡혀 나직한 목소리를 냈다.

"그럼, 좋아요." 그녀는 그를 노려보았다. "당신을 위해서 한 가지 말해 주겠어요. 첫째 그 아이가 임신하고 있었다는 것, 둘째 당신은 그 아이하고……."

"임신을 했다고?" 별안간 바윗덩어리로 세게 얻어맞은 것 같은 목소리였다. "도로시가 임신하고 있었다고? 그녀가 그런 짓을 했단 말이지요? 그런 일로 자살까지 해야만 했었을까?"

"자살한 게 아니에요!" 엘렌은 외쳤다. "당신이 죽였어요!"

그녀는 도어를 닫고 정신없이 뛰어내려갔다.

있는 힘을 다하여 금속제의 계단을 뛰어내려가자 발소리가 쾅쾅 울렸다. 난간에 한 손을 대고 미끄러뜨리듯이 하면서 층계참까지 이르자 홱 몸을 돌려 달려내려갔다. 두 번째 계단을 돌았을 때 뒤에서 "이비! 엘렌! 기다려 줘!" 하고 소리지르면서 쫓아오는 그의 목소리가 천둥처럼 울렸다. 그녀는 복도를 돌아 엘리베이터를 타는 것은 늦다, 그가 엘리베이터를 앞질러 와 복도에서 기다리고 있으면 큰일이라고 마음 속으로 조바심을 내면서 죽을 힘을 다하여 계속 달려내려갔다. 가슴이 터질 듯이 두근거렸다. 열 네 개의 층층대가 여덟 단씩 두 줄로 되어 있으므로 스물 여덟 줄이나 되는 층계를 발이 아프도록 뛰어내려가서 꼬부라지며 스물 일곱 개의 층계참을 빙글빙글 돌아 바로 뒤에서 쫓아오고 있는 번갯불과도 같은 그의 추적에서 벗어나려고, 한 손을 허공으로 휘두르고 또 한 손은 난간을 움켜잡고서 거의 미끄러지듯 뛰어내렸다.

마침내 1층의 로비로 통하고 있는 복도에 이르러 요란스러운 구두 소리를 울리면서 로비로 뛰어들자 흑인 엘리베이터 보이가 놀라서 고개를 내밀었다. 그러나 그녀는 거들떠보지도 않고 숨을 가쁘게 몰아쉬며 무거운 회전 도어에 온 몸을 부딪쳐 미끄러지기 쉬운 대리석 층계를 간신히 뛰어내려 하마터면 길을 지나가던 부인과 부딪칠 뻔하면서 워싱턴 아베뉴로 향했다. 밤에 인기척 하나 없는 작은 동네를 달리며 터질 것 같은 가슴의 고동을 참고 길모퉁이가 꺾어지는 곳에서 뒤돌아 보았더니 그가 저 대리석 층계를 비틀거리면서 뛰어내려오고 있었다.

"기다려! 기다려 줘!" 하고 고함치는 소리가 들렸다.

맞은쪽에서 길을 꼬부라져 오던 남녀가 놀라서 눈을 휘둥그렇게 뜨는 모습이며 길가에 차를 세우고 있는 택시 운전수 쪽은 쳐다보지도 않고, 이 구역 맨 끝에 있는 호텔의 유리 도어가 호텔 광고처럼 빛나고 있는 곳으로 순식간에 달려가——그는 훨씬 가까이 따라붙고 있었으나 뒤돌아볼 틈도 없이 계속 달려서――가까스로 불빛이 눈부시게 빛나는 현관 정면에 다다르자, 도어를 열어 주는 사나이에게 미소를 지어 보이며 "고마워요, 고마워요"――라고 말하고는 저 안전하고 따뜻한 로비――종업원들이며 칵테일을 마시거나 신문을 펼쳐든 손님들이 있는――로 들어가 의자에 무너지듯이 몸을 내던졌으나 곧 정신을 가다듬고 전화실로 향했다. 갠트는 이 지방에서는 이름난 사람 가운데 하나이니까 그와 함께 경찰에 출두하면 경찰도 그녀의 주장에 귀를 기울일 것이고, 그 진술을 믿어 주어 곧 수사에 들어가게 되리라. 가쁘게 숨을 헐떡이면서 그녀는 전화 번호부를 잡고 K의 항목을 넘기고 있었다. 9시 5분 전이니까――그는 스튜디오에 있을 것이다. 페이지를 넘기며 가쁜 숨결을 누르려고 애를 썼다. KBRI가 나왔다. 5의 1000. 백을 열고 동전을 찾았다. "5의 1000, 5의 1000"이라고 중얼거리며 그녀는 전화 번호부에서 눈을 떼어 전화를 옮겼다.

파월이 그녀의 앞에 모습을 보였다. 그는 얼굴이 벌겋게 되어 어깨로 숨을 몰아쉬며 블론드 머리카락이 흩어져 있었다. 그녀는 공포를 느끼지 않았다. 이 라운지는 불빛이 환하고 사람들도 있는 것이다. 증오가 얼음처럼 그녀의 가쁜 숨결에 깃들어 있었다.

"달아나면 좋았을 텐데. 도망가 본들 아주 달아날 수는 없었겠지만, 그래도 나라면 달아났을 거예요."

그러자 그는 병이 난 강아지처럼 애원하는 듯한, 금방이라도 울음을 터뜨릴 듯한 표정으로 그녀를 쳐다보았다. 너무나도 가엾고 슬픈 표정이었으므로 거짓말이라고는 여겨지지 않을 정도였다. 그는 괴로운 듯이 나직한 목소리를 내었다.

"엘렌 나는 그녀를 사랑하고 있었어."

"난 지금 전화를 걸 참이에요. 저리로 가 줘요."

"이봐요, 엘렌, 묻고 싶은 게 있소." 그는 애원하듯이 말했다. "정말이오? 정말 도로시가 임신하고 있었소?"

"전화를 거는 데 방해하지 말아 줘요."

"엘렌, 그게 정말이었소?" 하며 그는 더욱 바짝 다가섰다.

"당신이 더 잘 알고 있을 게 아니에요!"

"신문엔 아무것도 씌어 있지 않았어! 아무것도……" 별안간 그는 눈살을 찌푸리고 목소리를 낮추며 긴장했다. "몇 달이었지요?"

"저리로 가요."

"몇 달이었어?" 그의 목소리가 다시 날카로워졌다.

"무슨 말을 그렇게 물어요? 두 달이었어요."

그 말을 듣자 마음이 놓이는지 뱃속에서 쥐어짜는 듯한 한숨을 내쉬었다.

"자, 제발 방해하지 말아 줘요."

"당신이 모든 사실을 설명해 줄 때까지는 비키지 않겠소. 어째서 이블린 키트리지라느니 하며 연극을 했는지……."

그녀의 눈빛이 차가워졌다.

그는 당황한 듯한 목소리로 나직이 "당신은 정말로 내가 그녀를 죽였다고 생각하고 있는 거요?"라고 말했으나 그녀의 날카롭게 찌르는 듯한 눈초리가 조금도 누그러지지 않는 것을 보자 "나는 그때 뉴욕에 있었소"라고 항의했다. "증명할 수도 있소. 작년 봄, 나는 뉴욕에 있었단 말이오."

순간 그녀의 마음이 동요되었지만 다시 곧 본래대로 되돌아가 차갑게 쏘아붙였다.

"그렇게 하려고 마음만 먹었다면 이집트의 카이로에 갔다고도 증명할 수 있겠지요."

"아아……" 그는 세차게 혀를 찼다. "엘렌, 5분만이라도 좋소, 내

이야기를 들어 주지 않겠소? 5분이라도 좋아요."

잠깐 주위를 둘러보던 그의 눈에, 그때 얼른 신문지를 앞으로 펼치며 얼굴을 감춘 사나이의 모습이 보였다.

"누가 듣고 있소"라고 그는 말했다. "5분 동안만 칵테일 라운지로 갑시다. 거기라면 아무것도 두려워할 일이 없을 거요. 이 호텔이라면 내가 당신을 어떻게 할 수 없을 테니까. 당신이 그런 일을 걱정하고 있다면 말이오."

"그렇게 해서 무엇이 어떻게 좋아진다는 거지요?" 그녀는 말을 이었다. "만약 당신이 그때 정말 뉴욕에 있었고 그애를 죽이지 않았다면, 왜 어젯밤 저 시청 회관 앞을 지나칠 때 그 건물을 쳐다보려고도 하지 않았지요? 그리고 오늘 밤에는 또 왜 옥상에 올라가기를 그렇게 싫어했지요? 게다가 어째서 그런 식으로 통풍구 아래를 들여다보고 있었지요?"

그는 몸을 떨면서 괴로운 듯이 그녀를 쳐다보았다.

"그 까닭을 설명해 주지요" 하고 그는 더듬더듬 말했다. "과연 엘렌이 그걸 이해해 줄 수 있을지 어떨지는 모르지만…… 엘렌, 당신도 알겠지. 내가 얼마나……" 그는 적당한 말을 찾으려고 애썼다. "……나는 그녀가 자살한 것에 책임을 느낍니다."

검은 벽으로 둘러싸인 라운지의 칸막이된 좌석은 거의 모두 비어 있었다. 글라스를 서로 부딪치는 희미한 소리에 섞여 거쉰의 어떤 곡이 부드러운 피아노로 연주되고 있었다. 엘렌은 두 사람이 친한 사이로 여겨지지 않도록, 옆자리와 가로막혀져 있는 널빤지에 몸을 꼿꼿이 곧히고서 앉았다. 급사가 왔으므로 두 사람은 어젯밤과 마찬가지로 위스키를 주문했다. 급사가 테이블 위에 마실 것을 내려놓기도 전에 파월은 쟁반에서 위스키를 집어 입에 대었다. 엘렌이 자기가 먼저 말을 꺼내지 않으리라 마음먹고 있는 것을 알아차렸는지 그가 먼저 말하기 시작했다. 처음에는 몹시 느릿느릿하고 아주 난처한 듯한 말투였다.

"작년 수업이 시작되고 한 2주일쯤 되었을 때 나는 그녀와 알게 되었소" 하고 그는 말했다. "작년이 아니라 전학년이라는 말이지요. 9월 말 쯤이었습니다. 그러나 그전에도 그녀를 보아 알고 있었지요—— 그해 1학기 때에 나는 그녀와 두 개나 같은 과목을 선택했었거든요. 그리고 신입생이던 그녀도 내가 택한 과목 가운데 하나를 함께 들었고——하지만 그 날까지 나는 그녀와 한 마디도 말을 나눈 적이 없소. 아무튼 나는 언제나 강의실 맨 앞이나 두 번째 줄에 자리를 잡고 있었고, 그녀는 으레 구석에, 그것도 맨 뒷줄 구석에 앉아 있었으니까요. 그래서 그 날, 그러니까 그녀와 처음으로 말을 주고받았던 전날 밤에도 나는 저 여학생은 굉장히 얌전하다고 친구들과 이야기를 했답니다."

그는 잠깐 말을 쉬고 글라스를 잡더니 눈을 내리깔았다.

"그때 '너는 얌전한 여자아이와 사귀면 아마 즐겁게 해줄 수 있을 거야'라는 말을 들었지요. 그런 일이 있었기 때문인지 이튿날 강의실의 언제나 같은 자리에 앉아 있는 그녀를 보았을 때, 갑자기 그 말이 생각났습니다."

나는 그녀와 잠깐 이야기를 하고 그 수업이 끝났을 때 함께 교실을 나왔어요. 내가 과제물 정리를 잊었다고 했더니 그녀는 대신 해주겠다고 하면서 정말 해주었어요. 정말은 자기와 이야기를 하기 위한 구실인 줄을 알고 있었으리라고 생각되지만, 어쨌든 그녀는 꼬박꼬박 약속을 지켜 주었어요…… 모든 것이 아주 진심에서 우러나 하는 일인 것 같아 나는 놀랐지요. 예쁜 여자들은 대체로 그런 약속쯤은 쉽게 받아 주고 듣기 좋은 대답을 해줄 뿐이잖습니까…… 그런데 그녀는 약속을 잘 지켜 주었어요…… 못되게 놀아먹는 듯한 데가 하나도 없었어요. 나는 어쩐지 나쁜 짓을 한 것 같은 느낌이 들었을 정도였지요.

 그리고 나서 토요일 오후 우리는 함께 외출하여 영화를 보러 가기도 하고, 프랑크의 이탈리아풍 음식점에도 가며 정말 즐겁게 지냈습니다. 그 다음 주 토요일 오후에도 함께 외출했고 그 뒤부터는 1주일에 두 번씩 만났지요. 그리고 우리들의 사이가 끝날 때까지는 일주일에 세 번이나 만나다 나중에는 매일 밤처럼 만났지요. 서로 잘 알고 보니까 그녀는 아주 명랑한 성격이라는 것을 알았어요. 강의실에 있을 때의 그녀와는 전혀 다른 데가 있었습니다. 행복했어요. 나는 그녀가 정말로 마음에 들었습니다.

 그리하여 1월 초쯤 되었을 때는 친구들의 말이 진짜가 되고 말았지요. 얌전한 여자아이와 즐겁게 지내게 되리라는 것 말이오. 그것은 바로 도로시를 뜻하는 말이었어요." 그는 눈길을 들어 엘렌의 눈을 똑바로 지켜보았다. "내가 하는 말의 의미를 알겠습니까?"

 "알아요."

 그녀는 차갑게 재판관과도 같은 무표정한 얼굴로 말했다.

 "아무리 그녀의 언니라 해도 말하기 좀 거북한 일인데……."

 "계속해요."

 "그녀는 멋진 여자였어요" 하고 그는 말했다. "이렇게 말하는 것은…… 그녀는 사랑에 굶주리고 있었어요. 섹스가 아닙니다. 사랑이었어요." 그의 시선이 밑으로 떨어졌다. 나에게 집안일이며 어머니에 대한 일…… 도로시의 어머니가 얼마나 두 사람을 같은 학교에 보내고 싶어했는지…… 그런 일을 말해 주고……."

 전율이 그녀의 등골을 훑었다. 아니야, 옆자리에 누군가가 와 앉아 있어 의자가 좀 흔들려서 그런 것일 뿐이야 하고 그녀는 애써 자신에게 들려 주었다.

"얼마 동안 우리는 그런 상태로 지냈지요." 파월은 계속 말을 했다. 아까보다 말투가 꽤 빨라지고, 부끄러움을 느끼던 감정이 모든 것을 마음놓고 고백할 수 있는 감정으로 바뀌어진 것이 그 말투에 나타나 있었다. "그녀는 진실로 나를 사랑해 주었어요. 언제나 내 팔을 잡고 미소지어 보였지요. 언젠가 나는 아가일의 양말이 좋다고 말한 적이 있었어요. 그랬더니 세 켤레나 떠다 주지 않았겠습니까."

그는 테이블보를 꼼꼼하게 폈다.

"나는 더욱 그녀를 사랑하게 되었어요. 그때까지의 것과는 다른 성질의 사랑이었습니다. 그전에 느낀 것은…… 동정애(同情愛)라고나 할까, 그녀가 가엾다는 느낌이었었지요…… 나에게 있어서도 이 심정의 바뀜은 좋은 일이었어요.

12월 중간 무렵쯤 그녀는 결혼하자고 말을 꺼냈어요. 아주 멀리 돌려서 하는 말이긴 했지만, 마침 크리스마스 휴가를 받기 조금 전이었는데, 나는 블루리버에 남아 있을 작정이었어요. 나는 가족이 없고 핏줄이라고는 시카고에 사촌동생이 둘 있을 뿐, 그 밖에 고등학교 시절의 친구와 해군에 같이 있었던 친구가 몇 명 있을 뿐이거든요. 그래서 그녀는 나에게 뉴욕으로 가자고 했던 겁니다. 가족과 만나게 해주기 위해서 말이오. 나는 싫다고 했지만, 그녀는 몇 번이나 말했어요. 그리하여 끝내는 서로 다투고 말았던 겁니다.

나는 아직 가정을 차릴 만큼 기반이 잡혀 있지 못하다고 말했지만, 그녀는 많은 사람들이 약혼하고 있으며 22살에 결혼하는 남자도 많다면서 장래의 일을 걱정하는 거라면, 아버지가 튼튼한 일자리를 마련해 줄 거라고 했어요. 그러나 나는 그렇게 하고 싶지 않았습니다. 나도 역시 야심은 있어요. 언젠가 이 야심을 엘렌에게도 들려 주고 싶어요. 나는 미국의 광고업에 혁명을 일으킬 작정이오.

그것은 어쨌든, 그녀는 졸업하면 둘이 같이 벌자고 했습니다. 그래서 나는 이렇게 말해 주었지요. 지금까지 부자로 살아 온 당신이 그런 고생을 이겨 낼 수 없으리라고 말입니다. 그랬더니 도로시는 자기가 나를 사랑하고 있는 것만큼 내가 자기를 사랑하고 있지 않다고 말하는 게 아니겠습니까. 화가 나서 나도 도로시에게 당신이 하는 말이 옳을 거라고 해주었지요. 물론 이것으로 우리들의 사이는 끝장이 나고 말았어요. 그밖에 다른 이유가 있다 하더라도 어쨌든 이로써 결판이 난 셈이지요.

이리하여 싸움이 되고…… 정말 따분했지요. 그녀는 울음을 터뜨리며 사과하라느니 뭐니 하면서 여자들이 흔히 할 만한 말을 했습니다. 그리고는 얼마 뒤 작전을 바꾸어 자기가 나빴다고 말했어요. 이대로 이전처럼 지내면서 때를 기다리자는 거였지요. 하지만 나는 처음부터 나쁜 일을 하고 있는 듯한 기분이었기에 이런 식으로 반쯤 망쳐져 버린 관계는 이럴 때 끝내는 편이 좋을 거라는 생각이 들었어요. 그래서 휴가가 시작되기 전에 이야기를 하는 게 좋을 것 같아서 이제 우리 관계를 끝내자고 말했지요. 그때도 그녀는 커다랗게 소리내어 울면서 이렇게 말하더군요. '후회하게 될 거예요.' 그리고 또 뭐라고 더 말했지만 이것으로 결국 우리는 끝나 버렸습니다. 그리고 이틀 뒤 그녀는 뉴욕으로 돌아갔어요."

엘렌이 말했다.

"그 휴가 중에 그애는 몹시 신경질이었어요. 잘 토라지고 하찮은 일로 말다툼을 벌이고……."

젖은 글라스 밑바닥으로 파월은 테이블 위에다 둥근 모양의 자국을 몇 개나 내고 있었다.

"그 휴가가 끝나고 나서……"라고 드와이트 파월은 다시 하던 말을 계속했다. "우리의 사이는 더욱 나빠졌습니다. 두 과목을 같은 클라스에서 함께 공부하게 되었으니까 말이오. 나는 강의실에서 앞쪽에 자리를 잡고 뒤로는 결코 눈을 돌리려고도 하지 않았지요. 우리들은 대학 안의 어디에서 만나든지 서로 싸우는 듯한 상태였습니다. 그 때문에 나는 마침내 스토다드 대학이 정말 견딜 수 없게 여겨져서 뉴욕 대학으로 전입 원서를 제출했던 겁니다."

그는 엘렌의 표정에 희미한 그늘이 드리워지는 것을 보았다.

"왜 그러지요?" 하고 그는 말했다. "내 말이 믿어지지 않나요? 이것은 전부 증명할 수 있는 일입니다. 나는 뉴욕 대학의 입학 허가서도 갖고 있고, 또 내가 준 팔찌를 돌려보내 왔을 때 도로시가 함께 보냈던 편지가 아직도 남아 있으리라고 생각됩니다."

"아니오" 하고 엘렌은 귀찮은 듯이 말했다. "당신을 믿어요. 그런 일은 아무것도 아닌 것이니까."

그는 그녀를 어리둥절케 하는 눈초리로 살피고 나서 말을 이었다.

"대학을 떠나기 조금 전, 1월 말쯤이었는데, 그녀는 다른 남학생과 사귀기 시작했었지요. 나는 보았어요."

"다른 남자하고?"

엘렌은 몸을 앞으로 내밀었다.

"나는 두 번쯤 그 두 사람을 보았어요. 나하고 헤어진 일이 그리 큰 타격은 아니었구나 하는 느낌이 들더군요. 나는 후련하고 밝은 기분으로 스토다드 대학을 떠날 수 있었습니다. 그녀의 상대가 나보다 훌륭한 남자라고 생각하자 어느 정도는 마음이 기쁘기까지 하더군요."

"누구예요, 그 사람은?" 엘렌이 물었다.

"누구냐고요?"

"그 새로운 상대라는 사람 말이에요."

"모르겠어요. 물론 남자이지요. 나하고 같은 클라스에 있던 학생이라고 생각되지만…… 우선 내 이야기를 계속하게 해주지 않겠습니까?

5월에 들어서 나는 그녀가 자살했다는 소식을 신문 기사로 읽었어요. 뉴욕 신문의 3면 기사로 말이오. 나는 타임즈 스퀘어로 뛰어가서 지방 신문 판매점에서 클라리온 레저 지를 샀습니다. 그리하여 2주일 내내 클라리온 레저를 사 보며, 그녀가 당신에게 보냈다는 유서의 내용이 발표되기를 기다렸지요. 그런데 그게 발표되지 않았어요. 그녀가 자살한 이유도 씌어져 있지 않았고…… 내가 얼마나 충격을 받았는지 이해할 수 있겠소? 꼭 나와의 일 때문으로 그녀가 자살했으리라고는 생각지 않았지만, 그러나 어느 의미로는 …… 전반적인 실의(失意)같은 것…… 그런 느낌이 들었지요. 이것에는 주로 내가 원인이 되어 있었기 때문이니까 말이오.

그러고 나서는 성적이 떨어질 뿐이었어요. 그것을 너무나 심각하게 받아들였던 거지요. 내가 그녀에게 무슨 짓을 했는지 똑똑히 알 수 있는 무서운 표적이 나에게 붙어 다니는 것 같았어요. 시험보기 전이면 언제나 식은땀이 흘렀어요. 나의 성적은 눈에 띄게 형편없어지고 말았어요. 그것은 학교를 옮겼기 때문이라고 스스로 위로를 해보았지요. 뉴욕 대학에서는 스토다드 대학에서 하던 필수 과목보다도 훨씬 많은 필수과목의 학점을 따지 않으면 안되었거든요. 그런데 16개나 학점을 못 따고 말았어요. 그래서 마침내 9월에 다시 스토다드 대학으로 돌아갈 결심을 했지요. 나 자신 좀더 좋은 성적을 얻기 위해서 말입니다."

그는 자기를 비웃는 듯한 미소를 지어 보였다.

"다시 옮기려고 마음먹은 데에는 아마, 나는 죄의식을 느끼지 않는다고 애써 생각하려는 심정도 작용되었을지 모릅니다. 어쨌든 그 심정은 잘못이었어요. 우리들이 곧잘 갔던 장소나 시청 회관을 보기만 하면……."

그는 목소리를 낮추었다.

"나는 자신에게 말했지요. 그것은 그녀의 실수였다. 좀더 어른스러운 여자였다면 그렇게 괴로워하지 않았을 것이다……라고 열심히 말해 주곤 했지만 그런 것은 아무 소용이 없었습니다. 오늘 밤 그 건물을 지나올 때, 저 통풍구를 들여다보았을 때처럼 온 몸을 꿰뚫고 어떤 상념이 지나갔던 겁니다. 그녀가……."

"알 수 있어요." 엘렌이 다음 말을 재촉하듯 말했다. "나도 들여다보고 싶었지요. 하지만 그건 자연스러운 마음의 움직임이라고 생각해요."

"그렇지 않습니다." 파월은 말했다. "당신은 아직 책임을 느낀다는 게 어떠한 것인지 모릅니다……."

그는 잠시 말을 멈추고 엘렌의 무뚝뚝한 미소를 바라보았다.

"왜 웃습니까?"

"아무것도 아니에요."

"이를테면…… 이것이 내가 하고 싶었던 이야기입니다. 그런데 당신은 그녀가 자살한 건 임신했기 때문이라고 했지요…… 임신 두 달이었다고. 때론 무서운 일이지만 그 말을 듣고 나는 기분이 훨씬 좋아졌습니다. 내가 그녀를 버리지만 않았다면 그녀가 죽는 일은 없었으리라고 생각되기는 하지만, 내가 어떻게 이런 일이 일어나리라는 걸 미리 예측할 수 있었겠습니까? 그러니까 나는 거기에 책임의 한계가 있다고 말하고 싶은 겁니다. 만일 그러한 일까지 거슬러 올라가 추궁한다면, 이 세상의 누구나 비난을 받게 될 겁니다."

그는 글라스에 남은 위스키를 다 마셔 버렸다.

"당신이 경찰서로 곧장 달려가지 않아서 나는 마음이 놓였어요. 내가 그녀를 죽였다는 생각이 어디서 나왔는지 짐작도 못하겠군요."

"하지만 누군가가 죽인 건 틀림없어요." 엘렌이 말했다.

그는 잠자코 그녀를 보고 있었다. 피아노 연주가 그쳤다. 갑자기 정적이 찾아왔다. 그러자 뒤쪽의 칸막이 좌석에서 희미하게 옷자락 스치는 소리가 난 것을 그녀는 들었다.

그녀는 몸을 앞으로 내밀 듯이 하고서 파월에게 저 애매모호한 유서며 출생 증명서, 그리고 몸에 지니고 있었던 헌옷과 새옷과 빌린 것 및 파란 빛깔 등에 대해서 모두 이야기했다.

그녀가 이야기를 끝낼 때까지 그는 잠자코 듣고 있었다. 이윽고 그는 말했다.

"아, 그렇다면 결코 우연의 일치가 아니군요." 자살에 대해서 반증(反證)을 찾아 내려고 하는 그녀와 똑같이 열성스러운 말투였다.

"당신이 보았던 그애하고 함께 있었던 사람 말인데…… 그 사람이 누구인지 모른다는 말은 정말이에요?" 하고 엘렌이 물었다.

"그 학기에 나와 같은 클라스에 있던 학생이라고 생각되는데, 그 두 사람이 함께 있는걸 본 건 두 번뿐이었어요. 분명히 1월이 끝나 갈 무렵이었고, 시험이 시작되어 이미 수업이 없었던 때였지요. 그래서 그 학생의 이름이 확실치가 않은 겁니다. 게다가 그 바로 뒤 나는 뉴욕으로 가 버렸으니까요."

"그 뒤로는 보지 못했어요?"

"글쎄, 잘 모르겠어요." 파월이 말했다. "확실하지가 않아서 말입니다. 아무튼 스토다드 대학은 굉장히 크니까."

"그러면 그 학생의 이름을 결코 알 수 없다는 거예요?"

"지금은 생각나지 않아요." 하고 파월은 말했다. "하지만 1시간 안으로 찾아 내 보이겠습니다." 그는 미소를 지어 보였다. "왜냐하면 나는 그 녀석의 주소를 알고 있거든요."

9

 "아까 내가 그들을 두 번쯤 보았다고 말했지요?" 하고 그는 말했다. "두 번째로 본 것은 그날 오후, 대학 바로 가까이에 있는 음식점에서였어요. 설마 도로시를 그런 곳에서 보리라곤 생각지도 못했지요. 그다지 손님도 많지 않은 집이었어요. 그렇기 때문에 내가 즐겨 갔던 곳이지요. 내가 스탠드 앞에 앉을 때까지도 두 사람은 알아차리질 못했어요. 거울에 비친 나의 모습이 그녀에게 발견되었기 때문에 나는 오히려 그 자리에서 움직일 수가 없게 되고 말았지요. 나는 스텐드의 맨 끝에 앉아 있었는데 거기에 여학생이 둘, 그 저편에 도로시와 그 녀석이 앉아 있었지요. 두 사람은 맥주를 마시고 있었던 것 같습니다.
 나의 모습을 보자 그녀는 상대에게 말을 걸기 시작하면서 연신 그 녀석의 팔을 잡는 게 아니겠습니까. 말하자면 새 애인이 있다는 것을 내 앞에서 자랑하려는 것이었지요. 그녀가 그런 짓을 하다니, 좀 안된 생각이 들더군요. 나는 눈을 둘 곳이 없었어요. 마침내 둘이 돌아가려고 일어섰을 때 그녀는 나와 그 두 사람 사이에 있었던 두 여학생에게 목례를 하고 그녀석 쪽을 보면서 필요 이상의 큰 목소리로 '어서 가요, 당신 방에서 공부하면 좋겠어요'라고 하잖겠습니까. 그래서 나에게 두 사람이 얼마나 뜨거운 사이인가를 보여 주려는 속셈이구나 하고 느꼈었지요.
 두 사람이 가 버리자 옆자리의 여학생 하나가 또 한 학생에게 '그 사람 얼굴 참 잘생겼지?' 하고 힘주어 말하는 것이 들렸어요. 그러자 듣고 있던 여학생도 그 말에 동의하더군요. 그리고 이런 말도 했습니다. '그 사람 말이야, 작년에는 누구누구하고 사귀고 있었어. 어쩐지 그 사람, 부자집 아가씨에게만 흥미있는 것 같지 않아?'라고 말입니다.

그래서 나는 도로시가 나에게 딱지맞았다는 사실만으로 그의 밥이 되려 하고 있구나 하고 생각했습니다. 그래서 나는 그녀가 그렇게 돈이 목적인 녀석에게 유혹될 여자가 아니기에 아무래도 확인해 보아야겠다고 생각했어요. 그래서 나는 음식점을 나와 두 사람의 뒤를 밟았던 겁니다.

두 사람은 대학 북쪽을 몇 구역 앞둔 집으로 들어가더군요. 두 번쯤 벨이 울리고 나서 그가 주머니에서 열쇠를 꺼내더니 도어를 열고 두 사람이 들어갔습니다. 나는 그때 길 반대쪽으로 걸어가 그 번지를 노트에 적어 두었어요. 나중에 전화를 걸어 그 녀석이 누구인지를 알아 내려고 생각했던 겁니다. 아니면 그에게 마음이 있어 보이는 여학생을 붙잡고 그에 대한 일을 알아낼까 하기도 했었지요.

그런데 나는 그만둬 버렸어요. 대학으로 돌아가는 도중, 저……그 조사에 즈음하여 생각되는 상황이 도로시를 시샘하고 있을 텐데 그런 여자아이들에게 어떤 식으로 그의 일을 알아낼 수가 있겠습니까? 그 녀석은 아마 나보다 심하게 도로시를 다루지는 않을 테지, 그리고 이런 짓을 하는 것도 옛정을 찾겠다는 미련이 있어서가 아닐까 하고 생각되었던 겁니다. 그리고 그 두 사람이 서로 사랑하지 않는다고 할 수도 없는 일이 아니겠습니까?"

"아직 그 주소를 갖고 있어요?" 엘렌이 걱정스러운 듯이 물었다.

"그건 염려없어요. 내 방의 슈트케이스에 헌 노트가 모두 들어 있으니까요. 당신이 알고 싶다면 지금 당장이라도 가서 찾을 수가 있을 겁니다……."

"그렇게 하고 싶어요." 그녀는 서둘러 말했다. "그것만 발견된다면 전화를 걸어서 누구인지 알아봐요."

"하지만 그가 반드시 범인이라고는 할 수 없습니다."

제2부 엘렌 211

파월은 지갑을 꺼내면서 말했다.

"그 사람이 틀림없어요. 그렇듯 빈번하게 함께 외출한 상대가 달리 또 있을 리 없어요." 엘렌은 일어섰다. "가기 전에 전화를 걸 데가 있어요."

"당신의 조수에게? 5분 안으로 당신이 보이지 않으면 경찰에 연락할 작정으로 시정회관 아래층에서 기다리고 있었던 사나이 말입니까?"

"맞았어요." 그녀는 미소를 지으며 말했다. "하지만 그때 아래층에서 기다리고 있지는 않았어요. 그러나 나를 도와 주는 사람은 정말로 있어요."

그녀는 어슴푸레한 이 방의 뒤쪽으로 갔다. 거기에는 세워 놓은 관(棺)과 같은 전화실이 있는데, 그 겉이 검게 칠해져 있어서 벽과 잘 어울렸다. 그녀는 5의 1000번으로 다이얼을 돌렸다.

"네, KBRI입니다." 부드러운 여자의 목소리가 들려 왔다.

"여보세요, 고든 갠트 씨를 부탁합니다."

"죄송합니다만, 갠트 씨는 지금 방송 중입니다. 10시에 다시 한 번 전화를 주신다면 돌아가기 전에 통화하실 수 있을 거예요."

"레코드를 걸고 있는 사이에 잠깐 나올 수 없을까요?"

"죄송합니다만 방송 중에는 스튜디오에 전화 연결을 할 수 없게 되어 있습니다."

"그럼, 말을 좀 전해 주시겠어요?"

전화 속의 여자는 좋을 대로 하라고 여전히 부드러운 목소리로 말했다. 엘렌은 말했다. '킹십 양——알파벳을 하나하나 말하고서——은 파월——이 이름의 알파벳도 말하고 나서——에게 혐의가 없으므로 그가 아니라고 여겨져 이제부터 파월의 집에 가며, 10시에는 거기에 있을 작정이니 그곳으로 전화를 해 달라'는 부탁이었다.

"전화 번호는?"

"어머나!" 엘렌은 얼른 무릎 위의 백을 열었다. "전화 번호는 모르지만, 주소는——" 백을 떨어뜨리지 않도록 하면서 전에 적어 두었던 종이쪽지를 펴 보았다——"서 35번거리 1520이에요."

여자의 목소리가 그 전언(傳言)을 다시 읽어 주었다.

"네, 됐어요" 하고 엘렌은 말했다. "틀림없이 전해 주시겠지요?"

"네, 분명히 전해 드리겠어요." 전화 속의 목소리가 쌀쌀하게 대답해 왔다.

"정말 고마워요."

엘렌이 칸막이된 좌석으로 다시 돌아왔을 때 파월은 그녀에게 넋을 잃고 있는 급사가 들고 있는 은쟁반에 돈을 얹어 주었다. 급사의 얼굴에 억지로 꾸민 듯한 미소가 떠오르더니 고맙다는 말을 입 안으로 우물거리면서 가 버렸다.

"이젠 됐어요." 엘렌이 말했다.

그녀는 자기 자리에 놓았던 코트를 집어들었다.

"그런데 그 사람은 어떻게 생겼지요? 여학생들이 그렇게 말하는 걸로 보아 아주 핸섬하겠지만, 그것 말고는?"

"블론드에 키가 크고……" 파월은 지갑을 주머니에 넣으면서 말했다.

또 한 사람의 블론드…… 엘렌은 신음하는 듯한 소리를 내었다.

"'죽은 도로시, 살아 있는 북구계 타입을 달아나게 하다'로군요."

엘렌은 코트를 입으면서 미소지었다.

"우리 아버지가 블론드에요. 하긴 머리털이 없어지기 전의 일이지만. 우리 세 자매는——" 하고 말하려 했을 때 팔을 끼려던 코트의 소매가 칸막이 옆을 스쳤다. 실례했습니다——하고 그녀는 말하고 어깨 너머로 그 자리에 시선을 보냈으나, 아까까지 그곳에 있던 손님은 없었다. 테이블에는 칵테일 글라스가 하나 남겨져 있고 1달러가 놓여 있었으며, 그 옆에 종이 냅킨이 꽃무늬의 레이스처럼 정교한 모양으로 찢겨져 흩어져 있었다.

파월은 그녀가 소매에 팔을 끼는 것을 도와 주었다.
"이제 되었소?" 그는 자기의 코트를 입으면서 물었다.
"됐어요." 그녀는 말했다.

파월의 집 앞에 택시가 닿은 것은 9시 50분이었다. 서 35번 거리는 조용했다. 가로등의 엷은 불빛이 비쳐지며, 그 불빛이 나뭇가지 너머로 두 사람이 걷는 길을 어둠 속에 어렴풋하게 비추고 있었다. 양쪽에 늘어서 있는 노란 전등불이 새어 나오는 집들은 마치 무인지대에 깃발을 내걸고 서로 대치하고 있는 마음 약한 군대와도 같았다. 돌아가는 택시 소리가 멀어지자 엘렌과 파월은 어둡고 삐걱거리는 마루가 깔린 포치로 이어지는 계단을 올라갔다. 열쇠가 잘 맞지 않아 몇 번이나 덜컥거리고 나서야 가까스로 도어의 자물쇠를 열었다. 파월이 먼저 들어가 도어를 옆에서 붙잡고 엘렌이 뒤따라 들어갔다. 한 손으로 도어를 닫으면서 또 한쪽 손으로 방의 불을 켰다.

꽤 훌륭한 사라사로 벽을 바른, 단풍나무 가구가 많은 밝은 느낌의 거실이었다.
"당신은 여기 있어요."
파월은 이 방의 왼쪽 계단으로 가면서 말했다.
"이 층은 엉망으로 어질러져 있으니까 말이오. 마침 하숙집 할머니가 입원해 있고 손님이 오리라고는 생각지도 않았으니까요."
그는 한 걸음 내딛다가 잠시 멈추었다.
"그 노트를 찾는 데 5분쯤 걸릴 겁니다. 인스턴트 커피가 이 뒤 부엌에 있으니, 당신이 끓여 주지 않겠습니까?"

"좋아요." 엘렌은 코트를 벗으면서 말했다.

파월은 난간에 한 손을 대고서 층계를 올라갔다. 층계를 올라가자마자 그 맞은쪽에 그의 방 도어가 있었다. 그는 방에 들어가 불을 켜고 코트를 벗었다. 창문을 향해 오른쪽으로 침대가 드러난 채로 있고 잠옷이며 벗어던진 옷 등이 아무렇게나 흩어져 있었다. 그는 벗은 코트를 그 위에 던지더니 몸을 구부려 침대 밑의 슈트케이스를 끌어 내리고 했다. 그런데 손 끝에 힘을 지나치게 주어서 마침 뒤쪽 벽장의 도어와 팔걸이 의자 사이에 있던 책상에 부딪치고 말았다. 그는 위쪽 칸을 열고 노트와 작은 상자, 스카프, 망가진 라이터 등을 휘저었다. 그러다가 그는 밑바닥에서 찾고 있던 종이쪽지를 발견했다. 그것을 너풀거리면서 층계참에 나와 층계 난간 너머로 몸을 내밀었다.

"엘렌!" 하고 그는 소리쳤다. 엘렌은 부엌에서 가스에 주전자를 얹고 불을 조절하고 있었다.

"곧 가겠어요!" 하고 그녀는 대답했다. 그리고 급히 식당을 지나 거실로 왔다. "벌써 찾았어요?" 그녀는 계단을 올라가면서 위를 올려다보았다.

파월은 머리와 어깨를 아직도 층계에서 내민 채로 있었다.

"아니, 아직 못 찾았어요" 하고 그는 말했다. "하지만 당신이 이것을 보고 싶어할 것 같아서——" 그는 빳빳한 종이를 한 장 떨어뜨렸다. 그 종이는 너풀너풀 날면서 떨어졌다. "당신이 아직도 나를 의심하고 있으면 안되니까 말이오."

그녀 앞의 층계에 그 종이가 떨어졌다. 그것은 뉴욕 대학의 성적표를 사진 복사 한 것이었다. 학생용 복사라는 도장이 찍혀 있었다.

"아직도 의심하고 있다면" 그녀는 말했다. "내가 이런 곳에 오겠어요?"

"정말 그렇군요." 파월은 말했다. 그러고 나서 그는 위에서 모습을 감추었다.

엘렌이 새삼 이 성적표를 보니 과연 성적이 형편없이 나빴다는 걸 알 수 있었다. 그녀는 이 복사지를 테이블에 얹어 놓고 식당을 빠져나가 다시 부엌으로 갔다. 낡은 부엌 살림이었다. 본래는 크림색 벽이었으나, 구석과 스토브의 뒤쪽은 빛이 바래어 갈색이 된 조촐한 느낌의 부엌이었다. 그러나 뒤곁의 창문에서 상쾌한 선들바람이 불어들어오고 있었다.

그녀는 몇 개의 선반에서 컵과 접시와 커피통을 꺼냈다. 그리고 스푼으로 분말을 떠서 컵에 넣었을 때 스토브 옆에 있는 조리대 선반에 금이 간 플라스틱 라디오가 눈에 띄었다. 스위치를 틀고 주파수를 KBRI에 맞추려고 단추를 돌렸다. 하마터면 지나치게 돌릴 뻔했다. 갠트의 목소리가 낯선 가느다란 목소리로 되어 나왔기 때문이었다.

"…… 이기 때문에 이야기를 좀 정치적으로 되어 버렸습니다만" 하고 그는 말하고 있는 참이었다. "여기서 다시 음악으로 돌아갑시다. 아직 한 곡 더 들려 드릴 시간이 남아 있군요. 이번에는 바디 클라크의 최근 노래인 '이것이 사랑이 아니라면'."

엘렌에게 그 성적표를 떨어뜨려 주고서 파월은 방으로 돌아갔다. 다시 한 번 침대 앞에 허리를 구부리고 그 아래로 손을 들이밀었다. 그러자 슈트케이스가 언제나 있었던 벽 가장자리에서 좀 앞으로 나와 있었으므로 손가락이 구부러지고 말았다. 얼른 손을 빼내 손가락을 움직여 보고 입으로 후후 불었다.

다시 한 번 침대 밑을 조심스럽게 더듬어 이번에는 묵직한 슈트케이스를 뚜껑이 열리는 데까지 끌어냈다. 주머니에서 열쇠 꾸러미를 꺼내어 맞는 열쇠를 찾아냈다. 그리고 슈트케이스에 두 군데나 채워져 있는 스프링 자물쇠에 맞추어 뚜껑을 열었다. 슈트케이스 속에 있던 교과서, 테니스 라켓, 캐나디안 클럽의 빈 병, 골프화──그런 커다란 것들을 먼저 바닥에 내놓았으므로 밑에 넣어 둔 노트를 찾는 일이 쉬워졌다.

 노트는 아홉 권 있었다. 연초록색 나선형 스프링으로 칠해져 있는 노트, 그 아홉권을 모두 팔에 안고서 일어서 한 권씩 살펴보기 시작했다. 양쪽의 표지를 살펴보기 시작했다. 양쪽의 표지를 살펴보고 나서 한 권 한 권 다시 슈트케이스에 던져넣었다.

 일곱 권째의 뒷표지에 있었다. 연필로 휘갈겨 쓴 주소는 많이 닳아 꽤 흐릿해져 있었지만 알아볼 수 없을 정도는 아니었다. 나머지 두 권을 슈트케이스에 던져 놓고 돌아선 그의 입은 기쁨에 넘쳐 엘렌의 이름을 부르려고 입이 조금 벌어졌다.

 그러나 목소리가 나오지 않았다. 기쁨에 들뜬 그의 표정은 영화의 스톱 모션처럼 얼굴에 딱 얼어붙고 말았다. 그리고 그 기쁨은 두껍게 쌓인 눈이 녹아 양철 지붕에서 미끄러 떨어지듯이 천천히 표정에서 사라졌다.

 벽장문이 열린 채 트렌치 코트를 입은 젊은이가 꼼짝도 하지 않고 서 있었다. 키가 크고 블론드인 젊은이가. 장갑을 낀 그의 오른손에는 권총이 커다랗게 쥐어져 있었다.

10

 온 몸에 땀이 흐르고 있었다. 그러나 식은땀이 아니었다. 촘촘한 천의 트렌치 코트를 입고 바람 한 점 통하지 않는 벽장 안에 숨어 있었기 때문에 뿜어나온 건강하고 뜨거운 땀이었다. 두 손에도 땀이 번져 있었다. 장갑 안쪽은 부드러운 갈색 가죽으로 되어 있고 게다가 손목은 털실이었기 때문에 두 손에서 몹시 땀이 났다. 장갑 안쪽이 축축해지면서 딱딱하게 느껴졌다.

그러나 손에 든 자동권총(저녁때부터 내내 주머니에 넣고 다녀 처음에는 무겁게 느껴지던 것이 지금은 몸의 한 부분인 것처럼 중량감이 없어져 있었다)의 총구는 움직이지 않았다. 이 자동권총에서 내뿜는 탄환의 탄도(彈道)는 틀림없이 도표에 그려지는 점선처럼 공간을 베어 끊으며 두 점을 연결시키는 것이다. A점——바위처럼 움직이지 않는 차가운 총구점, B점——아마 아이오와에서 샀으리라고 생각되는 사치스러운 양복의 상표 아래에 있는 심장. 그는 콜트 45구경에 눈을 떨어뜨렸다. 정말 그 파란 강철빛이 자기 손에 들려져 있는가 새삼 확인이라도 하듯이 권총은 몹시 밝은 느낌을 주었다.

그리고 나서 그는 벽장문에서 한 걸음 앞으로 내디뎠다. 이제 직선의 두 간격은 1피트로 줄어들었다.

'좋아, 무언가 말해 보시지.' 드와이트 파월의 얼굴에 천천히 멍청한 표정이 번져 가는 것을 재미있다는 듯이 바라보면서 그는 생각했다. '뭐라고 말을 하시지. 그는 지금 동정을 구하고 있는 거야. 아마 아무 말도 못하겠지. 저 호텔 칵테일 라운지에서의 이야기——그 로골레아로 이야기했을 때 모두 지껄이고 말았을 테니까. 로골레아란 참 좋은 말이거든.'

"너는 로골레아라는 말의 뜻을 모를 테지?" 하고 그는 말했다. 여전히 권총을 힘있게 움켜잡고 버티고 서 있었다.

"네놈이로구나…… 도로시의……" 파월은 뚫어지게 권총을 응시하고 있었다.

"그 말은 네가 무슨 냄새를 맡았다는 걸 의미하고 있지. 입이 설사를 일으켰다는 뜻이야. 즉 말이 꼬리를 물고 나온다는 말이지. 그런 걸 보고 바로 로골레아라고 한단 말이야. 나는 저 칵테일 라운지에서 내 귀가 떨어져 나가는가 싶었지."

그는 파월의 경악으로 크게 떠진 눈동자에 웃음을 보냈다.

"나는 그녀가 자살한 것에 책임을 느낍니다"라고 그는 파월이 했던 말을 그대로 흉내냈다. "가엾게도…… 정말 가엾은 짓을 했군."
그는 더욱 다가왔다. "그 노트 이리 주시지." 그는 왼손을 내밀었다.
"이상한 짓은 안하는 게 좋아."
아래층에서 달콤한 스윙 음악이 들려 왔다.

이것이 사랑이 아니라면
겨울철이 여름이 되리……

그는 파월이 내민 노트를 빼앗아 한 걸음 뒤로 물러섰다. 노트를 옆구리에 밀어 붙이듯이 하며 반으로 접자 표지가 찢어지려고 했다. 그러나 눈도 권총도 파월에게서 떠나지 않았다. "네가 이것을 찾아냈을 때, 난 정말이지 딱한 생각이 들었지. 제발 찾아내지 못했으면 하고 빌면서 저 안에 서 있었으니까."
둘로 접은 노트를 코트의 주머니에 찔러넣었다.
"네놈이 정말로 그녀를 죽였구나……" 파월이 말했다.
"좀더 목소리를 낮추게나." 그는 총을 위협적으로 움직여 보였다. "우리들은 저 여류 명탐정의 수사 활동을 방해하지 않도록 하잔 말일세."
드와이트 파월이 너무나도 멍하니 서 있으므로 맥이 빠질 정도였다. 아마 그는 너무나 뜻밖의 일이라 사태가 똑똑히 이해되지 않은 모양이었다…….
"넌 지금 사태가 어떻게 될지 모르는 모양인데, 이것은 진짜 권총이야. 총알도 들어 있지."
파월은 아무 말도 하지 않았다. 다만 그 권총을 바라보고 있을 뿐이었다. 그러나 지금은 응시하고 있는 것도 아니었다. 마치 금년에 들어 처음으로 무당벌레를 보았다는 듯이 별로 재미있지는 않지만 그렇다고 흥미가 전혀 없지도 않다는 태도로 바라보고 있는 것이었다.
"이봐, 나는 너를 죽일 작정이란 말이야."
파월은 아무 말도 하지 않았다.
"너는 자기 분석에 꽤 재능이 있는 모양이더군. 지금 심정이 어떤지 가르쳐 주지 않겠나? 무릎이 떨리고 있지 않나? 식은땀이 온몸에 내배고 있겠지?"
파월이 말했다.
"그녀는 동생이 결혼하기 위해 그곳으로 갔으리라 생각하고서……."
"그녀의 일 같은 건 아무래도 좋아, 넌 네 일이나 걱정하면 돼!"
'어째서 이 녀석은 떨지 않는 것일까?'
"왜 네놈은 그녀를 죽였지?" 파월의 눈이 겨우 권총에서 올려졌다. "결혼하고 싶지 않았다면, 버리면 되었을 게 아니야. 그러면 죽이는 것보다는 훨씬 좋았을 텐데……."
"그녀의 얘기는 이제 그만 해 둬! 그게 대체 어쨌다는 거야? 이 권총은 한낱 위협이라고 생각하나, 응? 네놈은——."
파월이 앞으로 달려들었다.
6인치도 앞으로 뛰어나가기 전에 굉음과 함께 총구가 불길을 뿜었다. 정확히 결정되어 있었던 두 지점 A와 B의 사이를 굉장한 기세로 탄환이 날아갔다.

엘렌은 닫혀 있는 창문으로 바깥을 바라보며 부엌에서 고든 갠트가 진행하는 프로그램의 마지막 시그널 음악이 차츰 멀어지며 사라져 가는 것을 듣고 있었다. 그때 갑자기 창문이 닫혀 있다는 것을 깨달았다. 그렇다면 이 상쾌한 선들바람은 어디서 불어오는 것일까?

방 뒤쪽으로 어둡게 그늘진 부분이 있었다. 그리로 가서 뒷문을 보았더니 손잡이 곁의 유리창이 하나 깨어지고 마룻바닥에 파편이 흩어져 있었다. 드와이트가 알고 있는지 어떤지, 이상한 느낌이 들었다. 알고 있다면 쓸어 버렸을 텐데——.

굉음을 들은 것은 이때였다. 집안 전체를 뒤흔드는 듯한 소리에 이어 무엇인가가 2층에서 쓰러진 모양으로 천장의 전등이 흔들거렸다. 그리고 곧 정적이 돌아왔다.

라디오에서 "중앙 표준치가 10시를 알려 드리겠습니다" 하는 말에 이어 시간을 알리는 차임이 울렸다.

"드와이트!" 엘렌이 불렀다.

대답이 없었다.

그녀는 식당으로 갔다. 아까보다 더 큰 목소리로 이름을 불렀다.

"드와이트!"

거실 안을 머뭇거리며 걸어가 층계로 다가갔다. 머리 위에서는 아무 소리도 들리지 않았다. 이번에는 메마르고 쉰 목소리로 불러 보았다.

"드와이트!"

잠시 정적이 계속되었다. 이윽고 2층에서 목소리가 들려 왔다.

"이제 괜찮아, 엘렌. 올라와요."

그녀는 두근거리는 가슴을 누르며 계단을 뛰어올라갔다.

"여기야."

오른쪽에서 목소리가 말했다. 그녀는 난간 모퉁이의 기둥을 붙잡고 불빛이 새어나오는 문 쪽으로 비틀거리며 갔다.

느닷없이 방 한가운데 팔다리를 쭉 뻗고 쓰러져 있는 파월의 모습이 눈에 들어왔다.

윗옷은 몸에서 미끄러져 떨어져 있다. 흰 셔츠는 가슴에서 뿜어나온 붉은 피로 꽃처럼 물들어 있었다.

그녀는 비틀거리다 도어의 문설주에 기대섰다. 그리고 파월의 맞은쪽에 서서 손에 총을 움켜잡고 있는 사나이에게로 눈을 보냈다.

갑자기 눈이 크게 떠졌다. 입술까지 말이 치밀어 올라왔으나 목소리가 되어 나오지 않고 그녀는 묻는 듯한 표정으로 굳어져 버렸다.

그 사나이는 장갑을 낀 손으로 움켜잡고 있던 권총을 조금 전에 쏘았던 자세에서 자연스럽게 아래로 내렸다.

"벽장에 숨어 있었어" 하고 그는 말했다. 시선을 곧바로 그녀의 눈에 보내면서 묻기도 전에 먼저 말을 꺼낸 것이다. "이 녀석은 슈트케이스를 열고 이 권총을 꺼내더군. 당신을 죽일 참이었어. 느닷없이 내가 덤벼들었지. 그래서 권총이 발사되었던 거야."

"어머나…… 아아……" 그녀는 눈 앞이 캄캄해진 것처럼 이마를 닦았다. "하지만 어째서…… 어째서 당신이……?"

그는 코트의 주머니에 권총을 집어넣었다.

"나는 저 칵테일 라운지에 있었어. 바로 당신 뒷자리였지. 당신이 이 녀석과 함께 이리로 온다는 이야기도 들었어. 나는 당신이 전화실로 들어간 사이에 그곳을 나왔지."

"이 사람은 나에게 모두 말했어요."

"이 녀석이 한 말은 나도 들었어. 굉장한 거짓말쟁이더군."

"어머나, 나는 믿었어요. ……이 사람이 하는 말을 믿었어요……"

"그게 바로 당신 잘못이야." 그는 아무런 근심도 없는 미소를 지으며 말했다. "당신은 누구의 말이나 곧 믿어 버리거든."

"아아……" 엘렌은 떨고 있었다.

그는 파월의 벌려진 두 발 사이에 서서 그녀에게로 다가왔다.

그녀는 말했다.

"하지만 저는 아직도 이해되지 않는 일이 있어요…… 당신은 왜 그

라운지에 있었지요?"

"나는 로비에서 당신을 기다리고 있었어. 당신이 이 사나이와 함께 나갈 때는 당신하고 만나지 못했지. 도착한 것이 늦었던 거야. 나는 나 자신을 소리쳐 꾸짖고 싶었지. 그러나 기다리기로 했어. 달리 어쩔 수도 없었잖아?"

"하지만 어째서…… 어째서 당신이……?"

그는 고향 집에 돌아온 제대병처럼 두 손을 벌리고 그녀의 앞에 섰다.

"이봐, 위험에서 구해 주러 온 사람에게는 질문을 하지 않는 법이야. 다만 당신이 이 사나이의 주소를 가르쳐 준 것은 고마웠지. 나는 이제까지 당신 머리가 어떻게 된 것이 아닐까 하고 걱정하고 있었는데, 그렇지만 아예 돌아 버리는 것을 잠자코 보고만 있을 수는 없었으니까 말이야."

그녀는 온 몸을 그의 팔에 내던졌다. 안도감과 아까부터의 공포로 울음이 터져나왔다. 뻣뻣해진 가죽 장갑을 낀 손이 그녀의 등을 부드럽게 두드렸다.

"이제 염려없어, 엘렌." 그는 다정히 말했다. "이젠 모든 일이 염려없어."

그녀는 그의 어깨에 얼굴을 파묻었다.

"아아, 버드." 그녀는 소리를 내어 흐느껴 울었다. "잘 되었어요! 잘 되었어요, 버드!"

11

아래층에서 전화가 울렸다.

"전화를 받으면 안돼."

그는 층계 쪽으로 가려는 그녀에게 말했다.
그녀의 목소리는 생기가 없고 탁하게 가라앉아 있었다.
"누구한테서 온 전화인지 알고 있어요."
"안돼, 전화를 받으면 안돼. 이봐, 내 말 좀 들……."
그녀의 어깨에 얹어 놓은 손이 힘있게 아무 말할 수 없게 설득하려 하고 있었다.
"아까의 권총 소리를 들은 사람이 틀림없이 있을 거야. 곧 경찰이 나타나고 신문기자도 올 거야."
그는 밀어붙이듯이 그녀의 어깨에 놓은 손에 힘을 주었다.
"당신도 이 사건이 신문에 커다랗게 나는 걸 바라지는 않겠지? 도로시에 관계되는 일, 당신 사진, 그런 것이 다 함께 나서……."
"경찰이나 신문사 사람들은 아무리 막으려 해도 막을 수 없어요……."
"있어. 저기 아래층에 자동차를 세워 놓고 왔어. 지금 우선 당신을 호텔로 데려다 주고 나는 곧 이리로 돌아올 작정이야."
그는 전등을 껐다.
"그때까지 경찰이 모습을 보이지 않았으면, 이쪽에서 전화를 걸 거야. 그 무렵이면 당신이 여기에 없으니까 신문기자에게 질문 공세를 받지 않아도 될 거 아냐? 나는 경찰의 조사를 받을 때까지는 신문기자는 얼씬도 못하게 할 생각이야. 물론 경찰이 나중에 당신을 심문하게 되겠지. 그러나 신문 쪽에서는 당신이 이 사건에 관계되어 있으리라고는 생각지 못할 거야."
그는 그녀를 복도로 데리고 나갔다.
"그때까지 당신은 재빨리 아버지와 전화로 연락을 취해야 돼. 아버지는 당신이나 도로시에 대해 무엇인가 말이 새어나갈 경우 충분히 경찰에 손을 써서 막아 줄 테니까. 파월이 술에 취해서 나에게 시비를 걸어 왔다든지 뭐 적당히 하면 되는 거야."
전화벨이 잠잠해졌다.
"여기를 떠나는 게 좋지 않을 것 같은 느낌이 들어요."
그녀는 계단을 내려가며 말했다.
"왜? 이건 내가 저지른 일이야. 당신은 아무 것도 하지 않았잖아. 현장에 있었던 것을 위증하라는 말이 아니야. 내 주장을 입증해 줄 중요한 참고인이 되어 줄 필요가 있지 않아? 나는 다만 신문이 아무 말이나 써 대는 것에서 당신을 지켜 주려는 것뿐이야."
두 사람이 거실에 들어갔을 때, 그는 그녀 쪽으로 돌아섰다.
"나를 믿어 줘, 엘렌." 그녀의 손을 잡으면서 말했다.
그녀는 지금까지의 긴장과 책임에서 풀려난 것이 기쁜지 깊이 숨을 내쉬었다.
"좋아요" 하고 그녀는 말했다. "하지만 바래다 주지 않아도 괜찮아요. 저 혼자 택시를 잡겠어요."
"이 시간에는 어려워. 전화라도 걸어서 부르지 않으면 잡지 못해, 게다가 10시가 넘으면 시내의 전차도 끊어져 버려."
그는 그녀의 코트를 가져와 입혀 주었다.
"당신은 어디서 차를 가져왔어요?" 그녀는 맥이 빠지는 것처럼 물었다.
"빌렸지." 그는 그녀에게 백을 건네 주었다. "친구한테서 빌었어."
그는 방의 전등을 끄고 현관으로 나가는 도어를 열었다.
"자, 서둘러" 하고 그는 말했다. "이젠 그다지 시간이 없어."
이 구역으로부터 50피트쯤 떨어진 길 반대쪽에 그는 차를 세워 두었다. 검은 뷔크 차로, 이삼 년 전의 것이었다. 엘렌에게 문을 열어 주고, 자기는 빙 돌아서 운전석에 올라탔다. 손으로 더듬어 발동기에

제2부 엘렌 225

걸 열쇠를 찾았다. 엘렌은 무릎에 두 손을 포개고 입을 꼭 다문 채 앉아 있었다.

"기분은 괜찮아?" 하고 그가 물었다.

"네." 그녀는 대답했다. 그녀의 목소리는 기운이 하나도 없이 지쳐 있었다. "역시…… 그 사람은 나를 죽일 생각이었군요……" 그녀는 한숨을 쉬었다. "하지만 적어도 도로시의 죽음에 대해서는 내 생각이 옳았어요. 처음부터 자살은 아니라고 생각하고 있었지요." 그녀는 비난하는 듯한 미소를 떠올렸다. "그런데 당신은 나의 여행을 중지시키려고 했어요……."

그는 모터를 돌렸다.

"그렇지." 그는 말했다. "당신이 옳았어."

그녀는 잠시 아무 말 하지 않고 있다가 다시 입을 열었다.

"그건 그렇고, 아무튼 사건에 빛이 보이기 시작한 거나 다름없어요."

"그건 무슨 뜻이지?"

그는 기어를 넣었다. 자동차가 천천히 앞으로 미끄러져 나갔다.

"글쎄, 당신이 나의 목숨을 구해 주었잖아요" 하고 그녀는 말했다. "정말로 목숨을 구해 준 거예요. 당신과 아버지가 만나서 우리들의 일을 이야기할 때, 아버지가 아무리 반대하더라도 나의 목숨을 구해 주었다면 훨씬 간단하게 이야기가 될 거예요."

이윽고 차는 워싱턴 아베뉴에 이르렀다. 그때에는 이미 그녀가 운전에 방해가 되지 않도록 조심하면서 머뭇머뭇 그에게 기대 와서 팔에 손을 걸치고 있었다. 무엇인가 허리 언저리에 딱딱한 것을 느꼈다. 주머니에 넣어 둔 권총이라고 깨달았지만, 그녀는 그 자세에서 움직이고 싶지 않았다.

"엘렌" 하고 그는 말했다. "이제부터 좀 시끄러운 일이 벌어질 거야."

"무슨 뜻이지요?"

"우선 내가 살인범으로 검거되겠지."

"하지만 당신은 죽일 생각이 없었어요. 다만 그에게서 권총을 빼앗으려고 했을 뿐이잖아요."

"그야 그렇지. 그러나 경찰은 그래도 나를 추궁할 거야……번잡한 수속이 여러 가지로 있어서 말이야……."

그는 흘끗 옆에 앉아서 힘없이 고개를 숙이고 있는 그녀의 모습에 시선을 보냈다가 다시 눈을 들어 앞에 오고가는 차들을 쳐다보았다.

"엘렌…… 호텔에 닿거든 즉시 짐을 모두 가지고 계산을 끝내고 나와. 2시간이면 우린 콜드웰에 돌아갈 수 있을 거야……."

"버드!" 목소리는 놀라움과 비난이 섞여 날카로웠다. "어떻게 그런 짓을 해요!"

"왜 그러지? 그 녀석은 당신 동생을 죽였지 않아? 그 녀석은 당연한 죄값을 받은 거야. 우리들까지 휩쓸려 들어갈 필요가 어디 있겠어."

"그런 일은 할 수 없어요." 그녀는 단호하게 말했다. "그런 일은…… 잘못된 일이고 또 아무래도 당신이…… 그 사람을 죽였다는 건 경찰이 꼭 알아낼 거예요. 그렇게 되면 사실을 말하더라도 믿어 주지 않을 거예요. 이렇게 달아나 버리면 절대로 믿어 주지 않을 거예요."

"경찰이 어떻게 그게 내가 한 짓인 줄 알 수 있겠어." 그는 말했다. "나는 장갑을 끼고 있었기 때문에 지문이 남아 있지 않아. 게다가 본 사람도 없어. 당신하고 그 녀석 말고는."

"하지만 경찰이 알아냈을 때의 일을 생각해 보세요! 또 알아내지 못했다 하더라도 누군가 다른 사람이 억울한 혐의를 받을 경우를 생각해 보세요! 그렇게 되면 당신 마음이 어떻겠어요."
그는 잠자코 있었다.
"호텔에 닿으면 아버지에게 전화를 걸겠어요. 사건을 이야기하면 아버지가 뭐든 대책을 세워 주실 거예요. 꽤 시끄러운 일이 되리라고는 생각해요. 하지만 달아나는 것은……."
"그래, 바보 같은 말이었어." 그는 말했다. "나도 당신이 찬성하리라고는 생각지 않았지."
"그럼요, 버드, 당신도 진심으로 그런 일을 하겠다고는 생각지 않으셨지요?"
"마지막 수단으로 말해 보았을 뿐이야." 그는 이렇게 말하면서 별안간 워싱턴 아베뉴의 밝은 거리에서 북쪽으로 향하는 어두운 길을 향해 왼쪽으로 차를 크게 돌렸다.
"워싱턴 아베뉴로 가려면 이리로 곧장 가야 하지 않아요?"
엘렌이 물었다.
"이쪽 길이 빨라, 차들이 그다지 다니지 않으니까."

"아무래도 알 수 없는 일은" 하고 그녀가 담뱃재를 재떨이에 털면서 말했다. "그 옥상에서 그가 왜 나에게 아무 말도 하지 않았을까 하는 점이에요."
그녀는 천천히 몸을 펴면서 왼발을 몸의 아래쪽으로 꼭 끌어당긴 자세로 버드를 향해 몸을 돌리고 있었다. 담배가 여태까지의 흥분을 가라앉히는지 온 몸에 따뜻함이 퍼져 왔다.
"밤중에 그 녀석과 함께 옥상을 찾아갔으니 당신도 이만저만 공이 큰 게 아니야" 하고 그는 말했다. "그 녀석은 엘리베이터 급사나 누군가에게 얼굴이 기억되는 것을 겁내고 있었을 테니까 말이야."
"그래요, 나도 그렇게 생각해요. 하지만 그의 집에 데리고 갔을 때보다 위험이 적었다고 할 수는 없어요…… 거기서 정말 나를 해치울 생각이었을까요?"

"거기서 해치울 속셈은 없었을지도 모르지. 당신을 강제로라도 차에 태우고 어딘가 시골 쪽으로 데리고 갔을 거야."

"그는 차를 갖고 있지 않았어요."

"훔치면 되지. 차 하나 훔치는 일쯤은 그리 어려운 일이 아니야."

가로등이 흘끗 그의 얼굴을 희게 비추더니 곧 어둠 속으로 멀어졌다. 차 안에는 별 모양을 한 녹색 조명이 강렬한 빛을 던져 줄 뿐이었다.

"나에게 거짓말을 했어요. 그녀를 사랑했으며, 뉴욕에 있었고, 책임을 느낀다는 등……."

담배를 재떨이에 비벼 끄다가 갑자기 그녀는 고개를 설레설레 내저었다.

"아아, 큰일이에요!" 그녀는 숨을 헐떡였다.

그는 재빨리 그녀에게 시선을 보냈다.

"왜 그래?"

그녀의 목소리는 지친 듯 흐리터분했다.

"성적표를 보여 주었어요…… 뉴욕 대학의…… 그는 정말 뉴욕에 있었던 거예요……."

"그런 것은 거짓으로 꾸민 거야. 대학 등기 사무소의 누군가를 알고 있었겠지. 그들과 공모하면 그런 것은 위조할 수 있어."

"하지만 위조가 아니라고 생각돼요…… 사실을 말하고 있었다면!"

"그 너석은 당신 등 뒤에다 권총을 들이대려고 했어. 이것 하나만으로도 거짓말을 하고 있었다는 증명이 되잖아?"

"틀림없겠지요, 버드? 틀림없이 그 사람이 무언가 다른 일이 있어

권총을 꺼낸 게 아닌 것이 틀림없겠지요? 노트는 찾아냈나요?"

"그녀석은 권총을 겨누고 도어를 나오려고 했어."

"아아, 만일 그 사람이 도로시를 죽인 게 아니라면……" 그녀는 잠시 잠자코 있었다. "경찰이 수사를 시작할 거예요." 그녀는 힘을 주어 말했다.

"경찰은 그가 사건 당일 블루리버에 있었다는 것을 증명해 줄 거예요. 그가 도로시를 죽였다는 것을 밝혀낼 거예요!"

"그럴 테지" 하고 그는 말했다.

"하지만 만일 그가 죽이지 않았다 하더라도, 버드, 아까의 일은─ ─비록 잘못 알고 쏘았다 하더라도──당신의 죄가 되지는 않을 거예요. 당신은 그가 도로시를 죽이지 않았다는 것도 알지 못했고, 권총을 가지고 있는 것을 직접 보았잖아요. 경찰도 당신을 구속할 수는 없을 거예요."

"그렇지." 그는 말했다.

엘렌은 자연스럽게 몸을 일으켜 아래로 끌어당기고 있었던 왼발을 본디 위치로 되돌리고, 차 안의 흐릿한 불빛으로 손목시계를 들여다 보았다.

"10시 25분이네. 이제 거의 도착할 시간이 아니에요?"

그는 대답을 하지 않았다.

그녀는 창으로 바깥을 내다보았다. 가로등도 없고 건물은 이미 보이지 않았다. 다만 하늘 가득히 펼쳐지는 별빛 아래 끝없이 이어지는 밭이 거무스름하게 보일 뿐이었다.

"버드, 이건 시내로 가는 길이 아니잖아요!"

그는 아무 말도 하지 않았다.

헤드라이트가 비치는 곳에만 평평하게 곧장 뻗쳐 있는 하얀 고속도로가 끝없이 펼쳐져서 멀리까지 좁다랗고 희끄무레하니 이어지고 있었다.

"버드, 당신은 다른 길을 가고 있는 거예요!"

12

"나에게 어쩌라는 거지?"

엘든 체서 형사부장이 조용히 물었다. 사라사 천으로 커버를 씌운 소파 위에 몸을 내던지듯이 앉아 두 발을 길게 팔걸이에 얹어 발꿈치로 받치고서, 빨간 플란넬 셔츠 앞에 가볍게 두 손을 깍지끼고 커다란 갈색 눈을 방향도 없이 천장에 보내고 있었다.

"차를 추적하자는 겁니다. 그렇게 해 달라고 말하고 있는 겁니다."

거실 중앙에서 상대를 똑바로 보며 고든 갠트가 말했다.

"허허, 검은 자동차에 대해서는 이웃 사람들도 모두 알고 있다네. 총소리를 듣고 나서 전화를 걸어 왔지. 그런 뒤에 남자와 여자가 한 구역쯤 걸어가서 검은 자동차를 타는 것을 본 사람이 있어. 한 쌍의 남녀가 탄 검은 차란 말일세. 자네도 이 도시에 남자와 여자가 얼마나 많이 달리고 있는지 알고 있겠지? 그건 그렇고, 자네가 이곳에 달려와 줄 때까지는 그 아가씨의 특징도 전혀 몰랐단 말일세. 지금쯤은 스위더 라피즈(아이오와 주 동부의 도시 데 모잉의 북서에 위치함)를 향해서 반쯤 가 있을 거야. 또는 여기서 2구역쯤 떨어진 차고에 차를 세웠든지. 우리가 알고 있는 건 이 정도뿐일세."

갠트는 비꼬듯이 일부러 방 안을 왔다갔다했다.

"그럼, 어떻게 하면 좋지요?"

"기다리는 수밖에 없지. 고속도로 순찰대에는 완전히 수배를 해 놓았으니까. 어쩌면 오늘은 밤을 새워야 할 거야. 아니, 자네도 좀

앉지그래."

"앉으라고 하시면 앉겠습니다." 갠트는 소리내어 손가락을 안쪽으로 젖혔다. "그녀는 틀림없이 살해될 겁니다!"

체서 형사부장은 잠자코 있었다.

"작년에는 동생, 이번에는 언니가!"

"또 그 말인가." 형사부장은 피로한 듯이 갈색 눈을 감았다. "이 아가씨의 동생은 분명히 자살했던 거야." 그리고는 느릿느릿한 투로 말을 이었다. "나는 이 눈으로 똑똑히 유서를 보았다네. 필적 감정 전문가가——."

갠트는 혀를 찼다.

"그렇다면 누가 죽였지?" 체서 형사부장은 되물었다. "자네는 파월이 용의자로 여겨진다고 했지 않나? 그런데 그녀는 파월이 범인이 아니라는 말을 자네에게 남기고 갔으니 이제 범인을 볼 수 없게 되었군 그래. 게다가 여기서 뉴욕 대학의 학적부 사본이 발견되었네. 그렇다면 작년 봄, 그는 이곳에 없었다는 이야기가 아닌가? 그러니 유일한 용의자가 죽인 것이 아니라면 대체 누가 그녀를 죽였겠나? 대답은 아무도 아니라는 걸세."

그의 목소리는 같은 말을 몇 번씩이나 되풀이하는 것이 귀찮은지 몹시 무뚝뚝했다.

갠트가 말했다.

"그녀가 전한 말은 파월이 범인을 짐작할 만한 어떤 것을 가지고 있는 모양이라는 것이었어요. 그러니까 범인은 틀림없이 파월이 알고 있다는 것을 눈치채고서——"

"오늘 밤까지는 살인자가 존재하지 않았어." 체서 형사부장은 불쑥 말했다. "그 동생은 자살한 거야."

갈색 눈이 깜박이며 천장을 노려보았다.

갠트는 흘끗 그를 한 번 쳐다보고는 다시 거칠게 시위하듯이 걸었다.

몇 분이 지나고 나서 체서가 말을 꺼냈다.

"좋아, 어렴풋이 사건의 발생 순서가 떠오르는군."

"네?"

"여보게, 내가 이렇게 누워 있는 것을 게으름 피운다고 생각하는 것은 아니겠지? 이렇듯 발을 머리보다 높게 하고 있으면, 좋은 생각이 떠오른다네. 피가 머리로 몰리니까 말이야." 그는 헛기침을 했다. "이 사나이는 10시 15분 전쯤 침입했었어. 이웃집 남자가 유리창 깨어지는 소리를 들었지만, 그다지 이상하게 생각하지는 않았던 모양이야. 다른 방에는 침입한 흔적이 없는 것으로 보아 파월의 방으로 곧장 갔을 테지. 이윽고 파월과 아가씨가 함께 돌아왔네. 범인은 2층 파월의 방 벽장에 숨어 있었지. 옷이 한쪽으로 치워져 있었으니까 말이야. 파월과 그 아가씨는 부엌으로 갔어. 그녀는 커피를 끓이고 라디오를 켰더군. 파월은 코트를 벗기 위해서인지 아니면 무슨 소리를 들어서인지 2층으로 올라갔네. 그때 범인이 나왔던 걸세. 그전에 슈트케이스를 억지로 열려고 했던 모양이야. 슈트케이스에 장갑으로 문지른 흔적이 남아 있는 게 발견되었으니까. 범인은 파월에게 자물쇠를 열게 하여 그 속에 든 것을 바닥에 펼치도록 하고 조사를 했지. 무엇인가 찾아냈을지도 모르네. 돈이든가 아니면 뭐 다른 어떤 것이었겠지. 어쨌든 틈을 엿보다가 파월이 덤벼들자 범인은 파월을 쏜 거야. 아마 정신이 없었을 테지. 사살할 생각은 없었을지도 몰라. 이런 녀석들은 살인하려는 마음을 처음부터 갖지 않는 법이니까 말일세. 위협할 속셈으로 권총을 지니고 있을 뿐이거든. 그러다가 언제라도 여차하면 쏘겠다는 식이야. 군대용 콜트 45구경 정도였겠지. 몇만이나 되는 녀석들이 이것을 갖고 다니고 있거든.

 그런데 그 다음에 아가씨가 2층으로 뛰어올라갔어. 부엌에 늘어놓았던 컵과 다른 것들에서 검출된 지문과 똑같은 지문이 2층 도어 손잡이에서 발견되었지. 그러자 범인은 당황하여 무엇을 어떻게 할 시간도 없이…… 그녀를 납치한 거야."

"그런데 왜, 왜 그녀를 두고 달아나지 않았지요? 파월을 그대로 두고 달아난 것처럼 말입니다."

"나에게 물어 봐도 알 수 없지 않나? 그 녀석 아마 '머리'가 없었을 걸세, 틀림없이. 또는 무엇인가 다른 생각이 있어서였는지도 모르지. 권총을 한 손에 들고, 예쁜 아가씨에게 겨냥을 했다면 엉큼한 생각도 떠올랐을 테지."

"고마우신 이야기로군요," 갠트가 말했다. "좋은 말씀을 들려 주어 완전히 기분이 좋아졌습니다. 크게 감사를 드려야겠는데요."

 체서 형사부장은 한숨을 쉬었다. "앉는 편이 좋지 않겠나?" 하고 그는 말했다. "우리들은 결국 기다릴 수밖에 도리가 없으니까 말이야."

 갠트는 앉았다. 그는 손등으로 이마를 비벼대기 시작했다.

 체서 형사부장은 천장으로 향한 얼굴을 그때야 이쪽으로 돌렸다. 그는 방 맞은편에 있는 갠트를 응시했다. "그 아가씨는 대체 자네와 어떤 사이인가? 자네의 걸프렌드인가?" 하고 그는 물었다.

 "아니오," 갠트는 말했다. 그는 엘렌의 방에서 읽은 편지를 생각했다. "그렇지 않습니다. 그녀에게는 위스콘신에 남자친구가 있어요."

13

 헤드라이트의 불빛이 앞쪽에 흐릿한 섬을 만들었다. 그 섬을 쫓아 고속도로의 탄탄한 길 위를 차가 질주했다. 일정한 간격을 두고 아스팔트 도로의 이음매가 있어, 타이어 아래에서 규칙적인 리듬이 솟아오른다. 속도계의 야광 도료를 칠한 녹색 바늘이 50마일을 가리키고 있었다. 엑셀러레이터에 올려놓은 발은 조각된 듯이 움직이지 않았다.

그는 왼손으로 운전하고 있었다. 가끔 이 고속도로의 졸음을 오게 하는 단조로움을 깨려는 듯 희미하게 느껴질 만큼 운전대를 좌우로 움직이고 있었다. 엘렌은 내내 한쪽의 도어에 움츠리고 있었다. 온몸을 죄어 댄 것처럼 오그리고 무릎에 펼친 손수건을 손가락으로 비틀어 대면서 멍하니 바라보고 있었다. 두 사람 사이에는 뱀처럼 장갑을 낀 그의 손이 권총을 쥐고 있다. 총구는 그녀의 엉덩이에 향해져 있었다.

그녀는 크게 소리를 질렀다. 짐승이 울부짖듯이 목구멍에서 쥐어짜는 듯한 긴 외침 소리. 울음 소리보다도 훨씬 크고 떨리는 외침 소리였다.

그는 무서운 말투로 어둠 속에서 계기의 녹색 빛을 받은 그녀의 얼굴을 흘끗흘끗 쳐다보면서 모든 것을 이야기했다. 때때로 그 말투는 자꾸만 끊겼고, 마치 휴가를 받아 고향에 돌아온 병사가 이웃 사람들 앞에서 훈장을 받은 이야기를 할 때 적병의 복부에 총검을 찔렀다는 대목에 와서 머뭇거리는 그런 느낌이었다. 그리하여 그는 엘렌에게 정제(錠劑)에 대한 일, 옥상에 데리고 갔던 일, 도로시를 죽여야 했던 까닭, 그리고 콜드웰 대학으로 학교를 옮겨 그녀 엘렌의 비위를 맞추는 일이 가장 논리적인 코스였던 이유 등을 이야기했던 것이다. 엘렌에 대해서는 도로시로부터 그녀가 좋아하는 것이며 싫어하는 것을 모두 들어서 알고 있었으므로 자기를 그녀가 선택할 남성으로 만들어 내는 방법도 알고 있었다. 그녀를 정복하는 일이야말로 자기에게 큰 이익을 가져다주는 가장 논리적이고도 필연적인 코스였을 뿐 아니라, 바로 과거의 불운한 결과에 대해서 충분한 만족을 얻을 수 있는 수단이었으며 그 대가가 되었다는 것——완전히 법망을 벗어나 보복적인 자아의 승리를 나타내는 수단이었던 것을 그는 초조해 하면서도 그러나 만족스러운 듯이 이야기했던 것이다. 밀어닥치는 공포 때문에 두 손으로 꼭 입을 누르고 있는 그녀에게 이제 모든 사실이 밝혀졌다. 무참히 실패에 빠져 지금은 어떻게 해야 살아날 수 있을 것인지 그녀로서는 막연했다. 몇 마일이나 저쪽에 있는 성공의 굳은 대지를 향해서 한 발자국 한 발자국 위험한 길을 걸어왔는데, 지금에 와서 그 갈라진 틈 속으로 굴러떨어지고 만 것이다.

그녀는 허리에 권총의 총구를 아플 만큼 느끼면서 모든 것을 듣고 있었다. 처음에는 총구를 굉장히 아프게 느꼈으나 잠시 뒤에는 몸의 그 부분이 아예 죽어 버린 것처럼 마비되고 말았다. 죽음은 총구에서 날아오는 탄환에서 찾아오는 것이 아니라, 그 총구가 닿은 자리에서부터 천천히 주위로 번져 가는 것 같았다. 그녀는 이야기를 듣고 마침내 소리를 질렀다. 몹시 가슴이 답답해서였다. 때려눕혀지고 충격을 받았기 때문에, 달리 뭐라 표현할 수 없었기 때문에 큰 소리로 외쳤던 것이다. 짐승의 울음처럼 길게 꼬리를 끄는 목이 찢어지는 듯한 신음 소리였다. 격렬하게 떨리는 소리, 눈물로 말라 버린 듯한 외침이었다.

그리하여 지금 그녀는 무릎 위에서 손수건을 비틀고 있는 두 손을 얼빠진 듯이 응시하고 있는 것이었다.

"나는 가면 안된다고 말했었지." 그는 성난 것처럼 말했다. "콜드웰에 있어 달라고 부탁하지 않았어?"

그녀가 이 말을 인정하리라고 생각하며 덤빌 듯한 시선을 그녀에게로 보냈다.

"그러나 막무가내였지. 아무튼 당신은 여류 탐정이 되겠다고 나섰으니까 말이야. 봐, 여류 탐정의 말로가 어떻게 되는지." 그의 눈이 다시 고속도로로 돌아갔다. "월요일부터 내가 어떻게 대책을 세우고 있었는지 당신이 안다면……."

그는 엘렌이 전화를 걸어 온 월요일 아침부터 온 세계가 그의 손에서 빠져나간 듯한 느낌이 들었던 것을 생각해내고 이를 악물었다. "도로시는 자살한 게 아니에요! 나는 블루리버로 갈 작정이에요!" 허둥지둥 역으로 달려가서 가까스로 그녀를 붙잡고 있는 힘을 다해 말리려고 했으나, 그녀는 끝내 열차에 오르고 말았다. "곧 편지하겠어요! 편지로 모두 설명해 주겠어요!" 그는 멍하니 그 자리에 선 채 멀어져 가는 그녀를 보면서 땀이 비오듯 흐르는 공포로 떨고 있었던 것이다. 생각만 해도 몸서리쳐지는 시간이었다.

엘렌이 나직하게 무어라고 말했다.

"뭐라고 했어?"

"당신은 붙잡힐 거예요……."

아주 짧은 동안 묵묵히 있던 그가 말했다.

"얼마나 많은 범인들이 붙잡히지 않고 있는지 당신은 모를 거야. 50퍼센트가 넘지. 이만한 사람들이 붙잡히지 않고 있단 말이야. 어쩌면 그보다 더 많을지도 모르지."

다시 입을 다물고 있다가 그는 말을 이었다.

"어떻게 나를 붙잡아? 지문? 그런 건 남기지 않았어. 목격자? 물론 없지. 동기? 경찰이 알고 있는 범위로서는 이것도 없는 셈이지. 나에 대해서는 생각지도 않고 있을 거야. 아아, 권총 말이야? 콜드웰로 돌아길 때 미시시피 강을 돌아서 가야겠군. 강에 버리고, 권총이여, 안녕. 이 자동차는 밤 2시나 3시쯤 이 차를 슬쩍한 장소에서 두 구역쯤 떨어진 곳에 버려 두는 거지. 경찰은 장난꾸러기고등학생의 짓인 줄로 생각할걸. 알코올 중독자인 소년들이 있잖아."
그는 미소를 지어 보였다.
"나는 어젯밤에도 한바탕 일했지. 당신과 파월이 앉아 있었던 그 극장의 두 줄 뒤에 내가 있었어. 그리고 그 녀석이 당신에게 작별 키스를 하고 있을 때 나는 복도 바로 근처의 모퉁이에 서 있었던 거야."
그녀의 반응을 살피듯이 눈길을 보냈지만, 그녀의 표정에는 아무것도 떠오르지 않았다. 그의 시선이 돌아가자, 표정이 다시 어두어졌다.
"당신이 그 편지——그것이 닿을 때까지 내가 얼마나 식은땀을 흘렸는지——우선 읽기 시작했을 때 나는 안전하겠구나 생각했지. 당신은 작년 가을 영문학 클라스에서 도로시가 만난 학생을 찾고 있더군. 나는 1월이 될 때까지 그녀를 몰랐어. 그러다가 처음으로 그녀를 만난 것은 철학 클라스에서였어. 그러나 그 편지를 읽고 나는 당신이 찾고 있는 학생이 누구인지 눈치를 챘던 거야. 아가일 삭스(양말) 군, 즉 그전의 도로시 애인이었지. 나하고는 수학 시간이 같았고 내가 도리와 함께 있는 것을 보았으니까. 그는 내 이름을 알고 있을 거라고 생각했지. 비록 네가 들이대는 혐의를 그가 해명할 수 없다 하더라도, 도로시 살해를 뒷받침할 만한 증거는 아무것도 없어. 이것은 나도 짐작이 갔지. 하지만 만일 이 녀석이 내 이름을 당신에게 누설하기라도 하면……."
갑자기 브레이크의 페달을 밟았다. 차가 비명을 지르며 급정거했다. 그는 운전대를 쥔 왼손을 움직여 기어를 바꾸었다. 엑셀러레이터를 밟자 차가 천천히 후퇴하기 시작했다. 오른쪽에 집 모양의 그림자가 희미하게 보이고 그 앞의 푹 들어간 언저리에 주차장이 있었다.

후퇴하는 차의 헤드라이트가 고속도로 가장자리에 세워진 커다란 간판을 비추었다.

'릴리이 도은——양계, 부란장(孵卵場).' 그 커다란 간판 아래 작은 게시(揭示)가 되어 있었다. '4월 15일에 다시 엶'이라고.

우선 후퇴 속도를 늦추어 운전대를 오른쪽으로 꺾어서 액셀러레이터를 밟았다. 그 집 앞의 주차장을 지나 낮은 건물의 한쪽에 차를 넣은 뒤 엑셀러레이터의 발 한쪽에 차를 넣더니, 엑셀러레이터의 발을 들었다. 경적을 울렸다. 그 울림이 어둠 속에서 되울려 왔다. 잠시 기다리고 나서 또 경적을 울렸다. 아무 대답도 없다. 창문도 열리지 않고 불이 켜지지도 않았다.

"아무도 없는 집인 모양이군."

그는 이렇게 말하면서 헤드라이트를 껐다.

"부탁……" 그녀는 애원했다. "부탁이에요……"

어둠 속을 차가 천천히 나아가더니 왼쪽으로 꺾어서 건물 뒤쪽 아스팔트의 작은 주차장으로 미끄러져 들어갔다. 크게 커브를 틀 때 차가 흔들리며 하마터면 아스팔트 길에서 벗어나 캄캄한 밭으로 들이박힐 뻔했다. 한 바퀴 다시 빙 돌아 들어온 방향과 반대가 되게 차를 세웠다. 비상 브레이크를 당기고 모터를 멈추었다.

"부탁……" 그녀는 다시 말했다.

그는 그녀에게로 눈길을 보냈다.

"내가 이런 짓을 하고 싶어서 하는 줄 알아? 이런 생각이 내 마음에 들 거라고 생각해? 우리들은 조금만 있으면 약혼할 단계까지 갔었는데!"

그는 왼쪽 도어를 열었다.

"당신은 좀더 머리를 썼어야만 되었던 거야." 그는 아스팔트 위에 내려섰다. 권총은 공포로 몸을 웅크리고 있는 그녀를 향해 정확하게 맞도록 겨누어져 있었다.

"나와." 그는 말했다. "이쪽으로 나와."

"부탁……."

"내가 지금 어떻게 할 거라고 생각하지, 엘렌? 당신을 이대로 돌려보낼 수 있겠어? 나는 당신에게 아무 말도 말고 콜드웰에 그냥 있으라고 했어. 그렇지 않아?"

권총을 서서히 그녀에게로 가까이 다가갔다.

"나오라니까!"

그녀는 백을 움켜잡고 차 안에서 나왔다. 그녀는 아스팔트 위에 발을 디뎠다.

그녀가 차에서 내려 밭을 등지고 설 때까지 권총은 동그라미를 그리며 정확히 겨냥을 하고 있었다. 그녀와 자동차가 놓여진 중간에 권총이 있었다.

"제발, 부탁……." 아무런 도움도 안되는 백을 방패로 삼아 방어하는 듯한 자세를 취하면서 그녀는 말했다. "부탁이에요……."

14

블루리버 클라리온 레저 지 1951년 3월 15일 목요일 기사 발췌.

이중 살인 사건 발생!
수수께끼의 권총 살인마,
경찰은 필사적인 수사 중.

어젯밤 2시간 동안에 한 사람의 권총 살인마에 의해 잔인한 범행이 저질러졌다. 피해자는 엘렌 킹십(21살, 뉴욕 주 출신)과 드와이트 파월(22살, 시카고 출신으로 스토다드 대학 3년 재학중)······.

파월 군의 살해는 오후 10시, 서 35번 거리에 있는 엘리자베드 호닉 부인의 하숙집에서 발생했다. 경찰 당국의 추정에 의하면 파월 군은 킹십 양과 함께 9시 35분에 집에 돌아와 2층에 올라갔다가 뒷문을 부수고 침입한 무기를 지닌 범인에게 습격당한 듯······ 감식 담당 의사의 보고에 의하면 킹십 양의 사망 시각은 대략 한밤중 전후이다. 그러나 시체는 오늘 아침 7시 20분까지 발견되지 않았다. 랜덜리아 근처에 사는 윌라드 헌 군(11살)이 근처의 레스토랑으로 가기 위해 밭을 가로질러 가다 발견한 것으로······. 경찰은 KBRI의 아나운서로 킹십 양의 친구인 고든 갠트 씨로부터 그녀는 작년 4월 시청 회관 옥상에서 투신 자살한 도로시 킹십 양의 언니임을 확인받았다. ······아버지 킹십 제동회사 사장 레오 킹십 씨는 사랑하는 영애 마리온 킹십 양과 함께 오늘 저녁 안으로 블루리버에 도착하리라고 예상된다.

클리리온 레저 지 1951년 4월 19일 목요일 논설란 발췌.

고든 갠트 씨
해고되다.

스폰서로부터 고든 갠트 씨가 해고당한 일에 대하여(제5면 참조) 'KBRI 경영자측은 몇 번이나 경고했음에도 불구하고 그는 KBRI의 마이크를 통해서 살인 사건에 대한 경찰 당국의 수사 활동을 크게 방해하는 듯한 악의있는 비방을 내보냈다'고 주장하고 있다. 한 달 전에 발생한 킹십, 파월 살인 사건에 개인적인 관련이 있으며 또한 이 사건에 비상한 관심을 가지고 있는 갠트 씨는 해고당한 것이다. 그가 행한 공공연한 경찰 비판은 적어도 경솔하다는 비난을 면치 못하겠지만, 수사가 전혀 제자리걸음인 지금 그 사건을 되돌아볼 때 우리들은 경찰 당국이나 경영자측이 원하든 원치 않든 그의 발언은 적절하다가 생각한다.

15

 졸업할 해에 그는 고향인 미나세트로 돌아갔다. 그리하여 침울한 표정으로 집에 들어박혀 있었다. 한동안은 어머니가 아들의 우울한 기분을 풀어 주려고 애를 썼으나, 이윽고 그녀에게도 이 기분이 옮아져 버리고 말았다. 두 사람은 불타는 석탄처럼 심하게 말다툼을 했다. 집에서 벗어나기 위해, 그리고 그 자신에게서 벗어나기 위해 그는 전에 일한 적이 있는 양복점에서 아르바이트를 했다. 9시부터 5시 반까지, 그는 잘 닦여 진 유리 카운터 뒤에 서서 저쪽 진열장 모퉁이에 붙어 있는 동판에 눈길을 보내지 않으려 하고 있었다.

 7월 어느 날, 그는 벽장에서 예의 작은 잿빛 문갑을 꺼냈다. 책상 위에 놓고 열쇠로 열어 도로시의 죽음을 보도한 신문의 스크랩을 꺼내 보았다. 그것을 잘게 찢어 휴지통에 넣어 버렸다. 엘렌과 파월의 스크랩도 마찬가지로 버리고 말았다. 그리고 그는 킹십 제동의 선전용 팸플릿을 꺼냈다. 엘렌과 교제하게 되면서 또 회사에 편지를 보냈던 것이었다. 그것을 손에 쥐고 찢으려고 하다가 그는 일그러진 미소를 떠올렸다. 도로시, 엘렌……
 그것은 '신앙, 희망……'이라고 생각하는 것과도 같았다. 그런데 '인자(仁慈)'가 그 생각 속에 들어왔던 것이다.
 도로시, 엘렌…… 마리온.
 그는 미소를 지으며 또다시 팸플릿을 움켜쥐었다.

그러나 그것을 잊어 버려서는 안된다고 깨달았다. 천천히 책상 위에 다시 놓고 손으로 정성껏 구김살을 펴기 시작했다.

문갑과 팸플릿을 책상 너머로 던져 놓고 앉았다. 그는 한 장의 백지를 꺼내 맨 위에다 '마리온'이라 쓰고 백지를 세로로 반 접어 선을 그었다. 한쪽에 가(可), 다른 한쪽에는 '부(否)'라고 썼다.

'가'의 난에 써넣을 것은 많았다. 도로시와는 몇 달이나 이야기를 했었고 엘렌과도 몇 달이나 이야기를 나누었다. 그 가운데서 마리온에 대하여 참고가 될 부분을 모두 하나하나 꼽아 갔다. 그녀의 취미, 싫어하는 것, 의견, 경력…… 그녀를 만난 일은 없었다. 하지만 다 쓰고 난 교과서처럼 훤히 알고 있었다. 고독하고 음산한 성격이며 혼자서 생활하고 있다. ……목표로서는 안성맞춤이다.

감정면도 '가'의 부분에 들었다. 또 한 번의 기회. 이번에는 홈런을 치자. 앞서 두 번의 스트라이크는 사라져 없어지는 것이다. 더구나 세 번째의 '3'은 운이 좋은 숫자다…… 3배나 운이 좋을 거야…… 어렸을 적에 들은 옛날 이야기에서는 언제나 판에 박은 듯이 세 번 시험된다. 세 가지 소원이 있다. 세 사람째의 구혼자가……

'부'의 난에 쓸 것은 하나도 생각나지 않았다.

그날 밤 그는 그 리스트를 찢어 버리고 다시 마리온 킹십의 성격, 의견, 취미, 싫어하는 것 등을 모두 망라한 리스트를 만들었다. 몇 개나 기호표(記號表)를 만들고 다시 일주일이나 걸려 자세한 점에까지 완벽한 것으로 만들었다. 틈만 있으면 도로시나 엘렌이 이야기한 말을 생각해 내려고 했다. 음식점에서, 수업 시간 사이사이에, 산책 때, 춤을 추고 있을 때 그에게 속삭여 온 숱한 말들. 토막토막의 말이나 구절, 문장들이 기억에서 되살아났다. 때로는 저녁때 내내 누워서 보내는 일도 있었다. 마음의 작은 부분을 확대하듯 기억의 힘을 활동시키며 마리온의 무의식에 방사능 측정기를 대고서 탐지해 내는 것이었다.

리스트가 갖추어져 감에 따라 정신도 활발해졌다. 때로는 새로 덧붙일 것도 없으면서 문갑에서 그 리스트를 꺼내 그——급소를 찌른 날카로움, 계획, 발휘된 적확(的確)한 능력을 스스로 경탄하며 바라다보는 일이 있었다. 이것은 도시와 엘렌에 대한 신문철을 보관해 두는 일과 마찬가지로 좋은 일이었다.

"너는 바보야."

어느 날 리스트를 바라보면서, 그는 소리내어 자기 자신에게 말했다.

"네 녀석은 굉장한 바보야."

그는 애정을 담아서 다시 한 번 말해 보았다. 실제로 그런 사고는 생각도 못하고 있었던 것이다. 자기는 과감하게 일을 추진하고 있으며, 대담하고 훌륭하며 또한 꿋꿋하였던 것이다.

"나는 대학에 돌아가지 않겠어요"

8월 어느 날, 그는 어머니에게 선언했다.

"뭐라구?"

그의 방문 앞에 여위고 작은 몸집을 보인 어머니는 거의 백발이 된 머리에 얹은 손을 얼어붙은 듯이 멈추고 되물었다.

"몇 주일 동안 뉴욕에 가기로 결심했어요."

"그래도 대학은 나와 두어야 한다."

그녀는 애원하듯이 말했다. 그는 잠자코 있었다.

"넌 뉴욕에서 일거리를 찾으려는 거냐?"

"그렇지는 않지만, 한 가지 부딪쳐 볼 일이 있어요. 나 자신이 해보고 싶다고 생각되는 일이——이를테면 계획이라고 해도 좋아요."

"하지만 버드야, 대학은 꼭 나와야만 해"라고 그녀는 머뭇거리며 말했다.

"전, 이제 '안된다'는 말이 질색이란 말이에요!"

그는 혀를 찼다. 어색한 침묵이 흘렀다.

"만약 이 계획이 어긋나게 되면──그런 일은 없으리라고 생각하지만, 만약 그렇게 된다면──내년에 다시 대학에 돌아가기로 하겠어요."

어머니의 손이 실내복의 앞섶을 짜증스럽게 털었다.

"그렇지만 넌 벌써 25살이 지나고 있지 않니? 대학은 반드시 졸업해야 해…… 나오는 편이 훨씬 좋단다. 그리고 이제 가정도 가져야지. 그렇게 언제까지나……."

"어머니, 나를 자신의 생각대로 인생에 부딪치도록 해주세요!"

그녀는 아들을 물끄러미 보고 있다가 "너의 아버지도 언제나 나에게 그런 말을 했지"라고 조용히 말하고는 나가 버렸다.

그는 잠시 책상 곁에 서 있었다. 부엌에서 성난 듯이 도마질하는 소리가 들렸다. 그는 잡지를 펼쳐들고 그런 것은 마음에도 두지 않는다는 듯한 시늉으로 들여다보고 있었다.

잠시 뒤에 그는 부엌으로 갔다. 어머니가 개수대에서 무엇인가 하면서 이쪽으로 등을 보이고 있었다.

"어머니." 그는 호소하듯이 말했다. "나도 내 장래의 일에 대해서는 어머니 못지않게 걱정하고 있어요. 어머니도 알고 계시잖아요."

그녀는 돌아보지 않았다.

"지금 하려는 이 생각이 중요한 것이 아니라면, 학교를 그만두지는 않았을 거예요."

그는 옆에 놓여 있는 테이블 위에 걸터앉아 어머니의 등과 마주보았다.

"만일 잘 안된다면 내년에 졸업하겠어요. 이것은 약속해도 좋아요, 어머니."

그녀가 겨우 얼굴을 돌렸다.

"그 생각이란 무엇이니?" 그녀는 느릿한 말투로 물었다. "발명이니?"

"아니, 지금은 이야기할 수가 없어요." 그는 안타까운 듯이 말했다. "지금으로선 단지 계획에 지나지 않으니까요. 어머니에겐 미안하지만……."

그녀는 한숨을 쉬고 수건으로 손을 닦았다.

"내년까지 기다릴 수는 없겠니? 언제 학교를 졸업할 셈이니?"

"내년이면 늦어지고 말 거예요, 어머니."

그녀는 수건을 제자리에 놓았다.

"그럼, 무슨 일인지 말해 다오."

"정말 미안하지만, 어머니, 나도 이야기해 드리고 싶어요. 하지만 …… 이것은 아무래도 설명으로는 할 수 없는 거예요."

그녀는 그의 등 뒤로 돌아가서 아들의 어깨에 두 손을 올려놓았다. 잠시 그런 자세로 서서 불안한 시선을 보내는 아들의 얼굴을 지그시 바라보고 있었다.

"좋은 일이겠지?" 그녀는 어깨에 얹은 손에 힘을 주며 말했다.

"네가 생각하는 거니까 틀림없이 좋을 일일 거라고 여겨지는구나."

그는 기쁜 얼굴을 어머니에게 지어 보였다.

제3부 마리온

1

 마리온 킹십이, 대학——엘렌이 다니던 저 중서부의 20세기 폭스 사가 만든 영화에 나오는 것 같은 대학과는 전혀 다른, 진지하게 학업을 죽 계속하지 않으면 학위를 딸 수 없는 컬럼비아 대학——을 졸업했을 때, 그녀의 아버지가 곧바로 킹십 제동의 선전을 위탁하고 있는 광고 회사 전무에게 말을 해주었으므로 마리온은 카피라이터의 일거리를 얻게 되었다. 그녀는 선전용 원고를 몹시 써 보고 싶었으나 그 소망은 거절되고 말았다. 그리하여 그녀는 킹십이라는 이름이 다른 평사원과 똑같게 다루어지는 어떤 작은 대리점에 취직했다. 이 대리점에 있으면 원고를 쓰는 일이 비서로서 의무를 소홀히 하지 않아도 될 경우에는, 그리 멀지 않은 장래에 킹십과 같은 대회사가 아닌 작은 회사를 위해 원고를 쓰는 일이 허용되리라고 생각했던 것이다.
 1년 뒤, 도로시가 엘렌의 영향을 받아 화려한 학창 생활을 보내게 되어 풋볼 응원을 가든가 보이프렌드와 교제하게 되었을 때에, 마리온은 아버지와 단둘이서 방이 여덟 개나 되는 아파트에 있는 자신이 초라하게 생각되었다. 이 두 사람은 서로 표류하면서 결코 스치는 일이 없이 흘러가 버리는, 금속을 채워넣은 작은 공과도 같았다. 그녀는 아버지가 말하지는 않으나 명백히 반대하고 있는 것을 무릅쓰고라도 자기 혼자서 생활해 갈 장소를 찾으리라고 결심했다.

그녀는 동 50번 거리에 있는 새로 고쳐 지은 갈색 사암(砂岩) 아파트 맨 꼭대기의 방을 두 개 빌리기로 했다. 그녀는 아주 신중하게 가구를 골라 들여놓았다. 그 까닭은 지금까지 아버지의 집에서 자기의 것이 되어 있던 방보다 이 두 개의 방이 작았기 때문이었다. 그러므로 자기의 소유물을 모두 옮길 수도 없었다. 그래서 그녀가 가져간 물건은 여러 모로 되풀이 생각한 끝에 가져간 소중한 물건들뿐이었다.

그녀는 자기가 가장 좋아하는 것, 자기에게 있어 깊은 뜻이 담겨져 있는 것들만을 고르고 있는 거라고 자신에게 말해 들려 주었는데 이것은 정말이었다. 하지만 그림을 하나 걸고 책꽂이에 책을 한 권 꽂을 때마다 자기의 눈만이 아닌, 어느 날엔가 이 아파트를 방문해 올 사람——이성인 것만은 틀림없지만 어디의 누구일지는 모르는 사람의 눈으로 바라보는 것이었다. 저마다 각기 의미를 가지며, 소유자가 어떠한 여성인가를 나타내는 지표도 되는 것이다. 가구, 실내 조명, 재떨이(모던하지만 가벼워 보이지는 않는다), 좋아하는 복제 유화(油畵)——샤를르 데뮈트의 '나의 이집트'로 그다지 사실적이 아니며 예술가의 눈으로 공간에 강한 악센트가 주어져 있다), 레코드(재즈가 있고, 스트라빈스키며 바르톡이 몇 개 있지만 대부분은 그리그며 브람스며 라흐마니노프 등으로 밤에 혼자 귀기울이기에 좋은 선율이 아름다운 곡), 그리고 책—— 개성을 잘 나타내 주는 지표로서 책보다 더한 것이 또 있을까?——(소설, 희곡, 논픽션, 시, 그것들은 모두 그녀의 취미가 고르고 폭넓음이 나타나게끔 골라져 있다). 이것은 구인 광고를 집약적으로 나타낸 것과도 같은 것이었다. 이것을 뒷받침하는 자기중심적인 것은 응석받이 인간이 아니라 응석을 부린 일이 너무나도 적은 데서 오는 고독이었다. 한낱 예술가로서 그녀는 여기에 자기의 초상을 그렸던 것이리라. 그녀는 여기에 두 개의 방을 꾸미고, 어느 날엔가 어떤 방문자가 나타났을 때 그녀의 기질이며 성격을 이 방에서 느끼고 이해할 만한 것들을 늘어놓았던 것이다. 그리하여 그와 같은 이해를 통해서 그녀가 자기의 내부에 간직하고 있으면서도 전달치 못하고 있는 그녀의 능력이며 갈망과 같은 것을 이 방문자는 알아차리게 되는 것이다.

그녀의 일주일 예정표에는 두 개의 큰일이 중심이 되었다. 수요일 밤에는 아버지와 함께 식사를 한다는 것과 토요일에는 자기의 두 방을 청소하는 일이었다. 앞의 것은 이를테면 의무 노동이었으나, 뒤의 것은 사랑의 의무라고 할 만한 것이었다. 그녀는 목재에 왁스를 칠하든가 유리를 깨끗이 하든가, 마치 신성한 기물을 다루는 듯한 세심함을 가지고 가구를 바꾸어 놓든가 하는 것이었다.

방문자도 있었다. 도로시와 엘렌이 방학을 맞아 집에 돌아왔을 때 찾아와서는, 독립하여 생활하고 있는 마리온을 굉장히 부러워했다. 그녀의 아버지도 왔었다. 숨을 헐떡이며 층계를 올라와서 작은 거실 겸 침실로 쓰는 방이며 그보다 더욱 작은 부엌을 수상쩍은 듯이 바라보고는 머리를 내저었던 것이다. 같은 회사에 근무하고 있는 동료 여성들이 찾아와서, 마치 인생과 명예가 걸려 있기라도 한 것처럼 인생론을 펼치기도 했다. 그리고 남자도 한 번 찾아온 일이 있었다. 명랑한 느낌을 주는 젊은 회계 지배인이었다. 아주 인상이 좋고 꽤 지성적이었다. 이 아파트에 대한 그의 관심은 여기에 왔을 때 긴의자에 흘끗 눈을 던진 것으로 알 수 있었다.

도로시가 자살했을 때, 마리온은 2주일 동안 아버지의 아파트로 돌아가 있었다. 엘렌이 죽었을 때에는 한 달쯤 아버지 곁에 있어 주었다. 그러나 노력해도 두 사람은 도저히 서로 가까워질 수가 없었다. 그런데 그 달이 다 지나갈 무렵 아버지는 신기하리만큼 조심스럽게 죽 이곳에 있어 주지 않겠느냐 하는 뜻의 말을 암시했다. 그러나 그녀는 아버지의 집으로 돌아갈 수가 없었다. 그녀는 마치 자기 아파트의 방에 열쇠를 굳게 잠그고 틀어박힌 거나 다름없었으므로, 그 아파트에서 나올 생각은 조금도 없었던 것이다. 그 일이 있는 뒤로 지금까지 1주일에 한 번이었던 아버지와의 식사를 세 번으로 늘렸다.

토요일에는 방을 청소하고, 한 달에 한 번씩 책들을 꺼내어 그늘진 곳에 놓아 바람을 쐬기도 하고 있었다.

9월 어느 토요일 아침, 전화가 울렸다. 마리온은 무릎을 꿇은 자세로 판유리로 된 커피 테이블을 닦고 있다가 이 전화 벨 소리에 움찔 놀랐다. 납작하게 접은 먼지닦이를 푸르스름한 유리 너머로 보며, 이것은 누가 다이얼을 잘못 돌린 걸 거라고 생각했다. 그러한 느낌이 들었으므로 마리온은 전화를 받지 않았다. 전화는 계속 울렸다. 마지못해 그녀는 일어서서 작업용의 긴의자 옆에 놓인 테이블로 다가갔다. 손에는 아직 걸레를 들고 있었다.

"여보세요" 하고 그녀는 무뚝뚝하게 말했다.

"여보세요." 낯선 남자의 목소리였다. "마리온 킹십 양입니까?"

"네."

"저를 모르실 테지요. 저는……엘렌의 친구였습니다."

마리온은 별안간 싫은 생각이 들었다. 엘렌의 남자친구, 미남이고 영리하고 빠른 말투로 지껄이는 젊은이…… 어딘지 나른한 느낌인 그가 누구이든 아무 신경쓸 필요도 없는 사나이. 싫다는 심정이 사라져 갔다.

"저의 이름은" 그 목소리는 계속 말했다. "버튼 콜리스…… 버드 콜리스입니다만."

"……아, 그러세요, 엘렌에게서 당신에 대한 말은 들었어요……."

"그 사람을 몹시 사랑하고 있어요"라고 엘렌은 그녀와 만남이 그 것으로서 마지막이 된 방학 때 그렇게 말했던 것이다. "그리고 그이도 나를 사랑하고 있어요." 그래서 마리온도 그녀를 위해 기뻐해 주었는데, 그날 밤 그로부터 엘렌의 이름을 듣자 왠지 우울해졌던 것이다.

"뵙고 싶은데요" 하고 그는 말했다. "엘렌의 것이었던 걸 갖고 있습니다. 한 권의 책이지요. 그녀가 블루리버에 가기 바로 전에…… 저에게 빌려 주었던 겁니다. 당신이 간직해 두고 싶으리라고 생각되어서……."

틀림없이 '북 오브 더 앤스' 같은 통속소설일 테지, 하고 마리온은 생각했다. 그리고 자기의 좁은 마음에 스스로 혐오를 느끼면서 말했다.

"네, 물론 제가 가지고 싶어요. 고맙게 받아 두겠어요."

전화의 상대는 잠깐 침묵했다.

"곧 가지고 가서 찾아뵙겠습니다"라고 그는 말했다. "바로 그곳 가까이에 와 있으니까요……."

"아니에요" 하고 그녀는 급히 말했다. "전 지금 곧 외출할 거예요."

"그렇다면 내일이라도……."

"전, 내일도 집에 없어요."

그녀는 이 거짓말에 부끄러운 생각이 들었다. 그를 이 아파트에 오게 하고 싶지 않은 마음을 부끄러워하면서 불쾌한 듯이 대답한 것이다. 그는 아마 호감이 가는 남성이리라. 그는 엘렌을 사랑하고 있었다. 그런데 엘렌은 죽었다. 그래서 일부러 엘렌의 책을 돌려 주러 오겠다는 것이다……

"오늘 오후라면 어딘가에서 만나 뵐 수 있습니다만……"

"좋습니다" 하고 그는 말했다. "그렇게 해주시면 고맙겠습니다."

"전…… 5번 거리 가까이 가게 됩니다만……"

"그렇다면 만날 장소를……그렇지, 록펠러 센터의 동상 앞으로 합시다. 하늘을 떠받들고 있는 아틀라스 상이지요."

"좋아요."

"3시면 어떻습니까?"

"네, 3시, 전화를 걸어 주셔서 고마워요. 정말 친절하시군요."

"천만에요"라고 그는 말했다.

"안녕, 마리온."

침묵이 흘렀다.

"당신을 킹십 양이라고 딱딱하게 부르면 이상한 느낌이 들어요. 엘렌이 곧잘 당신에 대해서 이야기해 주었거든요."

"네, 괜찮아요."

그녀는 또 싫은 느낌이 들었다. 자의식이 강하게 작용했던 것이다.

"안녕히……" 그녀는 상대를 버드라고 불러야 할 것인지 콜리스 씨라고 부를 것인지 결정을 못한 채 이렇게 말했다.

"안녕히" 하고 그는 다시 한 번 말했다.

그녀는 수화기를 내려놓은 채 잠시 전화를 바라보고 있었다. 그리고 그녀는 몸을 돌려 커피 테이블 쪽으로 갔다. 아까처럼 무릎을 꿇고 일을 하기 시작했다. 걸레질을 빨리 했다. 아까의 전화로 오후의 시간이 완전히 없어지게 되고 말았기 때문이다.

2

 우뚝 솟은 동상의 그림자 속에, 그는 얼룩 점 하나 없는 회색 플란넬 옷을 입고서 종이 꾸러미를 팔에 안고 서 있었다. 그의 앞을 경적을 요란하게 울리며 지나는 버스며, 짜증스러운 택시의 행렬을 가로막으면서 오가는 사람들의 숱한 무리가 지나가고 있다. 그는 그 한 사람 한 사람의 얼굴을 주의깊게 바라보고 있었다. 5번 거리의 사람들, 어깨에 심이 없는 옷을 입고 타이를 말쑥이 맨 사나이들, 맞춤으로 지은 옷을 입고 스카프를 목에 감아 자기의 아름다움을 의식하며, 마치 사진예술가가 이 거리의 앞쪽에서 기다리고나 있는 것처럼 아름다운 머리를 높이 쳐들고 있는 여자들. 그리하여 커다란 새장 속에 갇혀 있는 참새처럼 핑크빛을 한 얼굴이며 촌스러운 얼굴들이 햇빛을 받아 날카롭게 빛을 반사하는 이 거리 저편 성 패트릭 성당의 꼭대기를 얼빠진 얼굴로 바라보고 있었다. 그는 이러한 사람들을 주의깊게 바라보며 훨씬 전에 도로시가 보여 준 스냅 사진을 생각해 내려 하고 있었다.
 "마리온도 좀더 예뻐질 수가 있을 거예요. 하지만 아무튼 그런 머리 모양을 하고 있으니——."
 그렇게 말하며 도리가 새치름하게 머리털을 모아 올렸을 때의 몹시 찌푸린 얼굴을 그는 생각해 내고 미소지었다. 그의 손가락이 종이 꾸러미의 모서리를 더듬고 있었다.
 그녀는 북쪽에서 나타났다. 아직도 백 피트쯤 떨어져 있었으나, 그는 그녀가 마리온이라는 것을 알아차렸다. 키가 크고 호리호리하며 조금 마른 듯한 느낌으로, 이 5번 거리의 여자들과 비슷한 옷차림을 하고 있다. 갈색 양복, 금빛 스카프, 〈보그〉 잡지에 나와 있는 듯한 작은 펠트 모자, 가죽끈 달린 핸드백을 어깨에 걸친 차림이었다. 딱딱한 느낌이 들며 가벼운 옷차림은 아닌 것 같았으나 확실히 구색을 맞추어 만든 옷인 것 같았다. 뒤로 내려뜨린 머리는 갈색이었다. 도로시와 같은 커다란 갈색 눈을 가지고 있었으나 굳어 보이는 얼굴은 너무 컸고, 동생들이 그렇듯 아름다웠던 높은 볼 언저리도 마리온에게는 조금 좁은 느낌이었다. 가까이 왔을 때 그녀는 그에게로 눈길을 보냈다. 희미한 미소를 띠고 다가왔는데, 그의 시선을 받자 어찌할 바를 모르는 것 같았다. 그녀의 입술 연지는 겨우 봄의 눈뜸을 경험하려는 젊은이를 연상시키는 푸르스름한 장미빛이었다. 그는 그것을 깨달았다.

"마리온?"

"네." 그녀는 머뭇거리며 손을 내밀었다. "처음 뵙겠어요"라고 그녀는 말하고서 그의 눈 및 언저리로 흘끗 미소를 던졌다.

그가 잡은 손은 손가락이 길고 차가웠다.

"처음 뵙겠습니다" 하고 그는 말했다. "저는 당신을 꼭 뵙고 싶었습니다."

두 사람은 처음부터 정해져 있었던 것처럼 길모퉁이의 순전히 미국풍으로 꾸며진 칵테일 라운지로 발길을 옮겼다. 마리온은 잠시 마음을 정하지 못하는 눈치였으나, 곧 다이킬리를 주문했다.

"전…… 그다지 오래 있을 수가 없어요" 하고 그녀는 의자의 등받이에 어색하게 기대고 칵테일 글라스를 움켜쥐면서 말했다.

"아름다운 여성은 왜 언제나 바쁘게 뛰어다니고만 있을까요?"

그는 미소를 지으며 물었다. 그러나 이와 같은 이야기의 서두는 마리온에게 접근하기 위해서는 서투른 방식이라는 것을 곧 깨달았다. 그녀는 굳어진 미소를 보였으나, 오히려 불쾌감이 치밀어올라온 모양이었다. 그는 자기의 말이 공허하게 사라져 가는 것을 의식하면서 그녀에게 호기심에 찬 눈길을 보냈다. 조금 지나서 그는 다시 입을 열었다.

"당신은 광고회사에 근무하신다면서요?"

"캄덴 앤드 걸브레이스예요" 하고 그녀는 말했다. "당신은 아직 콜드웰 대학에 계시나요?"

"아니오."

"엘렌에게서 당신이 3학년이라고 들은 것 같은데요."

"그랬었지요. 하지만 난 대학을 중퇴하지 않으면 안되었습니다." 그는 마티니를 마셨다. "아버지가 돌아가셨기 때문에…… 어머니에게 더 이상 고생을 시키고 싶지 않다고 생각되어서요."

"어머나, 그거 안되었군요……."

"뭐, 내년에는 졸업할 작정입니다. 아니면 야학에라도 다닐 생각이지요. 당신은 어느 대학입니까?"

"컬럼비아. 당신은 뉴욕 출신이지요?"

"매사추세츠입니다."

그가 그녀의 일로 화제를 돌리려고 할 적마다 그녀는 반대로 그의 쪽으로 화제를 돌려 버리는 것이었다. 날씨 이야기로 바꾸어 버리거나 또 영화 배우인 클로드 레인즈를 놀랄 만큼 닮은 웨이터의 이야기로.

마침내 그녀가 물었다.

"그것이 책이에요?"

"네, 《앙뜨완느에서의 만찬》입니다. 엘렌이 읽어 보라고 해서…… 속표지에 그녀가 개인적인 메모를 써 놓았기 때문에 당신도 기념으로 간직해 두고 싶으리라 생각해서요."

꾸러미를 그녀에게 건넸다.

"개인적으로는" 하고 그는 말했다. "나는 좀더 의미가 있는 책이 재미있습니다만."

마리온은 일어섰다.

"이제 가 보아야겠어요." 그녀는 사과하듯이 말했다.

"하지만 아직 칵테일도 다 마시지 않았는데요……."

"모처럼이지만……" 손에 든 꾸러미로 눈을 떨구며 그녀는 재빨리 말했다. "약속이 있어서요. 일에 대한 약속이지요. 늦어질 수 없기 때문에……."

그도 일어섰다.

"하지만……."

"미안해요."

그녀는 못마땅한 듯 그를 쳐다봤다. 그는 테이블에 돈을 놓았다.

두 사람은 5번 거리로 걸어갔다. 모퉁이에서 그녀는 또 손을 내밀었다. 아직도 차가웠다.

"뵙게 되어 기쁘게 생각합니다, 콜리스 씨"라고 그녀는 말했다.

"칵테일, 잘 마셨어요. 그리고 책, 고맙습니다. 저도 읽어 보겠어요……진심으로……."

그녀는 돌아서더니 사람의 흐름 속으로 사라졌다.

닭 쫓던 개 울 쳐다보듯 그는 잠시 길모퉁이에 우두커니 서 있었다. 그리고 입술을 일그러뜨리며 걷기 시작했다.

그는 그녀의 뒤를 쫓았다. 저 갈색의 펠트 모자에는 반짝반짝 빛나는 금빛 장식이 달려 있었다. 그는 30피트쯤 거리를 두고 걸었다.

그녀는 54번 거리를 걸어가서 길을 가로질러 동쪽인 메디슨 스퀘어 쪽으로 향했다. 그녀가 어디로 가고 있는지 그는 알고 있었다. 전화 번호부에서 조사한 주소를 생각해 냈던 것이다. 그녀는 메디슨 아베뉴와 파크 아베뉴를 건넜다. 그는 길모퉁이에 멈추어서서 그녀가 갈색 석조의 저택 층계를 올라가는 것을 지켜보았다.

"일의 약속이라고……" 하고 그는 중얼거렸다.

그는 몇 분 동안 기다리고 있었다. 자기로서도 왜 기다리고 있는지 알 수 없었다. 이윽고 그는 뒤돌아보며 5번 거리 쪽으로 천천히 되돌아갔다.

3

일요일 오후, 마리온은 근대 미술관에 갔다. 1층은 그녀가 전에 한 번 보러 갔으나 시시했던 자동차 전시회가 아직도 열리고 있었고, 2층은 여느 때와 달리 붐비고 있었다. 그래서 그녀는 3층으로 크게 우회되고 있는 층계를 올라갔다. 기분좋게 즐길 수 있는 회화나 조각을 바라보며 돌아보자는 생각이었다. '머리를 감는 소녀'의 희고 날씬한 나신(裸身), '하늘을 나는 새'의 희한한 창 모양의 선이 있는 곳이었다.

레인브르크의 조각이 있는 방에 두 사나이가 있었으나 마리온이 들어가자 엇갈리듯이 나가 버리고, 조상(彫像)이 두 개 있는 썰렁한 듯한 잿빛 진열실에서 그녀는 혼자가 되었다. 두 개의 조상은 남성과 여성으로 방의 한쪽 구석에서 서로 마주보며 남자는 서고 여자는 무릎을 꿇고 앉은 자세인데, 몸이 곧게 뻗은 것이 아주 아름다웠다. 이 조상의 희미하게 떠오르는 듯한 느낌은 거의 종교 예술과 같이 이 세상과 동떨어진 분위기를 갖고 있었으므로, 마리온은 누드의 조각을 감상할 때 늘 느끼는 희미한 당혹마저 조금도 느끼지 않고 볼 수가 있었다. 그녀는 천천히 남자의 조상 둘레를 돌아보았다.

"안녕하십니까."

그 목소리는 그녀의 뒤쪽에서 들려 왔는데, 뜻하지 않은 놀라움으로 밝게 울리고 있었다.

자기에게 한 말일 거라고 생각하며 그녀는 되돌아보았다.

버드 콜리스가 입구에서 미소짓고 있었다.
"안녕하세요" 하고 마리온은 당황한 빛을 숨기지 못하며 말했다.
"정말 세상은 좁군요" 하고 그녀에게로 다가서면서 그는 말했다.
"아래층에서 당신의 바로 뒤를 따라왔는데도 당신인 줄은 몰랐군요. 그동안 별일없으十십니까?"
"덕분에."
마음이 무거워지는 듯한 침묵이 흘렀다.
"당신은?" 하고 그녀는 되물었다.
"원기왕성하지요."
두 사람은 조각 쪽으로 향했다. 어째서 그녀는 이렇게도 무뚝뚝한 것일까? 그가 핸섬하기 때문일까? 그가 엘렌의 남자친구였었기 때문일까? 풋볼의 응원에 함께 가든가 학생끼리 키스를 나눈 상대, 그리하여 사랑을 받은 상대라서······.
"이곳에 자주 오십니까?" 하고 그는 물었다.
"네."
"저도 그렇습니다."
조각에, 그녀는 이제 곤혹에 가까운 것을 느끼고 있었다. 버드 콜리스가 그녀의 곁에 서 있기 때문이었다. 그녀는 얼굴을 돌려 무릎을 꿇고 있는 여인상 쪽으로 옮겨갔다. 그는 그녀의 옆으로 따라왔다.
"그날, 약속에 늦지 않으셨습니까?"
"네" 하고 그녀는 말했다.
그도 여기에 잘 온다고 말했는데, 그는 누구하고 왔을까? 나무랄 데 없는 옷차림을 한 엘렌과 팔짱을 끼고 센트럴 파크 언저리를 헤매었으리라는 생각이 들었다······.
두 사람은 조상을 바라보았다.
"아래층에서 얼핏 보았을 때 정말 당신이리라고는 생각도 못했지요."

"어째서이지요?" 그녀는 말했다.

"엘렌은 미술관에 잘 가는 타입이 아니었기 때문에……."

"그렇기도 하겠지요."

그는 무릎 꿇고 있는 상의 둘레를 걷기 시작했다.

"콜드웰 대학의 미술학부에는 작은 미술관이 있습니다" 하고 그는 말했다. "대부분이 복제와 모사이지만 말입니다. 엘렌을 한 번인가 두 번 데리고 갔었지요. 그녀를 깨우쳐 주려고 생각했지만" 그는 머리를 저었다. "소용없었습니다."

"예술에 흥미가 없었지요, 그애는."

"그렇습니다" 하고 그는 말했다. "자기가 좋아하는 사람에게 자기의 취미를 강요하고 싶어하는 것은 이상한 일이겠죠."

마리온이 조각 쪽으로 얼굴을 향하면서 그에게 눈길을 주었다.

"저도 엘렌과 도로시를 데리고 왔었어요…… 도로시는 맨 아랫동생이에요……."

"알고 있습니다……."

"두 사람을 데리고 왔을 때에는 둘 다 갓 틴에이저가 되었을 무렵이었어요. 하지만 심심했던 모양이에요. 어렸던 탓이라고 생각은 되지만."

"어떨까요"라고 말하며 그는 반원을 그리듯하며 그녀에게로 다가왔다. "제가 그 나이 또래에 제 고장의 미술관에 가 보았더라면…… 당신은 열 두서너 살 때 이곳에 온 일이 있었습니까?"

"네."

"그래요?" 하고 그는 말했다. 그는 엘렌이나 도로시가 속한 일이 없었던 그룹의 일원이기라도 한 듯한 미소를 지어 보였다.

어린이를 둘 데리고 남자와 여자가 발소리도 요란스럽게 방으로 들어왔다.

"갑시다" 하고 그는 곁으로 다가와서 말했다.

"전……"

"오늘은 일요일입니다" 하고 그는 말했다. "뛰어가지 않으면 안될 일에 대한 약속도 없겠지요."

그는 미소를 지어 보였다. 더할 수 없이 보기 좋은 미소였다. 부드럽고 차분한 미소.

"저는 혼자이고 또 당신도 혼자……" 그는 그녀의 손을 부드럽게 잡았다. "갑시다" 하고 그는 빨아들이는 듯한 미소를 지으며 말했다.

두 사람은 3층을 빠져나와 2층으로 내려와 서로 보았던 작품에 대하여 이야기하면서 1층으로 나섰다. 건물의 내부와 조화되지 않는 번쩍거리는 자동차의 진열대 앞을 지나고 예술관 뒤인 정원으로 통하는 유리문을 지나 밖으로 나갔다. 동상에서 동상으로 옮기며 그 하나하나 앞에서 발걸음을 멈추었다. 완전 나체인 대담한 자세의 마이돌의 여성상 앞에 이르렀다.

"'불타는 유방의 최후'라는 것이로군요" 하고 버드가 말했다.

마리온이 웃음을 떠올렸다.

"이런 일을 말하는 건 우습지만" 하고 그녀는 말했다. "전 이런 조각을 보면…… 언제나 당혹감을 느끼게 된답니다."

"이것에는 나도 좀 어쩔 줄 모르겠군요" 하고 그는 미소를 지어 보이면서 말했다. "누드가 아니고 발가벗겨 놓은 것이라서——."

두 사람은 함께 소리내어 웃었다.

조각을 모두 보고 나서 그들은 정원 뒤의 벤치에 앉아 담배에 불을 붙였다.

"당신과 엘렌은 뚜렷한 교제를 계속하고 계셨겠죠?"

"정확하게 말하자면, 그렇지 않습니다……"

"제가 생각한 것은……."

"정확하게는 그렇지 않다고 말한 것은, 공식적으로 보아 틀리다는 의미이지요. 어쨌든 대학 안에서 공공연하게 교제를 하는 일이 대학 밖에서 뚜렷한 교제를 한다는 뜻은 되지 않잖습니까."

마리온은 잠자코 담배를 피우고 있었다.

"우리들에게는 공통된 것이 꽤 많이 있었습니다. 그러나 그것은 거의 표면적인 일이었습니다. 같은 강의를 듣든가 아니면 같은 사람들과 친하든가…… 그것은 콜드웰 대학에 들어가면 아무래도 그렇게 되기 쉽지요. 하지만 대학을 졸업하고 나면 우리들은…… 결혼하리라곤 생각지도 않고 있었지요." 그는 담배에 눈길을 보냈다. "저는 엘렌이 좋았습니다. 이제까지 지내온 어느 여성보다도 그녀가 좋았지요. 그녀가 죽었을 때에는 비참한 마음이 들었어요. 그러나 뭐라고 할까, 그녀는 그다지 속이 깊은 사람이 아니었습니다." 그는 잠깐 쉬었다가 다시 말을 이었다. "당신 기분을 언짢게 하고 싶지는 않지만──."

마리온은 그를 보면서 고개를 저었다.

"여러 면에서 제가 그녀를 미술관에 데리고 갔었던 일과 똑같은 결과밖에 없었던 셈입니다. 적어도 저는 너무 난해하지 않은 호퍼나 우드 정도라면 흥미를 끌게 할 수도 있으리라고 생각했습니다. 그러나 이것은 효과가 없었습니다. 전혀 흥미가 없었지요. 그것이 책이나 정치 같은 중대한 일이 되어도 역시 마찬가지더군요. 그녀는 언제나 무언가를 하고 싶어했습니다."

"집에서 구속받는 생활을 해 왔기 때문이에요. 그래서 더욱 무언가를 하고 싶다고 생각했겠지요."

"그렇겠군요" 하고 그는 말했다. "게다가 저보다 4살이나 아래였습니다."

그는 담배를 버렸다.
"그렇긴 해도 그녀는 내가 알았던 사람 가운데 가장 친절했었지요."
침묵이 흘렀다.
"누가 죽였느냐는 일로 경찰은 아무것도 발견하지 못했습니까?" 하고 그는 자못 믿어지지 않는다는 듯이 말했다.
"아무것도 없어요. 참으로 무서운 일이예요……."
그들은 잠시 잠자코 앉아 있었다. 그리고 다시 이야기를 시작했다. 뉴욕에서는 재미있는 일이 많이 있었다는 둥, 미술관은 참으로 즐거운 곳이라는 둥, 멀지 않아 개최될 마티스 전람회가 어떠할 것이라느니 하며.
"내가 누구를 좋아하는지 알고 계십니까?" 하고 그는 물었다.
"누구인데요?"
"그의 작품을 알고 계실지 어떤지 모르겠지만……" 하고 그는 말했다. "샤를르 데뮈트입니다."

4

레오 킹십은 테이블 위에 팔꿈치를 짚고 차가운 밀크가 든 글라스를 움켜잡고는 마치 아름다운 빛깔의 술이라도 보듯 자세히 들여다보고 있었다. "너는 그 사나이와 자주 만나고 있는 모양이지?" 그는 넌지시 물어 보듯 말했다.
얌전히 신경을 쓰면서 마리온은 커피 찻잔을 청색과 금색이 섞인 접시 위에 내려놓고 그 테이블 너머로 아버지에게 눈길을 보냈다. 그의 풍만한 붉은 얼굴은 잔잔해 보였다. 빛이 반사되어 그의 안경 렌즈가 보이지 않게 되자 그는 눈을 가렸다.

"버드 말이세요?"

그녀는 아버지가 말하는 의미가 버드에 대한 것인 줄 알고 있으면서도 이렇게 되물었다.

킹십은 고개를 끄덕였다.

"그래요." 마리온은 정직하게 말했다. "요즈음은 자주 만나고 있어요."

그녀는 잠시 입을 다물었다.

"이제 15분 있으면, 오늘 밤에도 찾아올 거예요."

그녀는 아버지가 어떻게 나올지를 기다리는 듯한 눈초리로 그 표정 없는 얼굴을 지켜보았다. 그녀는 이것이 말다툼이 되지 않기를 빌었다. 그렇게 되면 모처럼의 저녁을 완전히 망치고 만다. 그렇지만 그녀는 자기가 버드에 대해서 품고 있는 감정의 정도를 시험하는 말다툼이라면 있어도 좋다고 생각했다.

"그의 이번 일인데……" 하고 밀크를 내려놓으며 킹십은 말했다.

"전망은 어떠냐?"

싸늘한 순간이 스쳐간 다음 마리온이 말했다.

"지배인으로서의 견습이지요. 몇 달 지나면 주임이 될 수 있어요. 왜 그런 것을 물으시죠?"

그녀는 입술만 미소지어 보였다.

킹십은 안경을 벗었다. 그 파란 눈이 마리온의 차가운 눈길에 어색하게 뒤얽혔다.

"너는 이곳으로 그를 저녁식사에 초청했단 말이지, 마리온?" 하고 그는 말했다. "전에는 아무도 만찬에 부르든가 하지 않았었다. 이렇게 되면 조금쯤 질문해도 괜찮지 않느냐?"

"그는 하숙집에 있어요." 마리온이 말했다. "저하고 함께 식사를 하지 않을 때에는 혼자서 식사를 해요. 그래서 오늘 밤 식사에 부른 거예요."

"여기서 식사하지 않을 때에는 언제나 그와 함께 저녁 식사를 하고 있니?"

"네, 거의 함께 해요. 무엇 때문에 우리들이 따로따로 식사를 할 필요가 있겠어요? 서로 다섯 구역만 걸으면 되는데요."

그녀는 자기의 말이 왜 변명하는 투가 되는지 이상한 느낌이 들었다. 어떤 나쁜 짓을 하다가 붙잡힌 것도 아니건만.

"우리들이 함께 식사를 하는 것은 서로 상대가 있으면 즐겁기 때문이에요." 그녀는 굳어지면서 말했다. "서로 아주 호감을 갖고 있거든요."

"그렇다면 나에게는 더욱 물어 볼 권리가 있지 않을까?"

킹십은 조용히 입을 열었다.

"그는 내가 좋아할 수 있는 타입의 사람이에요. 킹십 제동의 일거리가 목표인 그런 남자가 아니에요."

"마리온……."

그녀는 은상자에서 담배를 꺼내어 은제의 탁상 라이터로 불을 붙였다.

"아버지는 그를 좋아하지 않는 거지요?"

"그런 게 아니야."

"그것도 다 그가 가난하기 때문이에요."

"그렇지 않아, 마리온. 그것은 너도 알고 있잖느냐."

한동안 침묵이 흘렀다.

"아, 그래" 하고 킹십은 말했다. "그는 가난해. 그것은 사실이다. 어느 날 밤인가, 세 번이나 그 말을 분명히 말하느라 애태우고 있었지. 그리하여 어머니가 삯바느질을 하고 있다는 이야기를 꺼냈었잖느냐."

"어머니가 바느질품을 팔아서 뭐가 나쁘지요?"

"나쁜 일은 없지, 마리온. 그런 일이 아니다. 다만 너무나 당연하다는 말투로 그러한 이야기를 꺼내는 것을 말하는 거야. 그 사나이를 보고 있으면 누가 생각나는지 알겠니? 클럽에 발이 불편하여 조금 절뚝거리는 사나이가 있단다. 우리들이 골프를 칠 적마다 이 사나이는 말하지. '자아, 어서들 하도록 해요. 늙어 빠진 다리 병신이 이기고 말 테니까.' 그래서 모두들 천천히 일부러 천천히 걷게 된단다. 이 사나이를 이기거나 하게 되면 자신이 나쁜 인간이 된 듯한 느낌이 들거든."

"그렇게 비유하여 말씀하시면 전 달아나겠어요" 하고 마리온은 말했다.

그녀는 테이블에서 일어나 거실 쪽으로 나갔다. 희끗희끗하게 반쯤 센 머리털을 낙담한 듯이 긁적거리고 있는 킹십을 남겨 둔 채로였다.

거실에는 이스트 강을 굽어볼 수 있는 커다란 창문이 있었다. 마리온은 거기에 서서 커튼의 두꺼운 천에 한 손을 놓았다. 그녀의 뒤를 따라온 아버지의 발소리가 들렸다.

"마리온, 나는 다만 네가 행복해지는 걸 보고 싶을 뿐이다." 그는 안타깝다는 듯 입을 열었다. "내가 이제까지……너를 애지중지하지 않았던 것은…… 알고 있겠지만 나는 도로시와 엘렌의 일이 있은 뒤부터……조금은 잘하려고 노력해 왔다……."

"알고 있어요." 그녀는 썩 내키지 않는다는 말투로 그 말을 인정했다. 그녀는 손가락으로 커튼을 만지작거리고 있었다. "하지만 저는 이제 25살이에요…… 한 사람의 어엿한 여자예요. 그런 저를 마치……."

"나는 다만 네가 어떤 일에 분별을 잃고 달려드는 그런 짓을 하지 않기를 바랄 뿐이다, 마리온."

제3부 마리온

"저는 그런 짓은 하지 않아요." 그녀는 부드럽게 대답했다.
"그것뿐이다, 나의 소원은."
마리온은 창 밖으로 지그시 눈길을 보내고 있었다.
"왜 그를 싫어하시지요, 아버지?" 하고 그녀는 물었다.
"나는 그를 싫어하지는 않는다. 그는 나로서는 알 수 없지만, 나는 ……."
"제가 아버지에게서 떨어져 가는 게 두려우세요?"
그녀는 이 질문을 천천히 말했다. 이 생각이 말을 꺼낸 그녀를 놀라게 한 것처럼.
"너는 이미 일찍부터 나에게서 떨어져 있지 않니? 저 아파트로 나가 살고 있으니까."
그녀는 창문에서 뒤돌아보며 방 한쪽에 있는 킹십에게로 얼굴을 돌렸다.
"아버지는 사실 버드에게 감사해야만 해요" 하고 그녀는 말했다. "이야기해요, 우리. 저는 그가 여기로 와서 식사를 하게 하고 싶지 않았어요. '함께 식사를 하지 않겠어요?'라고 말하자마자 곧 후회했지요. 하지만 그가 말하잖겠어요. 그는 '글쎄, 당신의 아버지가 아니라고 하는 그 심정도 생각해 줘야지요'라고 말했어요. 전 그렇지 않지만 버드는 가족 사이를 무척 소중하게 생각하고 있어요. 알겠어요, 아버지? 그러니까 아버지도 그저 반대만 하시지 말고 오히려 감사를 해야 할 거예요. 만일 그에게 어떤 일을 하신다면, 그건 우리들을 더욱 강하게 결합시킬 뿐일 거예요."
그녀는 다시 창문으로 얼굴을 돌렸다.
"좋다" 하고 킹십은 말했다. "그는 아마 훌륭한 젊은이일 테지. 나는 다만 네가 잘못을 저지르지 않고 있다는 것을 확인하고 싶었을 뿐이야."

"무슨 뜻이지요?"

그녀는 다시 창문에서 뒤돌아보았다. 이번에는 훨씬 느릿하게 움직이고 있었는데 그것은 몸이 굳어져 있었기 때문이었다.

킹십은 애매하게 말했다.

"나는 네가 어떤 잘못된 일을 저지르지 않도록 해 달라는 것뿐이다. 그것뿐이야."

"그의 일을 무언가 조사시키고 계신가요?" 마리온은 물었다. "다른 사람에게 물어 보고 계세요? 누군가를 시켜 조사하고 계세요?"

"바보 같은 소리!"

"엘렌에게 했던 것처럼?"

"엘렌은 그때 17살이었다! 그래서 나는 상대에 대해 조사를 시켰지만 내가 옳았지 않았니? 그리고 그때 엘렌의 상대가 좋은 젊은이였느냐?"

"어쨌든 저는 25살이나 되었고 제 자신의 생각이 있어요! 만일 버드의 일을 누군가에게 조사시키든가 한다면……."

"그런 일은 생각해 보지도 않았다!"

마리온의 눈동자가 그에게로 모아졌다.

"난 버드가 좋아요" 하고 그녀는 천천히 말했다. 목소리가 굳어져 있었다. "나는 그가 너무너무 좋아요. 가까스로 좋은 사람과 만났다는 일이 어떠한 것인지 아버지는 알고 계세요?"

"마리온, 나는——."

"그러니까 아버지가 무언가 그에게 견디기 어려운 심정을 느끼게 하든가, 불가능하다고 믿게 만들든가 저에게는 어울리지 않는다는 그러한 심정을 깃들도록 하든가 하신다면……전 아버지를 결코 용서하지 않겠어요. 신에게 맹세코 살아 있는 한 아버지하고는 말도 않겠어요."

그녀는 창문 쪽으로 향했다.

"아니, 그런 일은 생각도 하지 않았다니까, 마리온. 맹세해도 좋아
......"

그는 절망한 것처럼 그녀의 고집스러운 뒷모습을 바라보며, 힘없는 한숨을 내쉬고는 의자에 깊숙이 몸을 파묻었다.

몇 분 뒤, 현관문의 벨이 울렸다. 마리온은 창문에서 떨어져 방을 가로질러 현관의 홀로 통하는 도어로 갔다.

"마리온." 킹십이 자리에서 일어서며 불렀다.

그녀는 발을 멈추고 그를 마주보았다. 현관 홀에서 도어가 열리는 소리와 이야기 소리가 들려 왔다.

"잠시 기다려 달라고 말해 다오…… 술을 좀 마시겠다."

잠시 침묵이 흘렀다.

"좋아요" 하고 그녀는 말했다. 그리고 문가에서 그녀는 조금 망설임을 보였다. "그런 말을 드려서 죄송해요." 그녀는 나가 버렸다.

킹십은 그녀가 나가는 뒷모습을 지켜보고 있었다. 그리고 그는 뒤돌아서더니 벽난로로 다가갔다. 그는 한 걸음 둘러서서 벽난로 선반 위에 얹혀져 있는 거울에 비친 자기의 모습을 바라보았다. 그는 한 달에 7백 달러가 드는 거실에서 생활하며 7백 달러짜리 옷을 입은 뚱뚱한 사나이를 보았다.

이윽고 그는 몸을 일으키고 얼굴에 미소를 지으며 돌아다보더니, 오른손을 뻗치면서 문가로 걸어갔다.

"오오, 어서 오게, 버드" 하고 그는 말했다.

5

마리온의 생일은 11월 초의 토요일이었다. 그날 아침, 그녀는 허둥

지둥 아파트를 깨끗이 청소했다. 1시에 그녀는 파크 아베뉴의 조용한 골목에 있는 작은 빌딩으로 갔다. 그 건물 흰 도어 곁의 위엄있어 보이는 느낌의 하얀색 도어 표지는 정신 병원이나 실내 장식가의 것이 아니라 어떤 레스토랑임을 나타내고 있었다. 레오 킹십은 이 흰 도어 안에서 루이 15세 풍의 소파에 조마조마하게 앉아서 미식 요리(美食料理)의 메뉴를 살피고 있었다. 그는 그 큼직한 메뉴를 내려놓고 일어서더니 마리온의 볼에 키스하고 생일을 축하한다고 말했다. 손가락을 흔들거리며 틀니를 한 급사장이 두 사람을 테이블로 안내했고, 예약 카드를 집어들더니 프랑스 식으로 좌석을 권했다. 테이블 한가운데는 장미로 꾸며지고 마리온의 앞에는 흰 종이로 포장하여 금빛 리본으로 묶은 작은 상자가 놓여져 있었다. 킹십은 그것을 깨닫지 못한 것처럼 모르는 척하고 있었다. 그가 술 종류의 메뉴며 "무얼로 하시겠습니까, 손님" 하는 급사장의 말에 정신을 빼앗기고 있는 동안, 마리온은 흥분으로 볼을 물들이고 눈동자를 빛내며 그 금빛 리본을 풀어 상자를 열었다. 솜 사이로 내다보이는 것은 금브로치로서 그 위에 작은 진주가 얹혀져 있었다. 마리온은 그 브로치에 놀라움의 소리를 질렀다. 급사장이 가 버리자 아버지의 손을 잡고 기쁜 듯이 고맙다는 말을 했다. 그의 손은 마치 그것을 기다리기라도 하는 듯이 테이블 옆에 놓은 그녀의 손 가까이에 있었던 것이다.

이 브로치는 그녀가 고를 만한 것은 아니었다. 디자인이 그녀의 취향으로서는 좀 지나치게 섬세했다. 그렇지만 그녀는 정말 행복했다. 그것은 선물을 받았기 때문에 행복한 것이 아니라 아버지가 주었다는 것이 몸에 스미도록 기뻤던 것이다. 이제까지 레오 킹십이 딸들의 생일에 준 것은 5번 거리에 있는 백화점의 백 달러짜리 상품권으로서, 그것도 비서를 시켜 사무적으로 선물했을 뿐이었다.

아버지와 헤어지고 나서 마리온은 미장원에 들렀다가 아파트로 돌아갔다. 오후 늦게 벨이 울렸다. 그녀는 아래층의 도어를 여는 자동 단추를 눌렀다. 몇 분 뒤 심부름꾼이 일부러 숨을 헐떡이며 꽃가게의 상자를 들고 나타나서는 그것보다 굉장히 무거운 것이라도 날라온 듯한 시늉을 해보였다. 25센트를 주자 그의 호흡은 본래 상태가 되었다.

상자 속의 녹색 파라핀 종이 아래에는 코사지에 싼 새하얀 난초꽃이 있었다. 그것에 달려 있는 카드에 다만 '버드'라고만 씌어져 있었다. 거울 앞에 서서 마리온은 머리며 팔이며, 어깨 언저리에 시험하듯이 손을 대어 보았다. 그리고 그녀는 주방으로 가서 난초꽃을 상자에 넣고 허리 언저리 높이인 냉장고에 꽃을 넣고 비로소 그 두꺼운 엽맥이 보이는 열대의 꽃잎에 물을 몇 방울 떨어뜨려 주었다.

그는 6시 정각에 나타났다. 그는 마리온의 이름표 옆에 있는 단추를 두 번 세게 힘주어 누르고서 환기가 나쁜 홀에 선 채로 기다리며, 잿빛 가죽 장갑을 벗고 감색 코트 깃에서 실밥을 떼어냈다. 이윽고 층계에서 발소리가 들렸다. 커튼을 친 도어가 열리고 눈이 부실 듯이 차려입은 마리온이 모습을 나타냈다. 그녀는 검은 코트에 하얗게 솟아난 듯이 난초꽃을 달고 있었다. 두 사람은 손을 잡고 흔들어댔다. 가장 행복한 생일이기를 뜻하는 인사를 하고 그는 그녀의 입술 연지를 더럽히지 않도록 볼에 키스했다. 그녀와 처음으로 만났을 때보다는 훨씬 입술 연지가 짙어져 있음을 깨달았기 때문이었다.

52번 거리의 스테이크 하우스로 갔다. 이 집의 메뉴에 있는 가격은 그녀가 점심 식사를 한 집의 가격보다 훨씬 쌌지만 마리온에게는 분수에 넘치는 일로 생각되었다. 그녀는 버드의 눈으로 가격을 보고 있었기 때문이었다. 그녀는 둘 다 똑같은 것을 주문하자고 말했다.

먼저 샴페인 칵테일을 들었다.

"그대를 위해, 마리온!" 하고 그가 말하며 건배하고는 블랙 어니언 수프와 사로인 스테이크를 주문했다. 식사가 끝날 때 급사의 쟁반에 18달러를 놓자, 버드는 마리온이 얼굴을 조금 찌푸리는 것을 보았다.

"하지만 마리온, 오늘은 당신의 생일이잖아" 하고 그는 말하며 미소지었다.

레스토랑을 나와 택시를 타고 '성녀(聖女) 존'을 상연하는 극장으로 갔다. 막간 때 전에 없이 마리온이 유쾌하게 소리내어 웃었다. 그녀의 암사슴과 같은 눈초리는 버나드 쇼며 연기, 또 그들의 앞자리에 앉아 있는 명사에 대해서 이야기하며 반짝반짝 빛나는 것이었다. 연극을 보는 동안 두 사람의 손은 서로의 손 안에 따뜻하게 쥐어져 있었다.

나중에 이르러 버드가 그날 밤 돈을 너무 많이 썼다고 생각되었기 때문에, 마리온은 그녀의 아파트로 가자고 그를 이끌었다.

"가까스로 성당에 들어서는 것을 허락받은 순례자 같은 느낌이 드는걸" 하고 그는 말했다. 열쇠 구멍에 열쇠를 집어넣고 그는 열쇠와 도어 손잡이를 동시에 돌렸다.

"현실과 동떨어진 것 같은 건 하나도 없어요."

마리온은 빠르게 말했다.

"정말이에요. 방이 둘뿐인 흔해 빠진 구조로 부엌이 아주 조그마해요."

그는 도어를 열고 열쇠를 뽑더니 마리온에게 건네 주었다. 그녀는 아파트에 들어서자 도어 뒤쪽에 있는 벽의 전기 스위치로 손을 뻗쳤다. 방 안이 밝아졌다. 안으로 들어가 등 뒤로 도어를 닫았다. 마리온은 돌아보며 그에게 눈길을 보냈다. 그의 눈은 짙은 회색 벽이며 청색과 백색의 줄무늬가 있는 커튼, 석회로 소독한 그대로 드러난 가구로 옮겨졌다. 그는 낮게 감탄하는 듯한 소리를 내었다.
"아주 작지요?" 하고 마리온이 말했다.
"하지만 멋있어." 그는 말했다. "아주 훌륭해."
"기뻐요."
그녀는 그에게서 떨어져 코트에서 난초꽃을 떼자, 어찌 된 까닭인지 별안간 처음 만났을 때처럼 싫은 생각이 들었다. 그녀는 난초꽃 코사지를 선반에 놓고 코트를 벗으려고 했다. 그가 도와 주었다.
"아름다운 가구야" 하고 어깨 너머로 그는 말했다.
그녀는 기계적인 몸짓으로 옷장에 두 사람의 코트를 걸고, 그리고 선반 위의 거울을 보았다. 손어림으로 팥죽색 드레스의 어깨에 난초꽃을 핀으로 꽂자, 자기의 모습 저편에 비치고 있는 버드의 모습으로 눈길을 보냈다. 그는 방 가운데로 걸어갔다. 커피 테이블 앞에 서서 그는 네모진 동제 접시를 손에 들었다. 그 옆얼굴은 무표정하여 그것이 그의 마음에 들었는지 어떤지 알 수 없었다. 마리온은 자기가 숨결을 죽이고 꼼짝도 않고 있음을 깨달았다.
"으음." 그는 마음에 든 것처럼 마침내 이렇게 말했다. "이건 아버지로부터 받은 선물인 모양이로군."
"아니오" 하고 마리온은 거울에 대고 말했다. "엘렌이 준 거예요."
"오, 그래?"
그는 잠시 그것을 바라보다가 내려놓았다.
드레스의 깃 언저리를 매만지며 마리온은 거울에서 돌아서 그가 느릿느릿 세 걸음으로 방을 가로지르는 것을 지켜보았다. 그는 나직한 책꽂이 앞에 서더니 그 위의 벽에 걸린 유화를 바라보았다.
"그리운 데뮈트로군" 하고 그는 말했다. 그리고 미소지으며 그녀를 흘끗 보았다. 그녀도 미소로 대답했다. 그는 다시 그림 쪽으로 눈을 옮겼다.
 이윽고 마리온은 앞으로 나아가 그의 곁으로 다가갔다.
 "이 곡식을 바치고 있는 그림을, 이 화가가 '나의 이집트'라고 부른 의미를 아무래도 모르겠는걸" 하고 버드는 말했다.
 "그래요? 난 잘은 모르지만……"
 "하지만 아름다운 그림이야." 그는 마리온을 돌아보았다. "왜 그래? 내 코에 먼지라도 묻어 있어?"
 "뭐라고요?"
 "당신이 보고 있는……."
 "어머나, 그렇지 않아요. 뭐 좀 마시겠어요?"
 "그러지."
 "와인밖에 없어요."
 "좋아."
 마리온은 주방 쪽으로 갔다.
 "잠깐, 가기 전에……" 그는 호주머니에서 얇은 비단으로 포장한 조그만 상자를 꺼냈다. "생일 축하해."
 "어머나, 버드, 이러면 안돼요!"
 "이러면 안돼요" 하고 그는 재빨리 흉내를 내보였다. "하지만 이런 일을 하는 것, 기뻐해 주지 않겠어?"
 그 속에 든 은귀걸이는 산뜻하고 잘 닦인 세모꼴의 것이었다.
 "어머나, 기뻐요! 아주 훌륭해요!"
 마리온은 외치듯이 말하며 그에게 키스했다.
 그녀는 그것을 귀에 달려고 거울이 있는 선반으로 얼른 다가갔다. 그는 뒤로 다가가서 거울 속의 그녀를 바라보았다. 양쪽 귀에 귀걸이를 달자, 그는 그녀를 홱 돌려세웠다.
 "훌륭하다는 말, 진심이었어?" 하고 그는 말했다.

키스를 하고 나자 그는 말했다.

"자, 당신이 말한 와인을 대접받을까요?"

마리온은 라피아 종려(棕櫚)로 싼 바르도리노 술과 글라스 두 개를 쟁반에 받쳐들고 부엌에서 나왔다. 버드는 윗옷을 벗고 책꽂이 앞의 바닥에 책상다리를 하고 앉아 무릎 위에 책을 한 권 펼치고 있었다.

"당신이 프루스트를 좋아하는 줄은 몰랐는걸" 하고 그는 말했다.

"어머나, 참 좋아해요!"

그녀는 쟁반을 커피 테이블에 놓았다.

"여기가 더 좋아" 하고 그는 말하며 책꽂이를 가리켰다.

마리온은 쟁반을 책꽂이 앞으로 옮겼다. 그녀는 글라스 두 개에 술을 따라 버드에게 건네 주었다. 그 하나를 손에 들고 그녀는 구두를 벗어던지더니 그의 곁에 앉았다. 그는 책의 페이지를 넘기고 있었다.

"내가 열중했던 대목을 가르쳐 주지" 하고 그는 말했다.

그는 스위치를 눌렀다. 바늘이 뱀 대가리처럼 천천히 움직여, 회전하고 있는 레코드의 가장자리에 닿으려고 내려온다. 축음기의 뚜껑을 닫고 그는 방을 가로질러 마리온의 곁 파란 커버를 씌운 긴의자에 앉았다. 라흐마니노프의 피아노 협주곡 제2번 1악장의 피아노 선율이 울려 왔다.

"이 기분에 꼭 맞는 레코드이군요"라고 마리온은 말했다.

벽에 붙여 놓여져 있는 깊숙한 의자에 몸을 파묻은 채, 버드는 오직 하나의 조명만이 엷은 빛을 던지고 있는 방을 둘러보았다.

"이 방은 하나에서 열까지 완벽하군" 하고 그는 말했다. "왜 좀더 일찍 나를 여기로 데려와 주지 않았을까?"

그녀는 드레스의 단추 하나에 붙어 있던 라피아 종려의 꽃술을 떼어 냈다.

"몰랐어요, 나로서는……" 하고 그녀는 말했다. "나는…… 그런 일이 당신의 마음에 들지 않으리라고 생각했지요."

"마음에 들지 않을 리가 있겠어……" 하고 그는 말했다.

그의 손 끝이 교묘하게 단추의 줄을 더듬고 있었다. 그녀의 손은 따뜻하게 그의 손 위에 놓여져 있고, 그의 손은 그녀의 유방 가운데로 다가가 있었다.

"버드, 나는 이제까지……아무 일도 없었어요."
"알고 있어, 다알링. 그런 말은 하지 않아도 좋은 거야."
"전에 난 아무도 사랑한 일이 없었어요."
"나도 마찬가지였어. 나도 누구를 사랑한 일은 없었어. 당신하고 만날 때까지는."
"정말이지요? 정말 사랑한 일이 없었겠지요?"
"당신뿐이야."
"엘렌도 사랑하지 않았어요?"
"당신뿐이라니까. 맹세해도 좋아."
그는 그녀에게 키스를 퍼부었다.
그녀는 그의 손에서 손을 떼어 그의 볼 쪽으로 올려 갔다.

6

뉴욕 타임즈 지 1951년 12월 24일자 기사 발췌.

마리온 J 킹십, 토요일에 결혼 예정.

맨해턴에 살고 있는 레오 킹십 씨와 고(故) 필리스 해처의 영애 마리온 J 킹십 양은 매사추세츠 주 미나세트의 조셉 콜리스 부인과 고 콜리스의 아들 버튼 콜리스 군과 오는 12월 29일 토요일 오후에 그녀의 아버지 저택에서 결혼식을 올릴 예정.

킹십 양은 뉴욕 스펜스 스쿨을 거쳐 컬럼비아 대학을 졸업, 지난 주일까지 그녀는 캄덴 앤드 걸브레이스 광고회사에 근무하고 있었다.

신랑은 제2차 대전 중 육군에 입대, 제대 후 위스콘신 주 콜드웰 대학에 다니며, 최근 킹십 제동의 국내 판매부에 취직했었다.

7

책상 앞에 앉아 리처드슨 양은 자기로서는 매우 우아하다고 믿고 있는 몸짓으로 오른손을 뻗쳐 손목을 단단히 죄어 댄 금팔찌를 흘끗 바라보고, 어머님의 것으로는 너무 젊은 느낌이 든다고 단정했다. 그녀는 어머니에게는 무언가 다른 것을 사 드리기로 하고 이 팔찌는 자기가 가지려고 생각했다.

눈을 가린 손 저편의 배경이 갑자기 파아래졌다. 하얀 핀이 달려 있다. 얼굴을 들고 미소를 지어 보이려고 했으나, 거기에 선 사람이 아까도 왔던 이상한 녀석이라는 걸 알자 미소를 지웠다.

"안녕하세요?" 하고 그 사나이는 쾌활한 말투로 말했다.

리처드슨 양은 서랍을 열고 허겁지겁 아무것도 씌어져 있지 않은 타이프 용지를 한 장 빼냈다.

"킹십 씨께서는 아직 식사 중이십니다"라고 그녀는 무뚝뚝하게 말했다.

"이봐요, 아가씨. 그는 12시에도 식사하고 있었어. 지금은 2시요. 그는 대체 사람입니까, 무소입니까?"

"이번 주말에 면회 약속을 하시는 게……."
"나는 오늘 오후 폐하께 알현을 청하고 싶은데요."
리처드슨 양은 무서운 기세로 서랍을 닫았다.
"내일은 크리스마스란 말이에요"라고 그녀는 말했다. "킹십 씨는 오늘부터 주말까지 나흘 동안은 줄곧 예정이 꽉 차 있어요. 바쁘시지 않다면 이런 말씀 드리지도 않아요. 어떠한 볼일이라도 면회 사절이라고 엄명을 하셨어요. 어떤 볼일이라도 안돼요."
"그러고 보니 식사 중은 아니란 말이로군요?"
"저에게 엄하게 명령하셔서……."
이 사나이는 한숨을 쉬었다. 어깨에 코트를 걸친 모습으로 그는 리처드슨 양의 앞에 있는 전화 곁의 사무 정리통 그물 선반에서 종이를 한 장 집어들었다.
"한 장 실례해도 괜찮습니까?"라고 물으며 그는 벌써 종이를 집어들고 있었다. 팔에 안고 있던 커다란 청색 책 위에 그 종이를 받치고 마노(瑪瑙)로 된 펜 홀더에서 리처드슨양의 펜을 슬쩍 뽑아 쓰기 시작했다.
"어머나, 실례고 뭐고 없잖아요!"
리처드슨 양은 투덜거렸다.
다 쓰고 나자 사나이는 펜을 본래의 장소로 되돌려 놓고 종이에 입김을 불어댔다. 그리고 그것을 리처드슨 양에게 건넸다.
"이것을 전해 주시오" 하고 그는 말했다. "필요하다면 도어 밑으로 집어넣어 주어도 좋소."
리처드슨 양은 그를 쳐다보았다. 그리고 그녀는 그 종이를 펴 보았다.
찌푸린 얼굴로 그녀는 고개를 들었다.
"도로시와 엘렌……?"

그의 얼굴은 무표정했다.

그녀는 의자에서 일어섰다.

"어떤 급한 볼일이라도 면회 사절이라고 말씀하셨어요."

주문(呪文)의 힘을 믿기라도 하는 듯 그녀는 조용히 되풀이했다.

"이름을 말씀해 주세요."

"그것만 전해 주십시오. 당신은 천사 같은 여성이군요."

"저어……."

그는 다만 그렇게 서 있을 뿐이었다. 목소리에는 밝은 느낌이 있었지만 몹시 진지하게 그녀를 보고 있었다. 리처드슨 양은 얼굴을 찌푸리며 그 종이에 다시 눈길을 떨구더니, 접었다. 그녀는 탄탄한 파넬로 되어 있는 도어로 다가갔다.

"좋아요" 하고 그녀는 진저리가 난다는 듯이 말했다. "하지만 어떻게 될지는 몰라요. 저는 엄하게 명령을 받고 있으니까."

세심한 주의를 기울이며 그녀는 도어를 가볍게 두드렸다. 도어를 열어 자못 변명하듯이 그 종이를 앞으로 내밀자 종이는 도어 안쪽으로 사라졌다.

1분 뒤에 그녀는 배신당한 듯한 얼굴을 하고 나타났다.

"이리로 들어오세요" 하고 도어를 열면서 그녀는 시무룩한 투로 말했다.

사나이는 어깨에 코트를 걸친 채 팔에 책을 안고는 급한 걸음으로 그녀의 앞을 지나갔다.

"방그레 웃어 봐요" 하고 그는 나직한 목소리로 놀렸다.

도어를 닫는 희미한 소리에 레오 킹십은 손에 든 종이쪽지에서 눈을 들었다. 그는 와이셔츠 차림으로 책상 뒤에 서 있었다. 윗옷은 뒤쪽 의자의 등에 걸려 있고 안경은 붉어진 이마로 밀어올려져 있었다. 베네치아 풍의 블라인드에서 드리워지는 햇빛이 그의 뚱뚱한 몸에 줄

무늬를 만들고 있었다. 양탄자가 방 안 가득 깔린 실내를 사나이가 지나오고 있다. 그는 침착성을 잃은 태도로 바라보고 있었다.

"아아, 자네로군" 하고 그 사나이가 햇빛을 가로막을 만큼 가까이 다가와서 얼굴을 알아보게 되었을 때 킹십은 말했다. 그는 그 종이에 눈을 떨구더니 꾸깃꾸깃 뭉쳤다. 불안한 표정이 안도감으로 바뀌고 다시 곤혹으로 바뀌었다.

"안녕하십니까, 킹십 씨" 하고 그 사나이는 손을 내밀면서 말했다. 킹십은 마음이 내키지 않는 듯한 태도로 그 손을 잡았다.

"자네가 리처드슨 양에게 이름을 밝히지 않았던 것도 이상할 게 없군."

미소를 지으며 그는 방문객용의 의자에 앉았다. 코트를 곁에 놓고 책을 무릎에 올려놓았다.

"그런데 자네의 이름을 잊어 버린 것 같은데" 하고 킹십은 말했다. 그랜트 군이었던가?"

"갠트입니다." 그는 긴 다리를 천천히 포개었다. "고든 갠트이지요."

킹십은 선 채로였다.

"나는 매우 바쁘다네, 갠트" 하고 그는 서류가 쌓여 있는 책상에 손을 걸치면서 단호히 말했다. "그러므로 도로시와 엘렌에 대한 정보가" 하며 그는 뭉친 종이쪽지를 손에 들었다. "그때 블루리버에서 자네가 진술한 '이론'과 똑같은 것이라면……."

"일부분은 같습니다." 갠트가 말했다.

"그것은 유감이군. 나는 듣고 싶지 않네."

"저는 당신의 히트 퍼레이드인 넘버원이 아니라는 것만은 추측하고 있었지요."

"내가 자네에게 호의를 갖고 있지 않다는 의미인가? 그것은 전혀 틀린 생각일세. 나는 자네가 그와 같은 짓을 한 동기가 아주 훌륭하다는 것을 알고 있어. 자네는 엘렌에게 애정을 갖고 있었지. 자네는 청춘의 정열을 보여 주었어…… 그러나 그것은 잘못된 방향으로 나아갔네. 더욱 나를 비참하게 괴롭히는 그릇된 방향으로 말일세. 엘렌이 죽은 바로 뒤에 나의 호텔 방에 뛰어들어와서……고르고 골라서 그런 때에 뜻하지도 않은 과거의 일을 늘어놓았어……."

그는 호소하는 듯한 눈으로 갠트를 바라보았다.

"도로시가 스스로 목숨을 끊은 것이 아니라는 따위의 터무니없는 일을 내가 경찰에 신고하리라고 생각하나?"

"그녀는 자살한 것이 아닙니다."

"유서가 있네"라고 그는 아주 힘없이 말했다. "유서가……"

"그런 애매한 말을 사용한 문장으로는 자살 말고도 얼마든지 다른 상황을 생각할 수가 있습니다. 또는 함정에 걸려 그러한 것을 쓰게 될 수도 있겠지요."

갠트가 몸을 앞으로 내밀었다.

"도로시는 결혼을 하려고 그 시정 회관으로 갔던 겁니다. 엘렌의 추리는 옳았어요. 그녀가 살해되었다는 사실이 그것을 증명하고 있습니다."

"그런 증명 따윈 성립될 리가 없어." 킹십은 갠트의 말을 가로막았다. "그 두 사건은 서로 관계가 없단 말일세. 경찰의 보고는 들었을 테지."

"강도라는 설 말입니까?"

"어째서 부인하나? 어째서 강도의 짓이 아니지?"

"저는 우연의 일치를 믿지 않기 때문입니다. 강도니 뭐니 할 게 아니란 말입니다."

"그것은 자네가 아직 어리다는 증거일세, 갠트."

조금 있다가 갠트는 불쑥 내뱉었다.

"두 번 모두 같은 범인의 짓이었던 겁니다."

킹십은 피로한 듯이 책상에다 손을 받치고 그 위에 놓인 종이쪽지에 눈을 떨구었다.

"어째서 자네는 그 사건을 또 끄집어 내나?" 그는 한숨을 쉬었다. "남의 일에 참견하지 말게. 나의 심정을 생각해 본 일이 있는가? ……."

그는 안경을 집어 쓰더니 한 권의 장부 페이지를 넘기기 시작했다.

"돌아가 주게나."

갠트는 전혀 일어서려고 하지 않았다.

"저는 휴가로 집에 돌아가는 길입니다." 하고 그는 말했다. "고향은 화이트 플레인즈입니다. 지난해 3월에 이미 증언한 일을 새삼 되풀이하기 위해 뉴욕 센트럴에서 시간을 허비하고 있는 게 아닙니다."

"그래서 어쩌겠다는 건가?"

킹십은 상대의 턱이 긴 얼굴에 날카로운 눈길을 보냈다.

"오늘 아침의 〈타임즈〉지에 어떤 기사가 실려 있었습니다……동정란(動靜欄)에 말입니다……."

"내 딸의 결혼 말인가?"

갠트는 고개를 끄덕였다. 그는 가슴 포켓에서 담뱃갑을 꺼냈다.

"버드 콜리스에 대해 당신은 어느 정도 알고 계십니까?"

갠트가 물었다.

킹십은 잠자코 상대의 눈을 쏘아보았다.

"그에 대해 얼마나 알고 있느냐는 말인가?" 그는 천천히 되물었다. "나의 사위가 될 젊은이일세. 그에 대해 알고 있다는 건 어떤 의미이지?"

제3부 마리온

"그와 엘렌이 교제하고 있었던 일을 알고 계십니까?"

"물론이지." 킹십을 몸을 벌떡 일으켰다. "자네는 무엇을 끌어내 겠다는 건가!"

"이야기하면 긴 이야기가 되지요." 갠트는 말했다. 그 파란 눈초리가 날카롭게 찌르듯이 짙은 눈썹 아래에서 빛났다. 그는 킹십에게 자리에 앉도록 몸짓으로 가리켰다.

"제 앞에 덮어누르듯이 서 계신다면 이야기를 하기가 어렵습니다."

킹십은 자리에 앉았다. 그러나 그는 금방이라도 다시 일어날 것처럼 자기의 앞 책상 가장자리에 두 손을 걸치고 있었다.

갠트는 담배에 불을 붙였다. 그는 한동안 말없이 앉아 담뱃불을 지그시 지켜보며 아랫입술을 이빨로 깨물고 있었다. 방송 시작 시간의 신호를 기다리고 있는 듯한 모습이었다. 그리고 그는 부드럽게 막힘이 없는 아나운서 같은 목소리로 이야기하기 시작했다.

"콜드웰을 출발했을 때"라고 그는 말했다. "엘렌은 버드 콜리스에게 편지를 썼습니다. 엘렌이 블루리버에 와 닿은 지 얼마 뒤 나는 우연히 그 편지를 읽었습니다. 강력한 인상을 받았지요. 왜냐하면 살인 용의자의 이야기가 씌어져 있고 어쨌든 내가 그 유력한 한 사람으로 지목되어 있었으니까요."

그는 미소지었다.

"저는 그 편지를 두 번 읽었습니다, 주의깊게. 엘렌이 살해된 날 밤, 그저 그럴 듯한 증명만 되면 된다는 식의 형사부장 엘돈 체서가 엘렌이 나의 걸프렌드냐고 물었습니다. 이것이 그가 형사로서의 경험 중에서 오직 하나 제대로 된 질문이었지요. 그것이 나에게 엘렌의 보이프렌드인 버드 콜리스를 생각케 했기 때문입니다. 첫째로는 엘렌이 흉기를 가진 살인자와 함께 행방불명이 되었다는 사실을 생각지 않으려고, 또 둘째로는 내가 그녀를 좋아하게 되어 그녀가 좋아하는 이는 어떤 남자일까 생각했기 때문에 저는 그 편지에 대해 생각이 났던 겁니다. 그것은 아직도 내 마음에 뚜렷이 새겨져 있지요. 그 편지야말로 나의 연적(戀敵) 버드 콜리스에 대한 유일한 자료였던 것입니다."

갠트는 조금 쉬고 나서 말을 이었다.

"처음에는 아무 내용도 없는 듯한 느낌이 들었습니다. 이름은 사랑하는 버드라고 되어 있을 뿐이고, 봉투의 주소는 위스콘신 주 콜드웰 루스벨트 스트리트라는 것밖에는 아무 단서가 없었습니다. 그렇지만 좀더 깊이 생각한 나머지, 엘렌의 편지에서 몇 개의 특징을 집어내어 그것을 버드 콜리스의 더욱 큰 특징으로 종합할 수가 있었던 것입니다. 하지만 그때에는 아무 의미가 없는 걸로 보였지요. 그것은 내가 진실로 찾고 있었던 그의 개성을 찾아낸다기보다는 어디까지나 외면적인 사실뿐이었기 때문입니다. 그러나 그 사실은 나의 머리에서 떠나지 않았습니다. 그런데 그것이 오늘에 이르러서야 정말로 의미를 갖게 된 듯한 느낌이 든 겁니다."

"계속하게."

갠트가 담배를 꼬나물자 킹십이 재촉했다.

갠트는 편안하게 몸을 뒤로 젖혔다.

"우선 첫째로, '이 여행이 공부에 아무 지장을 주는 일이 없으리라는 거예요. 왜냐하면 당신이 각 수업의 노트를 모두 해주실 테니 말이에요'라고 버드에게 쓰고 있었습니다. 이 무렵 엘렌은 4학년이었습니다. 즉 전문 과정에 진학하고 있었던 거지요. 어느 대학이든 전문 과정은 1학년 교양 과정과도 가까운 것입니다만, 대개는 2학년생과 함께 상의를 빚게 되어 있습니다. 그래서 만일 버드가 엘렌이 택한 학과 모두에 출석하고 있었다면 아마 2학년이리라고 생각되는 셈입니다. 물론 3학년, 4학년의 어느 경우에도 개연성이 있는 셈이지만.

 둘째로, 편지의 어떤 점에서, 엘렌은 콜드웰 대학에 들어가고 나서 3년 동안의 자신의 행동을 쓰고 있는 것입니다. 이것은 도로시가 죽은 뒤의 그녀의 행동과는 전혀 반대였지요. 그녀는 자기가 얼마나 심한 말괄량이였었는지 모른다고 쓰고 난 바로 그 뒤에 이렇게 말하고 있었던 겁니다. 나는 똑똑히 그 말을 기억하고 있다고 생각합니다. '당신은 그러한 나를 뜻밖이라고 생각하시겠지요.' 즉 이것은 그야말로 의심할 여지도 없이 그 최초의 3년 동안 버드는 그녀와 만난 일이 없다는 걸 의미하는 셈입니다. 이것은 스토다드 대학처럼 꽤 큰 대학이라면 흔히 있을 수 있는 일이지요. 그러면 세 번째의 점으로 옮깁시다.

 셋째, 콜드웰은 아주 작은 대학입니다. 스토다드 대학의 10분의 1밖에 안된다고 엘렌은 쓰고 있지만 그녀는 그다지 확실하지도 않은 일을 좀 지나치게 멋대로 추측하고 있는 것입니다. 저는 오늘 아침 연감을 조사해 보았습니다. 스토다드 대학은 1만 2천 명이 넘는 학생이 있는 데 비하여 콜드웰 대학은 겨우 8백 명이었습니다. 더구나 그 편지에서 엘렌은 도로시를 절대로 콜드웰 대학에 오게 하고 싶지 않았었다고 쓰고 있습니다. 이 대학에서는 누구나 서로서로 알고 있고 누가 무엇을 하고 있는지 손에 잡힐 듯이 알려지고 마는 곳이기 때문이라고 말하고 있었지요.

 그래서, 하나, 둘, 셋을 서로 연결지어 생각해 보았습니다. 버드 콜리스는 적어도 대학에 3년 동안 재학하고 있으면서 그녀가 4학년이 되기까지 전혀 모르는 사나이였다. 둘다 그렇게 작은 대학에 다니고 있었는데도 말입니다. 이 대학에서는 사교 생활이라면 먼저 학생끼리 교제하는 일일 것입니다. 이러한 일은 모두 단 한 가지의 견해로 설명이 될 수 있고, 또 어떤 간단한 사실을 추정할 수 있는 셈입니다. 이 사실은 작년 3월에는 무의미하게 생각되었던 일이지만, 지금은 엘렌의 편지 속에 있었던 가장 중요한 사실로 생각됩니다. 버드 콜리스는 전입생으로서 1950년 9월에 콜드웰로 옮겨갔습니다. 즉 엘렌이 막 4학년이 되었을 때입니다. 도로시가 죽고 나서입니다."
킹십은 알 수 없다는 표정을 지었다.
"나로서는 뭐가 뭔지 모르겠는데……."
"그런데 오늘, 1951년 12월 24일에 말입니다."
갠트는 재떨이에 담배를 짓이겨 대며 말을 이었다.
"저의 어머니께서 이 망나니 아들이 오랜만에 집에 돌아왔다고 아침 식사를 침대로 날라다 주셨습니다. 그때 뉴욕 타임즈를 함께 가져다 주셨지요. 그런데 거기에 킹십이라는 이름이 실려 있었습니다. 마리온 킹십 양이 버튼 콜리스와 결혼할 예정이라고 말입니다. 그걸 보았을 때의 제 놀라움을 헤아려 봐 주십시오. 이때 저의 마음은 탐욕스러운 호기심으로 불탔고, 몹시 분석적으로 움직이게 되었습니다. 아니, 정말 좀더 복잡했었지요. 국내 판매부의 신입 사원이 재주를 잘도 부려 킹십 제동의 돈줄을 잡았구나 하고 말입니다."
"여보게, 갠트."
"저는 생각했습니다." 갠트는 다시 말을 이었다. "한 사람의 동생이 살해되었을 때, 어떻게 하여 다음의 언니로 곧장 바꿀 수가 있었는가 하고요. 킹십 댁의 아가씨 두 분에게 말입니다. 세 사람 가운데 두 사람, 밑지지 않는 투자였지요. 그리고 제 두뇌의 분석적인 면과 복잡한 면이 잘 융화되어, 나는 생각했습니다. 1950년 9월, 콜드웰 대학으로 옮겨간 버튼 콜리스에게 있어 세 사람 가운데 세 번째 사람을 손에 넣는 일은 훨씬 수지가 맞을 터이라고 생각했던 것입니다."

킹십은 갠트에게 눈길을 못박은 채 일어섰다.
"엉터리 추리라고 하시겠지요." 갠트는 말했다. "정말 있을 수 없는 이야기입니다. 그러나 이 의심은 간단히 없애 버릴 수가 있습니다. 나는 어머니가 가져다 주신 아침 식사 쟁반 아래에서 미끄러져 나와 책꽂이로 가서 스토다드 대학의 연감 《스토다드 프레임》 1950년 판을 꺼내어 보았던 것입니다."

그는 흰 문자를 인쇄한 표지가 달린 커다란 청색 가죽 장정의 책을 보였다.

"이 2학년 부에 흥미있는 사진이 있더군요. 도로시 킹십의 것이 1매, 드와이트 파월의 것이 1매, 둘 다 죽은 사람입니다. 고든 갠트는 없습니다. 저의 얼굴을 후세에 남기기 위해 필요한 5달러의 돈이 마침 없었던 까닭으로. 그러나 대개의 2학년은 사진을 찍지요. 그 속에——."

그는 신문쪽지를 접어 넣은 페이지를 펼치고 책을 돌리더니 책상 위에 놓았다. 그리고 손 끝으로 조그만 사진 하나를 가리켰다. 그는 그 옆에 딸려 있는 문장을 소리내어 읽었다.

"콜리스, 이름은 버튼. 흔히 버드라고 부름. 매사추세츠 미나세트 출신. 예술과."

킹십은 다시 자리에 앉았다.

그는 우표 크기와 거의 다름없는 사진을 보았다. 그리고 그는 갠트에게로 눈을 돌렸다. 갠트는 몸을 내밀고 몇 페이지를 넘기더니 다른 사진을 손가락으로 가리켰다. 도로시였다. 킹십도 그것을 보았다. 그리고 그는 다시 눈을 들었다.

갠트는 말했다.

"저는 이것을 보고 기묘하리만큼 가슴이 철렁 내려앉았습니다. 당신은 이 사실을 알고 계시리라고 생각했습니다."

"어째서?" 킹십은 얼빠진 것처럼 말했다. "자네는 무엇을 증명하겠다는 건가?"

"한 가지 물어봐도 좋겠습니까, 킹십 씨? 제가 그 질문에 대답하기 전에 말입니다."

"말해보게."

"그는 스토다드 대학에 다녔었다는 것을 당신에게 말하지 않았었군요?"

"아아, 그러나 우리들은 그와 같은 일을 이야기한 적이 없었다네." 그는 빠른 말투로 설명했다. "마리온에게는 이야기했을 게 틀림없어. 마리온은 당연히 알고 있을 걸세."

"전 그녀가 알고 있으리라고 생각되지 않는데요."

"어째서 모른단 말인가?" 킹십이 커다란 소리로 물었다.

"바로 타임즈 기사 때문이지요. 그 기사의 재료는 마리온에게서 나온 것이 아닙니까? 그러한 기사는 대개 미래의 신부님에게서 나오게 마련이니까 말입니다."

"그래서?"

"그런데 스토다드에 대한 일은 조금도 나와 있지 않습니다. 이것은 다른 결혼 소식이나 결혼 발표의 경우 하나 이상의 학교에 적이 있었을 때, 모두 나열할 텐데요."

"그애는 아마 신문기자에게 재료를 하나에서 열까지 제공하려고는 생각하지 않았을는지도 모르지."

"그럴지도 모르지요, 혹은 그녀는 몰랐던 것인지도 모르고요. 아마도 마리온은 몰랐을 겁니다."

"아무래도 좋네. 그런데 자네는 무엇을 말하려는 건가, 젊은이?"

"저에게 화풀이하지는 말아 주십시오. 사실이 말해 드리고 있으니까요. 어느 것도 내가 꾸며낸 건 아닙니다."

갠트는 연감을 덮어 그것을 무릎 위에 올려놓았다.
"두 개의 가능성이 있습니다. 콜리스가 마리온에게 그가 스토다드에 다녔다고 이야기 했다면, 그 경우에는 우연이었다고 생각할 수 있겠지요. 스토다드 대학에 다니다가 콜드웰로 전학했다면 그는 나를 몰랐었던 것처럼 도로시에 대해 전혀 몰랐을지도 모릅니다." 그는 빠르게 말을 이었다. "또 한 가지 그가 스토다드에 있었던 일을 마리온에게 이야기하지 않았다면……"
킹십은 물었다.
"그것이 어떠한 일이 된다는 거지?"
"그것은 그가 도로시와 무슨 관계가 있었음이 틀림없다는 걸 의미합니다. 그렇지 않다면 어째서 그 사실을 숨기지요?" 갠트는 무릎의 책을 보았다. "도로시를 해치우고 싶다고 생각한 사나이가 있었습니다. 임신을 시켰기 때문에……"
킹십은 그를 쏘아보았다.
"자네는 또 같은 일로 되돌아가는군! 누군가 도로시를 죽이고 그리고 엘렌을 죽였다, 자네는 이런…… 마치 영화에 나오는 듯한 이론을 내세우며, 사실을 인정하려고 하지 않는구먼……"
갠트는 침묵하고 있었다.
킹십은 믿어지지 않는 듯한 말투로 물었다.
"버드가 도로시와?"
킹십은 의자 깊숙이 앉았다. 고개를 흔들어 동정하듯 미소지었다.
"자, 이젠 그만두세" 하고 그는 말했다. "그런 이야기는 미친 사람의 잠꼬대에 지나지 않아, 그야말로 우스꽝스럽지." 그는 고개를 흔들었다. "자네는 그 젊은이를 어떻게 생각하나, 편집광(偏執狂)인가?"──그리고 그는 미소를 지어 보였다──"자네는 이런 우스꽝스러운 생각을 갖고서……"

"글쎄요" 하고 갠트는 말했다. "확실히 우스꽝스럽습니다. 당분간 동안은 말입니다만. 하지만 만일 그가 마리온에게 스토다드에 재학하고 있었다고 말하지 않았다면 무언가의 의미로 도로시와 관계가 있었을 게 틀림없습니다. 그런데도 만일 그가 도로시, 엘렌, 그리고 이번에는 마리온과 관계가 있다고 한다면 그는 지극히 이상한 성질로서 당신 따님 가운데 누구 한 사람과 결혼하려고 작정한 젊은이라는 셈이지요. 결국 셋 중 누구이든 좋은 셈입니다!"

킹십의 얼굴에서 미소가 서서히 사라지고 표정이 굳어져 왔다. 두 손은 책상 가장자리에서 꼼짝도 하지 않았다.

"이것은 그리 미치광이의 잠꼬대 같다고는 생각되지 않는데요."

킹십은 안경을 벗었다. 잠시 동안 눈을 꿈벅거리더니 몸을 일으켰다.

"마리온에게 이야기해 주어야만 하겠군." 하고 말했다.

갠트는 전화로 눈을 보냈다.

"아닐세." 그는 멍하니 말했다. "전화는 벌써 끊어 버렸어. 자기의 아파트로 돌아가지 않고 결혼할 때까지 나하고 함께 있어 주기로 했다네."

그 목소리는 입 안에서 우물우물 중얼거리고 있는 것 같았다.

"신혼 여행에서 돌아오면 내가 마련해 주는 아파트로 옮기기로 했지……사톤 테라스에 있는 아파트……마리온은 그 테라스를 처음에 싫어했지만 그가 설득했어. 그는 그녀에게 아주 친절해. 우리들 두 사람을 줄곧 행복하게 해주었다네……."

그들은 한순간 눈길을 마주쳤다. 갠트의 눈초리는 날카롭고 도전하는 듯싶었으나 킹십의 눈은 불안스러워 보였다.

킹십은 일어섰다.

"그녀가 지금 어디 있는지 알고 계십니까?" 하고 갠트는 물었다.

"그애의 방에 있을 걸세……여러 가지 짐을 가방에 챙기고 있을 테지."

그는 윗옷을 입었다.

"그는 틀림없이 마리온에게 이야기를 했을 거야. 스토다드에 대한 일을."

두 사람이 사무실을 나설 때, 리처드슨 양이 잡지에서 눈을 떼었다.

"오늘은 이제 됐어, 리처드슨 양. 돌아가기 전에 내 책상이나 깨끗이 치워 줘요."

그녀는 모처럼의 호기심이 어긋나서 얼굴을 찌푸렸다.

"알았습니다, 킹십 씨. 메리 크리스마스."

"메리 크리스마스, 리처드슨 양."

그들은 긴 복도를 걸어갔다. 그 복도의 벽에 여러 사진들이 위와 아래가 구리 제품의 틀로 되어 있는 유리 플레이트에 넣어져 너저분하게 겹쳐져 있었다. 사진은 지하도며, 노천 채굴의 갱도며, 제련소며, 용광로며, 전연재(展延材), 제관(製管)이며 동선(銅線) 따위를 예술적으로 클로즈업한 것이었다.

엘리베이터를 기다리면서 킹십은 말했다.

"그는 그애에게 모두 말했으리라고 믿네, 나는."

8

"고든 갠트 씨인가요?"

악수를 할 때, 마리온은 그 이름을 머리에 새겨넣어 두려는 듯이 말했다.

"이 이름은 어디선가 들은 적이 있는 듯한데?"

그녀는 미소를 지으며 방으로 들어가 킹십의 손을 잡아 끌어당기더니 또 한쪽의 손을 블라우스 깃에 올려 금빛 진주가 빛나고 있는 브로우치를 손가락으로 만졌다.

"블루리버에서지."

킹십의 목소리에는 그가 두 사람을 소개했을 때와 똑같은 무뚝뚝한 가락이었다. 그는 마리온의 눈을 똑바로 바라보고 있지 않았다.

"너에게 이 사람에 대해 전에 이야기했다고 생각하는데……"

"옳아, 그랬어요. 당신은 엘렌을 알고 계셨던 사람이지요?"

"그렇습니다" 하고 갠트는 말했다. 팔에 안은 축축하게 땀이 내밴 책 등에서 가죽 표지의 마른 곳으로 손을 옮겼다. 너무 열중한 나머지 킹십이 자기에게 함께 가 주지 않겠느냐고 말하는 것을 잊지 않기를 바랐던 것이다. 저 타임즈 지에 실린 마리온의 사진은 그녀의 번쩍이는 눈초리며 그 볼의 밝음이 토요일에 결혼하는 사람답게 온 몸에 넘쳐 있는 기쁨과는 전혀 딴판이었다.

그녀는 어찌하면 좋을지 모르겠다는 듯 방을 향해 손을 크게 들어올렸다.

"이런 꼴이라 앉을 장소도 없어요."

그녀는 새로 맞춘 구두를 넣은 상자가 몇 개나 쌓여 있는 의자로 다가갔다.

"상관없어" 하고 킹십은 말했다. "잠깐 들렀을 뿐이니까 곧 돌아가겠다. 사무실에 일이 산더미처럼 쌓여 있어."

"오늘 밤의 일을 잊고 계신 건 아닐 테지요?" 마리온이 물었다.

"7시쯤이 될 거라고 생각해 주세요. 5시에 버드의 어머님이 오시거든요. 맨 민지 호텔에 들를 거예요."

그녀는 갠트 쪽으로 향했다.

"저의 시어머니가 되실 분이지요" 하고 그녀는 이것에 중대한 의

제3부 마리온 291

미가 있는 듯한 말투로 말했다.
'아아, 기회가 좋지 않구나'라고 갠트는 생각했다. 그는 여기서 "결혼하시나 보지요?"라는 대화의 실마리를 넘겨 받은 셈이다.
"네, 토요일이에요."
"정말, 축하합니다. 행복을 빌겠습니다!"
그는 어두운 미소를 떠올리며 더 이상 말하지 않았다. 그리고 아무도 입을 열지 않았다.
"그런데 일부러 이렇게 와 주신 용건은 무엇이지요?"
마리온은 조심스러운 목소리로 물었다.
갠트는 재촉하듯이 킹십에게로 눈길을 옮겼다.
마리온은 두 사람을 번갈아 보았다.
"무언가 특별한 일이라도?"
잠깐 호흡을 가누고 나서 갠트가 입을 열었다.
"저는 도로시도 알고 있었습니다. 그저 얼굴을 알 정도였었지만……."
"어머나!"라고 마리온은 말하며, 자기의 두 손으로 눈길을 떨어뜨렸다.
"어떤 강의를 함께 들었지요. 저는 스토다드 대학에 다니고 있어서……."
그는 잠시 말을 끊었다.
"그러나 버드가 저의 클라스에 있었다고는 생각지도 못했습니다."
그녀는 눈을 들었다.
"버드가요?"
"버드 콜리스, 당신의……."
그녀는 미소를 지어 보이며 고개를 저었다.

"버드는 스토다드 대학에 다니지 않았어요."

그녀는 그의 말을 부정했다.

"그런데 실제로 다닌 일이 있습니다, 킹십 양."

"그런 일은 있을 리 없어요." 그녀는 재미있는 듯이 주장했다. "그 사람은 콜드웰 대학에 다녔는걸요."

"그는 스토다드 대학에 입학했다가 그 뒤에 콜드웰 대학으로 옮겼던 겁니다."

마리온은 아버지가 데려온 방문자의 이 같은 실례에 대해 무엇인가 설명해 주기를 기다리는 것처럼 의아스러운 미소를 떠올리며 킹십에게로 눈을 돌렸다.

"그는 스토다드 대학에 재학하고 있었단다, 마리온." 킹십은 괴로운 듯이 말했다. "그것을 보여 주도록 하게."

그녀는 말했다.

"어머나, 그렇다면…… 제가 사과드려야겠군요. 전 몰랐었어요……."

그리고 책 표지로 눈길을 돌렸다.

"1950년이군요."

"49년 연감에도 그는 나와 있습니다" 하고 갠트는 말했다. "그는 2년 동안 스토다드에 다니고 있다가 그 뒤 콜드웰 대학으로 옮겨갔던 겁니다."

"어머나" 하고 그녀는 말했다. "재미있군요. 틀림없이 도로시를 알고 있었을지도 모르겠네요."

그녀는 기쁜 듯이 목소리를 높였다. 이 사실을 자기와 약혼자를 연결시키는 또 하나의 인연이라고 여기는 것 같은 울림이었다. 그녀의 눈은 그 사진으로 이끌렸다.

"그는 전혀 그런 이야기를 하지 않았었나요, 당신에게?"

킹십이 말리듯이 머리를 저어 보이는 것도 아랑곳하지 않고 갠트는 한 마디 던져 보았다.
"네, 이야기하지 않았어요. 그는 한 마디도……."
그녀는 천천히 책에서 눈을 들었다. 비로소 이들 두 사람이 불쾌한 기분이 되어 긴장하고 있는 걸 깨달았던 것이다.
"무슨 일이 있나요?"라고 그녀는 이상한 듯이 물었다.
"아무것도 아니다" 하고 킹십이 말했다. 그는 맞장구를 쳐 주기 바라는 듯이 갠트에게로 눈길을 보냈다.
"그럼, 왜 두 분 모두 그렇게 서 있지요? 마치……."
그녀는 다시 책으로 눈을 돌린 다음 잠시 뒤 아버지를 바라보았다. 목구멍으로 무언가 와락 치밀어올라오는 것이 있었다.
"여기에 오신 건 이 일을 저에게 알려 주기 위해서인가요?"
"우리들은……다만 네가 알고 있는지 어떤지 알고 싶었을 뿐이란다."
"어째서요?" 하고 그녀는 물었다.
"잠깐 그렇게 생각했을 뿐이라니까."
그녀의 눈이 갠트에게로 옮겨졌다.
"어째서이죠?"
"어째서 버드는 이 일을 숨기고 있는 겁니까?" 갠트가 물었다.
"만일──."
"갠트!" 하고 킹십이 목소리를 높여 불렀다.
"숨긴다고요?" 마리온이 말했다. "그건 어떤 의미의 말이지요? 그는 숨기거나 하지 않아요. 엘렌의 일이 있고 나서부터 우리들은 그다지 대학에서의 일 같은 건 이야기하지 않았을 뿐이에요. 화제에 오르지 않았기 때문이지요."
"자기와 결혼까지 하려는 여성에게 어째서 2년 동안이나 스토다드 대학에 다니고 있었던 일을 알려 주지 않았을까요?" 갠트는 끈질기게 파고들어갔다. "그가 도로시와 아무 관계가 없었다면 알려져도 괜찮으리라고 생각되는데요."

"관계가 있었다고요? 도로시하고?"

그녀는 믿어지지 않는다는 듯 무섭게 눈을 부릅뜨고 갠트의 눈을 뚫어지게 쏘아보더니 이윽고 천천히 눈을 가늘게 뜨며 킹십 쪽으로 옮겼다.

"이건 어떻게 된 거지요?"

킹십의 얼굴은 마치 모래바람이 똑바로 불어닥치기라도 하는 것처럼 잘게 희미하니 떨고 있었다.

"이 사람에게 돈을 얼마나 주었지요?"

마리온은 차갑게 물었다.

"돈을 주었다고?"

"시시한 일을 냄새맡게 하기 위해서 말이에요?" 그녀는 발끈하며 말했다. "더러운 일을 꾸며내기 위해서, 엉터리 같은 일을 조작하기 위해서 말이에요!"

"이 젊은이는 자기 혼자의 생각으로 나를 찾아왔던 거야, 마리온!"

"아아, 그래요. 마침 알맞게 찾아왔더란 말이지요."

갠트가 말했다.

"저는 타임즈의 기사를 보았던 겁니다."

마리온은 아버지를 흘겨보았다.

"아버지는 이런 일은 않겠다고 맹세하시지 않았어요" 하고 격렬하게 소리쳤다. "맹세를 하고서도! 조사하기 위해 질문하거나 그를 죄인처럼 다루는 일 같은 건 생각도 하지 않겠다고 말씀하셨으면서도. 아아, 이제는 지긋지긋해요!"

"나는 그런 일은 한 번도 하지 않았어"

킹십은 반박했다.

마리온은 등을 돌렸다.

"난 아버지가 완전히 변하셨다고 생각했어요" 하고 그녀는 말했다. "정말 그렇게 믿었어요. 아버지가 버드를 마음에 들어하고 계신 줄만 알고 있었지요. 저를 좋아하고 계시리라 생각했던 거예요. 그런데 아버지로서는 불가능했어……"

"마리온……"

"그래요, 아버지가 이러신다면 이제 그만이에요……아파트를 구해 주신다느니 일거리를 마련해 주신다느니 하면서……그 동안에 감쪽같이 이런 조사의 손길을 뻗치고 계셨군요."

"아무것도 조사를 시킨 건 없다, 마리온, 맹세해……"

"아무것도요? 이것으로서 저와 어떻게 되는지 똑똑히 말씀해 드리겠어요." 그녀는 다시 그에게로 얼굴을 돌렸다. "아버지가 어떠한 사람인지 내가 모른다고 생각하세요? 그는 도로시와 '관계'가 있었다, 그녀를 난처한 입장에 몰아넣은 인간이라는 거지요? 그리고 엘렌과 '관계'하고 이번에는 나와 '관계'하고 있다. 그것은 재산 때문이라고 말씀하고 싶으시지요. 아버지의 귀중한 재산 때문이라고. 이것이 아버지의 마음 속에……있었던 생각이에요."

그녀는 그 연감을 그의 손에 거칠에 들이댔다.

"잘못 해석하고 계시군요, 킹십 양." 갠트는 말했다. "그것은 저의 마음 속에 있었던 의문이지 아버님의 마음속에 있었던 게 아닙니다."

"알았니?" 킹십은 말했다. "이 사람은 자기 혼자만의 생각으로 나한테 온 거란다."

마리온은 갠트를 노려보았다.

"그럼 당신은 누구지요? 왜 이런 짓을 하나요?"

"저는 엘렌을 알고 있었습니다."

"그것은 알고 있어요" 하고 그녀는 잘라 말했다. "당신은 버드를 알고 계시나요?"

"그 영광은 아직……."

"그렇다면 여기서 무얼 하려는 것인지, 그가 없는 곳에서 그를 고발하려는 이유를 설명해 주세요!"

"무서운 이야기지요."

"이제 그것으로 충분하네, 갠트." 킹십이 가로막았다.

마리온이 말했다.

"당신은 버드를 질투하고 있지요? 그렇지요. 엘렌이 당신보다 그를 좋아했기 때문이지요?"

"그렇습니다." 갠트는 차갑게 말했다. "저는 질투로 밤잠을 못 이루었으니까요."

"명예 훼손으로도 죄가 성립된다는걸 알고 계시겠지요?" 하고 그녀는 말했다.

킹십은 도어 쪽으로 가면서 갠트에게 눈짓했다.

"그래요"라고 마리온이 말했다. "두 분 모두 돌아가시는 편이 좋아요. 아니, 잠깐만 기다리세요."

갠트가 도어를 열었을 때 그녀는 말했다.

"이것으로 이제는 끝을 내시겠지요?"

킹십이 말했다.

"끝을 내고 뭐고도 없단다, 마리온."

"뒤에 누가 있든" 그녀는 갠트를 바라보았다. "그만두게 하겠어요, 이런 일은. 우리들은 학교에 대한 일 같은 건 이야기한 일도 없어요. 엘렌의 일이 있었는데, 우리들이 어떻게 대학의 일 같은 걸 화제로 삼을 수 있으리라고 생각되지요? 전혀 화제가 되지 않았던 거예요."

"알았다." 킹십이 말했다. "알았어."

그는 갠트의 뒤를 좇아 홀로 나가더니 뒤를 한 번 돌아보고는 닫힌 도어를 열었다.

"그만두게 해주세요" 하고 그녀는 다짐을 주었다.

"알았다." 그는 망설이더니 목소리를 낮추고 말했다. "너 오늘 저녁에 와 줄 테지, 마리온?"

그녀의 입술이 일그러졌다. 그녀는 잠시 생각하고 있었다.

"버드 어머니의 기분을 상하게 하고 싶지 않으니까 가겠어요."

가까스로 그녀는 이렇게 말했다.

킹십은 도어를 닫았다.

그들은 렉싱턴 아베뉴의 드러그 스토어에 들렀다. 갠트는 커피와 젤리파이를, 킹십은 밀크를 주문했다.

"여기까지는 이걸로 좋습니다." 갠트가 말했다.

킹십은 손에 든 종이 냅킨을 응시하고 있었다

"무슨 뜻이지?"

"적어도 이쪽 추리의 정당성을 안 셈이니까요. 그는 스토다드에 대해서는 그녀에게 이야기하지 않았습니다. 이것은 어떤 일을 확실히 ──."

"자네는 마리온의 말을 들었을 테지." 킹십이 말했다. "엘렌의 일이 있었기 때문에 대학에 대한 이야기는 하지 않았던 걸세."

갠트는 희미하게 놀란 것처럼 눈썹을 들어 그를 보았다.

"그건 좋습니다" 하고 그는 천천히 말했다. "그 표현은 그녀를 만족시키겠지요. 그를 몹시 사랑하고 있으니까요. 그러나 자기의 약혼자에게 자기의 출신교를 말하지 않는 사나이는……."

"그가 거짓말을 하고 있는 건 아니잖은가."

킹십이 반대의 말을 했다.
비웃는 듯한 말투로 갠트는 말했다.
"그 두 사람은 아무튼 학교의 일 같은 건 이야기하지 않았을 뿐이니까요."
"경우가 경우이니만큼, 그것을 생각하면 알 수 있으리라 생각되는데……."
"그렇고말고요. 이 경우라는 것은 그가 도로시와 이상한 일이 있었다는 거지요."
"그런 가정을 세울 권리가 자네에게는 없을 텐데."
갠트는 천천히 커피를 저었다. 크림을 넣고는 다시 저었다.
"당신은 그녀의 일을 걱정하고 계시지 않습니까?"
"마리온에 대해서? 바보 같은 소리를 해서는 못쓰네."
킹십은 밀크를 넣은 글라스를 달그락 소리나게 내려놓았다.
"유죄가 증명될 때까지는 인간은 무죄란 말일세."
"그럼, 증거를 찾아내야만 하지 않습니까."
"여보게, 자네는 자신이 이 사건에 뛰어들기 전부터 그는 재산을 노리고 움직여 왔다고 작정하고 있는 걸세."
"저는 그 이상의 것을 작정하고서 덤비고 있습니다."
갠트가 말했다.
그는 파이를 포크에 찔러 입으로 가져갔다. 그것을 삼키고 나서 그는 말을 이었다.
"당신은 어떻게 하시겠습니까?"
킹십은 또 냅킨에 눈길을 떨구었다.
"어떻게 할 것도 없지."
"두 사람을 결혼시키겠습니까?"
"그렇게 하고 싶지 않다고 생각해도 결혼을 그만두게 할 수는 없다네. 둘 다 법정 나이인 21살을 지나고 있지 않은가."
 "사립 탐정을 고용하려고 마음만 먹는다면 고용할 수 있을 겁니다. 아직도 나흘이 남았습니다. 무엇이든지 발견되겠지요."
 "그럴지도 모르지"라고 킹십은 말했다. "발견될 것이 있다면 말이지만. 어쩌면 버드가 그것을 알아차리고 마리온에게 말할지도 모르지."
 갠트는 미소지었다.
 "저는 당신과 마리온에 대한 일로서는 헛수고만 하는 게 아닌가 하고 생각하고 있었습니다."
 킹십은 한숨을 쉬었다.
 "자네에게 말해 주지."
 갠트에게는 눈을 주지 않고서 그는 말했다.
 "나에게는 아내와 세 딸이 있었네. 딸 둘은 자네도 알고 있다시피 그렇게 되었어. 아내는 내보내고 말았고, 딸 하나마저도 내가 내보내고 말았을지도 모르네. 그래서 지금은 딸이 하나 남았을 뿐이라네. 나는 57살이 되었고 딸이 하나, 그리고 골프를 치고 일을 하는 상대가 몇 사람 있을 뿐이야. 그것이 모두라네."
 조금 있다가 킹십은 갠트 쪽으로 향했다. 얼굴 표정이 굳어져 있었다.
 "자네 쪽은 어떠한가?" 하고 그는 물었다. "이 사건에 이토록 관심을 가진 건 무엇 때문이지? 자네는 자기의 분석적인 두뇌에 대해 이야기하고 자기가 얼마나 똑똑한 인간인지 남에게 보여 주는 게 재미있어서 견딜 수 없을지 모르지만 말일세. 나의 사무실에 와서 엘렌에 대한 일을 쓴 종이를 내밀며, 그 책을 책상에 놓고 '버드 콜리스는 스토다드 대학에 다니고 있었다'는 것을 폭로한다면서 자네는 다만 남의 의표를 찌르고 두뇌의 날카로움을 자랑하는 게 기쁠지도 모르지만······."

"그럴지도 모르지요." 갠트는 명랑하게 말했다. "동시에 저는 그가 당신의 따님들을 죽였다고 생각하고 있을지도 모릅니다. 살인자는 처벌되어야만 한다는 기묘한 관념에 사로잡혀 있으니까 말입니다."

킹십은 밀크를 다 마셨다.

"자네는 욘 카로 곧장 돌아가서 휴가를 즐기는 편이 좋겠다고 생각되네."

"욘 카가 아닙니다. 제 고향은 화이트 플레인즈입니다."

갠트는 포크 끝으로 파이의 시럽이 묻은 부분을 긁어모았다.

그는 비워진 밀크 컵을 보며 물었다.

"당신은 위궤양이십니까?"

킹십은 고개를 끄덕였다.

갠트는 의자에 앉은 채 잠깐 몸을 젖히고서 옆에 앉아 있는 킹십을 보았다.

"게다가 30파운드쯤 살이 지나치게 찌신 것 같군요."

그는 파이가 들러붙은 포크를 입에 넣어 깨끗이 핥아먹었다.

"저는 버드가 10년 전부터 당신의 뒤를 노리고 있었다는 느낌이 드는군요. 그러나 요 삼사 년 동안에 참을 수가 없게 되어 속력을 빠르게 냈겠지요."

킹십은 의자에서 일어났다. 그는 지폐를 둥글게 감아 다발로 만든 속에서 한 장을 뽑아 카운터에 놓았다.

"그럼, 실례하네, 갠트."

킹십은 가 버렸다.

카운터의 사나이가 다가와 그 지폐를 집으면서 "다른 것은 무엇으로 주문하시겠습니까?" 하고 물었다.

갠트는 머리를 흔들었다.

그는 화이트 플레인즈 행 5시 19분 발 기차에 올랐다.

9

 어머니에게 보내는 편지에서 버드는 킹십의 재산에 관해서는 아주 애매하게 한 마디 해 두었을 뿐이었다. 한두 번 킹십 제동의 일을 쓰기는 했지만 명료한 문장은 사용하지 않았다. 가난한 생활을 해 온 어머니가 생각하는 부(富)라는 것은 봄에 눈뜬 젊은이가 품는 꿈의 환상처럼 뚜렷하지가 않은 막연한 것에 지나지 않았으므로, 그러한 큰 회사를 지배하게끔 되면 그럴수록 호사로운 생활을 보낼 수가 있게 된다는 것을 조금이라도 알리는 일은 불가능하게 여겨졌던 것이다. 그래서 마리온이며 그녀의 아버지에 대해서, 킹십 집안의 두 아파트의 희한한 환경 등을 어머니에게 소개할 때가 오기를 길게 목을 빼고서 기다렸던 것이다. 이윽고 결혼하면, 어머니의 커다랗고 둥그런 눈은 호화로운 테이블이며 휘황하게 빛나는 샹들리에 등을 킹십의 수완이 아닌 그 자신의 수완을 나타내는 증거로서 바라보리라는 것을 알고 있었던 것이다.
 그러나 그 밤에는 실망이 찾아왔다.
 어머니의 반응이 예기했던 것만큼이 아니었기 때문이 아니다. 입을 가볍게 벌리고, 이를 보이며 아랫입술을 지그시 깨물고 마치 몇 가지나 잇달아 일어나는 기적을 보고 있듯이 그녀는 희미하게 한숨을 내쉬었다. 엄숙한 제복 차림의 하인——집사였다—— 부드러운 촉감의 두꺼운 양탄자, 종이가 아니라 복잡한 가공을 거쳐 만들어진 직물의 벽지, 가죽 장정의 책, 금시계, 집사가 샴페인을 담아 나르고 은쟁반——샴페인이었다!——수정의 술잔……그녀는 부드러운 미소를 보이며 "아름답다, 아주 아름답구나" 하고 감탄의 소리를 내면서,

실컷 칭찬하고 싶은 심정을 가까스로 누르고는 주위에 둘러선 사람들에게 전혀 어울리지 않는 인상을 주어 가며 새로 파마를 하여 빳빳해진 머리털을 가볍게 끄덕이고 있었다. 건배가 끝나고 그녀의 눈이 버드의 눈에 부딪쳤을 때, 힘든 일로 거칠어진 손을 의자 아래로 슬며시 감추며 얼굴을 가져가 키스해 주고 싶다는 듯이 아들 앞에 몸을 내밀고 그를 자랑하고 싶은 심정으로 가득찼던 것이다.

그렇다, 그의 어머니의 반응은 따뜻하고 놀라운 것이었다. 그날 밤, 몹시 실망했던 것은 마리온과 레오가 분명히 말다툼했다고 여겨졌기 때문이었다. 마리온은 마지못한 경우에만 아버지와 말을 하는 것이었다. 더구나 그들이 말다툼한 것은 그에 관한 일 때문이었음이 분명해 보였다. 왜냐하면 레오는 어딘지 망설이는 듯한, 초점이 뚜렷하지 않은 눈초리로 그를 보고 있었고, 그러한 때 마리온은 굳게 결심한 것처럼 도전하듯이 감정을 그대로 드러내고 그에게 더욱 다정스럽게 굴며 '여보(디어)'라든가 '다알링'이라든가 남 앞에서는 결코 한 일이 없는 말을 쓰는 것이었다. 처음으로 희미한 두려움이 구두 속에 들어간 작은 돌멩이처럼 그를 괴롭히기 시작했던 것이다.

그런 뒤라 저녁 식사는 마음이 무거웠다. 레오와 마리온이 테이블의 양쪽에 앉고 그와 어머니는 옆에 앉아, 대화는 한쪽에서만 오가고 있었다. 아버지와 딸은 이야기를 하지 않고 어머니와 아들은 이야기하려고 해도 할 수가 없었던 것이다. 무엇인가 화제로 삼을 일이 있더라도, 어떤 의미에서는 아직 남남끼리인 이런 사람들 앞에서는 그러한 화제가 개인적인 것으로서 다른 사람을 제쳐놓은 것처럼 들리기 때문이었다. 그래서 마리온은 그를 '다알링'이라 부르고 그의 어머니에게는 사톤 테라스의 아파드에 대한 것을 이야기했으며, 그의 어머니는 레오에게 '아이들'의 일을 이야기했다. 레오는 레오대로 그에게 똑바로 눈길을 보내지 않고 "거기 빵을 집어 주지 않겠나?" 하고 부탁하든가 할 뿐이었다.

그리하여 그는 포크와 스푼을 예법대로 천천히 하나하나 다루며 잠자코 있었던 것이다. 어머니도 그의 손놀림을 보고는 마찬가지로 행동하는 것이었다. 이것으로 그와 어머니에게는 말도 눈짓도 없이 따뜻하고 은밀한 심정이 일어나 두 사람을 연결짓는 유대를 강화시켰고 식사를 그나마 즐겁게 할 수가 있었던 것이다. 이 일과 또 한 가지——마리온과 레오가 음식에 눈을 옮기고 있을 때, 어머니와 서로 나누는 미소——이것은 자신들이 걸어온 험한 인생의 뚜렷한 정상(頂上)이었기 때문에 그에게 있어서는 자랑에 넘친 사랑할 만한, 그리고 또 한결 기쁨에 넘친 미소였다.

식사를 마칠 무렵, 식탁에 은제의 라이터가 있었지만 그는 자기의 성냥으로 마리온과 자기의 담배에 불을 붙이고 그 성냥갑 위에 동박으로 '버드 콜리스'라고 부각되어 있는 흰 커버를 어머니가 눈치챌 때까지, 테이블보를 아무렇지도 않은 듯한 태도로 가볍게 두드리고 있었다.

그러나 그 동안에도 쭉 그의 구두에 작은 돌이 들어 있었던 것처럼 두려움에서 벗어날 수가 없었다.

그 뒤 그들은 크리스마스 이브였기 때문에 교회로 갔다. 교회에서 나와 버드는 어머니를 호텔로 데리고 가리라 생각했다. 그리고 마리온은 레오와 함께 집으로 돌아가리라고 여겼다. 그런데 마리온은 그를 당혹시킬 만큼 다정한 태도를 보이면서 호텔에 함께 가겠다고 우겼으므로, 버드는 어머니와 마리온과 함께 택시에 탔고 레오는 혼자서 돌아가게 되었다. 그는 어머니와 마리온의 사이에 앉아 택시가 지나는 지명을 어머니에게 들려 주었다. 택시는 그의 지시대로 길을 돌아서 갔다. 콜리스 부인은 뉴욕에 온 일이 있었으므로 밤의 타임즈 스퀘어를 보고 싶어했기 때문이었다.

그는 호텔의 엘리베이터 가까운 로비까지 마리온을 배웅했다.

"몹시 피로했지?"라고 그가 물었을 때 그녀가 그랬었다고 대답하자 그의 얼굴에는 낙담하는 빛이 스치는 것 같았다.

"곧 잠들어서는 안돼. 나중에 전화를 걸 테니까" 하고 그는 말했다. 그들은 잘 자라면서 키스를 나누었다. 버드의 손을 움켜잡은 채로 콜리스 부인은 행복한 듯이 마리온의 볼에 입맞추었다.

택시로 레오의 집에 돌아가는 동안 마리온은 잠자코 있었다.

"왜 그러지, 다알링?"

"아무것도 아니에요. 어때서요?"라고 그녀는 말하고는 그다지 뚜렷하지 않은 미소를 보였다.

그는 어깨를 움츠렸다.

아파트의 도어에서 헤어지려고 했으나 저 두려움의 작은 돌이 이때는 모서리가 날카로운 돌멩이만큼 크게 자라나 있었다. 그는 함께 방으로 들어갔다. 킹십은 벌써 자기 방으로 물러간 뒤였다. 버드는 담배에 불을 붙이고 마리온은 라디오를 켰다. 두 사람은 의자에 앉았다.

"저어, 어머님이 난 너무너무 좋아요" 하고 그녀는 말했다. 두 사람은 장래의 일을 이야기했으나, 그녀의 목소리에는 어딘지 응어리 같은 것이 느껴져 무언가 골똘히 생각하고 있는 듯한 느낌이 들었다. 반쯤 눈을 감고 뒤로 기대며 팔을 그녀의 어깨에 돌리고는 이제까지 그녀의 이야기를 들은 일이 없었던 것처럼 귀를 기울였고, 그녀가 말을 끊든가 목소리의 가락이 바뀔 때마다 그 이면을 탐지하려고 애쓰며, 이깃이 이렇게 되어 나아가는 걸까 하고 그동안 내내 초조해 있었다. 무엇인가 중대한 일이 될 까닭은 없다! 있을 수 없는 일이다! 무심코 그녀에게 무례한 짓을 했거나 무언가 약속을 깜박 잊고 말았거나 그런 일일 테지. 대체 무엇 때문일까……그는 대답을 하기 전에 반드시 생각하고 자기가 지껄이기 전에 말을 음미하여 마치 체스를 두는 자가 한 수 두기 전에 여러 가지 장기에 손을 대듯이 자기의 말이 어떠한 결과를 가져올 것인지 미리 알려고 했다.

그녀는 이야기를 어린아이의 일로 옮겨갔다.

"둘쯤이 좋아요" 하고 그녀는 말했다.

무릎에 얹은 왼손으로 그는 바지에 잡혀 있는 줄을 움켰다. 그는 미소지었다.

"세 명이나 네 명이라도 좋지"라고 그는 말했다.

"둘이 좋아요" 하고 그녀는 말했다. "둘이라면 하나는 컬럼비아에 가고 하나는 콜드웰에 갈 수 있잖아요."

콜드웰이라고? 뭔가 콜드웰 대학에 관한 일이로구나. 엘렌의 일일까?

"둘 다 틀림없이 미시간 대학이나 어딘가에 갈 수 있게 될 거야"라고 그는 말했다.

"하나밖에 못 갖게 된다면" 하고 마리온은 계속했다. "컬럼비아에 갔다가 콜드웰로 옮길 수 있어요. 또는 그 반대라도 좋아요."

그녀는 미소지으며 몸을 앞으로 내밀었고 재떨이에 담배를 밀어붙였다. 어느 때보다 훨씬 주의력을 기울여 담뱃불을 끄고 있다가 그는 생각했다. 콜드웰로 전학이라? 콜드웰로 전학……그는 잠자코 다음 말을 기다렸다.

"하지만" 하고 그녀는 말했다. "사실은 그런 일을 시키고 싶지는 않아요." 흔해 빠진 시시한 대화에서는 결코 보이지 않는 끈질김으로 그녀는 말을 찾았다. "신용이 없어지거든요. 전학이란 아마도 어렵겠지요."

두 사람은 잠시 침묵한 채 나란히 앉아 있었다.

"그렇지도 않지" 하고 그는 말했다.

"그렇지 않아요?" 하고 그녀가 물었다.

"글쎄, 나는 신용을 떨어뜨리지 않았으니까" 하고 그는 말했다.

"당신은 전학하지 않았잖아요?"

그녀는 깜짝 놀란 목소리로 말했다.

"전학했었지" 하고 그는 말했다. "당신에게 이야기했었잖아."

"이야기해 주시지 않았어요, 한번도."

"이야기했어, 아니. 틀림없이 이야기했을 거야. 나는 스토다드 대학에 다녔었는데 그 뒤 콜드웰 대학으로 전학했지."

"어머나, 스토다드라면 동생인 도로시가 다니던 대학이에요."

"그렇지, 엘렌에게 들었어."

"설마 도로시를 알고 있었던 것은 아니겠지요?"

"응. 하지만 엘렌이 사진을 보여 주어서 그녀의 얼굴을 본 일은 기억하고 있지. 나는 아마도 저 미술관에서 처음으로 만났던 날 당신에게 이야기했을 거야."

"아니오, 이야기해 주시지 않았어요. 이것은 확실해요."

"어쨌든 좋아. 난 스토다드에 2년 있었지. 그래서 당신은 내가 말하지 않았다고······."

마리온의 입술은 그 말을 끝까지 하지 못하도록 열렬히 키스하고는 의심한 일을 사과했다.

몇 분 후 그는 시계를 보았다.

"이제 돌아가는 것이 좋겠군. 이번 주일은 되도록 잠을 자 두고 싶어. 아무튼 다음 주일에는 좀처럼 잠을 잘 수가 없을 것 같으니까 말이야."

스토다드에 재학했던 일을 레오가 어떠한 까닭으로 알았을 뿐인 것이다. 정말 위험은 없었던 것이다. 다행이었다. 그러나 까다로운 문제가 있을지도 모른다. 결혼의 계획은 한낱 꿈이 되고 말지도 모른다――아아!――그러나 위험은 없다. 경찰의 손이 뻗칠 위험은 없는 것이다. 재산가의 딸을 꾀는 일을 처벌하는 법률 따위는 없으니까.

그러나 어째서 이렇듯 큰 일을 앞에 두고 그 사실을 알게 된 것일까. 레오가 조사시킨 게 아니라면 어째서 오늘에 이르러? 타임즈에 기사가 실렸지……그것이로구나! 누군가가 본 것이다. 스토다드에 있었던 누군가가 그 기사를 보았다. 레오의 친구 아들이거나 아무튼 누군가이겠지.

"나의 아들과 당신의 장래 사위님은 스토다드에서 동급생이었지요."

그래서 레오는 2 더하기 2의 계산을 했던 것이다. 도로시, 엘렌, 마리온――재산을 노리는……레오가 마리온에게 이야기했다. 그래서 말다툼이 되었던 것이다.

제기랄, 처음부터 스토다드의 일을 이야기했더라면. 그러나 그런 일을 하는 건 바보 같은 짓이다. 레오는 곧 의심할 것이다. 그래서 마리온은 레오가 하는 말을 듣게끔 될 것이다. 그러나 어째서 지금에 이르러 드러나게 된 것일까?

그러나 혐의만으로 레오가 무엇을 할 수 있을 것인가? 혐의는 혐의인 채로 남을 뿐이다. 그가 도로시를 알고 있다는 건 그 노인이라 할지라도 확증을 들 수는 없을 것이다. 하지만 그가 도로시를 몰랐다고 말하더라도 마리온은 그다지 행복하지 않게 된다. 레오는 마리온에게서 그의 일을 일부분이라도 알아내었던 것일까? 아니, 그는 그녀를 납득시키려 하면서 손에 넣은 증거를 모두 내보이고 있을 것이다. 그렇지만 레오는 확신을 갖고 있는 것은 아니다. 그는 확신을 갖게 될 것인가? 과연 어떻게 될까? 스토다드 대학의 학생들은 지금 거의 상급생이 되어 있다. 그 녀석들이 도로시하고 교제하고 있었던 것이 누구인지 기억하고 있을까? 기억하고 있을지도 모른다. 그러나 지금은 크리스마스, 크리스마스 휴가이다. 결혼 날짜까지는 이제 겨우 나흘밖에 안 남았다. 레오는 마리온에게 결혼 날짜를 미루라고는 말하지 못할 것이다.

그가 할 수 있는 일이란 조용히 앉아서 손가락을 꼽고 있으면 되는 것이다. 화요일, 수요일, 목요일, 금요일……그리하여 토요일. 만일 최악의 사태가 벌어지는 경우 재산을 노렸다는 것이 밝혀질 뿐이다. 레오가 증명할 수 있는 일은 그것뿐인 것이다. 그는 도로시가 자살한 게 아니라는 걸 증명할 수가 없다. 그리고 미시시피 강에서 20피트나 되는 진흙 속에 파묻혀 있는 권총을 찾아낼 수도 없는 것이다.

만일 좀더 좋은 사태가 오면, 결혼식은 예정대로 올려진다. 그렇게 되면 스토다드 대학의 학생이 도로시의 상대를 기억하고 있다고 한들 레오가 무엇을 할 수 있겠는가? 이혼? 결혼 취소? 어쨌든 근거는 빈약한 것이다. 비록 마리온이 그 이유를 찾도록 강요 당한다고 해도 그녀로서는 아마 그런 일을 할 수 없게 될 것이다. 그렇게 된다면 무슨 일이 있는가 아마도 레오는 매수(買收)하려고…….

여기에 하나의 속셈이 있다. 재산을 노리는 대악당에게서 딸을 떼어놓기 위해 레오는 얼마만큼의 금액을 내놓겠다고 할까? 아마 막대한 것이리라.

그러나 맨 나중 마리온의 손에 들어오는 것보다는 훨씬 적은 것이다.

지금의 빵을 택할 것인가, 나중의 케이크를 선택할 것인가?

그는 하숙으로 돌아오자 어머니에게 전화를 걸었다.
"모처럼이신데 깨우고 싶지는 않았지만……난 마리온한테서 걸어서 돌아왔어요."

"잘 되었구나. 아아, 버드. 그 아가씨 멋진 사람이더라, 아름답고! 그렇듯 상냥하고…… 네 덕분에 이렇게 행복하단다!"

"고맙습니다, 어머니."

"그리고 킹십 씨도 정말 훌륭한 분이더구나. 그 사람의 손을 보았니?"

"손이 어땠는데요?"

"아주 곱더라!"

그는 웃었다.

"저어, 버드야." 그녀는 목소리를 낮추었다. "틀림없이 재산이 있나 보더라. 아주 훌륭하고……."

"그럴 테지요, 어머니."

"그 아파트……영화에 나오는 것 같았어! 정말이야!……."

그는 사통 테라스의 아파트에 대해서 말해 주었다. "이제 보여 드릴 테니까 기다려 주세요, 어머니." 그리고 제련소에 간다는 것을 이야기했다. "목요일에 데리고 가 준다고 했어요. 모든 기구를 파악해 달라는 것이지요."

그리하여 이야기가 끝날 무렵에 그녀가 말했다.

"버드, 너의 그 생각은 어떻게 되었니?"

"생각이라니요, 무엇 말입니까, 어머니?"

"대학에 돌아가지 않는 이유 말이다."

"아아, 그거요" 하고 그는 말했다. "돈이 되지 않아서죠."

"아니……." 그녀는 실망했다.

"어머니, 면도용 크림을 알고 계시지요?"라고 그는 말했다. "버튼을 누르면 거품이 이는 과자의 크림처럼 깡통에서 나오는 거 말예요!"

"그것이 어쨌다는 거니?"
"이를테면 그러한 것이죠. 나는 그러한 일을 하는 거예요."
그녀는 가엾게 여기듯이 아아, 라는 말을 잡아늘이듯하며 말했다.
"그런 일이 부끄럽지 않다면……하지만 넌 그런 일을 설마 아무에게도 지껄이지 않을테지?"
"물론이죠. 저쪽에서 그렇게 해주는 거예요."
"그래" 하고 한숨을 쉬며 그녀는 말했다. "그런 일도 있단 말이지. 하지만 말이다, 그건 확실히 수치야. 그런 생각은……."
 전화를 끊고 그는 방으로 돌아와, 침대에 몸을 한껏 내던지고 나자 기분이 좋아졌다. 레오와 그의 의심 따위는 될 대로 되라지!
 모든 일이 빈틈없이 진행되고 있다.
 그가 하려고 하고 있는 오직 한 가지 일은 어머니에게 굉장한 돈을 쥐어 드리는 것이다. 그것을 보는 일인 것이다.

10

 열차는 스탠포드, 브리지포트, 뉴 헤븐, 뉴 런던을 지나 지금은 코네티컷 주의 남쪽 주경(州境)을 따라 동쪽을 향해 나가고 있다. 왼쪽의 눈이 내려쌓인 평탄한 지대를 오른쪽으로 흐르는 조용한 강의 사이를 지나간다. 강은 마음을 빼앗듯 사람의 눈을 이끌고, 뱀이 꾸불거리는 것처럼 이어진다. 차 안의 통로와 연결의 언저리는 성탄절로 사람이 가득 들어차 있었다.
 그 하나인, 연지가 눌어붙은 차창에 얼굴을 돌리고 고든 갠트는 역 이름이 쓰인 표지판을 세고 있었다. 모처럼의 성탄절을 시시하게 보내게 되었구나, 하고 그는 생각했다.
 6시를 조금 지났을 무렵 프로비던스에 도착했다.

이 역에서 갠트는 여객 안내소의 머리가 둔한 계원에게 여러 가지로 물어 보았다. 계원의 설명을 듣고 나서 손목시계를 들여다보고, 그는 이 건물을 나왔다. 밖은 벌써 완전히 저물어 있었다. 눈이 녹아 있는 널따란 도로를 지나 '경식(輕食)'이라고 불리고 있는 가게로 들어갔다. 스테이크 샌드위치와 민스미트 파이와 커피로 가볍게 식사를 했다. 이것이 곧 크리스마스 정찬(正餐)인 것이다. 그 경식집을 나와 두 집 걸러 있는 드러그 스토어에 들어가 폭 1인치짜리 스카치 테이프를 샀다. 그리고 역으로 돌아와 불편한 벤치에 앉아서 보스턴의 저녁 신문을 읽었다. 7시 10분, 그는 다시 역을 나와 3대의 버스가 서 있는 장소로 다가갔다. 그는 '미나세트――서머세트――풀 리버 행'이라고 씌어져 있는 청색과 갈색의 버스에 올라탔다.

7시 20분, 버스는 미나세트의 4구역을 꿰뚫는 메인 스트리트에 서고, 승객이 몇 사람 내렸다. 갠트는 그 속에 섞여 있었다. 둘레를 낯익은 듯한 눈으로 바라보고 나서, 그는 1910년 무렵에 지어진 듯한 약국으로 들어가 얄팍한 주소록을 조사하고 주소와 전화 번호를 베꼈다. 그는 전화실에 들어가 그 번호를 불러 보았지만, 상대편 전화에는 아무도 나오지 않은 채 10번이나 따르릉따르릉 울려댔으므로 전화를 끊었다.

그 집은 군데군데 회칠이 벗겨진 잿빛 간이 주택으로서, 단층 건물인 캄캄한 창문 차양에 눈이 쌓인 그대로였다. 한길에서 몇 야드 들어가 있을 뿐으로 도어와 길 사이의 눈 위에 발자국은 나 있지 않았다.

그는 사람이 전혀 오가지 않는 한 구역의 끝까지 걸어갔다가 발뒤꿈치를 돌려 되돌아오자, 그 잿빛 집 앞을 또다시 지나쳤다가 이번에는 이 양옆 집에 세심한 주의를 기울였다. 한쪽 집은 창문에 수제(手製)의 크리스마스용 꽃다발을 장식했고 스페인 계인 것 같은 가족이 가정 잡지의 표지에 있는 듯한 따뜻한 분위기에 싸여 식사를 하고 있었다. 그 반대쪽 집에서는 무릎에 지구의를 올려놓고 빙빙 돌리고는 손가락으로 멈추게 하여 그 손가락이 닿은 나라가 어디인지를 알아맞추며 바라보고 있었다. 갠트는 그 앞을 지나치고 또 반대쪽의 끝까지 걸어갔다가 뒤꿈치를 돌려 되돌아왔다. 이번에는 목적한 잿빛의 집 앞을 지나간 순간, 갑자기 몸을 날려 잿빛 집과 스페인 계인 가족의 집 사이로 단숨에 뛰어들었다. 그는 집 뒤로 돌아갔다.

조그만 포치가 있었다. 그 저편 단단한 빨랫줄을 맨 작은 뜰 끝에 판자 울타리가 쳐있다. 갠트는 포치로 올라갔다. 도어와 창문, 쓰레기통이며 빨래를 넣는 바구니가 있었다. 문을 열려고 했으나 자물쇠가 잠겨 있었다. 창문도 잠겨져 있다. 갠트는 포켓에서 스카치 테이프를 꺼냈다. 그것을 10인치쯤의 길이로 잘라 12장의 창유리 중에서 한가운데의 자물쇠 아래에 있는 유리에 붙였다. 유리의 형에 맞추어 10인치 가량의 길이에 또 테이프를 붙였다.

몇 분 뒤에는 테이프를 창유리 가득 붙여 놓았다. 그는 장갑을 낀 손으로 유리를 쳤다. 쨍그렁 하고 소리가 나며 깨진 파편이 흩어지지 않고 매달려 왔다. 테이프에 달라붙어 있는 것이다. 갠트는 유리에서 테이프를 벗기기 시작했다. 그것이 끝나자 이번에는 창문에서 테이프에 달라붙은 유리를 뜯어내어 쓰레기통 바닥에 소리가 나지 않도록 떨어뜨렸다. 창문으로 손을 뻗쳐 자물쇠를 열고 아래의 창문을 열었다. 창문에 있었던 제빙회사의 플래카드가 어둠 속으로 쓰러졌다.

포켓에서 연필 모양의 회중전등을 꺼내어 열린 창문으로 안을 들여다보았다. 의자의 앞에 접어서 겹쳐 놓은 신문이 쌓여 있었다. 그는 의자를 옆으로 치우고 안으로 들어가자 창문을 닫았다.

회중전등의 둥그렇고 희읍스름한 광선이 비좁고 초라한 부엌으로 재빨리 움직여 갔다. 갠트는 앞으로 나아가, 닳아빠진 듯한 리놀륨

위를 소리없이 걸었다.

 거실에 이르렀다. 의자는 헐렁헐렁한 벨벳이었으며, 팔걸이 언저리가 모두 닳아빠져 있었다. 크림색의 그늘이 창문에 드리워졌지만, 그것은 꽃 모양을 한 종이에 빛이 비쳤기 때문이었다. 버드의 사진이 쭉 걸려 있었다. 짧은 바지를 입은 소년 시절의 버드, 고등학교를 졸업한 무렵의 버드, 일등병의 군복을 입은 버드, 어두운 색깔의 옷을 입고 미소짓고 있는 버드, 그러한 스냅 사진과 더불어 초상용의 사진틀에 간직되어 미소짓고 있는 커다란 사진과 역시 미소짓고 있는 작은 사진이 몇 개나 있었다.

 갠트는 거실에서 복도로 나갔다. 복도에서 바로 막다른 방은 침실이었다. 경대 위에 로션 병이 있고 침대에는 빈 옷상자며 종이가 얹혀져 있으며 나이트 테이블에는 양친의 결혼 사진과 버드의 사진이 있었다. 다음 방은 욕실이었다. 회중전등은 습기가 마른 벽에 백마(白馬)의 완구가 걸려져 있는 것을 비추었다.

 세 번째의 방이 버드의 방이었다. 2류 호텔 방과 같았다. 침대 옆에 고등학교의 졸업 증명서가 있었지만, 그밖에는 이 방 소유자의 개성을 암시하는 듯한 것은 발견되지 않았다. 갠트는 안으로 들어갔다.

 책꽂이에 있는 책의 제목을 조사했다. 거의 대학의 교과서이고 고전 문학 작품이 몇 권 있었다. 일기도 없거니와 교우록도 없다. 그는 책상 앞에 앉아 서랍을 하나하나 조사해 보았다. 문방구, 아무것도 씌어져 있지 않은 여러 가지 종이, 〈라이프〉나 〈뉴욕〉의 묵은 호(號), 대학의 답안 용지며 뉴 잉글랜드의 철도 지도가 있었다. 편지도 없었고 애인과의 약속을 적어넣은 달력도 없었다. 이름을 지운 듯한 주소록도 없었다. 그는 책상에서 일어나 경대 쪽으로 다가가 보았다. 서랍의 반은 비어 있고 다른 서랍에는 여름 셔츠, 수영 팬티, 아가일의 양말이 두 켤레, 내의, 녹슨 커프스 버튼, 셀룰로이드 제 칼라, 망가진 클립이 달린 보타이 등이 있었다. 깜박 잊고 아무 곳에나 놓아 둔 듯한 종이나 사진은 어디에서도 발견되지 않았다.

무심코 벽장을 열어 보았다. 구석에 있는 책상 위에 작은 잿빛 문갑이 놓여 있었다.

그는 그것을 꺼내 책상 위에 놓았다. 열쇠로 잠겨 있었다. 그것을 들어올려서 흔들어 보았다. 바삭바삭 종이 뭉치가 들어 있는 듯한 소리가 났다. 그 상자를 다시 내려놓고 어떻게든 작은 나이프의 칼날로라도 자물쇠를 열어 보려고 했다. 그래서 그는 문갑을 가지고 부엌으로 갔다. 서랍에서 드라이버를 찾아내어 그것으로 해보았으나 열리지 않았다. 이것이 콜리스 부인의 생활비가 들어 있는 것이 아니기를 빌면서 그는 이 문갑을 신문지로 쌌다.

그는 창문을 열고 바닥에서 제빙 회사의 간판을 주워올려 포치로 기어 나갔다. 창문을 닫고 고리를 건 다음 그 간판을 적당한 크기로 잘라 유리가 없는 창문에 끼웠다. 문갑을 팔에 안고 그는 이웃집과 이 집 사이를 조용히 빠져나와 큰길로 나섰다.

11

레오 킹십은 모처럼의 크리스마스에 헛되이 보내 버린 시간을 다만 얼마라도 되찾고자 늦게까지 일을 하고, 이 수요일은 밤 10시에 자기 아파트로 돌아왔다.

"마리온은 있나?"

집사에게 외투를 건네 주면서 물었다.

"콜리스님과 나가셨습니다. 하지만 빨리 돌아오시겠다는 말씀이 계셨습니다. 거실에 데트웨일러라는 분이 기다리고 계십니다."

"데트웨일러?"

"리처드슨 양이 증권 관계의 일로 이곳을 찾아뵈라고 말했다고 하시기에……작은 문갑을 가지고 계십니다."

"데트웨일러라고 말했나?"

킹십은 이맛살을 찌푸렸다.

고든 갠트는 벽난로 옆에 있는 기분좋은 의자에서 엉덩이를 들었다.

"안녕하십니까" 하고 그는 기쁜 듯이 말했다.

킹십은 잠시 그를 바라보았다.

"리처드슨 양이 오늘 오후 분명히 말하지 않았던가. 내가 아무와도……" 그는 주먹을 쥐어 허리에 갖다댔다. "돌아가게" 하고 그는 말했다. "만일 마리온이 들어온다면……."

"증거 물건 A입니다." 갠트는 두 손에 한 권씩 팸플릿을 받쳐들듯이 하며 이렇게 말했다. "버드 콜리스에 대한 고발의……."

"나는 그런——" 말이 중간에서 끊어졌다. 저도 모르게 킹십은 앞으로 나아갔다. 그는 그 팸플릿을 갠트의 손에서 받았다. "내 회사의 선전용이군……."

"버드 콜리스가 갖고 있던 물건이지요" 하고 갠트는 말했다. "어젯밤까지 매사추세츠주 미나세트의 그의 집 벽장 속에 있었던 이 문갑에 들어 있었습니다" 그는 옆의 바닥에 놓은 문갑을 가볍게 찼다. 열린 뚜껑이 찌그러진 이상한 모습이었다. 그 속에 장방형의 마닐라 종이 봉투가 들어 있었다. "잠깐 슬쩍 했지요."

"훔쳤단 말이지?"

갠트는 히죽 웃었다.

"독으로써 독을 제압하는 것이죠. 그가 뉴욕의 어디에 있는지 모르기 때문에 일부러 미나세트까지 원정을 가게 되었던 겁니다……."

"이런……."

킹십은 벽난로 옆의 의자에 쓰러지듯 주저앉았다. 그는 팸플릿을 꿰뚫을 듯한 눈으로 훑어보고 있었다. "이럴 리가……" 하고 그는 말했다.

"몫하다면 이 증거물 A의 상태를 관찰해 주십시오. 가장자리는 너덜너덜해진데다가 지문이 가득 찍혀서 더럽혀져 있고 한가운데 페이지는 철사가 빠져 떨어져 있습니다. 이것을 보더라도 꽤 오랜 동안 이것을 가지고 있었다고 할 수 있겠죠. 몇 번이고 몇 번이고 열심히 탐독했겠지요."

"이런……개 같은 녀석……."

킹십은 좀처럼 입에 올린 일이 없을 듯한 이 말을 힘주어 내뱉었다.

"버드 콜리스의 역사, 네 개의 봉투에 든 드라마(4막극 Drama in four acts에 비유한 대사)." 하고 그는 말했다. "제 1의 봉투——고등학교에서의 영웅이었던 무렵의 신문 스크랩. 반장, 운동회 준비 위원회 의장, 가장 성공할 만한 인물 투표에서의 1위 등. 제 2의 봉투——명예로운 제대, 청동 훈장, 상이군인 기장 퍽 흥미가 있는, 그러나 외설적인 사진 몇 장. 필요없는 돈이 2백 달러쯤 있으면 찾을 수 있을 듯 싶은 전당포의 전당표. 제 3의 봉투——대학 생활, 스토다드 대학으로부터의 전학 증명서와 콜드웰의 입학 허가서. 제 4의 봉투——킹십 제동 주식회사의 사업 규모를 설명한 읽기 쉬운 팸플릿 두 장과 이……" 그는 포켓에서 접혀져 있는 파란 괘선을 그은 노란 종이 한 장을 꺼내 킹십에게 건넸다. "어디가 머리이고 어디가 꼬리인지 모를 종이입니다."

킹십은 그 종이를 폈다. 그는 중간까지 읽어 내려갔다.

"이건 무엇이지?"

"이쪽에서 묻고 싶을 정도입니다."

그는 머리를 내저었다.

"여기에는 꽤. 의미가 있을 게 틀림없습니다." 갠트는 말했다. "팸플릿과 함께 들어 있었으니까요."

킹십이 머리를 흔들며 그 종이쪽지를 갠트에게 돌려 주자 그는 받아서 포켓에 넣었다. 킹십은 눈길을 그 팸플릿에 떨구었다. 두 손으로 움켜잡고, 그 두꺼운 종이를 획획 넘겨보았다.

"마리온에게는 어떻게 말해야만 할까?" 하고 그는 말했다. "그 아이는 사랑하고 있어, 그 사나이를……."

그는 슬픈 듯이 갠트에게로 눈길을 보냈다. 그러다가 그의 표정은 처음의 그것으로 돌아갔다. 팸플릿과 갠트를 번갈아 쳐다보았다.

"이런 것이 이 문갑에 들어 있었다는 것을 어떻게 내가 믿나? 자네가 스스로 이것을 넣은 게 아니라고 내가 어떻게 알 수 있겠나?"

갠트는 입을 크게 벌렸다.

"하지만 그런 일을……."

킹십은 긴의자를 돌아 방을 가로질렀다. 조각이 있는 테이블에 전화가 있었다. 그는 다이얼을 돌렸다.

"마음대로 하십시오" 하고 갠트는 소리질렀다.

조용해진 방 안에 잡음과 전화의 희미한 소리가 들렸다.

"여보세요, 리처드슨 양? 킹십이야. 부탁이 있는데 중요한 거니까 절대 비밀로 해 두어요."

알아들을 수 없는 어수선한 소리가 수화기에서 흘러나왔다.

"지금 사무실에 가 줄 수 없겠나, 지금 바로. 이런 일을 무리하게 부탁하고 싶지는 않지만 몹시 중요한 일이라서 말일세, 나는." 또 어수선한 소리가 들렸다. "홍보부에 가 줘" 하고 킹십은 말했다. "서류를 조사하여 회사의 선전용 출판물을 보냈는지 어떤지 확인해 줘, 버드 콜리스에게."

"버튼 콜리스입니다." 갠트가 말했다.

"또는 버튼 콜리스에게 말이야. 그래 맞았어, 콜리스 씨야. 집에 있을 테니까, 리처드슨 양, 알아보는 대로 전화 연락을 해주어요. 정말 미안하군, 리처드슨 양."

그는 전화를 끊었다.

갠트는 못마땅한 얼굴을 하고 머리를 저었다.

"물에 빠지면 지푸라기라도 잡는다던데, 그야말로 지푸라기를 잡는 게 문제가 아니잖습니까?"

"나는 확인해 보아야 해" 하고 킹십은 말했다. "이런 경우, 증거를 확인해 보지 않으면 안되지." 그는 방의 저쪽에서 돌아와 의자 뒤에 섰다.

"벌써 자신으로서 확실히 믿고 있지 않습니까. 더구나 스스로 그것을 똑똑히 알고 있으면서도……."라고 갠트는 말했다.

킹십은 의자에 손을 놓고 몸을 기댔다. 그리고 자기가 앉아 있던 쿠션의 움푹한 곳에 놓아 둔 팸플릿에 눈을 보냈다.

"당신 자신도 똑똑히 알고 계신 겁니다" 갠트는 되풀이했다.

조금 있다가 킹십은 피로한 듯한 숨을 내쉬었다. 그는 긴의자로 돌아와서 팸플릿을 접어 두고 앉았다.

"어떻게 마리온에게 이것을 말해야 할까!" 하고 그는 물었다. 그는 무릎으로 비비고 있었다. "죽일 놈…… 그 개 같은……."

갠트는 그의 앞에 몸을 내밀 듯이 하고 무릎에 팔꿈치를 괴었다.

"킹십 씨, 이 일에는 결코 틀림이 없습니다. 제가 이제까지도 쭉 옳았다는 것을 인정 해 주실 테지요?"

"'무엇이' 말인가?"

"도로시와 엘렌에 관해서지요."

킹십은 초조한 숨을 쉬고 있었다. 갠트는 서둘러 이야기를 했다.
"그는 스토다드에 다니고 있었던 일은 마리온에게도 말하지 않았습니다. 도로시하고 관계가 있었던 게 틀림없어요. 도로시를 임신시킨 녀석이 틀림없습니다. 그녀를 죽였어요. 파월과 엘렌은 어쩌면 그가 범인이라는 것을 눈치챘을 겁니다. 그래서 그는 그 두 사람도 죽이지 않으면 안되었던 것입니다."
"그 유서는……."
"쓰게끔 일부러 트릭을 썼던 것입니다! 그전에도 있었지요. 바로 지난달, 그런 일을 꾸민 한 사나이의 일이 신문에 났었지요. 이유도 똑같습니다. 여자가 임신하고 있었던 거예요."
킹십은 머리를 흔들었다.
"나도 그가 그런 짓을 했다고 생각했었지" 하고 그는 말했다. "마리온에게 어떻게 했는지 안 뒤에는 나도 그 사나이가 어떠한 짓을 하는 인간인지 똑똑히 절감했어. 그러나 자네의 추리에는 헛점이 있어, 커다란 헛점이."
"무엇이지요?" 갠트가 되물었다.
"그는 재산을 노리고 있는 것이 아닐까?"
갠트는 끄덕였다.
"그래서 자네는 도로시가 새것과 헌 것, 빌린 것, 파란 것을 몸에 걸치고 있었던 일에서부터 살해되었다는 것을 알았을 테지?"
갠트는 또 끄덕였다.
"그렇다고 한다면――그가 그 아이를 난처한 입장에 빠뜨리게 한 당자라 하고서 그날 그 아이와 결합하려 하고 있었다면, 그는 어째서 그 아이를 죽였지? 좀더 이야기를 진전시켜 그 아이와 결혼하고 싶어하지 않았을까?…… 그 아이와 결혼해야 재산을 손에 넣을 게 아닌가?"

갠트는 말없이 그를 쳐다 보고 있었다.

"이 문제에 관해서는 자네가 옳아" 하고 킹십은 팸플릿을 들어올리며 말했다. "그러나 도로시에 관해서는 틀렸어, 전혀 틀려."

이윽고 갠트는 일어섰다. 그는 돌아서서 창문 쪽으로 갔다. 아랫입술을 깨물면서 밖을 멍하니 바라보았다.

"그럼, 제가 투신 자살이라도 해보일까요" 하고 그는 말했다.

도어의 차임이 울렸을 때, 갠트는 창문에서 돌아다보았다. 킹십은 일어나 벽난로 앞에 서서 거기 차곡차곡 쌓여 있는 자작나무 장작을 바라보고 있었다. 그는 겨드랑이에 둘둘 만 팸플릿을 끼고 돌아보더니 짐짓 갠트의 눈길을 피했다.

프런트 도어가 열리고 목소리가 들려 왔다.

"……잠깐 들어갔다 가지 않겠어요?"

"안돼, 마리온. 내일은 일찍 일어나지 않으면 안되니까."

긴 침묵이 있었다.

"11시 반에 집 앞에 있도록 하겠어."

"어두운 색의 옷을 입는 게 좋아요. 제련소는 틀림없이 더러운 곳일 테니까요."

다시 침묵.

"안녕."

"안녕."

도어가 닫혀졌다.

킹십은 팸플릿을 힘껏 둘둘 감고 있었다.

"마리온." 하고 그는 불렀지만, 나직한 목소리밖에 되지 않았다.

"마리온." 또 다시 불렀는데 이번에는 목소리가 컸다.

"곧 갈게요."

그녀의 목소리가 즐거운 듯이 대답해 왔다.

두 사람은 기다리고 있었다. 별안간 시계의 재깍거리는 소리가 의식되었다.

그는 두드러지게 흰 긴 소매 블라우스 깃을 세우고 폭이 넓은 문에 모습을 나타냈다. 볼이 차가운 바깥 공기 때문에 상기되어 있었다.

"왜요?"라고 그녀는 말했다. "우리들은……."

그녀는 갠트를 보았다. 손이 얼어붙은 듯이 내려뜨려졌다.

"마리온, 우리들은……."

마리온은 홱 돌아서 나가 버렸다.

"마리온!"

킹십은 문에서 복도 쪽으로 급히 쫓아갔다.

"마리온!"

그녀는 무섭게 빠른 걸음으로 커브를 이루고 있는 흰 계단의 중간쯤에 있었다.

"마리온!" 하고 그는 날카롭게 부르며 명령했다.

그녀는 멈추었으나 난간에 손을 걸친 채 새침하니 계단을 올려다보고 있었다.

"내려오너라" 하고 그는 말했다. "이야기할 게 있다. 매우 중대한 일이야."

짧은 시간이 지났다.

"내려오렴" 하고 그는 다시 말했다.

"네."

그녀는 돌아보더니 차가운 태도를 보이면서 계단을 내려왔다.

"이야기가 있다면 하시면 되지요. 제가 2층으로 올라가 짐을 꾸리고 여기서 나가기 전에."

킹십은 거실로 돌아왔다. 갠트는 의자의 등받이에 손을 놓고 방 한

가운데에 어색한 모습으로 서 있었다. 킹십은 슬픈 듯이 고개를 흔들면서 그 곁으로 다가갔다.

그녀는 방으로 들어왔다. 그녀가 두 사람을 거들떠보지도 않고 도어에 가까운 의자로 다가가는 것을 그들은 눈으로 쫓고 있었다. 그녀는 주의깊게 다리를 포개더니 빨간 모직 스커트에 손을 가져가 옷매무새를 고쳤다. 손을 팔걸이에 얹더니, 왼쪽 의자의 뒤에 서 있는 두 사람에게 눈길을 보냈다.

"뭐지요?" 하고 그녀는 말했다.

킹십은 마음이 놓이지 않는 모양으로 몸을 움직였다. 그녀의 눈길에 질려 버린 것이다.

"갠트 군이……어제……."

"어쨌다는 거지요?"

킹십은 난처한 나머지 갠트에게 눈을 보냈다.

갠트가 입을 열었다.

"어제 오후――이것은 결코 당신의 아버지께서 부탁하신 것은 아니지만 저는 미나세트에 갔었습니다. 당신의 약혼자 집에 침입했지요."

"어머나?"

"그리하여 그의 방 벽장에서 발견한 편지를 가지고 나왔습니다."

그녀는 의자의 등받이를 온 몸으로 밀어댔다. 움켜쥔 손가락의 마디가 하얘지고 입술을 꽉 깨물면서 눈을 감았다.

"저는 그것을 집으로 가지고 가서 열어 보았지요."

그녀의 눈이 홱 떠지며 반짝반짝 번뜩였다.

"무엇이 발견되있지요? 원지폭탄의 제조 계획서인가요?"

두 사람은 잠자코 있었다.

"무엇을 발견했지요?" 하고 그녀는 되풀이했다. 목소리가 낮아지고 점차 노여움이 불타올랐다.

킹십은 긴의자 끝에 서 있다가 다가가서 돌돌 감은 팸플릿을 본래의 상태로 만들어 그녀에게 건넸다.

그녀는 느릿느릿한 동작으로 받더니 그것에 눈길을 보냈다.

갠트가 말했다.

"오래된 것이지요. 꽤 오래 전부터 갖고 있었나 봅니다."

킹십은 말했다.

"너를 알고부터는 미나세트에 돌아가지 않았었지. 너하고 만나기 전부터 이 팸플릿을 갖고 있었다."

그녀는 무릎에 놓은 팸플릿을 주의깊게 만져 보았다. 귀퉁이에 접혀진 데가 있었다. 그녀는 그것을 폈다.

"엘렌에게서 받았을 거예요."

"엘렌은 회사의 출판물을 아무것도 갖고 있지 않았단다. 마리온, 너도 알고 있을 테지. 그애도 너하고 마찬가지로 회사에는 도무지 흥미가 없었으니까 말이다."

그녀는 팸플릿을 뒤집어 뒤표지를 조사했다.

"이 사람이 그 상자를 열었을 때 아버님은 함께 계셨나요? 그 상자에 팸플릿이 들어 있었던 일은 확실해요?"

"그래서 지금 조회하고 있는 참이다" 하고 킹십은 말했다.

"그러나 갠트 군에게는 어떠한 이유가 있어……."

그녀는 팸플릿 한 권을 일부러 대기실에 놓아 두는 잡지나 심심풀이 책처럼 페이지를 넘기기 시작했다.

"알았어요." 조금 있다가 그녀는 딱 잘라 말했다. "최초에 그를 끌리게 만든 것은 재산일지도 몰라요." 그녀의 입술에는 떨리는 듯한 미소가 떠올랐다. "일생에 한 번만 저는 아버지의 돈에 감사하겠어요." 그녀는 페이지를 넘겼다. "세상에서 흔히 말하지 않아요? 부자

집 딸과 연애하는 것은 가난한 집 딸과 연애하는 것만큼 쉬운 일이라고." 그녀는 또 한 페이지를 넘겼다. "그를 너무 나무랄 수는 없어요, 그런 가난한 가정에서 자랐다고 해서. 환경의 영향이에요……."

그녀는 일어서며 긴의자 위로 팸플릿을 던졌다.

"달리 하실 말씀은?"

그녀의 손이 희미하게 떨리고 있었다.

"달리?" 킹십은 노려보았다. "이것만으로 충분하지 않느냐?"

"충분하다고요?" 하고 그녀가 되물었다. "무엇이 충분하죠? 결혼을 취소하는 데 충분하다는 건가요? 천만에요." 그녀는 머리를 흔들었다. "충분하지 않아요."

"아직도 바라고 있니?"

"그는 저를 사랑하고 있는 거예요" 하고 그녀는 말했다. "처음에는 재산에 이끌렸는지도 모르지만, 제가 아름다운 여자라고 하면, 어떻겠어요. 저의 모습이 그를 끌어당겼다는 사실을 알았는데도 제가 결혼을 단념하리라고 생각하세요?"

"맨 처음뿐이었을까?" 킹십이 말했다. "너의 재산은 지금도 여전히 그를 끌어당기고 있어."

"그런 말을 할 권리는 없어요!"

"마리온, 너는 당장 결혼할 수가 없어……."

"할 수 없다고요? 토요일 아침, 시청에 가겠어요."

"그 사나이는 나쁜 책략가야!"

"그래요! 아버님은 누가 좋고 누가 나쁜지 언제나 알고 계실 테니까요! 어머님을 나쁘다고 생각했기 때문에 쫓아내셨고, 도로시가 나쁘다고 생각했기 때문에 도로시는 자살했겠지요. 자기의 선악이나 옳고 그름의 판단을 가지고 우리들을 다스렸기 때문이에요! 아버지는 이제까지의 일로 좋다느니 나쁘다느니 해 온 것만으로도 충분치 않을까요?"

"너의 재산을 노리는 사나이와 결혼해서는 안된다는 말이다!"

"저를 사랑하고 있단 말이에요! 국어도 모르세요? 사랑하고 있어요, 저를! 저도 그를 사랑하고 있어요. 무엇이 우리를 함께 있게 해주든간에 그런 건 아무래도 좋아요! 우리들은 서로 같은 생각이에요. 같은 감정을 가지고 있어요! 우리들이 좋아하는 것은 같은 책이나 같은 희곡이나 같은 음악이나 같은……."

"같은 음식입니까?" 하고 갠트가 끼어들었다. "두 사람은 이탈리아 요리와 아메리카 요리가 좋으시죠?"

그녀는 가볍게 입을 벌리고 그에게로 돌아섰다. 그는 포켓에서 꺼낸 푸른 괘선이 그어진 노란 종이를 보면서 말했다.

"프루스트, 토머스 울프, 카슨 마카라즈의 소설이겠지요?"

그녀의 눈이 크게 떠졌다.

"당신이 어떻게……? 그건 무엇이죠?"

그는 의자를 돌아왔다. 그녀는 그에게 대들 듯이 버티고 섰다.

그는 말했다.

"앉으십시오."

"당신은 누구지요……?"

그녀는 뒤로 물러섰다. 긴의자의 끝이 그녀의 무릎 뒤에 닿았다.

"앉으십시오" 하고 그는 말했다.

그녀는 앉았다.

"무엇이지요, 그게?"

"팸플릿과 함께 문갑 속에 있던 것입니다" 하고 그는 말했다.

"같은 봉투에 들어 있었습니다. 필적은 아마 그의 것이겠지요."

그는 노란 종이를 그녀에게 건넸다.

"동정합니다" 하고 그는 말했다.

그녀는 곤혹스러운 표정으로 그를 보고 나서 그 종이에 눈을 옮겼다.

프루스트, T. 울프, C. 마카라즈, 《보바리 부인》, 《이상한 나라의 앨리스》, 엘리자베드 B. 브라우닝——필독!
미술(대략 현대)——호플리 혹은 호퍼(특히?) 데뮈트, 현대 미술의 해설서를 읽을 것.
고등학교 시절의 도색(桃色)의 면(面).
E에게 질투?
르노와르, 반 고호.
이탈리아 풍, 아메리카 식 요리——뉴욕에서 레스토랑을 찾을 것.
연극, 쇼. T. 윌리엄즈——진지한 내용의 것······.

조그맣게 쓴 이 종이를 4분의 1쯤 읽었을 뿐인데, 그녀의 볼에는 핏기가 사라졌다. 이윽고 떨리는 손으로 종이를 접었다.
"그랬었군요" 하고 그녀는 말하고는 다시 한 번 종이를 접더니 눈을 들지 않고 말했다. "나는 완전히 믿고······말았어요······."
의자의 끝을 살며시 돌아 곁에서 어쩔 줄 모르며 서 있는 아버지에게 미칠 것 같은 미소를 던졌다.
"저는 눈치챘어야만 했었군요."
피가 볼에 올라와서 화끈 달았다. 눈을 초점없이 굴리면서 손가락으로 별안간 강철처럼 종이를 세게 접고는 바짝 비틀었다.
"너무나 들어맞아, 거짓말쟁이······."
그녀는 미소지었으나 눈물이 볼을 타고 흘러내렸고 손 끝은 종이를 잡아뜯고 있었다.
"정말이지 눈치챘어야만 했었어요······."

그녀는 손에 든 그 종이쪽을 놓더니 두 손으로 얼굴을 감쌌다. 그녀는 울기 시작했다.
킹십은 웅크린 그녀의 어깨를 팔로 감싸며 옆에 앉았다.
"마리온……마리온……늦어지기 전에 알아서 다행이다……."
팔에 안긴 등이 떨고 있었다.
"아버지는 몰라요." 손가락 사이로 흐느낌 소리가 새어나왔다.
"몰라요……."
눈물이 멎자 그녀는 몸을 굳히고 앉은 채, 킹십이 건네 준 손수건을 손가락에 감아 대며 양탄자 위에 떨어진 그 노란 종이쪽지에 눈길을 보내고 있었다.
"2층까지 데려다 줄까?" 하고 킹십이 물었다.
"아니에요, 부디……다만……. 다만, 여기 가만히 있게 해주세요."
그는 일어나 창문 곁에 있는 갠트에게로 다가갔다. 두 사람은 한동안 입을 다문 채 강 건너편의 불빛을 바라보고 있었다. 이윽고 킹십이 말했다.
"나는 그놈을 혼내 줄 테다. 반드시 호된 맛을 보여 주겠어."
1분쯤 시간이 지났다. 갠트는 말했다.
"당신의 그와 같은 '선악'에 대한 생각이 그녀를 이와 같은 지경으로 만든 것이지요. 당신은 따님들을 몹시 엄격히 가르치셨던 모양이군요?"
킹십은 잠깐 생각하고 있었다.
"심할 정도는 아니었지" 하고 그는 말했다.
"그녀의 이야기에서 상상한 바로는 몹시 엄격하게 하신 모양입니다만……."
"딸에게 노여워하고 있었기 때문이라네." 킹십은 말했다.
갠트는 강 건너편인 펩시콜라의 네온사인에 눈길을 모으고 있었다.

"요전에 마리온의 아파트를 나와서 들렀던 드러그 스토어에서 당신은 딸 하나를 그러한 일로 쫓아 보내고 말았는지도 모른다고 말했었지요. 그것은 어떤 뜻입니까?"

"도로시의 일이라네" 하고 킹십은 말했다. "그렇게 내가……않았다면……."

갠트가 말을 덧붙였다.

"'그렇듯 엄격히'라는 말씀이시겠죠?"

"아니. 나는 그다지 엄격하지는 않았어. 나는 나쁜 일로부터 바르게 되는 일을 가르쳤을 뿐이야. 아마도 나는……조금 지나치게 강조했겠지. 그러한 어머니의 일이 있었으니까……." 그는 한숨을 쉬었다.

"도로시는 자살이 유일한 해결 방법이라고 생각했던 게 잘못이었어" 하고 그는 말했다.

갠트는 담뱃갑을 꺼내어 한 개비 뽑았다. 손가락 사이에서 빙그르 한 바퀴 돌렸다.

"킹십 씨, 만일 도로시가 당신에게 미리 의논도 않고 결혼하여……너무 빠르게……아이를 낳는다든가 하면 당신은 어떻게 하셨겠습니까?"

잠깐 사이를 두고 킹십은 말했다.

"모르겠네."

"그애하고는 부녀간의 정을 끊으셨겠지요" 하고 마리온이 조용히 말했다.

두 사나이는 돌아다보았다. 그녀는 이제까지와 마찬가지로 의자에 꼼짝 않고 앉아 있었다. 벽난로 위에 세워져 있는 거울에 비친 그녀의 얼굴이 보였다. 그녀는 아직 바닥 위의 종이를 보고 있는 것이었다.

"그래서?" 하고 갠트가 킹십에게 말했다.

"하지만 내가 그애를 두 번 다시 얼씬도 못하게 했으리라고는 생각되지 않아" 하고 그는 항의했다.

"아버지라면 그렇게 하셨을 거예요" 하고 마리온은 윤기가 없는 목소리로 말했다.

킹십은 창문으로 향했다.

"그러나" 하고 그는 마지막으로 말했다. "그러한 상황이나 조건 속에서 두 사람의 결혼에 관해 책임을 다할 수 있다고는 생각되지 않지. 그렇게 되면……" 그는 그 말을 끝까지 하지 않았다.

갠트는 담배에 불을 붙였다.

"보십시오, 가까스로 아셨군요" 하고 그는 말했다. "그렇기 때문에 그는 도로시를 죽였던 겁니다. 그녀는 당신에 대해서 이야기했을 게 틀림없어요. 그래서 그녀하고 결혼해 보았자 재산은 굴러들어오지 않는다는 걸 알았겠지요. 게다가 만일 결혼하지 않으면 그는 난처한 입장에 몰립니다. 그러므로……그러고 난 뒤 그는 엘렌에게 대해서 두 번째 찬스를 노릴 결심을 했습니다. 그러나 엘렌은 도로시의 죽음에 대한 조사에 착수하여 조금만 더 가면 진실을 밝혀내게 되는 데까지 이르렀습니다. 그녀와 파월을 죽이지 않으면 않되게 될 만큼 진실의 가까운 곳까지 파고들어갔던 거지요. 어쨌든 그러고 나서 세 번째의 찬스를 엿보았습니다."

"버드가?" 하고 마리온이 말했다. 그 이름을 넋이 나간 사람처럼 말하는 거울에 비친 그녀의 얼굴은 약혼자가 식탁에서 버릇없는 태도를 취했을 때 비난하는 듯한 놀라움을 똑똑히 보여 주고 있었다.

킹십은 눈을 좁혀 창 밖을 내다보고 있었다.

"나도 그렇게 생각해……."

그러나 그가 갠트에게 돌아섰을 때, 그 결의는 눈동자에서 사라져 있었다.
 "자네는 그가 스토다드에 다녔던 일을 마리온에게 털어놓지 않았던 것에 추리 전체의 기초를 두고 있는 걸세. 하지만 그가 도로시를 알고 있었던 일, 그애가 교제하던 남자가 그였었다고는 확실히 알지 못하고 있는 게 아닌가. 우리는 확인하지 않으면 안돼."
 "기숙사 여학생들이 있습니다" 하고 갠트가 말했다. "도로시가 누구하고 사귀고 있었는지 아는 학생이 있을 게 틀림없습니다."
 킹십은 고개를 끄덕였다.
 "누군가를 고용하여 스토다드에 보내 그녀들에게 까닭을 말하고서……"
 갠트는 가만히 생각하더니 고개를 저었다.
 "그것은 현명한 일이 못되지요. 휴가 중이니까요. 도로시의 일을 알고 있는 여학생을 한 사람 어떻게든지 찾아내는 것만으로도 늦어지고 말겠지요."
 "늦어져?"
 "결혼이 글렀다는 걸 알게 되면"——그는 마리온에게 흘끗 눈길을 보냈다. "그 이유가 알려질 때까지 우물쭈물하고 있을 그런 사나이가 아니겠죠."
 "그를 찾아내면 돼" 하고 킹십은 말했다.
 "그럴지도 모릅니다. 그러나 그렇게 되지 않을지도 모르죠. 범죄자는 모습을 감추는 법이니까요."
 갠트는 생각을 쫓듯이 담배를 피웠다.
 "도로시는 일기나 무언가를 남기지 않았나요?"
 그때 전화가 울렸다.
 킹십은 조각이 있는 테이블로 다가가 수화기를 집어들었다.
 "여보세요."

긴 침묵이 흘렀다. 갠트는 마리온을 보았다. 그녀는 몸을 구부려 바닥에서 종이쪽을 주워올렸다.

"언제쯤이지?" 하고 킹십은 물었다.

그녀는 종이쪽지를 움켜쥐고 꼭꼭 뭉쳤다. 어찌해야 좋을지 모르는 채 그녀는 종이쪽지를 바라보고 있었다. 옆에 놓은 두 권의 팸플릿 위에 그것을 놓았다.

"정말 고맙군"이라고 킹십은 말했다. "정말로 고마워."

수화기를 거는 소리가 나고 침묵이 찾아왔다. 갠트는 돌아보며 킹십에게 눈을 보냈다.

그는 붉은 얼굴을 뻣뻣이 굳히고는 테이블 옆에 우뚝 서 있었다.

"리처드슨 양이야" 하고 그는 말했다. "그 사업 안내 팸플릿은 1950년 10월 16일 위스콘신 주 콜드웰의 버튼 콜리스 앞으로 발송되었다네."

"엘렌에게 접근하기 시작한 무렵이 틀림없군요."

갠트가 말했다.

킹십은 끄덕였다.

"그러나 그것이 두 번째였네" 하고 그는 천천히 말했다. "사업 안내는 1950년 2월 6일, 아이오와 주 블루리버의 버튼 콜리스에게 또 하나 발송되어 있어."

갠트는 말했다.

"도로시의……."

마리온은 신음하는 듯한 소리를 내었다.

마리온이 2층으로 간 뒤에도 갠트는 남아 있었다.

"우리들은 저 엘렌이 운명을 맡긴 것과 똑같은 보트에 타고 있는 거나 다름없군요" 하고 갠트는 말했다. "경찰은 도로시의 '자살 유서'를 갖고 있지만 우리가 갖고 있는 것은 용의(容疑)와 상황 증거뿐이니까 말입니다."

"확인해 보겠네." 킹십은 팸플릿 한 권을 손에 들고 말했다.

"파월이 죽은 곳에서 무언가 발견되지 않았었나요? 지문이라든가 의복의 섬유라든가……?"

"아무것도 없었네." 킹십은 말했다. "파월이 죽은 곳에는 아무것도 없었어. 그 양계장에도 아무것도 없었지. 엘렌이 간……."

갠트가 한숨을 쉬었다.

"경찰에게 체포해 달라고 할 수는 있지만, 이 정도로서는 법률을 1년쯤 배운 학생이라도 5분 만에 석방시킬 수가 있지요."

"어떻게든지 꼬리를 잡고야 말겠네" 하고 킹십은 말했다. "확인을 하여 반드시 붙잡고야 말겠어."

갠트는 말했다.

"그 유서를 어떻게 하여 그녀에게 쓰도록 했는지 알아내지 않으면 안됩니다. 그렇지 않으면 파월과 엘렌을 죽인 권총을 찾아내는 일. 어쨌든 토요일이 되기 전에 말입니다."

킹십은 팸플릿의 표지 사진을 보았다.

"제련소……"라고 그는 슬픈 듯이 말했다. "내일은 거기에 갈 예정이지. 나는 그를 안내해 주고 싶었거든. 마리온도 함께 말일세. 마리온은 여태껏 관심을 가진 일이 없었던 곳이네."

"되도록 마지막까지 결혼이 깨졌다는 사실을 눈치채이지 않도록 하는 편이 좋다고 생각되는데요."

킹십은 무릎에 놓은 팸플릿을 만지작거리고 있었다. 그는 눈을 들었다.

"뭐라고?"

"되도록 마지막 순간까지 결혼이 깨졌다는 사실을 그에게 눈치채이지 않도록 하는 편이 좋다고 말씀드렸습니다."

"그렇지" 하고 킹십은 말했다.
그의 눈이 팸플릿으로 되돌아갔다. 한동안 침묵이 흘렀다.
"그는 나를 잘못 보고 있어."
그는 다시 지그시 제련소 사진으로 눈을 보내면서 나직이 말했다.
"누군가 다른 사나이의 딸에게 눈독을 들였어야만 했을 텐데 말일세."

12

 이렇듯 희한한 날이 일찍이 있었을까? 그것만이 그가 알고 싶은 일이었다. 이런 날이 달리 또 있는 것일까? 그는 전용기를 바라보며 히죽 웃었다. 마치 그의 마음처럼 오래 기다려 견딜 수 없다는 듯한 모습으로 활주로를 향해서 기수를 돌리고 있었다. 꽉 짜인 몸체는 둔중하게 반사되며, 동박으로 찍힌 킹십이라는 명칭과 옆에 있는 왕관의 상표가 이른 아침 햇빛에 반짝반짝 비치고 있었다. 그는 상업 항공기가 줄지어 들어서 있는 비행장 아득히 저편에서 정비에 바쁜 사람들을 바라보면서 회심의 미소를 띠었다. 비행기는 출발 준비 완료를 기다리고 있는 승객들이 말 못하는 동물처럼 출입 금지인 구리줄 뒤에 떼를 지어 있었다. 어쨌든 대부분의 인간은 저마다 자유롭게 쓸 수 있는 자기의 전용기를 가질 수가 없는 것이다! 그는 오지그릇처럼 파란 하늘로 웃는 얼굴을 보내고, 행복함에 견딜 수 없다는 듯이 가슴을 부풀리며 입에서 흘러나온 입김이 위로 올라가는 것을 보고 있었다. 그렇다, 라고 그는 똑똑히 판정을 내렸다. 이렇듯 희한한 날은 여태껏 한 번도 없었다. 뭐라고? 정말 없었다는 건가? 그렇지, 그럼, 한 번이라도 있었다는 건가! 정말 한 번도 없었던가? 응…… 거의 없었을 거야! 그는 몸을 돌리더니 길버트와 설리반의 가극을 휘파람으로 불며 격납고로 돌아갔다.
 마리온과 레오 킹십은 입술을 꼭 깨물고 말다툼을 하면서 그늘에서 있었다.
 "저도 가겠어요!" 하고 마리온이 우기고 있었다.
 "무슨 어려운 일이라도?"
 그는 두 사람에게 다가가면서 미소를 지어 보였다.
 레오는 홱 돌아서 멀어져 갔다.
 "아무것도 아니에요. 전 컨디션이 좋지 않잖아요? 그래서 나에게 가면 안된다고 하시는 거예요."
 그녀의 눈길은 저편에 보이는 전용기로 가 있었다.
 "신부 노이로제인가?"
 "그런 게 아니에요. 다만 기분이 좋지 않아요, 그것뿐……."
 "그래."
 그는 그 의미를 깨달은 것처럼 말했다.
 두 사람은 한동안 말없이 서 있었다. 기체의 연료 탱크를 정비하고 있는 두 사람의 정비원을 바라보고 있었다. 이윽고 그는 레오 킹십이 있는 곳으로 갔다. 이런 날에는 마리온을 살며시 내버려 둘 일이다. 그렇다, 그렇게 하면 아마도 좋아지리라. 그녀는 기분을 바꾸기 위해 조용히 있지 않으면 안될지도 모른다.
 "출발 준비는 다 됐습니까?"
 "앞으로 몇 분 남았어" 하고 킹십이 말했다. "지금 데트웨일러 군이 오는 걸 기다리고 있는 참이네……."
 "어떤 사람인데요?"
 "데트웨일러 군의 아버지가 공장 관리자로 있지."
 몇 분 뒤 회색 외투를 입은 블론드의 청년이 상업 비행기 용 격납고 쪽에서 모습을 나타냈다. 턱이 길고 눈썹이 짙었다. 그는 마리온에게 끄덕여 보이고는 킹십에게로 다가갔다.
"안녕히 주무셨습니까, 킹십 씨."
"어서 오게, 데트웨일러."
악수를 했다.
"자네에게 가까운 장래에 마리온의 남편이 될 버드 콜리스를 소개하지. 버드, 이쪽은 고든 데트웨일러일세."
"잘 부탁합니다."
"제가 오히려……" 하고 데트웨일러가 말했다. 그는 아무렇게나 손을 움켜잡았다. "당신을 꼭 뵙고 싶었습니다. 정말 다시없는 영광입니다."
'색다른 친구로구나' 하고 버드는 생각했다. 아니면 이렇게 하여 킹십에게 잘 보이려 하고 있는 것일까.
"준비는 되셨습니까?"
비행기 안에서 남자가 물어 왔다.
"좋아."
레오 킹십이 말했다. 마리온이 앞으로 걸어왔다.
"마리온, 제발 부탁이다. 너는……."
그러나 그녀는 아버지의 앞을 지나 세 개의 층계가 달린 사다리를 올라 비행기 안으로 들어가 버렸다. 킹십은 어깨를 움츠리고 머리를 저었다. 마리온에 이어서 데트웨일러가 들어갔다. 킹십이 말했다.
"자네 먼저 타게, 버드."
그는 스탭에 발을 걸더니 비행기로 들어갔다. 좌석이 여섯 개 있고 비행기 안은 엷은 청색으로 꾸며져 있었다. 그는 비행기의 날개 뒤쪽이 되는 오른쪽의 맨 뒷자리에 앉았다. 마리온은 그의 자리와 반대쪽이었다. 킹십은 앞자리를 차지하여 데트웨일러의 반대쪽에 앉았다.
발동기가 윙윙거리기 시작하자 버드는 좌석의 벨트를 맸다. 아니,

이런 것에까지 구리 버클이 달려 있구나! 그는 고개를 저으며 미소를 머금었다. 그는 창 밖 울타리 너머에서 기다리고 있는 사람들을 바라보고 '저쪽에서 내가 보일까' 하고 생각했다…….

비행기는 미끄러져 가기 시작했다. 출발이다……만일 레오 킹십이 아직도 의심하고 있다면 나를 제련소로 일부러 데리고 가 줄까? 그런 일은 있을 까닭이 없다. 어째서 그런 일이 있을 수 있겠는가? 어쨌든 그건 결코 있을 수 없는 일이다. 그는 몸을 내밀어 마리온의 팔꿈치를 가볍게 찌르며 싱긋 웃어 보였다. 그녀도 미소를 지었다. 그러나 아직도 기분이 나쁜 모양으로, 곧 창문으로 얼굴을 돌려 버렸다. 킹십과 데트웨일러가 통로를 사이에 두고 무언가 낮은 목소리로 이야기하고 있었다.

"시간은 얼마쯤 걸립니까, 킹십 씨?" 하고 그는 즐거운 듯이 물었다. 킹십이 뒤돌아보았다.

"3시간이라네. 바람이 좋으면 좀더 빠르지."

그리고 다시 데트웨일러 쪽으로 얼굴을 돌렸다.

뭐, 억지로 이야기를 하고 싶은 것은 아니다. 그는 창문으로 얼굴을 돌리고 획획 지나가는 아래의 모습을 지켜보았다.

비행기는 비행장 끝에서 천천히 한 바퀴 돌았다. 발동기가 갑자기 속도를 올리며 힘이 자꾸자꾸 더해졌다…….

그는 구리 버클을 손가락으로 만지작거리며 창문으로 바깥을 바라보고 있었다. 제련소로 향하고 있는 것이다……제련소다! 불 도가니다! 부(富)를 낳는 수원지(水源池)!

어째서 어머니는 비행기에 타기를 무서워했을까? 그러나 쭉 어머니하고 함께였다면 시독한 일이 되었을 테지!

비행기는 굉음을 울리며 하늘을 날고 있었다.

그가 맨 처음으로 제련소를 발견했다. 굽어보이는 앞쪽 땅 위에 눈이 홑이불처럼 덮인 조그많고 검은 기하학적인 모양을 한 집단이 보였다. 철도 선로의 한없이 이어지는 줄기에 떨친 작은 나뭇가지처럼 작고 검은 공장의 무리.

"저것일세."

킹십이 말하는 목소리가 들리자, 그는 마리온이 통로를 지나 그의 앞자리에 와 앉은 것도 거의 깨닫지 못했을 정도였다. 그의 숨결이 창을 흐려 놓았다. 그는 그것을 닦아냈다.

제련소가 눈 아래 다시 모습을 나타내고, 날개 밑으로 휙휙 지나갔다. 여섯 개의 직선 모양으로 나란히 늘어선 갈색 지붕이 있고 그 중앙에서 연기가 솟아오르고 있었다. 건물은 머리 위의 태양 아래 그림자도 없이 거대하게 밀집해 있으며, 그 옆에 쇠사슬 옷처럼 점점이 흩어진 주차장이 파편처럼 반짝반짝 빛나고 있었다. 선로가 이것을 둥글게 잇고 숱한 간선에 연결되어 화차가 몇 량이나 잇달아 천천히 달리고 있었다. 그것이 뿜어낸 연기가 그 뒤쪽의 거대한 검은 분연(噴煙) 곁에서는 아주 자그마한 것으로 보였으나, 화사한 열은 은어빛 섬광을 받아 번쩍거리고 있었다.

그는 천천히 머리를 움직여 비행기의 꼬리 쪽으로 날아가 버린 제련소에 열심히 눈길을 보내고 있었다. 공장에 이어서 눈에 덮인 비행장이 나타났다. 점점이 흩어져 있는 집들이 눈에 들어왔다. 제련소는 이미 보이지 않았다. 숱한 집, 길, 길에 의해 나누어져 있는 구획, 더욱 많은 집이 이번에는 좀더 가까워져서 상점 거리며 간판, 기어다니는 듯한 자동차, 하나의 점들과 같은 사람의 모습과 공원 등이 주택 건축가의 입체 모형처럼 늘어놓여져 있었다.

비행기는 기울어지며 크게 빙 돌았다. 이윽고 수평이 되고 땅 위를 스칠 듯이 날며 땅바닥이 날개를 향해 빠르게 솟아올라온다. 심한 진동, 좌석의 벨트 버클이 배를 죄어댔다. 그리고 비행기는 부드럽게 굴러갔다. 그는 구리 버클에서 파란 띠를 잡아뽑았다.

비행기에서 내리니 리무진 승용차가 기다리고 있었다. 검고 잘 닦인 여느 차와 같은 뚜껑이 있는 차였다. 그는 데트웨일러와 나란히 앉았다. 몸을 내밀 듯이 하고 운전수의 어깨 너머로 앞을 보았다. 지평선 저편에 새하얗게 구릉 지대가 다가오는 이 도시 중심 도로의 긴 조망(眺望)을 보고 있었다. 그 언덕 꼭대기인 아득한 옆쯤 되는 곳에서는 연기가 몇 가닥 솟아오르고 있었다. 마치 악마의 정령(精靈)인 구름으로 되어 있는 손처럼 하늘에 거뭇거뭇하게 이어지며 올라가고 있었다.

이 중심 도로는 이윽고 눈 쌓인 들판 사이를 누비며 달리는 두 갈래의 좁은 큰길이 되었고, 그 큰길은 언덕 기슭의 커브를 둘러싼 포장도로가 되었으며, 그 도로는 철도 선로가 밀집한 지점에서 왼쪽으로 꺾이더니 선로와 나란히 산 중턱을 기어올라갔다. 자동차는 느릿느릿 올라가는 기차를 떼어놓았다. 다시 다음 열차를 따라잡았다. 광석을 쌓아올린 뚜껑 없는 화차에서 광물의 광택이 반짝반짝 빛을 낸다.

앞쪽에 제련소가 우뚝 솟아 있었다. 갈색 건물이 천연의 피라밋 같은 지형 사이에 자리잡고 연기가 오르는 굴뚝이 몇 개나 있으며, 가장 큰 굴뚝을 메우고 있는 것이다. 좀더 가까이 다가갔더니 건물이 뚜렷하게 모습을 드러내고, 벼랑처럼 솟아 있는 벽은 홈이 파진 갈색 금속판으로서 그을음으로 더럽혀진 유리가 불규칙하게 끼어 있다. 이 건물의 모습은 따딱한 느낌으로 기하학적이었다. 바깥쪽으로 내단 비탈진 계단과 중간 2층처럼 되어 있는 통로가 함께 딸려 있었다. 더욱 가까워지자 건물이 몇 개나 합쳐지고 말아 그 사이의 공간을 내단 건

조물 때문에 없어져 있다. 건물 전체가 하나의 거대한 구축물이 되어, 커다란 저장소가 이 거대한 연기를 내뿜는 산업인 대가람(大伽藍)의 아치벽에 지탱되고 있는 듯한 모습이다. 그 거대한 모습이 산처럼 넘어닥칠 듯이 보이더니, 자동차가 방향을 바꾸자 갑자기 보이지 않게 되었다.

차는 낮은 벽돌 건물인 빌딩 앞에 섰다. 문 앞에 짙은 회색 옷을 입은 백발의 홀쭉한 남자가 웃음을 머금고 기다리고 서 있었다.

그는 정신없이 식사를 하고 있었으므로 무엇을 먹고 있는지조차 알지 못했다. 그는 방 건너편 창문에서 눈길을 돌려 버렸다. 창문으로는 잿빛 나는 갈색 원광에서 빛나는 구리가 제련되는 건물이 보였다. 그는 접시로 눈길을 보냈다. 크림 치킨이었다. 그는 다른 사람도 서둘러 주기를 바라면서 급히 식사를 계속했다.

그 옷차림에 몹시 신경을 쓴 백발의 남자는 오토 씨라는 이름의 이 제련소 지배인이라는 것을 알았다. 킹십 씨가 그를 소개하자 오토 씨는 모두들을 회의실로 안내하여 눈이 미치지 못한 점을 너절하게 변명하기 시작했다. 그는 테이블이 너무 길어, 가장자리까지 못 미치는 짧은 테이블보에 대해서까지 미소를 지으며 변명했다.

"아무튼 뉴욕 본사 사무실에 계신 건 아니니까요."

그리고는 차가운 식사와 싱거운 와인에 대해서 정중히 변명하는 것이었다.

"대도시와 같은 위생 설비의 잇점이 없는 탓이라……."

오토 씨는 뉴욕 본사로의 영전을 애타게 바라고 있는 모양이었다. 수프를 먹고 나자 그는 구리의 수요 부족을 화제로 삼고 산업성(産業省)의 경감 조치를 비난했다. 이따금 이 사람은 구리를 '붉은 금속'이라고 불렀다.

"콜리스 씨."

버드는 눈을 들었다. 데트웨일러가 테이블 너머로 그에게 눈을 보내며 미소짓고 있었다.

"주의하시는 편이 좋을 겝니다"라고 데트웨일러는 말했다. "나의 고기에는 뼈다귀가 있더군요."

버드는 이제 거의 비워진 접시를 바라보며 데트웨일러에게 미소를 지어 보였다.

"빨리 제련소를 보고 싶은 마음에 서두르다 보니……" 하고 그는 말했다.

"우리는 모두 그렇게 생각하고 있습니다."라고 다시 미소를 지어 보이며 데트웨일러가 말했다.

그러자 오토 씨가 물었다.

"당신 수프에 뼈다귀가 있었습니까? 그 여자, 정말 탈이란 말이야! 주의하라고 일렀는데도, 이곳 사람은 닭고기 하나 제대로 썰지 못한답니다."

그는 지금 겨우 벽돌 건물 빌딩을 나와 제련소 앞의 아스팔트로 된 뜰로 나서서 천천히 발을 내딛고 있었다. 다른 사람들은 코트도 입지 않고 앞길을 서둘러 갔지만, 그는 이 계절의 날씨에 황홀해 하면서 조금 뒤떨어져 걸어갔다. 그 건물 왼쪽인 강철 벽 뒤에서 광석을 실은 화차가 빨려들어가는 것에 지그시 눈길을 보냈다. 오른쪽 한 대의 화차에 짐이 실렸고, 기중기는 화차에 제련된 구리를 쌓고 있었다. 한 개가 오륙 백 파운드는 되리라고 여겨졌다. 엉기어 굳어진 듯한 불길과 같은 커다란 네모꼴이었다. 이것이 심장인 것이다. 그는 차츰차츰 하늘을 메워 가는 거대한 갈색 연기를 바라보면서 '이것이 나쁜 병에 들고 약해진 피를 흡수하고, 좋은 피를 뿜어내는 아메리카 산업의 거대한 심장인 것이다!'라는 생각에 잠겼.

다른 사람들은 솟아 있는 강철 벽 밑바닥에 열려져 있는 문간으로 모습을 감추었다. 이때 오토 씨가 손을 흔들며 문 있는 곳에서 미소를 보냈다.

그는 애인이 오랫동안 상대를 기다리고 있는 밀회 장소로 가듯이 그리 느리지 않은 걸음으로 나아갔다. 이것은 보답된 성공인 것이다 ──달성된 약속──팡파르의 울림이 퍼져 마땅한 곳이다! 그는 그러한 일을 생각했다. 팡파르가 울리지 않으면 안될 곳이다.

그는 휘파람을 불었다.

오우, 정말 고맙소.

그는 어두운 입구에 발을 들여놓았다. 도어가 그의 등 뒤에서 닫혔다. 휘파람이 다시 한 번, 저 정글의 새처럼 찔러 대듯이 날카롭게 울렸다.

13

그는 쇠사슬을 쳐 놓은 통로에 서서 눈 앞에 늘어선, 마치 굵은 줄기의 삼나무 밀림같이 거대한 주조로(鑄造爐)들을 매혹된 듯 바라보고 있었다. 그 곁에서 공원들이 차례대로 움직이며 복잡한 장치를 다루고 있었다. 공기가 가열되어 화끈거렸다.

"로(爐)는 이중으로 되어 있고 여섯 개 있습니다. ── 오토 씨가 설명했다. "원광은 저 위로 보내집니다. 중심인 샤프트에 달린 회전 벨트로 로에서 로로, 어김없이 아래로 내려가게끔 되어 있습니다. 불태워 녹이고 광석에서 유황을 분리해야 되기 때문이지요."

그는 열심히 귀를 기울이며 끄덕여 보였다. 이 찬탄의 느낌을 말하고 싶어 다른 사람들을 돌아보았으나, 마리온만이 여태까지 보이고 있는 무표정한 얼굴로 서 있을 뿐이었다. 레오와 데트웨일러는 보이지 않았다.

"아버지와 데트웨일러는 어디 갔지?" 하고 그녀에게 물어 보았다.

"모르겠어요. 그 사람에게 무언가 보여 줄 것이 있다고 아버지가 말했어요."

"그래?"

그는 용광로 쪽으로 돌아섰다. 킹십은 데트웨일러에게 무엇을 보이려는 것일까? 좋을 대로 하라지……

"얼마쯤 있나요?"

"용광로 말씀입니까?"

오토 씨는 접은 손수건으로 입술 위의 땀을 닦았다.

"54개 있습니다."

54개라! 어마어마하다!

"광석은 하루에 얼마쯤 제련합니까?" 하고 그는 물었다.

희한한 일이었다. 그가 이만큼 흥미를 나타낸 일은 한 번도 없었다. 그는 잇달아 질문을 퍼부었으나, 확실히 오토 씨도 홀린 것처럼 그에게 이끌려서 하나하나 자세히 대답하고 있었다. 마리온이 보일 듯 말 듯 뒤를 따라오는 동안 오토 씨는 그하고만 이야기를 하는 셈이 되고 말았다.

또 하나의 건물에는 더 많은 용광로가 있었다. 벽돌 벽에 둘러싸인 납작한 것은 길이가 백 피트쯤 되었다.

"반사로입니다" 하고 오토 씨가 말했다. "아까의 용광로에서 오는 원광은 함유량이 약 10퍼센트인 동광석입니다. 여기서 그것을 분해하는 것이지요. 그리고 경량인 광석 성분은 찌꺼기로 걸러냅니다. 남은 성분이 철과 구리로서──이것을 공장에서는 '매트'라고 합니다만 49퍼센트의 구리로 되는 셈입니다."
"연료는 무엇을 사용하지요?"
"분말인 석탄이지요, 남은 열은 동력용의 전기를 만드는 데 이용합니다."
그는 머리를 흔들고, 이빨 사이로 숨을 내쉬며 소리를 내었다.
오토 씨는 미소를 보였다.
"감탄되십니까?"
"굉장하군요" 하고 버드는 말했다. "정말 굉장하군요." 그는 끝없이 이어져 있는 듯한 로의 열을 굽어보았다. "이것을 보고 있으니 위대한 나라로구나 하는 느낌이 드는군요."

"이것은……" 하고 주위의 소음보다도 커다란 목소리로 오토 씨가 말했다. "제련의 모든 공정에서도 아마 가장 볼 만한 가치가 있는 부분일 겁니다."
"굉장한데요."
"화성로(化成爐)이지요."
오토 씨가 목소리를 크게 하며 말했다.
이 건물은 광대한 강철제의 조개껍질 같았으며 기계와 인간의 굉음 충격에 겨우 견디고 있는 듯한 느낌이었다. 흐릿하게 보이는 훨씬 위쪽의 높은 창문으로부터 기중기의 트랙이며 통로에 드리워지는 노란 햇빛의 흐름 둘레를 연기가 헤엄치고 있는 것 같았다.
이 건물의 구석 가까이, 양쪽에 양끝을 연결한 6개의 크고 검고 둥근 기둥 모양의 용기가 있었다. 양쪽에 거대한 강철 손잡이가 있고 그 사이의 플랫폼에서 일하는 공원들을 조그마한 모습으로 보여주고 있었다. 용기는 저마다 위에 개구부(開口部)가 있다. 불길이 그 개구부에서 뿜어나와 황색이며 오렌지색, 빨강이나 파란 불꽃이 머리 위

깔대기 모양의 굴뚝에 빨려들어가며 맹렬히 날뛰고 있었다.

화성로의 하나는 그것을 받치고 있는 톱니 물림이 달린 롤러에 태워져 앞으로 쓰러지므로, 금속이 응고되어 울퉁불퉁해진 그 둥그런 입이 옆으로 눕는다. 활활 불타오르는 불길이 가열된 목구멍과 같은 언저리에서 뻗치고, 콘크리트 위의 거대한 도가니로 흘러들어갔다. 그 액체로 된 동광석이 무겁게 연기를 내뿜으면서 강철제의 주조기를 채우는 것이다. 화성로는 이윽고 입에서 쇳물을 뚝뚝 떨어뜨리면서 윙 소리를 내며 본래 위치로 돌아갔다. 도가니의 계량(繫梁)이 올라가고, 위에서부터 팽팽하게 되어 내려오는 숱한 케이블 선이 거대하고 짧지만 굵은 갈고랑이에 움켜잡혀서 화성로보다도 높이 들어올려져 위 통로의 등뼈 부분보다도 높게, 지붕의 흐릿한 언저리인 한 가닥의 레일로 된 기중기의 트랙 바로 아래까지 들어올려지는 것이다. 케이블 선이 팽팽해지고 도가니는 가볍게 공중에서 운반된다. 화성로보다 높이 들어올려지면 지상에서 25피트나 위이며, 그리하여 기중기의 캐빈과 케이블 선, 도가니가 이 건물의 북쪽인 구릿빛 연기로 자욱해진 언저리까지 물러가는 것이다.

이것이 중추부인 것이다! 심장의 심장이다! 흥분을 억누를 수 없는 눈으로 버드는 멀어져 가는 도가니에서 열기를 뿜어대는 모습을 뒤쫓고 있었다.

"광석 찌꺼기입니다" 하고 오토 씨가 말했다. 그들은 바닥보다 이삼 피트 높은 화성로의 두 기저부의 중간인, 남쪽 벽과 반대인 플랫폼 바로 중앙에 해당되는 섬에 있었다. 오토 씨는 손수건을 이마에 갖다대었다. "반사로에서 나오는 여러 가지 매트는 이 화성로에 흘러들어가지요. 규산을 가하고 그리고 압착 공기가 뒤의 파이프에서 보내집니다. 불순물을 산화하지요. 보시다시피 그것으로 광석 찌꺼기가 생기면 잇달아 흘려보내 주는 거지요. 매트가 자꾸 자꾸 가해지면 광석 찌꺼기도 줄곧 쏟아져 나오는 셈입니다. 이리하여 구리는 약 5시간 뒤에 99퍼센트까지 순화됩니다. 그리고 저렇듯 광석 찌꺼기를 흘려 내보내는 것과 같은 방식으로 밖에 내보내지는 셈입니다."

"이제 곧 구리를 흘려 내보내게 되는 겁니까?"

오토 씨는 끄덕였다.

"화성로는 파형(波形) 장치 시스템으로 움직이기 때문에 언제라도 어느 로에든 구리를 흘려 보낼 수 있는 구조로 되어 있습니다."

"구리를 흘려넣는 것을 보고 싶군" 하고 버드는 말했다. 그는 광석 찌꺼기를 흘려 보내고 있는 오른쪽의 화성로 하나를 지켜보았다.

"저 불길은 어째서 색깔이 다르지요?"

"공정이 진행됨에 따라 색깔도 저마다 달라지지요. 기사는 이것을 보면 공정의 진척상황을 낱낱이 입으로 말하지 않아도 되는 셈입니다."

그들 뒤쪽에서 도어가 닫혔다. 버드는 돌아다보았다. 레오가 마리온의 옆에 서고 데트웨일러는 도어의 막대기에 달려 있는 사다리에 기대서 있었다.

"시찰은 재미있었나?" 레오는 심한 소음 속에서 물었다.

"굉장합니다! 킹십 씨! 압도될 것만 같습니다!"

"이제부터 저쪽에서 모두 구리를 흘려보내지요." 오토 씨가 큰 소리로 말했다.

왼쪽 화성로 하나 앞에서 기중기가 강철제의 주조기를 죽 아래로 내려보냈다. 광석 찌꺼기를 흘려넣은 도가니보다도 더욱 큰 것이었다. 깎아세운 듯한 그 옆면은 흐린 잿빛인 금속빛으로서 두께가 3인치나 되고 사람의 키만큼이나 높았다. 지름이 7피트, 그 거대한 옆은 3인치쯤 되는 두께의 흐린 잿빛 금속으로서 사람의 키와 똑같을 만큼의 높이였다. 그 가장자리는 폭이 7피트였다.

그 거대한 기중기의 실린더가 돌기 시작하고 시끄럽게 소리를 내며 그 장소에서 앞으로 구불거리기 시작했다. 파란 불의 혓바닥이 그 응고된 아가리 언저리에 번쩍번쩍 번득였다. 그것이 멀어지자 분화와 같은 광채가 내부에서 뿜어올라오고 흰 연기의 베일을 토했으며, 어마어마한 작열의 덩어리가 윙 하며 분출되어 나왔다. 그것은 앞으로 쏟아지며 거대한 용기 속으로 불꽃을 튀기면서 흘러들어갔다. 녹아서 부글부글 끓는 흐름은 기중기와 주조용 용기의 사이를 번들번들 번득이면서 관(管)처럼 흘러갔는데 단단하고 움직이지 않는 것처럼 보였다. 기중기는 더욱 멀리 옮겨져 갔다. 새로운 늑재(肋材)가 그 샤프트의 아래에 쑥 디밀어졌다. 그러나 다시 움직임이 없어졌다. 주조용 용기 안에서 그 유동체의 표면에 천천히 올라와서 맹렬히 연기를 뿜어대며 조금씩 양을 늘려 간다. 강렬한 구리 냄새가 공기 속에 배었다. 그 흐름을 이룬 구리의 흐름이 약해지고 기중기가 후퇴하자 형태가 무너졌다. 마침내 그 흐름이 끊기고 마지막 쇳물이 실린더의 가장자리를 타고 흘러 떨어지자 시멘트 바닥에 불이 흩어졌다.

주조용 용기에서 자욱이 피어오른 연기는 안개 덩어리처럼 되어 사라졌다. 가장자리에서 몇 인치 되는 곳까지 부풀어올라와 용해된 구리의 표면은 번들거리는 바다와 같은 녹색의 원반같았다.

"녹색이 되었군." 버드는 놀라며 말했다.

"냉각하면 구리는 이 같은 빛깔이 되지요." 오토 씨가 설명했다.

버드는 휴식도 없이 활동하는 용광로를 지켜보고 있었다. 거품이 부풀고 그 표면에서 끈적거리는 소리를 내며 흘렀다.

"왜 그래, 마리온?" 그는 킹십이 묻고 있는 소리를 귓결에 들었다. 주조용로 언저리에 감도는 열기가 셀로판의 막이 떨리듯이 흔들렸다.

"왜요?"

마리온이 대답하자 킹십이 다시 말했다.
"얼굴빛이 파랗구나."
버드는 주위를 둘러보았다. 마리온은 여느 때보다 그리 파리한 얼굴빛은 아니었다.
"전 아무렇지도 않아요"라고 마리온이 말했다.
"그러나 헬쑥한 얼굴을 하고 있구나."
킹십이 말하자 데트웨일러가 그렇다는 듯이 고개를 끄덕여 보였다.
"이 열기 탓이겠지요." 마리온이 말했다.
"냄새 때문일 테지." 레오가 말했다. "이 취기는 익숙한 사람이라도 참을 수 없게 될 때가 있어. 오토, 미안하지만 마리온을 본관 쪽으로 데려가 주지 않겠나? 우리들은 좀 더 있다가 돌아갈 테니."
"정말 괜찮아요, 아버지." 하고 그녀는 피로한 듯이 말했다. "저는……."
"고집은 그쯤 해 두거라." 레오는 엄숙하게 말했으나 미소를 지어 보였다. "좀 있다가 너한테 가마."
"하지만……."
그녀는 난처한 듯한 얼굴을 하고 잠시 망설였으나 이내 어깨를 움츠려 보이고는 도어로 다가갔다. 데트웨일러가 도어를 열어 주었다.
오토가 마리온을 따라갔다. 그는 문간에서 발을 멈추고 레오를 돌아보았다.
"콜리스 씨에게 애노우드 녹이는 방법을 보여 드렸으면 하는데요." 그는 버드를 보았다. "몹시 인상적이지요"라고 그는 말하고는 나가 버렸다.
데트웨일러가 문을 닫았다.
"애노우드?"
"바깥 기차에 싣고 있는 동판이라네" 하고 레오가 말했다.

버드는 그 목소리에 무엇인가 억지로 갖다 붙인 듯한 이상한 울림이 있음을 깨달았다. 마치 어떤 다른 일을 생각하면서 하는 말 같았다.

"뉴저지의 제련소로 보내지. 전해(電解)하는 것이지만……."

"야아!" 버드가 탄성을 올렸다. "그것이 공정이군요."

그는 왼쪽 기중기로 물러갔다. 구리의 주조용 용기는 머리 위 기중기의 장방형 첨단 고리에 걸려 들어올려지려 하고 있었다. 많은 케이블 선이 팽팽해지고 떨리며 이어서 날카롭게 굳어졌다. 용기가 플러에서 공중으로 올라갔다.

그의 뒤에서 레오가 "오토 군은 위 통로를 보여 주던가?" 하고 말했다.

"아니오." 버드가 말했다.

"거기 가면 더욱 잘 볼 수 있지. 올라가 보겠나?"

"시간이 있습니까? 그럴 만한……" 버드는 돌아보며 물었다.

"그럼." 킹십이 말했다.

사다리에 등을 대고 있던 데트웨일러가 한 걸음 옆으로 비켰다.

"그럼, 먼저 올라가시죠" 하고 그는 미소지었다.

버드는 사다리로 다가갔다. 그 금속 사다리의 막대기를 잡더니 눈을 들어 올려다보았다. 어마어마하게 큰 갈고랑이 바늘 같은 사다리의 한 단 한 단이 갈색 벽에 바짝 달라붙어 있는 듯한 느낌으로 이어져 있었다. 사다리는 위쪽 중간 2층과 같은 장소의 플러 모퉁이에 이어져 있고, 약 50피트 위인 벽에서 떨어진 위치에 수직으로 설계되어 있는 것이다.

"좁은 통로입니다." 데트웨일러가 그의 옆에서 말했다.

그는 올라가기 시작했다. 사다리의 옆 막대기는 따뜻하고 표면은 깨끗이 닦여져 있었다. 그는 눈 앞의 벽에 눈길을 보내면서 활달한 리듬으로 올라갔다. 데트웨일러와 레오가 뒤에서 올라오는 소리가 들렸다. 그동안 2층처럼 내어단 통로에서 내려다본 광경을 상상해 보려고 했다. 공업력의 이 장대한 정경을 굽어보는 것이다.

그는 사다리를 다 올라가 그 통로의 밑을 붙여 놓은 금속제 플러에 섰다. 기계의 소음도 여기서는 작게 들렸으나 공기는 훨씬 가열되어 있어, 구리 냄새가 한층 더 강했다. 좁은 통로는 철 기둥 사이에 무거운 사슬이 쳐져 있고 건물의 등뼈처럼 똑바로 내어달려 있었다. 이 건물 반 가량의 길이로서 지붕부터 플러까지 이어지는 강철 차단벽의 폭넓은 부분에서 막다르게 되어 있다. 이 벽은 통로보다 12피트쯤 넓었다. 한쪽 머리 위에는 기중기의 트랙이 통로와 평행을 이루고 있었다. 그 트랙은 이 통로의 막다른 곳이 되어 있는 부분의 벽을 뚫고 다시 이 건물의 북쪽 벽에 이어져 있었다.

그는 통로의 왼쪽으로 갔다. 두 손으로 허리 높이인 기둥 하나를 움켜잡았다. 6개의 로를 굽어보았다. 공원들이 그 사이를 바삐 걷고 있었다.

그의 눈이 옮겨갔다. 오른쪽으로 12피트 아래인, 통로에서 10피트 가량 밖으로 내민 언저리에 이 건물의 아득한 저편으로 천천히 이동해 가는 녹색 강철제의 주조용 용기가 매달려 있다. 연기의 망령이 그 표면인 액체의 광채에서 솟아오르고 있었다.

그는 왼손으로 체인을 더듬어 천천히 걸으면서 그 뒤를 좇았다. 그는 그 주조용의 로에서 훨씬 떨어진 곳에 멎어 그 복사열을 겨우 느끼는 언저리에 섰다. 그는 레오와 데트웨일러가 뒤에서 따라오는 발소리를 들었다. 그의 눈길은 케이블로 보내졌다. 그의 머리 위 약 12피트의 캐빈까지 도르래마다 여섯 가닥씩의 케이블이 달려 뻗쳐 있다. 그 캐빈의 내부에 있는 작업원의 어깨가 보였다. 그의 눈길은 구리로 되돌아갔다. 얼마쯤 있을까? 몇 톤쯤일까? 가격은 얼마쯤이나 될까? 천 달러일까? 2천 달러일까? 3천? 4천? 5천?……

그는 강철 벽 있는 곳으로 다가가고 있었다. 이때 그는 여기서 통로가 막혀 있지 않다는 것을 알았다. 양옆으로 6피트쯤 되는 거리로 갈라져 있고 그 부분은 다리가 긴 T자형으로 되어 있었다. 그는 T자형의 왼쪽으로 구부러졌다. 이 통로의 끝에 체인이 세 개 쳐져 있다. 그는 왼손을 모퉁이의 기둥에 놓고 오른손을 벽 모퉁이에 대었다. 몹시 뜨거웠다. 그는 조금 앞으로 몸을 구부린 채 아래로 옮겨지는 화성로를 보려고 벽에서 내밀었다. "저것은 어디로 가는 것입니까?" 그는 목소리를 높여 물었다.

"정련로이지, 그리고 틀에 붓는 거야."

그가 눈을 돌렸더니 레오와 데트웨일러가 서로 어깨를 붙이듯이 하고 T자의 접점(接點)에 가로막아 서서 그에게 얼굴을 향하고 있었다. 두 사람의 얼굴에는 이상하게도 아무런 표정이 떠올라 있지 않았다. 그는 왼쪽 벽을 가볍게 두들겼다.

"이 뒤에는 무엇이 있습니까?" 하고 그는 물었다.

"정련로라네." 킹십이 말했다.

"달리 물어 볼 말이 있나?"

그는 이상하게도 불길한 느낌에 의아스러워하면서 머리를 커다랗게 흔들었다.

"그럼, 내가 한 가지 물어 보지."

레오가 말했다. 그의 눈은 안경 속에서 파란 대리석과도 같이 빛났다. "자네는 어떻게 해서 도로시에게 그 유서를 쓰게 했나?"

14

모든 것이 무너져 내려간다. 이 통로, 제련소, 세계 전체, 온갖 것이 바닷가에 쌓은 모래성에 조수가 밀려와 씻겨 없어지듯 무너져 간다. 온갖 것이 그를 쏘아보고 있는 저 두 개의 파랗고 대리석 같은 눈의 허무 속에 그를 전락시키고, 레오의 질문이 종(鐘) 속에 있는 것처럼 빙글빙글 흔들리며 울려퍼져 나갔다.

레오와 데트웨일러는 다시 그에게 한 발 다가섰다. 제련소의 소음이 흔들리면서 올라온다. 강철 벽 표면이 그의 왼손에 미끈거리고 오른손으로 붙잡고 있는 철 기둥에는 끈끈한 느낌이 있으며, 이 통로의 플러는……그러나 플러는 실감으로 느껴지지 않게 되어 있다. 받침이 없어진 것처럼 마구 흔들리고 발 밑에서 구불거렸다. 그것도 무릎이——아아, 이럴 수가 있단 말인가!——덜덜 떨리고 힘이 쑥 빠져 버렸기 때문이었다.

"당신은 무엇을……."

그는 입을 열었지만 목소리가 나오지 않았다. 그는 입을 벌름거렸다.

"당신은 무엇을……말씀하시는 겁니까…….."

"도로시 말이야."

데트웨일러가 천천히 말했다.

"자네는 그녀하고 결혼하고 싶었을 테지. 돈이 목적이었으니까 말이야. 그러나 그때에는 그녀가 임신하고 있었어. 그렇게 되면 돈을 손에 넣을 수가 없어. 자네는 그것을 깨달았지. 그래서 그녀를 죽였어."

그는 몹시 당황하여 항의하듯이 머리를 흔들었다.

"아니야." 그는 말했다. "그런 일은 없어! 그녀는 자살한 거요! 엘렌에게 유서를 보내지 않았소! 당신은 알고 있을 거요, 레오 씨."

레오가 말했다.

"함정에 빠뜨려 쓰게 했던 거야, 자네가."

"어떻게……레오 씨, 어떻게 그런 일을 할 수가 있지요? 어떻게 그런 짓을 해낼 수가 있겠소?"

데트웨일러가 말했다.

"그것을 이야기해 달라는 건가?"

"나는 그녀와는 거의 모르는 사이요!"

"자네는 그애를 조금도 몰랐었다고" 하고 킹십이 말했다. "마리온에게는 그렇게 말했었지."

"그렇습니다! 저는 만난 일도 없어요."

"그런데 지금 '거의 모른다'고 하지 않았어!"

"저는 그녀를 전혀 모릅니다!"

킹십의 주먹이 굳게 쥐어졌다.

"자네는 1950년 2월에 이 회사의 선전용 인쇄물을 받았어!"

버드는 눈을 크게 떴다. 한 손을 단단히 벽에 밀어붙이고 있었다.

"무슨 인쇄물이지요?" 나직한 목소리였다. 그는 다시 한 번 말하지 않으면 안되었다. "무슨 인쇄물입니까?"

"미나세트의 자네 방에 있는 문갑 속에서 발견된 팸플릿이지." 데트웨일러가 말했다.

통로가 미친 것처럼 가라앉아 간다. 문갑이라고! 아아, 빌어먹을! 팸플릿, 그밖에 무엇이? 신문의 스크랩일까? 그것은 없앴지. 아아, 다행이군! 팸플릿 두 권과…… 마리온에 관한 노트, 에잇, 빌어먹을!

"너는 누구지?" 그는 소리질렀다. "대체 어디서 나타나 남의 물건을."

자기도 모르게 한 걸음 발을 내딛고, 버드는 다시 기둥을 움켜잡았다.

"물러가 있어!" 데트웨일러가 경고하듯 소리질렀다.

제3부 마리온

"네놈은 누구냐?"

"고든 갠트," 데트웨일러가 말했다.

갠트라고! 방송국에 있었던 사나이, 그때 경찰에 이러쿵저러쿵 말한 녀석이다! 대체 어째서 이 사나이가——.

"나는 엘렌과 알게 되었었지." 갠트가 말했다. "자네에게 살해되기 이삼 일 전에 처음 만났었어."

"나는……" 그는 식은땀이 흐르는 것을 느꼈다. "미치광이. 네놈은 미친 거야! 내가 누구를 죽였다는 거지?" 그리고 그는 레오를 향해 소리쳤다. "이런 사나이가 하는 말을 믿습니까? 그렇다면 당신도 미친 것이오! 나는 아무도 죽인 일이 없소!"

갠트가 말했다.

"자네는 도로시와 엘렌과 드와이트 파월을 죽였어!"

"조금만 더 있으면 마리온도 죽일 참이었지……." 레오가 말했다.

"그애가 그 리스트를 보았을 때에……."

그녀가 리스트를 보았다고?

아아, 어떻게 하면 좋지, 빌어먹을!

"나는 아무도 죽이지 않았소! 도리는 자살했던 거요, 엘렌과 파월은 강도에게 살해된 것이오!"

"도리?" 갠트는 이 말꼬리를 잡았다.

"모두들 그녀를 도리라고 불렀소! 나는, 나는 사람을 죽인 일이 없소! 일본군을 하나, 그것도 육군에 있었을 때 죽였을 뿐이오!"

"그럼, 어째서 그렇게 다리를 떨고 있지?" 갠트가 물었다. "자네의 얼굴에 땀이 흐르고 있는 것은 어째서인가?"

그는 얼굴을 손으로 세게 닦았다. 마음을 가라앉히자, 자신을 억제하자! 그는 가슴 깊이 숨을 들이마셨다……침착하자, 느긋하게 마음을 갖는 것이다……이자들로서는 아무것도 입증할 수가 없다. 저 팸플릿에 관한 일만 알고 있을 뿐이다──좋아──저들은 아무것도 증거를 굳힐 수가 없는 것이다……그는 또 깊이 숨을 들이마셨다.

"무엇이든 증거가 있소?" 하고 그는 소리쳤다. "물증도 상황 증거도 없지 않소! 당신들은 미치광이야, 둘 다."

그는 손을 넓적다리 언저리에 비벼댔다.

"좋아. 나는 도리를 알고 있었소. 그러나 도리를 알고 있었던 것은 나 말고도 몇 사람이나 되오. 그래, 나는 처음부터 재산에 눈독을 들이고 있었지. 그것을 처벌하는 법률이 어디에 있지? 이것으로 토요일의 결혼식은 취소될 테지. 좋아." 그는 굳어진 손가락으로 윗옷을 매만졌다. "당신처럼 짐승만도 못한 사람을 장인으로 삼느니 가난하게 사는 편이 나을 거야. 자, 저리 비켜서서 나를 지나가도록 해주오. 이런 곳에서 둘을 상대하는 것은 그다지 기분좋은 일이 아니니까."

두 사람은 꼼짝도 하지 않았다. 6피트 앞에 어깨를 나란히 하고 가로막아 서는 것이었다.

"비켜!"

"뒤의 체인을 만져." 레오가 말했다.

"비켜서서 나를 지나가게 해줘!"

"뒤의 체인을 만져 보란 말이야!"

그는 잠시 레오의 돌 같은 얼굴을 지그시 보고 있다가 홱 방향을 바꾸었다.

그러나 그는 체인에 손을 대지는 않았다. 다만 슬쩍 눈길을 보냈을 뿐이다. 기둥의 금속 줄은 가볍게 C자 모양으로 구부러져 있고 체인의 맨 끝 고리가 거기에 걸려 있었다.

"오토가 너를 안내하고 있는 동안 우리는 이곳에 와 있었다."

레오가 말했다.

"그것을 만져 봐."

그는 손을 앞으로 뻗쳐 체인에 갖다대었다. 망가져 있었다. 체인의 끝이 벗겨지면서 소리를 내며 바닥에 떨어졌다. 쩽그렁 소리를 내고 흔들리더니 벽에 맞아 크게 소리를 내었다.

50피트 아래에 콘크리트 바닥이 입을 벌리고 흔들흔들 흔들리고 있는 듯한 느낌이 들었다.

"도로시가 받은 고통과 같은 정도는 아니겠지만, 그러나 이것으로도 충분할 테지." 갠트가 말했다.

그는 기둥과 벽의 모퉁이에 필사적으로 달라붙으면서 그들에게 돌아섰다. 발뒤꿈치 바로 뒤에서 크게 입을 벌리고 있는 공간을 의식하지 않으려고 애를 썼다.

"설마……이런 짓을 나에게……." 그는 자기의 목소리를 귓결에 들었다.

"이렇게 해도 당연한 이유가 나에게 충분히 있지 않을까? 너는 내 딸들을 죽였어!"

"나는 죽이지 않았소, 레오, 맹세해도 좋아요, 난 죽이지 않았소!"

"도로시의 이름을 말했을 때부터 식은땀을 흘리면서 떨고 있었던 것은 무엇 때문이지! 아무 죄도 없는 듯한 얼굴을 하는 것은 이것이 농담이라고밖에 생각되지 않기 때문인가?"

"레오, 나는 돌아가신 아버지의 영혼을 걸고서……."

레오는 차갑게 바라보고 있었다.

그는 기둥을 더욱 단단히 움켜잡았다. 손에 땀이 배어 미끈미끈했다.

"이런 짓을 해도……" 하고 그는 말했다. "이런 짓을 해도 소용이 없을걸……."

"그럴까?" 레오가 말했다. "이런 일을 계획하는 것은 혼자뿐이라고 생각했을 테지?" 그는 기둥을 손으로 가리키면서 말했다. "이 고리를 거는 곳에 헝겊이 감겨져 있어. 납에는 아무런 자국도 남지 않아. 이건 한낱 사고로 처리되겠지. 무서운 사고로 말이야, 그 고리는 철로 되었지만 아주 낡았어. 언제나 강한 열기운을 받아서 삭아 구부러져 있지. 그곳에 키가 6피트나 되는 사나이가 체인 밖으로 몸을 내밀었어. 자, 어떻게 이 사고를 피해 나가겠나? 크게 외쳐 보겠나? 그러나 시끄러워서 누구 한 사람 너의 목소리를 듣지 못할 거야. 손을 흔들겠나. 저 아래에 있는 공원들은 일거리가 많아. 그리고 비록 올려다보았다 하더라도 이렇게 멀고 연기가 잔뜩 끼어 있어. 어때, 우리에게 덤벼들 텐가? 자넬 조금 밀기만 해도 끝장이야."

그는 잠깐 말을 쉬었다.

"그럼, 이제 이런 짓을 하더라도 소용없을 거라는 그 이유를 들어 볼까, 어째서지?"

그는 잠시 뒤 다시 말을 이었다.

"물론, 나도 이렇게까지는 하지 않는 편이 좋겠지. 이것보다는 자네를 경찰에 넘겨 주는 편이 좋을 거야." 그는 손목시계를 보았다. "그래서 지금부터 3분 동안 시간을 주겠네. 배심원들을 납득시킬 증거가 필요해. 자네가 살인범이라는 데 의심을 하지 않을 만한 증거 말일세. 그 온 몸에 씌어진 죄가 똑똑히 드러날 수 있게 말이다."

"흉기로 쓴 권총은 어디 있지?" 갠트가 말했다.

그 두 사람은 나란히 서서 레오는 왼쪽 팔을 들고 오른손으로 커프스를 늦추면서 시계를 보고 있었다.

"어떻게 도로시에게 그 유서를 쓰게 했지?"

갠트가 두 손을 내린 채 물었다.

그는 두 손으로 벽과 기둥을 단단히 잡았지만 쥐가 난 듯이 몹시 떨고 있었다.

"이건 협박이다!" 하고 그는 소리쳤다.

그러자 두 사람은 그의 말을 들으려고 한 걸음 앞으로 다가섰다.

"내가 하지도 않은 일을 인정시키려고 협박하는 거다!"

레오는 천천히 머리를 내저었다. 그는 시계를 보았다.

"30초를 지나고 있다. 나머지 2분 30초."

마침내 버드는 오른쪽으로 몸을 돌려 왼손으로 기둥을 움켜잡고 전로(轉爐)의 저쪽에 있는 공원들에게 외쳤다.

"사람 살려요! 사람 살려!" 그는 있는 힘껏 크게 외치고 오른손을 심하게 흔들면서 왼손으로는 기둥을 꽉 붙잡고 있었다. "사람살려!"

까마득히 먼 아래쪽의 공원들은 페인트로 그려 놓은 사람들 같았다. 그들은 전로에서 쏟아져 나오는 구리에만 온 주의를 기울이고 있었던 것이다.

그는 다시 레오와 갠트에게로 얼굴을 돌렸다.

"알겠나?" 레오가 말했다.

"당신들은 아무 죄도 없는 사람을 죽이게 될 거요!"

"권총은 어디에도 감추었지?" 갠트가 물었다.

"권총은 없어! 나는 권총 같은 것은 갖고 다니지 않아!"

"나머지 2분." 레오가 말했다.

"협박이다! 분명히 협박인 것이다!"

그는 절망적으로 주위를 둘러보았다. 이 통로의 메인 샤프트, 지붕, 기중기의 트랙, 몇 개의 창문…… 저 기중기의 트랙!

그는 두 사람이 눈치채지 못하도록 천천히 오른쪽을 보았다. 전로는 뒤바뀌어 있었다. 그 앞의 주조기에 구리가 채워지고 연기를 뿜어올리고 있다. 케이블 선이 위쪽에 있는 캐빈으로 달그락거리며 올라가고 있었다. 조금 뒤 저 주조기가 들어올려지겠지. 지금 2백 피트쯤 떨어져 있는 캐빈이 저 주조기를 앞으로 운반할 것이다. 그러면 그의 뒤편인 위쪽의 트랙에 옮겨온다. 그 캐빈에 있는 작업원은──12피트 위일까? 4피트 밖에 안되는 위치일까? 크게 외치면 들을 수 있을 것이다. 볼 수도 있을 테지.

만일 도중에서 두 사람을 막아낼 수만 있다면, 저 캐빈이 충분히 가까이 올 때까지만 그들이 가만 있어 준다면.

주조기가 올라갔다……:

"1분 30초." 레오가 말했다.

버드의 눈이 흘끗 두 사나이에게로 향했다. 한순간 그는 그들의 응시에 부딪쳤지만 다시 한 번 주의력을 집중하여 오른쪽으로 시선을 던졌다. 이렇게 해 두면 그의 계획을 눈치채이는 일이 없을 것이다. 그렇지. 계획! 이와 같이 궁지에 몰린 지금이야말로 계획이 필요한 것이다! 저 아래, 주조기가 플러와 통로의 중간에 대롱대롱 매달려 있어. 그것을 끌어올리는 케이블의 얽힘이 더운 열기로 어른거리는 공중에서 빙빙 돌고 있는 것만 같았다. 네모난 모양의 캐빈은 트랙 아래에서 움직이지 않았다. 그렇게 잠깐 멈춰 있더니 앞으로 움직이기 시작하여 주조기를 매단 채 조금씩 크게 모습을 보이기 시작했다. 아아, 조금 더 빨리 와 주었으며!

그는 두 사람을 돌아보았다.

"협박이 아니야." 레오가 말했다. "앞으로 1분."

그는 또 아래로 시선을 보냈다. 캐빈은 점점 가까워지고 있었다. 150피트? 이제 3분의 1쯤 남았을까? 그는 그 캐빈의 검고 네모진 창문 뒤에서 창백한 얼굴을 보았다.

"30초."

어째서 시간은 이렇게 빨리 지나가는 것일까?
"좋소!" 하고 그는 숨을 헐떡거렸다. "좋아요, 나도 이야기할 게 있소. 도리에 대해서는……그녀는……."
그는 할 말을 찾았다. 순간 그는 눈을 크게 뜨며 말을 멈췄다. 이 통로의 저편 끝 연기 때문에 어렴풋하게 보이는 언저리에 무엇인가 움직이는 게 있었던 것이다. 누군가가 올라오고 있었다! 이제 살았다!
"살려 줘!" 그는 손을 내휘두르며 소리쳤다. "이리 와! 이리 와! 살려 줘!"
그 흐릿하게 움직이던 모습이 통로를 급히 걸어왔다. 그들에게로 다가오고 있었다.
아아, 하느님, 살았구나!
그때 그는 그것이 여자라는 것을 알았다.
마리온이었다.
"웬일이냐? 여기 와서는 안돼. 마리온, 내려가."
레오가 소리를 높여 말했다.
그녀는 아버지의 말 따위는 귀에 들리지 않는 모양이었다. 그녀는 두 사람 뒤에 다가왔다. 두 사람의 어깨 사이로 내민 그녀의 얼굴은 붉게 상기되고 눈은 크게 뜨여져 있었다.
버드는 얼굴에 지져대는 듯한 그녀의 시선을 느끼며 저도 모르게 발을 움츠렸다. 다시 두 발이 떨리기 시작했다……만일 지금 권총만 갖고 있었더라면…….
"마리온" 하고 그는 애원했다. "제발 살려 줘! 이 두 사람은 미치광이야! 나를 죽이려 하고 있어! 말려 줘! 이 사람들은 당신 말이라면 들어 줄 거야! 그 리스트의 일이라면 내가 설명할 수가 있어. 모든 것을 밝혀 줄 수 있단 말이야! 제발 거짓말은 안하겠어. 내 맹세하지!"

그녀는 눈길을 돌리지 않고 그를 응시하고 있다가 마침내 입을 열었다.

"지금껏 왜 스토다드 대학에 대해서는 한 마디도 말하지 않았죠?"

"당신을 사랑해, 마리온! 신에게 맹세하지만 난 당신을 사랑하고 있어! 물론 처음에는 재산을 생각하고 출발했지. 그건 인정하겠어. 그러나 아무튼 나는 당신을 사랑하고 있어! 이게 거짓말이 아니라는 것은 당신도 알고 있을 거야."

"어떻게 내가 알고 있지요?" 하고 그녀는 물었다.

"맹세하겠어!"

"당신은 여러 가지 일을 맹세했어요……."

그녀의 손가락이 두 사람의 어깨 위로 구불거리면서 나타났다. 길고 새하얀 손가락. 분홍색 손톱을 가진 손가락이 그를 밀어 떨어뜨리려고 다가오고 있는 듯한 느낌이었다.

"마리온! 제발 그러지 마! 우리들은……. 저……. 나중에는……."

그녀의 손가락이 두 사람의 양쪽 어깨에 엉키면서 또 밀어 떨어뜨리려고 한다…….

"마리온." 그는 아무 소용도 없는 애원을 그만두지 않았다.

갑자기 그는 제련소의 소음이 더욱 커다랗게 들려 오고 있음을 깨달았다. 열기와 파도가 그의 오른쪽 몸 전체에 와락 밀려왔다. 저 캐빈이다! 그는 두 손으로 단단히 기둥에 달라붙자 몸을 빙그르르 돌렸다. 캐빈이 가까이 왔던 것이다. 캐빈이 그 복부로부터 몇 가닥이나 케이블 선을 늘어뜨리고 머리 위의 트랙을 따라 끽끽 소리내며 다가왔다. 20피트도 떨어져 있지 않았다. 그 앞쪽의 열려 있는 창으로 챙이 달린 잿빛 모자를 쓰고 허리를 구부린 머리가 보였다.

"여보세요!" 하고 그는 소리질렀다. 턱의 근육이 찢어질 것만 같았다. "이봐요, 캐빈! 사람 살려요! 여보세요!"

주조기가 가까이 다가오면서 내뿜는 열기가 가슴을 짓눌렀다.

"사람 살려요! 여보세요! 캐빈!"

그 잿빛의 모자는 훨씬 가까워졌으나 도무지 위를 올려다보지 않았다. 못 들은 것일까? 귀머거리인가?

"사람 살려!" 그는 몇 번이나 숨이 막힐 만큼 미친 듯이 외쳐대었으나 아무 소용도 없었다.

그는 몰아쳐 오는 열기에서 얼굴을 돌렸다. 이제 끝장이다……그는 울고 싶었다.

"저 캐빈의 속은 이 제련소에서도 가장 소음이 심한 곳이지." 레오는 이렇게 말하면서 한 걸음 앞으로 나아갔다. 갠트가 그 옆으로 다가서고 마리온이 그 뒤를 따랐다.

"부탁합니다." 버드는 또다시 헛되이 왼손으로 벽에 손톱을 세우며 애걸하는 듯한 투로 목소리를 짜냈다. "부탁합니다……." 그는 세 사람의 얼굴에 눈길을 보냈다. 눈동자들은 이글이글 불타고 있을 뿐, 가면처럼 전혀 무표정했다.

그들은 또 한 걸음 다가왔다.

통로가 흔들리는 담요처럼 올라갔다 내려갔다 했다. 오른쪽 몸 전체를 불태우는 듯한 열기가 등 쪽으로 퍼져 왔다. 이 녀석들은 정말로 해치울 속셈인 모양이다! 협박이 아니라 정말 나를 죽일 작정인 것이다! 땀이 온 몸을 타고 흘러 떨어졌다.

"알았소!" 마침내 그는 외쳤다. "다 말하겠어. 그녀에게는 자기가 스페인어를 번역하는 거라고 믿게 했던 거요! 나는 그 유서를 스페인어로 썼지! 그것을 번역해 달라고 부탁하고서——" 그의 목소리가 점점 낮아지면서 사라졌다.

이자들은 뭐가 어쨌다는 것일까? 그들의 얼굴……가면처럼 공허한 표정이 사라지고 곤혹과 혐오가 뒤섞인 멸시로 일그러진 얼굴을……
…… 그리하여 그들은 눈을 내리뜨고…….

그는 아래를 보았다. 바지 앞에 번진 오물의 얼룩이 검어졌다. 그 것은 바지의 오른쪽 발을 타고 떨어져서 몇 개나 얼룩점을 만들었던 것이다. 아아, 제기랄! 그 일본 군인…… 그가 죽인 저 일본 군인——비참하게 떨면서 이를 덜덜 마주치며 바지를 적셨던 인간이라고 할 수 없었던 인간의 풍자화——그것이 나의 모습이란 말인가? 그것이 내 자신의 모습이었던가?

거기에 대한 대답은 그들의 표정에 떠올라 있었다.

"난 아니야!"——하고 외치면서 그는 두 손으로 눈을 가렸으나, 그들의 얼굴은 아직도 눈에 남아 있었다. "아니야! 나는 그 녀석과 달라!"—— 그는 그들로부터 비틀거리면서 뒤로 물러섰다. 두 손이 얼굴에서 떨어져 허공을 헤엄쳤다. 열기가 그를 덮쳐 왔다. 비틀비틀 떨어지면서 그는 아득한 저 아래인 공간에 번들번들 빛나고 있는 녹색 상감(象嵌)의 거대한 원반을 보았다. 그것은 가스가 가득차고 쉴새없이 엷게 빛나고 있었다.

두 손에 뭔가 단단한 것이 닿았다. 케이블 선이다! 그의 온 몸의 무게가 뒤뚱하니 흔들리면서 줄이 겨드랑 아래에 닿았다. 그때 툭 튀어나온 강철의 나선 스프링에 맞아 양손이 찢어졌다. 그는 팽팽하게 당겨진 케이블 줄에 두 발을 걸치고 매달렸다. 그리고 케이블 줄의 한 가닥을 멍하니 응시하면서 줄의 위쪽을 잡고 있는 손에 바늘처럼 박힌 해진 케이블 줄의 거칠거칠한 섬유를 보았다. 혼돈된 음향이 일어났다. 비명소리가, 여자의 외침이 위에서도 아래에서도 들려 왔다. ……그는 비스듬히 눈길을 두 손으로 올렸다. 손목의 안쪽을 타고 피가 뻗친다. 용광로 속처럼 뜨거운 열기가 눈이 캄캄해질 정도로 지독한 구리의 악취와 함께 질식할 만큼 빠르게 그를 휘둘러쌌다. 목소리가 그에게 뭐라고 외치고 있었다. 그는 자기의 손이 떨어지려고 하는 것을 보았다. 그는 손을 놓았다. 스스로 그렇게 하려고 마음먹었던 것이다. 불타듯이 숨이 막혀 왔기 때문도, 두 손이 바늘에 찔려 아팠기 때문도 아니었다. 다만 그렇게 하려고 마음먹었기 때문이었다. 아까 저 통로에서 뛰어 떨어졌을 때처럼. 그런데 본능이 자신을 케이블 줄에 매달리도록 했던 것이다. 그러나 지금 그는 다시 그 본능을 이겼다. 왼손이 떨어졌다. 오른손 한쪽으로 매달리자 용광로의 열기로 가볍게 몸이 돌아갔다. 손등에 기둥인지 체인인지 어딘가에서 묻은 듯 싶은 기름이 묻어 있었다. 그러나 레오도 갠트도 마리온도 그를 밀어 떨어뜨리거나 하지는 않았던 것이다. 그들은 사람을 죽일 수 있다고 생각했던 것일까? 그는 스스로 뛰어 떨어졌고 지금은 스스로 원하여 손을 놓았다. 그것뿐이다. 이것으로 모든 일이 마지막인 것이다. 그의 무릎은 이미 떨리고 있지 않았다. 지금 그는 자유롭게 되었던 것이다. 그는 자기가 오른손을 놓은 것을 느끼지 못했으나, 손은 벌써부터 떨어지게끔 되어 있었던 것이다. 그는 열기 속으로 떨어져 간다. 케이블은 허공으로 올라가고 누군가가 저 통풍구를 떨어져 가는 도리처럼, 맨 처음 총알을 맞고 아직 숨이 끊어지지 않았던 엘렌처럼 비명을 울리고 있다. 그 인간은 비명을 울리고 있다. 무서운 비명을. 갑자기 그는 그것이 자기 자신임을 깨달았다. 그러나 그는 비명을 억누를 수가 없었다. 어째서 비명을 지르는 것일까? 어째서? 어째서 비명을 지르지 않으면 안되는 것일까?

제련소의 정적을 깨뜨린 갑작스러운 비명은 끈끈한 액체처럼 잘게 터져 흩어지는 구리의 방울 속에서 끝났다. 주조기의 한쪽에서 초록빛 액체가 넘쳐흘렀다. 물결치듯이 바닥에 흘러 떨어지자 수많은 물웅덩이를 만들며 흩어졌다. 콘크리트 바닥 위에서 지글지글 희미한 소리를 내더니 이윽고 천천히 초록빛에서 구릿빛으로 바뀌어 갔다.

15

 레오 킹십은 제련소에 남았다. 그리고 갠트는 뉴욕으로 돌아가는 마리온과 같이 떠났다. 비행기에 타서도 두 사람은 묵묵히 통로를 사이에 두고 자리에 앉아 움직이지 않았다.
 한참 뒤 마리온은 손수건을 꺼내어 눈에 대었다. 갠트는 그녀를 돌아다보았다. 그의 얼굴은 창백해져 있었다.
 "우리는 단지 그에게 자백을 시키려고 했을 뿐입니다" 하고 그는 비난을 두려워하며 말했다. "그런 일을 정말 할 생각은 아니었습니다. 무엇 때문에 그는 그런 식으로 뛰어내렸을까요?"
 그러나 그녀는 말을 듣고 있지 않은 것 같았다. 거의 들리지 않을 만큼 그녀는 낮게 말했다.
 "제발 그만……."
 그는 푹 수그린 그녀의 얼굴을 바라보면서 부드럽게 말했다.
 "울고 계시는군요."
 그녀는 두 손에 움켜쥔 하얀 손수건을 응시했다.
 그녀는 손수건을 접더니 그녀 쪽 창문으로 몸을 돌리고 말았다. 그녀는 조용히 말했다.
 "그를 위해서 울고 있는 게 아니에요."
 두 사람은 킹십의 아파트로 돌아왔다. 마리온의 코트를 집사가 벗겨 주고, 갠트는 스스로 벗었다. 집사가 말했다.
 "콜리스 부인께서 거실에 와 계십니다."
 "어머나" 하고 마리온은 놀랐다.
 그들은 거실로 들어갔다. 늦은 오후의 햇살을 받으며 콜리스 부인이 골동품을 진열한 선반 곁에 서서 작은 도기의 상을 보고 있었다.
 "벌써 돌아오느냐?" 그녀는 미소를 띠었다. "즐거웠니——."

그녀는 햇빛을 통해서 갠트의 모습을 보았다.
"어마, 나는 당신이……."
그녀는 방을 가로질러 아무도 없는 복도 쪽을 기웃거렸다.
그녀의 시선이 마리온에게 되돌아왔다. 눈썹을 치켜올리면서 그녀는 미소를 지었다.
"우리 버드는 어디 있지?"

23살에 혜성처럼 나타난 아이라 레빈

《죽음의 키스》 본래 제목은 《A Kiss before Dying》으로서 1953년에 출판되었다. 23살의 무명 청년이었던 레빈은 이 《죽음의 키스》를 발표하여 미국의 독서계에 일대 센세이션을 일으켰다.

아이라 레빈은 1929년 뉴욕에서 나고 자란 뉴욕 토박이다. 뉴욕대학을 졸업하였지만 최초 2년 간은 드레이크대학을 다녔고, 졸업하던 해에는 TV 드라마를 써서 NBC-TV에서 방송되기도 했다.

그는 꾸준히 일하는 착실한 성품으로, 작업 시간은 매일 오전 9시 반부터 오후 5시 반까지로 정하고 있으나 시간을 넘기는 일도 그리 드문 일이 아니다.

처녀작 《죽음의 키스》는 그가 23세에 쓴 작품으로, 1953년 아메리카 탐정작가클럽상을 수상하면서 그는 한달음에 일류 미스터리작가 대열에 가세했다. 이 책이 미국에서 출판되었을 때 안토니 파우처는 뉴욕 타임즈의 북 리뷰 난에서 이렇게 평했다.

'비평가에게 있어 가장 곤란한 일은 무조건 아낌없이 칭찬하고 싶은 작품의 비평을 독자에게 납득이 가도록, 그것 또한 믿게끔 쓰는 일일 것이다. 나는 바로 올해 23살인 젊은 필자의 손에 의해 씌어진 처녀작을 대했을 때, 그와 같은 곤란한 문제에 부딪쳤다……어쨌든 독자들은 이 책에 의해 다시없이 희한한 저녁 한때를 보낼 수가 있을 것이다.'

파우처는 뛰어난 권위있는 비평가이지만, 이 작품을 옮기고 나서 느낀 역자의 소감 또한 파우처의 칭찬이 결코 지나치지 않다는 것을 느꼈다.

이 작품을 대할 때 우리는 우선 그 참신한 매력에 사로잡힌다. 시대적으로도 '드라이'하다든가 '아프레 게르(après-guerre ; 전후파)'라는 말이 유행되고 있었긴 하지만, 그 시대의 기수 같은 느낌을 받게 된다. 말하자면 새로운 젊은이 상이 이 작품에 나타나 있는 것이다.

또한 이른바 본격 소설이라고 일컬어지는 고전적 미스터리소설들이 트릭의 매너리즘에 빠져 돌파구를 찾지 못하고 있을 때 레빈은 새로운 가능성을 우리들 앞에 제시해 주었다. 상세한 것은 작품의 흥미를 감소시키지 않기 위해 접어 두지만, 작자는 작품의 내부가 아닌 밖에서 트릭을 시도하고 있는 것이다. 즉 '그'라는 말을 서두부터 쓰기 시작하여 그것을 제1부, 제2부까지 계속 끌고 나간다. 이 3인칭 대명사 '그'를 설정했다는 데에 커다란 의미가 있는 것이다.

대개의 미스터리소설들은 탐정이 등장하든 않든 범인이 있고 교묘한 범행이 있고 그것을 해결하는 '해결편'이 있다. 그러나 이 소설에서는 그런 요소가 아주 적다. 그런 의미에서 《죽음의 키스》를 가리켜 일종의 풍속적인, 또는 시대와 관련시킨 걸작이라고 부르고 있는 것이지만.

확실히 이 소설을 읽고서 느낄 수 있는 것은 주인공의 새로운 정신적 구조라고 하겠다. 좌표를 잃은 현대 젊은이들의 공감을 사고 박진감을 주는 것이다. 이 소설은 본격적인 서스펜스 드라마이며 사회소

설로 갖출 만한 것을 고루 갖추고 있다.

그는 대학교 2학년에 재학중인 잘생긴 청년. 고등학교를 졸업하기 바쁘게 제2차 세계대전에 참전했으나 돌아와서는 대학에 들어갔다. 그리고 제동(製銅) 주식회사 사장 킹십의 막내딸 도로시에게 접근하여 잘생긴 외모와 교묘한 말솜씨로 그녀를 사로잡는다. 이윽고 도로시의 임신 소식.

그러나 아버지의 냉혹한 성품을 전해들은 그는, 재산상속이 절망적임을 깨닫고 도로시를 죽이려고 한다.

권총, 독약, 사고, 위장살인…… 등, 수많은 방법을 두고 고민하다 결국 자살로 위장하여 살해했다. 그런데 가짜 유서를 받은 언니 엘렌은 이상하게 생각하여 수사를 시작하였고, 용의선상에 오른 몇몇의 학생들을 더욱 심도있게 조사해나간다. 가난하지만 야망을 키우면서 돈과 지위를 얻으려 하는 재능있는 미남청년은 스스로 파멸하고 만다.

제1장 도로시, 제2장 엘렌, 제3장 마리온 하는 식으로 세 자매의 이름이 작품의 목차이며, 제1장이 서술, 제2장이 본론, 그리고 제3장이 서스펜스라는 내용으로 전개된다.

이 소설을 통해서 미국의 젊은이들, 특히 젊은이들의 사고방식과 행동 패턴을 알 수 있다는 데 또한 흥미가 있다.

아이라 레빈은 《죽음의 키스》를 발표한 뒤 15년쯤 침묵한다. 그리고 나서 발표된 것으로 《로즈마리의 아기(Rosemaey's Baby, 1967)》《이 완전한 시대(The Perfect Day, 1970)》《스텝퍼드 와이브스(The Stepford Wives, 1972)》가 있는데, 이 《죽음의 키스》에 비하면 작품성이 모두 조금씩 떨어지는 감이 있다. 요컨대 이 작품은 그의 처녀작이며 최대 걸작이다. 지은이는 이 작품 《죽음의 키스》에 온 정력을 기울였던 것 같다.